UN MONDE D'ÉTRANGERS

Nadine Gordimer est née en 1923 à une trentaine de kilomètres de Johannesburg. Son attachement à la cause des Noirs est connu. Romancière sud-africaine célèbre, elle est l'auteur de six volumes de nouvelles et de huit romans, parmi lesquels Ceux de July *et* Fille de Burger *publiés chez Albin Michel. Nadine Gordimer a obtenu pour son roman* Le Conservateur *le plus grand prix littéraire anglais, elle a reçu le Grand Prix de l'Aigle d'Or de la ville de Nice et, en 1985, le prix Cavour en Italie.*

Toby, un jeune Anglais, neveu d'un grand éditeur londonien, est dépêché par celui-ci en Afrique du Sud pour inspecter ses points de vente à Johannesburg. Lassé par l'ambiance « progressiste » dans laquelle il a vécu auprès de ses parents, il est bien décidé à ne pas se compromettre par des prises de position entre Blancs et Noirs. Il commence par rencontrer des Blancs fortunés auprès desquels il partage la « bonne vie » coloniale : réceptions, sorties, flirts... notamment avec la superficielle Cecil Rowe, qui devient sa maîtresse.
Mais bientôt, il fait la connaissance d'une autre femme, Anna Louw, une Africaine blanche engagée dans la lutte pour la libération des femmes noires et qui incarne le mouvement révolutionnaire, la prise de conscience agissante des « humiliés et offensés » de l'Union Sud-Africaine. Par elle, il rencontre un troisième personnage, le séduisant et énigmatique Steven Sitole. Celui-ci est un Noir qui a fait ses études en Angleterre, mais qui n'est pas revenu chez lui sous le déguisement du Blanc. Il en a assez d'être considéré comme une moitié d'homme, de vivre et de ressasser les problèmes des gens de sa race. Ce qu'il veut, c'est être *un homme,* tout simplement, avoir sa vie — une vie privée.
De discussions en « soirées » et en balades, une amitié extrêmement forte s'établit entre Toby et Steven. Mais, tandis que Toby se sent de plus en plus enraciné dans ce pays où il ne devait que passer, le drame couve, fomenté par ceux que les préjugés aveuglent.

Paru dans Le Livre de Poche :

CEUX DE JULY.

NADINE GORDIMER

Un monde d'étrangers

ROMAN

TRADUIT DE L'ANGLAIS
PAR LUCIENNE LOTRINGER

ALBIN MICHEL

Édition originale anglaise :

A WORLD OF STRANGERS

Je veux que l'air violent de la nuit la plus profonde
arrache lettres et fleurs de l'arcade où tu dors
et qu'un enfant noir annonce aux blancs de l'or
l'avènement du royaume de l'épi.

Federico Garcia Lorca [1]

1. Poésies de Federico Garcia Lorca, Paris, 1961, trad. Pierre Darmangeat, p. 118.

J'AI les visages de paysans en horreur.

J'y pensais le jour où le bateau a jeté l'ancre à Mombasa et où j'ai vu les Africains pour la première fois. Ils grouillaient sur tout le quai, la tête un instant levée de leur besogne tandis que nous entrions dans le port. Dans le silence qui succéda à l'arrêt des machines, je les vis clairement. Des visages de brutes, épais, bénins, sur lesquels les émotions se posent de façon fugitive, de l'extérieur, comme une mouche sur un mufle de bœuf, et sont écartées d'une pichenette, comme on chasse une mouche, d'un tic machinal qui n'est pas plus conscient qu'un réflexe musculaire. Ils me faisaient horreur en Angleterre, ces visages croisés dans les chemins de campagne, rouges et souriants aux anges. Ici, au milieu des caisses, sur le quai, ils prenaient sous la sueur un éclat noir au lieu de rouge, c'est tout, et leurs yeux injectés de sang étaient marron et non plus de ce bleu intense qui est, ça ne pourrait tomber mieux, la couleur de l'espace et du néant.

Qu'arrive-t-il aux visages de ce genre quand, à la longue, aiguillonnés, titillés comme des bêtes amorphes dont la colère finit par monter malgré une patience hypertrophiée, ils sortent de leur apathie ? Je n'en avais pas la moindre idée. Je ne connaissais que les traits aigus, les bajoues, les courbes et les saillies de visages modelés par les livres, les doutes, l'ambition qui, sous le coup de la colère, se chargent de la splendeur terrifiante des gargouilles de Notre-Dame. Et en fait d'Africains, je n'avais jamais eu affaire qu'à quelques étudiants d'Oxford, plus deux écrivains et un peintre rencontrés à Londres, et tous faisaient partie de la classe des gargouilles, gargouilles somptueusement ciselées par les batailles menées pour arriver jusque-là.

Je pensais à tout cela, assis dans la chaloupe qui nous amenait à terre (le bateau était trop gros pour entrer dans le bassin), près de Mrs. Turgell et de sa fille Rina, leur renvoyant la balle chaque fois qu'elles s'exclamaient sur la beauté des palmiers. « Tout ce vert ! Je ne peux pas y croire. C'est à vous donner soif ! » disait Mrs. Turgell, assise très droite comme une petite fille excitée. Et pour une fois sa fille lui ressemblait presque, lorsqu'elle tournait de droite et de gauche son cou, flexible et jeune, et criait : « Oh ! Maman ! regarde donc ! – Ça vient tout droit de Somerset Maugham », dit Mrs. Turgell en s'adressant à moi avec un mélange d'allégresse et de prière – on sentait qu'elle désirait avec tant de ferveur qu'on partage ce qui lui arrivait, même si c'était romanesque ou imbécile, qu'elle en devenait irrésistible. « Vous ne vous voyez pas tomber dans un laisser-aller exquis, dans une de ces cases à toit de chaume, en compagnie d'une belle indigène, une Tahitienne aux longs cheveux noirs ou quelque chose d'approchant ? – Maman, vieille courge ! » lança la fille sur un ton de remontrance naturel, mais sa mère, en riant, vint poser un instant sa main sur la mienne, dans mon giron.

Mrs. Turgell ne flirtait pas avec moi, bien que nous sachions, elle et moi, que je la préférais à sa fille. Après tout, elle se préférait aussi à sa fille; c'était un de ces petits accords tacites, sur lesquels nous pouvions compter, dans notre amitié de traversée qui datait d'une semaine à peu près. Je n'étais pas tout à fait – selon l'expression qu'affectionnent les femmes – assez jeune pour être son fils, car elle devait avoir quarante ans et j'en avais vingt-six, mais je n'étais guère que huit ans plus âgé que sa fille. Je les avais vues toutes deux dans les bureaux de la compagnie de navigation à Venise, pendant que nous faisions la queue pour les cartes d'embarquement, et j'avais tout de suite pris en grippe ces voix bien de chez nous, haut perchées, d'Anglaises. A notre arrivée à Mombasa, elles étaient à peu près les seules à bord que je puisse me vanter de connaître vraiment bien. J'avais décidé, une fois pour toutes, qu'elles n'adresseraient la parole qu'aux officiers et aux quelques Italiens devant lesquels je les entendais étaler leur italien de parade, mais Mrs. Turgell s'était glissée sur le tabouret voisin du mien, au bar, un jour avant le déjeuner, et s'était mise immédiatement à papoter aimablement, toute prête, semblait-il, à oublier qu'elle avait reconnu en moi un spécimen d'Anglais guindé, espèce à laquelle elle appartenait elle-même, et sur laquelle elle se montrait souvent à la fois drôle et pas très flatteuse.

Nous passâmes tous trois la journée à terre à Mombasa, Mrs. Turgell, Rina et moi, ou plus exactement Stella (comme Mrs. Turgell tenait absolument à ce que je l'appelle) et moi, ensemble, perdions et retrouvions Rina tour à tour, comme cela se produit quand on se promène avec un chiot sans laisse. Au sortir des docks, j'aurais voulu prendre un taxi qui nous amenât en ville, mais Stella soutenait qu'il serait plus amusant de marcher et d'« explorer droit devant soi ». (« Explorer » était un exemple de ce vocabulaire de gamine forte en thème dont regorgeait la conversation de Stella.) Nous n'avions guère avancé sur une route large que des arbres somptueux éclaboussaient d'ombre, de fleurs tombées et de cosses de graines, quand Rina disparut dans une espèce de hangar, dans son pantalon vert informe qui lui battait les jambes, et ses sandales de pacotille, achetées à Port-Saïd, décorées de palmiers rouges et verts et qui claquaient contre ses maigres pieds nus. Elle portait, par-dessus le pantalon, une chemise de garçon, *made in U.S.A.*, ornée de portraits de stars, et c'est grâce à ce vêtement que sa mère, vêtue à ravir d'une robe froncée qui mettait en valeur sa gracieuse silhouette menue et lui découvrait les épaules et le haut des seins, la reconnut dans l'obscurité du hangar.

Nous entrâmes sur ses talons pour y trouver d'autres passagers, le consul, sa mère et sa femme, occupés, ici et là, à tripoter des paquets de défenses d'éléphants, de grandes et de petites, qui pendaient au plafond ou s'entassaient sur le sol. Emportés par l'ardeur diserte qu'on a à communiquer des détails qu'on ignorait encore il y a quelques minutes, Rina et les autres membres du petit groupe nous firent profiter, sans ménager les interruptions, de ce que le vendeur venait de leur apprendre sur le prix des défenses. Le consul, qui pourtant n'avait jamais été en poste en Afrique – il partait pour le Congo belge où on venait de l'affecter – récriminait contre le marché de l'ivoire avec la résignation prosaïque des habitués de l'exotique. Je finis par comprendre qu'il avait passé des années dans les Balkans et en Turquie. « Les pauvres petits », dit Rina en faisant glisser sa sandale sur la courbe étroite d'une défense d'éléphanteau; et je la voyais d'ici, une de ces Anglaises qui n'aiment que les animaux : tout ce qui est faible, muet et soumis.

En jouant des coudes, nous ressortîmes tous ensemble dans le soleil, groupe désordonné qui ne savait trop où aller. La femme du consul ne disait rien, mais ses regards étaient éloquents, et je devinai qu'elle avait dû, en aparté avec Rina, dans la pénombre du hangar, exprimer timidement un désir, car Rina, tout en traînant ses pattes de sauterelle, dit : « Essayons de trouver Kalindini Road. C'est là qu'il y a des boutiques où on peut acheter des topazes. Maman, je veux une grosse topaze ovale à porter au petit doigt. – Il me semble que les bijoutiers sont indiens », dit la femme du consul poliment, comme si elle répétait quelque chose qui ne l'intéressait pas. « Et puis j'aimerais trouver les marchands de sandales », ajouta Stella; si bien que l'excursion tout entière menaçait de tourner à la fastidieuse descente dans les boutiques du pays où les hommes se traînent patiemment derrière leur femme.

Le consul était monté à Port-Saïd. Il possédait tous les traits physiques propres au prototype de la bonne bourgeoisie anglaise que je n'avais pas. Ma propre apparence réduisait si parfaitement en miettes l'image nostalgique qu'on se fait habituellement du produit de mon éducation et de mon milieu qu'elle en paraissait délibérée, espèce de manigance allègre de gènes désabusés; malgré cela, je ne me leurrais pas de la pensée réconfortante d'avoir pour autant échappé au cachet de l'insularité britannique qui faisait de moi, si l'on peut dire, de la viande de première qualité. J'ai les yeux marron et des cheveux châtains qui ne sont pas aussi raides qu'on s'y attendrait chez un Anglo-Saxon, mais mes traits appuyés et la tête trop grosse que je porte sur un corps trapu viennent tout droit de Dickens, et nulle part ailleurs. (Pas le mince personnage de Dickens à la David Copperfield, mais l'ami d'un des héros, un de ces amis sur qui l'on peut compter et dont les grands yeux sombres et intelligents rachètent le visage ingrat... On me l'avait déjà fait remarquer à Oxford, mais je tiens à le répéter moi-même.) Le consul était grand – rien là d'inattendu – avec des genoux pointus, de grands pieds et de larges épaules; et il avait aussi un visage aristocratique dont les épais sourcils ombrageaient les beaux yeux qui paraissaient bleus quand il regardait le ciel ou la mer. Il avait encore tous ses cheveux, qui étaient gris et raides. Il était de type celtique et avait dû être brun. Sa mère était exactement comme lui (je laisse les circonstances plus que les faits biologiques établir ici l'ordre des préséances), presque aussi grande, et ne lui cédait en rien quant à la distinction. Ils s'appelaient sans cesse par leur nom, comme dans une pièce de théâtre : « Maman, tu veux ton thé maintenant? – Oui, je crois, Hugh. » La femme n'avait jamais droit à un nom : « Où est-ce qu'elle est? – Sans doute en bas, dans la cabine. » De temps en temps, quand le consul devait, comme il semblait s'y croire obligé, répondre pour elle en sa présence, il l'appelait « ma femme » en donnant au terme une résonance légale curieuse, à la manière d'un juge qui parle de l'accusé ou du demandeur. Les premiers jours, pendant la traversée de la mer Rouge et au milieu, qui plus est, d'une période de chaleur intense, comme si le monde s'était arrêté de tourner, à tel point que le souvenir des personnes qu'on rencontrait et des choses qu'on faisait avait la qualité du rêve, elle ne s'était pas manifestée, du moins à ma connaissance. La chaleur ou le mal de mer devait l'avoir retenue dans sa cabine. Le consul et sa mère étaient seuls aux heures de repas, et j'avais joué au bridge avec eux plusieurs fois dans la petite salle climatisée où nous étions assis, engourdis, comme des aliments dans un réfrigérateur et où, quand nos mains se touchaient involontairement, nous reculions à cause de la sensation de poisson que donnaient les corps glacés.

Je n'avais aucune idée de l'existence de la femme jusqu'au moment où, pour notre premier jour dans l'océan Indien, éveillés tous à la vie torrentielle, avec ses gifles et ses rafales, de la mousson, le jappement d'un chien m'attira sur un pont supérieur écarté où je découvris non pas un, mais trois chiens, parqués là-haut dans des cages spéciales. Tous trois, sortis du chenil, faisaient fête à une petite bonne femme courtaude, lourdaude, aux traits minuscules perdus dans un gros visage rond. Des paquets de cheveux châtains bouclés, qu'une espèce de teinture rougeâtre nimbait avec éclat, lui agrandissaient encore le visage, et même pour moi, qui ne connais rien aux subtilités du maquillage féminin, il était clair que quelque chose clochait vraiment dans la façon dont elle appliquait le sien. Sur ses joues vermeilles étaient plaqués des ronds d'une autre teinte de rouge. Le visage était d'une innocence étonnante malgré son aspect commun et mal dégrossi. Elle me présenta aux chiens et s'accroupit, tassée sur elle-même, à ras du pont, les bras autour du cou du plus grand, un retriever fauve, la joue contre ses oreilles. Encore une Rina, pensai-je, ce doit être une de ces femmes qui n'aiment que les chiens; mais je sentais obscurément que c'était de façon différente et pour des raisons tout autres – cette femme était accrochée au cou du chien, le jour de notre première rencontre, à la manière d'un enfant qui communie avec un animal quand le genre humain l'abandonne. Dans son cas, je dirais que ce n'est pas qu'elle n'aimait que les animaux, mais que les animaux étaient tout ce qu'elle avait à aimer.

Il est certain qu'elle faisait déplacé, c'en était grotesque, à côté du consul et de sa mère. Elle portait invariablement un assortiment complet de bijoux, comme si, au comble de l'énervement, elle n'avait su que choisir et ce jour-là, à Mombasa, peut-être en honneur de l'expédition à terre, elle s'était parée avec moins de retenue encore que d'habitude. Un collier égyptien pour touriste, copié sur les énormes colliers à franges de perles du tombeau de Toutankhamon, hurlait sur sa robe à l'imprimé agressif, elle avait épinglé à son corsage une tête de renard en diamant aux yeux de rubis, et des bleuets de plastique pendaient sous les boucles pimpantes qui lui encadraient les oreilles. Dans la boutique du bijoutier indien, elle se glissa timidement, tout excitée, jusqu'à l'endroit où se tenaient le mari et sa mère, grands, détachés, tout en teintes pastel. Au creux de sa petite main grassouillette, chargée de bagues, était nichée, comme une goutte d'eau de pluie à peine teintée de rouille, une grosse topaze. Le consul abaissa les yeux sur elle, les mains croisées sur la canne qu'il tenait devant son costume colonial blanc. Sa mère donnait à son parasol blanc une position de repos identique. « Tenez-vous droite, s'il vous plaît. » Sa voix, comme son regard, se posait un peu au-dessus des frisettes de la tête roussâtre. Sa femme retourna au comptoir en faisant bien attention de ne pas bouger la main. Je ne sais pas s'il lui acheta ou non une topaze, adaptée ou non à sa taille car, à ma surprise et à mon soulagement, Stella me rejoignit à ce moment-là et me dit tout bas : « On s'en va. C'est trop bête de gaspiller la matinée à marchander ici. De toute façon, je ne crois pas que ce soient des vraies. »

La boutique était maintenant pleine de gens du bateau. Ils entraient les uns après les autres quand, en passant, ils apercevaient des passagers déjà à l'intérieur, et bientôt toutes les femmes étaient dévorées du désir de posséder une topaze. On discutait carats et prix, et un individu, tout fier d'être capable de se débrouiller avec les « indigènes » sous toutes les latitudes, prévenait le bijoutier que, si un expert de Johannesburg, estimait les pierres fausses, il le poursuivrait, lui, l'Indien, en justice. Rina, hanche protubérante, car elle s'appuyait au comptoir, donnait son avis sur tous les achats de sa voix d'Anglaise la plus forte et la plus haut perchée et fondait sur un groupe après l'autre. « Quoi ? cria-t-elle par-dessus les têtes rapprochées par le marchandage. Non, je ne viens pas. Maman, tu es d'une avarice ! Tu ne m'en achètes même pas une toute petite ? Regarde-moi ce petit flocon de fumée. » Sa mère alla la rejoindre, elles se mirent à discuter quelques instants à voix étouffée, d'un ton de dispute contenue, mais Stella me rattrapa à la porte, sans Rina. « Venez, on s'en va », dit-elle avec brusquerie, dans sa colère. Mais ses bonnes manières et la façade aimable de caractère égal qu'on lui avait inculquée enfant masquèrent tout de suite son irritation. Elle dit d'un air dégagé : « Je me demande ce qui se cache derrière le consul et cette malheureuse petite bonne femme.

– Il faut admettre qu'elle n'est pas drôle. Parce que, enfin, on lui en veut d'avoir si ouvertement honte d'elle, mais en même temps on n'aimerait guère avoir soi-même une femme comme ça.

– Oh! elle est vulgaire, il n'y a pas de doute, dit Stella. Mais eux aussi, à leur façon, vous ne croyez pas? Aussi impeccables que des documents officiels, cette espèce d'immunité diplomatique vis-à-vis de l'existence elle-même! Et ce vieux dragon de reine mère a du thé de Chine dans les veines et du venin plein le cœur, j'en jurerais. Vous avez vu leurs narines à ces deux-là? Retroussées en diable. »

Cela me fit rire. « Qu'est-ce que ça trahit?

– Les narines comme ça me font toujours peur », dit-elle d'un ton entendu. Evidemment, Stella était bien femme à ajouter foi à la physiognomonie, sans oublier signes et présages.

« Oh! je trouve les gens vraiment passionnants! Pas vous? » Cette pensée la regonfla d'un coup; elle s'immobilisa en pleine course, paralysée par un excès de ferveur. J'avais remarqué chez elle ces authentiques moments d'enthousiasme et de soulagement où, comme maintenant, en énonçant une nouvelle fois quelque généralité banale, elle réaffirmait ou redécouvrait une conception de la vie primordiale à ses yeux et qu'elle perdait à l'occasion, ou tremblait de perdre.

Je l'ai déjà dit, il y avait quelque chose en cette femme qui vous rendait maussade chaque fois qu'on ne cédait pas, comme il était si facile de le faire, à ses crises d'enthousiasme, même si l'on ne se trouvait pas partager ces enthousiasmes. Je n'ai pas l'impression que les gens me « passionnent » au sens exact où elle l'entendait, mais cela ne nous empêcha pas de bavarder et de rire sans interruption, en une commune allégresse qui ne tirait pas à conséquence, dans le taxi qui nous emmenait à la plage de Nyali.

Elle était déshabillée avant moi – je suppose qu'elle portait son maillot sous sa robe – et au moment où je sortis de derrière mes buissons, serrant en balluchon ma chemise et mon pantalon roulés, elle était déjà dans l'eau transparente couleur de turquoise pâle. Même si elle appartenait (je calculais mentalement) à la génération de 1920 dont les jeunes filles « allaient jusqu'au bout » plus résolument encore que de nos jours, sa façon de se comporter dans l'eau la distingua tout de suite de la génération de filles que je fréquentais et avec qui j'allais me baigner en Angleterre, ou en France et en Italie quand j'y étais en vacances. Elle ne nageait pas, mais elle se laissait flotter doucement, docilement, toute prête à bavarder, très près du bord. Elle n'avait pas de bonnet de bain et ses beaux cheveux blonds, très courts, aussi bien que le maquillage de son charmant visage, restaient impeccables. On voyait que toute sa vie elle avait pris grand soin de protéger son corps du soleil, et au lieu des bras et des jambes bronzés et des décolletés d'un brun jaunâtre que j'avais l'habitude d'associer aux femmes, son corps brillait, pâle et nacré, sous l'eau profonde, et contrastait avec son maillot d'un ton plus soutenu que l'eau. Elle avait un corps remarquablement jeune et bien fait (je dois dire que quarante ans me paraissaient beaucoup, pour une femme), pas un corps de jeune fille, cependant, plus plein, et je l'admirais, alors que, si étonnant que cela puisse paraître, je ne décelais pas en moi de désir. Je regrettais bien de ne pas la désirer; je me voyais à tout jamais conditionné à réagir aux jeunes filles à chair élastique dont les coups de soleil soigneusement entretenus reprenaient en creux le dessin de leur corps.

Je fis un tour à la nage puis me laissai flotter dans la tiédeur calme avec elle pendant presque une heure. Après un sinistre été pluvieux et un glacial automne pluvieux chez moi – après une vie tout entière d'hivers anglais sinistres et de printemps anglais pluvieux –, la beauté chaleureuse et nonchalante de l'endroit m'enchantait. J'avais l'impression de me sentir fondre physiquement, à croire qu'un élément constitutif de mon sang, resté insoluble à travers vingt-six ans de climat anglais, venait tout à coup, merveille, de se mettre à courir librement. Je fixais, plein d'une joie animale paresseuse, les fûts gracieux au relief lisse des cocotiers qui balançaient leurs touffes de vert inaccessibles très loin au-dessus de ncs têtes, de l'eau et de la plage blanche. Je sortis un bras de l'eau pour sentir l'air, aussi chaud que l'eau. J'enfonçai le pied dans le sable pur, si doux que son contact avait la douceur de l'eau. Les derniers cristaux aigus que charriait mon sang se liquéfièrent.

Pendant ce temps, Stella Turgell parlait de l'Italie. Chaleur, beauté, contentement physique étaient pour elle l'Italie, même si on les rencontrait parfois sur une plage de la côte orientale de l'Afrique. Elle venait de passer presque deux mois à Florence avec sa fille et, à ce que je compris, passait chaque année plusieurs mois en Italie – à Rome, Pérouse, Venise, sur le lac de Garde et, sans exception, Florence. Elles ne me paraissaient pas vraiment riches et je me demandais à quelles circonstances personnelles elles devaient tant de liberté. La passion de Stella pour l'Italie sentait son Byron et le dix-neuvième siècle – le maximum que je puisse faire pour la replacer par rapport au présent est de dire que, dès qu'il s'agissait de l'Italie ou de tout ce qui est italien, elle voyait chaque chose à travers les yeux des jeunes héroïnes des premiers romans de E.M. Forster, peuplés d'Anglais en Italie, de ces demoiselles qui épousent de jeunes dépravés, fils de dentistes, dans des villes au nom comme Poggibonsi, ou dont la vie prend un tournant irrévocable parce qu'elles ont été témoin d'une querelle entre Italiens sur une place italienne. L'Italie de Moravia et des films néo-réalistes n'existait pas pour elle. Sa façon de parler de l'Italie me mettait mal à l'aise, même quand notre conversation se limitait à la peinture et aux églises, et pourtant mon humeur ce jour-là, tandis que nous nous laissions flotter, était telle que rien ne pouvait m'irriter ou me gêner, sinon très légèrement.

Au fur et à mesure qu'elle parlait, je me rendais compte que les mois d'Italie constituaient dans son esprit toute sa vie; le reste du temps, partagé à ce qu'il semblait entre la maison de sa mère, dans le Devon, et la ferme de son mari, en Rhodésie du Nord, elle le supportait impatiemment, presque en aveugle. Tout ce que lui suggéra le séjour en Afrique qui l'attendait au terme de la traversée que nous partagions fut une remarque émise, les yeux clos et le nez froncé de plaisir dans la brise : « Eh voilà, dans six semaines nous serons sur le chemin du retour. Mais pas selon le même itinéraire. Le long de la côte occidentale.

– Vers l'Europe?

– L'Angleterre. Mais pas pour longtemps. Dès avril je serai de nouveau à la Pensione Bandolini. »

Je la voyais sans fin, jour après jour, descendre une rue escarpée de Florence, une ombrelle ouverte au-dessus de la tête, s'arrêter un instant pour sourire à un bambino qui jouait dans la poussière, saluer les gens d'une main légère, interpeller dans son italien sonore aux inflexions anglaises une paysanne aux yeux noirs, à la lèvre ombragée de duvet sombre, pleine de « pittoresque ». La route, l'enfant, la paysanne – tout était irréel... Je m'enquis : « Vous n'avez jamais vécu en Afrique? »

Elle répondit sans ouvrir les yeux : « Rina est née en Afrique. J'y ai vécu quand elle était très jeune. »

Je brûlais de dire – question insupportable, idiote, irrésistible quand on est en route vers un pays inconnu : C'est comment? Mais je savais bien que le fait que je partais vivre en Afrique et le fait qu'elle y avait quand même des attaches créaient un lien dont nous ne parlions jamais; c'était une chose qu'elle s'arrangeait pour que nous l'évitions, en faisant bifurquer la conversation – une chose admise et sur laquelle il était par conséquent inutile de revenir, n'est-ce pas? – semblait laisser entendre son attitude quand elle enchaînait rapidement, avec aisance, sur le décor enchanteur qui nous entourait, ou que nous avions laissé derrière nous en Méditerranée.

Il y eut un moment de silence puis elle reprit d'un ton léger comme si après tout j'avais ouvert la bouche : « Il faut être actif et non pas contemplatif, pour supporter l'Afrique. Mon mari en est fou. Il est toujours aux quatre coins de la ferme, tout à ce qu'il fait, du matin au soir. Les gens là-bas sont épouvantables. Je ne pourrai jamais les oublier. Leurs dîners lamentables. On y mange mal. Les mêmes gens, le même menu, d'une année sur l'autre, une semaine chez l'un, la semaine suivante chez l'autre, c'est tout. Pas d'autre sujet de conversation que la récolte, les malaises de ces dames, les domestiques. Tellement laid. Rien d'autre que la laideur. »

D'un coup, elle ouvrit les yeux et se redressa, sortant de l'eau, puis étincelante, vibrante, laissa tomber encore une de ces généralités pétrifiantes dont elle avait le secret : « La beauté est vraiment ce qu'il y a de plus important dans la vie, vous ne croyez pas ? »

Quand on me tient des discours pareils, j'ai toujours l'impression de ne pas savoir de quoi on me parle. Je perds contenance devant cette intrépidité à saisir les choses confusément ressenties et mal expliquées que je m'imagine à l'occasion avoir frôlées un instant. C'est bien ça, ce grand poisson rutilant d'éclat qui m'effleurait la main de temps à autre, rarement ? C'est tout, cet intolérable machin grandiose ? J'en ai froid dans le dos. Dans ce cas-là, je ne m'égarerai plus jamais dans ces profondeurs.

J'étais convaincu que, quoi que cette femme entendît par « beauté », quoi que ce mot dissimulât, c'était en fait ce qu'il y avait de plus important dans sa vie. Mais quant à moi, je ne pouvais jurer de rien, pas encore en tout cas, pas à ce moment-là. Je répondis quelques mots vides, prudents, le genre de remarque que les Américains éprouvent une joie maligne à mettre dans la bouche des Anglais, au cinéma. Nous sortîmes de l'eau ensemble et allâmes nous habiller chacun de notre côté.

Nous revenions sur le sable jusqu'à l'endroit où le taxi nous attendait sous les palmes quand nous vîmes, au travers des buissons, Rina et ses grandes jambes débouler vers nous le long d'un sentier. Des gens du bateau qui avaient loué un taxi pour faire un tour l'avaient déposée sur la plage. « Tiens, ma chérie, dit Stella en jetant son maillot à la jeune fille, enfile ça en vitesse. C'est divin. » Mais Rina n'était pas décidée à se baigner. Stella retourna, là où elle s'était déshabillée, chercher une serviette oubliée, et la jeune fille dit en grignotant une feuille qu'elle tenait à la main : « Je suis bien contente que maman se soit bien amusée ce matin. » Je pensai quelle enfant bizarre, condescendante, elle fait; quels drôles de spécimens fabriquent les pensionnats anglais. (Voilà que je me surprenais déjà à juger l'Angleterre et les institutions britanniques.)

Le taxi nous conduisit tous les trois jusqu'à l'hôtel en bord de plage et attendit pendant que nous prenions un gin tiédasse suivi d'un déjeuner médiocre. « Pouah ! » Stella faisait la grimace, en riant pourtant. « On a à peine remis les pieds ici que n'importe quoi fait l'affaire. »

Après le gin tiède, je me sentais plein de bienveillance. Je me laissai même aller à badiner agréablement avec Rina. « Nous aurions dû trouver un restaurant indien en ville, dit-elle, j'aurais aimé manger quelque chose d'épicé et de piquant. »

Nous décidâmes quand même de ne pas affronter le café de l'hôtel et de retourner plutôt en ville chercher un café arabe. Sans succès, mais en retournant sans nous presser vers les docks, nous dépassâmes une boutique qui avait tout du compromis raté entre un café français et un salon de thé à l'anglaise. Elle ne donnait pas tout à fait sur la rue et n'était pas totalement fermée. Les clients étaient assis, surélevés par rapport à la rue, derrière les fleurs et les volutes d'une grille en fer forgé placée là au lieu de la vitrine habituelle. Le consul, flanqué des deux femmes, y était installé et ils nous hélèrent. Nous étions dévorés de soif et nous entrâmes nous asseoir à une table proche. La tablée du consul finissait à peine de déjeuner et leur café n'inspirait pas confiance; alors, comme un idiot, à deux heures et demie de l'après-midi, un jour de grande chaleur, je commandai trois cocktails. Ça sentait la viande grillée là-dedans et les consommations n'en finissaient pas d'arriver. Un gros ventilateur tournait lentement au centre du plafond, et découpait et brassait, l'un après l'autre, des bancs d'air chaud; c'était bizarre de sentir l'air passer devant son visage sans éprouver du tout la fraîcheur liée à ce mouvement. Il n'y avait presque personne et, contre le bar en faux rondins, un immense serveur africain, en boubou blanc informe et fez rouge, dormait droit comme un i. Il portait des chaussettes fantaisie et, en plus minables, le genre de souliers très pointus que j'avais vus autrefois dans l'armoire de mon père. Il avait un visage de singe trempé de sueur que j'associe aux quelques nourrissons à qui je n'ai pu échapper; la sueur lui donnait de l'intérêt en découpant certaines zones et en soulignant des plis qui le paraient de la même innocence vénérable. Le consul, assis au fond de sa chaise, un coude autour d'une des spirales du dossier, me vit observer l'homme et fit un geste de la main; une main qui, chaque fois qu'elle bougeait, paraissait donner des ordres. « Et voilà. Vous croyez aux Mau-Mau ici ? Nous ne sommes qu'à trois cents kilomètres de Nairobi, en plein Kenya. On ne le dirait jamais. Machettes et incendies... Et regardez-moi ça. Ça ne ferait pas de mal à une mouche... » Comme pour démontrer que le consul avait raison, une mouche se posa sur le visage endormi et se mit à grimper le long de la joue gauche, de la bouche à l'œil.

L'ahurissement teinté d'amusement que devait, de façon plutôt ridicule d'ailleurs, trahir mon visage à ce moment-là, tenait moins à ce que je partageais l'incrédulité du consul devant l'attitude du garçon de café face aux circonstances, qu'à une révélation soudaine quant à moi-même. J'avais passé la journée à Mombasa, comme Sindbad le Marin, à chercher avec mon sang d'homme du Nord, l'éternelle aventure voluptueuse des mers chaudes et du farniente au soleil. Qu'était-il advenu de tous les livres que j'avais lus avant de quitter l'Angleterre, tous ces livres sur l'Afrique que je lisais depuis trois ans et plus? Les rapports officiels, pamphlets, enquêtes, études – volumineux et établis par des professeurs d'anthropologie et de sociologie, bref par des économistes et des agronomes, à sensation par des journalistes? A quelle distance se jouait l'affaire Mau-Mau qui captivait tellement le cercle de mes amis et de ma famille, maintenant que je n'étais qu'à trois cents kilomètres, au lieu des six mille qui m'en séparaient auparavant?

J'étais assis là, à boire un cocktail trop sucré, et sans m'adresser le moindre reproche. En fait, plutôt satisfait de moi-même, comme si on venait de m'affranchir d'un soupçon de suffisance et de pédanterie que je nourrissais à l'égard de moi-même. Je n'étais absolument pas concerné, c'est tout. Je n'avais pas le moins du monde essayé de tirer parti de ma journée; je n'avais pas présenté la lettre de recommandation qu'on m'avait remise pour un officiel de premier plan, je n'avais pas tenté de me rendre compte par moi-même des conditions de travail et de logement ou de l'éveil politique de l'Afrique. Je fus saisi d'une irrésistible envie de dormir; je trouvais encore agréable la chaleur massive, étale, flasque (on se serait cru pris dans l'un des bâillements démesurés de la création), mes veines se dilataient, mes pores s'ouvraient à elle. Ces deux jolies femmes (il fallait reconnaître, il me semble, que Rina était jolie aussi, si l'on savait abstraire la tête menue du long corps sur lequel elle était perchée) donnaient presque l'impression d'être de sexe et non pas de genre féminin, comme si le repas et l'alcool qui leur détendaient le visage et la chaleur qui leur collait les cheveux eussent fait fondre, en même temps que la poudre de riz, ce masque anglais de la beauté – un vrai masque, au sens concret et non figuré du terme – dont j'ai souffert toute ma vie; oui, même dans mon enfance, jusque sur les traits de ma mère.

Nous regagnâmes le bateau tout béats; je remarquai que Rina fredonnait tout bas, comme une enfant, quand elle se sentait en paix avec le monde. La chaloupe était pleine et j'écoutais les voix des autres passagers, lasses, gloussantes ou convaincues, et tout à l'énervement des achats.

Une fois à bord, nous descendîmes dans nos cabines, les Turgell et moi, pour dissiper, grâce à un petit somme, la mollesse causée par le soleil et le gin. Avant de m'allonger, j'aperçus par le hublot l'image brillante, découpée en rond, de la côte, une de ces images en ailes de papillon qu'on voit, sous verre, sur les nécessaires de coiffeuse en argent. Scintillement du ciel bleu, scintillement des palmiers verts, scintillement de l'eau bleue. Quand je m'étirai de tout mon long sur la couchette, la petite rangée de livres disposée sous le hublot vint se placer au niveau de mon regard. *Les Peuples d'Afrique du Sud, Les Problèmes de l'Afrique du Sud, Rapport sur l'Afrique du Sud, Cœur de l'Afrique.* Je me mis à lire les titres, les auteurs, les noms d'éditeurs en cadence, sans pouvoir m'arrêter. Soudain, je sentis l'eau turquoise et tiède tanguer sous moi tandis que je me laissais flotter. Un sable fait de poussière de cristal me coulait entre les doigts, des noix de coco poilues se balançaient bien loin au-dessus de ma tête, comme un sexe de géant, sous les splendides feuilles en cimeterre d'un palmier élancé. Sindbad, Sindbad, Sindbad le Marin.

Je me réveillai juste après cinq heures et montai sur le pont. Nous sortions lentement du port, en cette séparation sans heurt et silencieuse de la terre, où le bateau est enlevé, non par sa propre volonté, mais par le remorqueur. Chaque fois que nous quittions une escale, il y avait cet instant bizarre, instant de silence où, ici et là, une main se levait le long du bastingage dans un demi-adieu aux silhouettes inconnues debout sur le rivage, comme un drapeau où l'air s'engouffre une fois. Puis les machines se mirent à vibrer, le bateau vira dans le remous profond de sa propre puissance, et nous avions cessé d'échapper uniquement à l'emprise des humains, plus loin, plus loin, nous faisions route vers le large et notre prochain objectif, là-bas, là-bas. C'était le moment où nous abandonnions le bastingage, recherchions la compagnie des uns des autres, rapprochions les chaises des petites tables du pont et appelions le barman. Stella arriva, toute fraîche parée et parfumée, à la main la grammaire italienne qu'elle travaillait, sans y manquer, une heure par jour, puis le consul, en chaussettes et short blanc qui transmuaient sa distinction en quelque chose de vaguement naval. Maman suivait bientôt de sa démarche raide de reine mère, armée de son nécessaire à courrier – elle venait toujours d'écrire des lettres, ou était sur le point de le faire. Rina, encore vêtue de son horrible pantalon vert qui pendouillait mollement là où son postérieur ne suffisait pas à le remplir, apparut en compagnie de Miss Everard, vieille fille de cinquante ans, grande et racée, qui portait une montre d'homme et, le soir, de somptueux saris de gaze. Elle avait travaillé aux Indes, en qualité de « majordome », chez un rajah qui, malgré Nehru et le régime démocratique, semblait mener le train fastueux du temps des Etats princiers indépendants. Elle partait s'installer chez son frère dans l'un des protectorats britanniques d'Afrique et, elle aussi passionnément italianophile, parsemait ses discours de *cara mia*. Carlo, le partenaire gras du tandem Carlo et Nino qui veillait sur le petit bar décoré de mosaïque à l'entrée de la salle à manger, s'effaça pour laisser les deux femmes passer sur le pont, mais la grande Everard l'entraîna dans leur sillage en piaillant dans sa direction dans son italien violemment musical. Elle semblait ne parler, et c'était une parleuse d'envergure, dont on ne se dépêtrait pas facilement, que par-dessus son épaule. Mine de rien, pour ainsi dire, elle avait toujours le dernier mot. Elle s'assit avec nous, se cala confortablement, sans cesser d'inonder Carlo de flots de paroles et ne s'interrompit que pour nous dire, en anglais, comme si cette hypothèse ne tenait pas debout : « Je ne vous dérange pas? » Avant que nous puissions protester, elle avait commandé pour tout le monde, en italien, à grand renfort de gestes : mélanger, ajouter un soupçon de quelque chose, ne pas ménager la glace, entrecoupés d'interjections supplémentaires en anglais, sur un ton tranchant : « Et vous? Gin? Americano? Avec ou sans Picon? »

Carlo, avec son sourire de lampion de quatorze juillet, ses braves yeux ronds, et les petits pieds chaussés de souliers blancs pointus qui le portaient pratiquement vingt-quatre heures sur vingt-quatre dans ce genre d'activité, s'en fut vers le bar et revint avec l'assortiment voulu de consommations, parfaitement dosées, parfaitement frappées, et accompagnées de raviers d'olives noires et vertes. Après le repas quelconque pris à terre, la chaleur et les cocktails tiédasses et trop doux, la vue et la saveur des produits de son industrie paisible vous faisaient considérer ce gros bonhomme souriant avec un soulagement presque attendri : vous étiez « rentré », choyé, servi, gâté. Je fis la remarque au consul, en paraphrasant Stella sur un mode pas tellement inconscient, qu'il me semblait que le luxe était l'une des choses les plus importantes de la vie. Mais il se contenta de sourire, et souleva les sourcils, en accord poli avec quelque chose qu'il pressentait ne pas avoir bien entendu, mais qui n'avait pas assez d'importance pour qu'on le répète. Evidemment, il ne vivait plus en Angleterre depuis bien avant la guerre, il ne savait rien du monde dans lequel j'avais grandi, où l'on ne vous accordait qu'à contrecœur les moindres petits agréments que vous pouviez encore vous offrir, et où, en toute justice, c'est un fait, mais néanmoins la mort dans l'âme, il fallait souvent, après dîner, passer avec son hôte, non pas à la bibliothèque avec cigares et porto, mais à la cuisine avec le torchon à vaisselle.

La côte touffue et verte, où les mâts des cocotiers s'entrecroisaient sur le ciel, s'estompait dans le lointain et l'éclat d'un crépuscule qui semblait s'élever, comme un halo de la mer, plutôt que s'y refléter. Mais d'autres côtes, celles d'îles à toutes les profondeurs, petites et grandes, de l'horizon, se levaient devant nous, puis sombraient dans la lumière, par-derrière, petites côtes ourlées de la lèvre nacrée d'une plage, embrumées, roses et mauves, du crayonnage des fûts, couronnées de palmes vert foncé, presque bleues. Notre tablée se fit très enjouée. Le consul commanda une autre tournée, puis ce fut mon tour. Rina faisait un concours avec le consul, à qui enverrait le plus de noyaux d'olives à la mer. Miss Everard, au comble de l'animation, m'entreprit longuement, en français, sur la journée à terre (j'étais censé, dans son esprit, parler quand même quelque chose), tandis que je m'obstinais, avec autant de brio, à lui répondre en anglais. Pour rien au monde je n'aurais parlé autre chose qu'anglais à Miss Everard; j'avais même réussi à mettre au point un regard interrogateur quand elle débitait quelque bonne petite citation latine.

Le second du bateau, un Italien de Trieste tiré à quatre épingles, plus Français qu'Italien d'apparence, déambulait dans les parages et nous l'invitâmes à se joindre à nous. Il admirait Stella ouvertement, et les compliments qu'il lui débitait gracieusement en italien, assis près d'elle, firent monter à ses épaules et à son cou une aimable couleur, comme si son corps n'avait jamais acquis la bienséance étudiée de son visage. Même la femme du consul qui arrivait, toute désorientée, à pas circonspects, de la direction des cabines, outrageusement peinturlurée et en robe « de cocktail », réussit, Dieu sait comment, à entrer dans le groupe et, après avoir changé d'avis deux fois sur ce qu'elle allait boire, s'installa près de moi.

« Il a l'air d'aller mieux depuis que nous avons quitté le port », dit-elle à son mari sans remarquer qu'elle coupait la parole à quelqu'un. Il secoua deux noyaux d'olives l'un contre l'autre dans sa main, plissa le visage et se tournant vers elle : « Tu disais? – Je disais que Moumousse va beaucoup mieux, mon ami. »

Le consul jeta avec une compassion grinçante : « Il semble que le chat de ma femme ait eu du mal à digérer le poisson, ou je ne sais quoi, de son déjeuner. »

Il était évident qu'il n'avait pas l'intention de voir la compagnie s'éterniser là-dessus, c'est pourquoi elle se tourna vers moi et me dit en confidence : « Ce n'était pas du poisson, c'était de la viande hachée. Mais pas de la viande hachée ordinaire, il y avait quelque chose d'épicé dedans. »

Elle ne serait pas galloise, par hasard, me demandai-je. Il y avait dans ses paroles une raideur, un manque d'élision qui, allez savoir pourquoi, n'étaient pas anglais. Stella avait laissé entendre que c'était une erreur de jeunesse du consul, venue de Turquie ou bien du Proche-Orient; une erreur de jeunesse qu'il avait sur les bras, en homme d'honneur, jusqu'à la fin de ses jours. Il est certain qu'il y avait dans son apparence quelque chose de levantin, sinon d'oriental.

Le consul devenait on ne peut plus galant à l'égard de Stella – il était incapable d'aller plus loin sur la voie du flirt – et les yeux du père Monticelli, si le second s'appelait bien comme cela, débordaient, pétillants, à fleur de tête, comme ceux d'un pékinois, de souriante virilité méditerranéenne. La miss Everard (en anglais, pour une fois) racontait des anecdotes très drôles sur le prince indien et sa maisonnée. Nos rires et nos éclats de voix avaient pour effet de nous isoler, de façon assez enviable, des autres passagers; ils passaient sans se presser, ou restaient isolés par petits groupes, comme des enfants qui font semblant de ne pas savoir qu'il y a une sauterie dans le jardin d'à côté. Quelle importance ridicule ces choses acquièrent dans les hôtels et à bord des bateaux, comme elles reprennent à échelle réduite l'ensemble de la condition humaine, les nantis et les démunis, les élus et ceux qu'on écarte, le prestige qu'apporte la conquête de haute lutte de la femelle, le choix d'un chef par le troupeau! Tout y était sur ce paquebot climatisé, sûr, aseptique, et se jouait dans les tournois de palet, le passage de l'équateur et les groupes formés pour la soirée de gala. Les psychologues affirment que les jeux des enfants sont une longue répétition inspirée avant la vie; les adultes, eux aussi, ne cessent de marmotter leur rôle et de répéter ce qu'on leur souffle, même pendant les vacances; même entre les représentations. Je n'aurais choisi pour ami aucun de ceux avec qui j'étais en train de prendre un verre, et pourtant j'étais étonné, et un tantinet enclin à ricaner de moi-même, en constatant que j'appréciais la chaleur du groupe, le sentiment de lui appartenir. Bien après que la plupart des passagers furent descendus s'habiller pour dîner, nous étions encore là à boire et rire, en claironnant des sottises. Quand nous nous décidâmes à nous lever, nous avions convenu à l'unanimité et avec enthousiasme, le gin aidant, de nous réunir après dîner pour mettre un peu d'ambiance dans le bal guindé, au son de l'orchestre du bord, qui occupait les soirées sans cinéma.

« Je crois que Hugh avait prévu un bridge », dit la femme du consul, la seule à hésiter. Les soirs de bal, elle portait toujours des sandales argentées et pourtant, si on l'invitait à danser, refusait en rougissant, de peur de priver de partenaire les autres épouses ou les célibataires. Le consul ne l'accompagnait pas au bal.

Mais alors le consul, genoux bruns serrés, se redressa avec élégance, comme Stella, Rina et Miss Everard se levaient, et dit en plissant avec distinction ses yeux profonds : « Oh! je crois que nous pourrions remettre le bridge, pour une fois! »

Stella, traînant Rina le long du couloir qui séparait nos cabines, m'envoya un baiser narquois au moment où elle disparaissait en riant.

J'étais installé à l'autre bout de la salle à manger, loin des Turgell, de Miss Everard et du consul et sa famille. Tout en mangeant, je vis la miss faire son entrée en vert et or, aussi chatoyante que le palanquin aux coussins de mousse qu'elle décrivait un peu auparavant, mais je n'aperçus aucun des autres. Après dîner, au salon, le consul me fit signe de le rejoindre près de deux ou trois petites tables entourées d'une ribambelle de chaises qu'il avait fait installer en vue de nos réjouissances. Il portait un smoking et, poliment, fit semblant de ne pas remarquer mon costume bleu plutôt fripé et trop court aux fesses, comme le sont tous ceux que je possède. Maman était absente, retenue par une partie de bridge, et sa dame était assise, le visage tendu, comme une jeune fille à sa première sortie, fagotée comme une maîtresse lors d'une réception de préfecture. L'orchestre jouait un vieux fox-trot entraînant tiré d'un film de Fred Astaire que je me rappelais vaguement avoir vu avec des cousins pendant les vacances scolaires. Un ou deux couples dansaient sans entrain, comme s'ils essayaient d'escalader la pente du plancher, d'un côté puis de l'autre. La miss Everard entra, nous fit signe qu'elle arrivait, s'affala sur les dossiers de chaises d'un groupe d'Italiens en pérorant dans son italien aigu, puis ressortit, très grande dame, rappelée d'un coup à ses devoirs, semblait-il. Comme le second personnage des baromètres animés, Rina franchit l'autre porte et fondit sur nous. Elle portait une de ces robes de mousseline à l'imprimé vague, vaguement coupée, vaguement ajustée, que possèdent tant de mes compatriotes de son âge, le genre de robe à peu près aussi seyante qu'un suaire, mais qui accuse beaucoup moins les formes du corps. Elle avait au cou une chaîne fine d'où pendait une pierre d'un bleu délavé. Seul le bout de ses oreilles qui pointait, de façon imprévue, sous ses cheveux brossés en arrière, et s'ornait de petits anneaux d'or inattendus, possédait une once de vie.

« Il faut que j'excuse maman », dit-elle tout

essoufflée, en s'immobilisant un instant derrière la chaise de la femme du consul, avant de s'asseoir à côté de moi et de laisser tomber sur ses genoux maigres un sac de perles informe. « Un cocktail de fruits? Oh! la! la! Magnifique. » Elle prit la cuillère de plastique dans ma coupe et la lécha. « J'ai bien peur qu'elle ne monte pas. Elle est allée se coucher. » Elle haussa les épaules, fit la grimace, comme pour dire : c'est comme ça. « Stella ne va pas bien? demandai-je stupéfait.

– Votre mère est malade? » La femme du consul se pencha en avant.

« Vraiment! Je suis désolé! dit le consul.

– Oh! non, répondit la jeune fille du ton de quelqu'un qui règle un incident courant, ça va bien. Elle n'est pas malade. Je lui ai demandé un cognac. Je file tout de suite lui faire prendre un calmant. C'est l'Afrique, ajouta-t-elle d'un ton prosaïque. Premier jour en Afrique, à terre aujourd'hui. »

J'intervins : « Mais je croyais que Stella s'était bien amusée aujourd'hui. – Bien sûr qu'elle s'est amusée. » Je me rappelai avec quelle vivacité elle s'empressait d'aller s'habiller pour dîner en m'envoyant un baiser dans le couloir.

« L'Afrique, et rien d'autre, répéta la gamine d'un air avisé, presque excédé. Ce n'est rien. Je vais lui donner un calmant, elle va se détendre et ça lui aura passé. » Je me rendis compte que cette vieille jeune fille, cette enfant-parent avait fait la traversée avec sa mère plus d'une fois depuis son enfance. Elle en connaissait un bout en quoi que ce soit qui affligeait sa mère.

Rina dansa avec moi, puis avec le consul, enfin, nous priant de l'excuser, retourna paisiblement à sa malade pour réapparaître, dix minutes plus tard. « Elle lit, dit-elle, je lui ai donné son cachet. »

Un peu plus tard, elle s'absenta de nouveau. Cette fois, elle me confia en revenant : « Elle dort. » Une grande ronde pour changer de partenaire venait de se former et je m'aperçus qu'elle mourait d'envie d'y entrer; je la conduisis jusqu'à la piste, la perdis et retournai à mon verre. Manifestement, elle s'amusait; elle préférait les danses qui tenaient plus des jeux turbulents que du joue à joue entre homme et femme.

La soirée ne fut pas vraiment réussie. En déclarant forfait, Stella avait renié l'état d'esprit dans lequel les réjouissances avaient spontanément été décidées; si elle avait prétexté, comme ça se fait d'habitude, une indisposition, un mal de tête, la bonne grosse gaieté aurait sans doute survécu à son absence; mais la bizarrerie déconcertante du motif de son absence semblait révéler crûment la nature de notre gaieté – une camaraderie avinée entre inconnus qui n'avaient pas grand-chose de commun. Miss Everard amena deux autres officiers et une grosse Italienne sympathique, et monopolisa plus ou moins la fête. Le consul se retira tôt et se dirigea sans remords vers la salle de bridge. Je fus pris de colère de me retrouver seul avec sa femme, la touchante raseuse aux cheveux crêpelés, aux chevilles replètes sagement croisées, dans leurs sandales argentées. Sans cérémonie, je disparus à mon tour et retournai à ma cabine en passant par le pont.

J'étais allongé sur ma couchette, abattu, incapable de dormir. Ils me levaient le cœur, tous autant qu'ils étaient. Une femme gâtée que rendait malade l'idée qu'elle avait reposé le pied sur le sol d'Afrique. C'était l'origine de l'exil romantique et de bon ton en Italie : l'incapacité d'affronter son mari, le mariage, la réalité, l'incapacité d'affronter son incapacité même, tant et si bien que mari, mariage, réalité adoptaient le masque discret de l'Afrique. Pauvre diable de mari qui exploitait sa ferme pour pouvoir casquer à la Pensione Bandolini. Jusqu'à la fille à qui on avait donné un nom faussement italien, le sceau de l'évasion, « Rina », et appris à passer sa vie par monts et par vaux, parce que sa mère ne pouvait supporter de se poser là où, pour tout le monde, elle aurait dû vivre.

Et l'autre, le beau diplomate à la douairière majestueuse qui traînait honteusement, d'un pays à l'autre, l'erreur intolérable et pleine de tolérance commise quelque part. C'était cette espèce-là que récolte l'Afrique ? Nom de Dieu, malheureux continent !

Mombasa était notre première escale en Afrique.

PREMIÈRE PARTIE

I

MA mère dit parfois, avec ce mélange de crainte polie et d'embarras teinté de culpabilité avec lequel les parents compréhensifs sont enclins à traiter leurs enfants adultes, que je dois tenir de mes grands-pères. Le premier, le père de ma mère, était dans l'administration, aux Indes, et l'autre, de beaucoup son aîné, était mort à la guerre de Boers. Il était colonel, se conduisit en héros, et je découvris très jeune que mes parents avaient honte de lui. Quand j'étais petit, mon grand-père maternel vivait encore, il avait pris sa retraite à Bournemouth, et mes parents avaient honte de lui aussi. Mon père et ma mère appartenaient à cette génération qui, après la dernière guerre, se retourna contre ses parents et son héritage avec plus de mépris encore que d'habitude entre générations successives. Ils se prenaient presque pour une nouvelle espèce. Ma mère refusa de faire son entrée dans le monde et d'être présentée à la reine, et repoussa les festivités prévues à cette occasion dans la propriété de famille des Cotswolds; elle partit pour Londres et trouva un poste de secrétaire dans un de ces organismes internationaux en faveur de la paix auxquels tout le monde croyait à l'époque. Mon père quitta Oxford sans passer ses examens et s'embarqua pour Berlin, en compagnie d'un jeune étudiant allemand, pour se faire le porte-drapeau du socialisme dans la Révolution. De plus, il s'y maria, si bien qu'il vécut plusieurs années avec ma mère, après leur rencontre en Angleterre, sans pouvoir l'épouser avant d'obtenir le divorce – sa première femme était polonaise, à ce qu'il me semble. Je réussis, de justesse, à être un enfant légitime en naissant au bout de cinq mois de mariage. Mon père s'occupait de deux ou trois magazines littéraires éphémères tout en traduisant, de l'allemand et du français, des textes politiques et un peu de poésie, et à quarante ans ou presque, parvint à passer en Espagne pour rejoindre, sinon le théâtre des opérations, du moins les rangs républicains, en 1936. Il rentra sain et sauf, mais mourut d'une maladie des reins en 1938. Pendant tout ce temps, pendant toute mon enfance en fait, nous vécûmes dans un confort de bon aloi grâce à sa sinécure de directeur de la maison d'édition qui appartenait, et appartient toujours, à la famille de ma mère.

Notre appartement de Kensington et plus tard notre petite maison des Cotswolds située près de celle de ma grand-mère maternelle – elle faisait autrefois partie du domaine – étaient fréquentés par toutes sortes de victimes et leurs défenseurs. L'univers de mon enfance était le début de ce monde de victimes que nous connaissons maintenant et chacune de ces victimes, comme un buffle assisté d'un groupe de pique-bœufs, avait ses défenseurs de service qui, à la manière des pique-bœufs s'engraissent des tourments du buffle mais pourtant le soulagent en dévorant la vermine qui lui infeste la peau, prêtaient assistance à la victime et tiraient d'elle une sorte de principe nutritif. J'ai l'air de ricaner? Ce n'est pas volontaire. Mais il faut croire que je m'en fatiguai, enfant puis adolescent; je me fatiguai des universitaires allemands réfugiés, des chrétiens convaincus et des juifs passionnés responsables des comités chargés de s'occuper d'eux et de protester en leur faveur, je me fatiguai des poètes qui revenaient en boitant de leur période de purgatoire en Espagne et de l'indignation volubile des brillants esprits qui les défendaient; je me fatiguai des membres du comité d'aide aux orphelins de guerre chinois, des organisateurs de manifestations de soutien à l'Abyssinie, des Indiens angéliques ou très civils qui venaient exposer aux comités anglais pour l'indépendance de l'Inde la meilleure façon de venir à bout de la souveraineté britannique.

J'étais encore tout petit quand, un jour, je tombai sur l'épée qui allait avec l'uniforme de parade de mon grand-père et imaginai de la suspendre au mur du couloir, dans notre appartement londonien. J'étais en train de rassembler les clous, les crochets, le marteau qu'il me fallait quand ma mère rentra avec un ami. « Mon chéri, qu'est-ce que tu peux bien fabriquer avec ça? » Elle désignait du bout de son soulier l'épée qui était sur le tapis. « C'est l'épée de grand-père; je l'ai trouvée chez mémé et elle m'a dit que je pouvais la prendre. On peut l'accrocher ici. Ça fera pas bien? Et regarde, elle m'a aussi donné ça : c'est sa citation à l'ordre du régiment pour bravoure à Jagersfontein. » Peut-être que l'ami qui accompagnait ma mère était le représentant d'une minorité intrépide – je ne peux me souvenir de qui il s'agissait – mais il était manifeste qu'elle se sentait gênée, à un degré assez superficiel d'ailleurs (je sais qu'elle riait), de se trouver face à face avec un fils qui prétendait montrer à tout le monde la citation de son grand-père dans la guerre des Boers, et cela dans une maison où l'on déplorait l'impérialisme. « Regarde un peu ça », dit-elle à son compagnon, et grimaçant d'un air faussement pompeux, elle lui passa la citation dans son cadre. Puis à moi : « Toby, mon chéri, tu ne veux quand même pas accrocher ça là... » Je dis au visiteur, tant je tenais à m'expliquer : « Grand-père est enterré là-bas, à Jagersfontein. Cela ne l'a pas empêché de tuer une tripotée de Boers. Il était colonel. » Les deux adultes se tenaient les côtes. Puis ma mère dit d'un ton sans réplique : « Toby, je ne supporterai pas ça, ni ici, ni ailleurs. Pas d'épée, pas de citation. Il n'y a pas à revenir là-dessus. »

Comme sa philosophie impliquait un respect exacerbé, quasi exagéré des réactions de ses enfants, elle me prit à part, un peu plus tard, et m'expliqua doucement que célébrer les exploits de mon grand-père dans la guerre des Boers revenait presque à fêter une victoire de Franco en Espagne. Elle pensait que cette comparaison serait la plus éloquente pour moi à cause de mon père. C'était vrai, mais pas dans le sens où elle l'entendait. Elle ne comprenait rien au jeu élémentaire des loyautés enfantines à l'égard des proches. « Mais grand-père était du côté des Anglais, papa contre Franco – qu'est-ce que tu racontes, presque la même chose ? » Ma pauvre mère, si elle n'avait pas pris tellement à cœur la tâche qu'elle s'était fixée elle-même de faire entrer dans la tête d'un écolier la différence morale, pure de toute attache personnelle, entre le Bon et le Mauvais Côté, aurait sans doute compris que l'intérêt que je portais à mon grand-père devait tout aux livres pour la jeunesse qu'elle jugeait adaptés à mon âge et dans lesquels, au nom d'ancêtres valeureux, s'accomplissaient nombre d'actions héroïques et se bâtissaient bien des réputations.

Quoi qu'il en soit, on fit disparaître épée et citation, la guerre arriva et il y eut de plus en plus de déshérités et de plus en plus de comités. J'étais tout juste assez âgé pour prendre part à la fin de la guerre – on m'envoya dans la marine mais je n'allai jamais plus loin que le vaisseau-école – et à mon retour, quand j'entrai à Oxford puis commençai à travailler avec mon grand-oncle, le vieux Faunce (tous les noms sont ridicules dans la famille; j'ai de la chance de m'en tirer avec Tobias), à la maison d'édition, il ne manquait pas d'injustices à combattre, et cela n'a guère changé. De toute évidence, à ce moment-là, j'étais assez grand pour prendre position, dans une maison où c'était péché de ne pas le faire. Plus d'une fois je me rendis compte que je me préoccupais du déchaînement des problèmes de rapports humains, à l'heure où s'effondraient les barrières érigées par l'homme, de race, de foi, de classes sociales, de couleur, autant que ma mère, Faunce et leur clique. Mais je me réservais le droit, même dans cette maison, de ne pas prendre position si je n'en avais pas envie. De ne pas, sous l'effet de la honte, me forcer à l'indignation, quand il se trouvait que je m'en fichais royalement. N'était-ce là que réaction de défiance plutôt puérile? Peut-être. Mais je peux vous assurer qu'il y avait quelque chose, dans l'attitude d'oncle Faunce, lorsqu'il reposait sans douceur son verre de xérès à côté de la brassée de lettres et de papiers qu'il avait apportée en venant déjeuner le dimanche, et disait : « Les gens ne connaissent pas les faits. Il faut lancer une campagne dans les journaux. Envoyer des lettres. Convaincre Donald de faire un papier sur le *New Statesman.* Et Larry? Moi, j'organise un débat public... » qui risquait fort de figer dans mes veines les ardeurs partisanes soulevées par tel ou tel problème, tel ou tel individu, avant même que nous ayons attaqué les poires au sirop.

L'atmosphère de déluge idéologique que j'avais respirée toute ma vie me semblait parfois d'une pauvreté effrayante, air raréfié qui fait haleter par manque de l'oxygène d'une certitude, d'une vie bien assise. De façon paradoxale, on avait développé en moi l'horreur d'une liberté qui n'était que la liberté d'être libre; je voulais être libre de me cramponner à ce que j'aurais dû repousser, si tel était mon bon plaisir. Je ne croyais pas qu'un homme est obligé de se perdre, au sens gidien du terme, pour se trouver. Quelque chose en moi tenait par toutes les fibres à l'exigence de puissances médiatrices – la tradition, la religion peut-être; un monde où l'on pouvait, si ça vous chantait, faire en grandissant ce qu'on attendait de vous. Mon père et ma mère avaient renoncé à bon nombre de choses anodines et sans valeur qui, additionnées, constituaient un cadre de vie tolérable, mais qu'avaient-ils à offrir à la place? La liberté; des étendues internationales vides où le vent retournait des journaux déchirés imprimés dans des langues incompréhensibles.

C'est pourquoi certains jours, semblables au dimanche que je viens de décrire, je me surprenais à m'installer dans une inertie froide, emphatique, qui tenait plus de l'obstination que de la rébellion, inébranlable, silencieuse, pincée, totalement exaspérante, à ce qu'on me disait. A ces moments-là, je peux vous assurer sincèrement que je sentais toutes les issues offertes à mes réactions condamnées par les propos tenus; je sentais que ce que je voulais vraiment c'était profiter des vestiges d'une vie facile, à laquelle ni moi ni les gens de mon espèce n'avons droit, et qui continue d'exister, de la façon même dont elle a été édifiée, au moyen de la discrimination et de l'exploitation. Je sentais, avec une espèce de soulagement grognon, que j'appartenais réellement à cette vieille bonne vie honteuse que mes parents contribuaient à précipiter dans un tombeau d'infamie. Un jour que je parlais comme ça à Oxford, un ami qui avait bu pas mal (moi aussi, d'ailleurs), me dit que quand j'étais de cette humeur-là, je donnais plus que tout aux autres l'envie terrible de botter mes fesses de gommeux; ce qui me combla d'aise.

Depuis qu'ils n'avaient plus l'Inde sur la conscience, les membres de ma famille et leur clique recevaient plus que leur content de victimes et leurs défenseurs venus d'Afrique. Cela commença par Seretse Khama, puis Michael Scott, les Herero, Nkrumah. Des brochures sur le docteur Malan et le nouveau premier ministre d'Afrique du Sud, Strijdom, sur les Mau-Mau, la politique coloniale belge au Congo et l'indépendance du Nigeria s'entassaient à côté de la baignoire de ma mère qui aimait se livrer à ce genre de lectures dans son bain. Journalistes, correspondants à l'étranger, pasteurs à âmes de croisés qui étaient allés brandir le poing de la foi au nez de ces mécréants d'oppresseurs blancs en Afrique du Sud venaient dîner à la maison et raconter leurs histoires. Tout cela avait produit sur moi l'effet habituel; m'avait plutôt dégoûté de l'Afrique.

Quand Faunce commença à parler de m'envoyer en Afrique du Sud pour relever Arthur Hollward qui était à la tête de la succursale de notre maison Aden Parrot depuis pas loin de quinze ans, la plupart de mes amis et ma mère furent pris d'une frénésie soudaine. Quelle occasion! Est-ce que ça me plairait d'être mis au courant de la situation du pays par un médecin noir qui donnait justement une série de conférences dans un séminaire d'été dans le Kent? Est-ce que je serais prêt à établir une documentation sur les conditions de logement des Africains pour le congrès mondial qui se tiendrait à Stockholm l'année suivante? Est-ce que j'allais étudier la situation de la minorité indienne? Je ne manquerai pas de visiter l'établissement d'enseignement supérieur pour Africains de Lovedale? Etais-je disposé à envoyer un rapport hebdomadaire sur les effets de la ségrégation raciale?

Je leur répondis à tous que je partais pour l'Afrique comme responsable d'une maison d'édition, faire la tournée des libraires et pousser les ventes de livres. Je ne voulais pas enquêter sur quoi que ce soit; je ne voulais pas envoyer de rapports en Angleterre.

Je n'avais nulle envie de devenir le personnage qu'ils voyaient en moi, ce que leur forme particulière de lubricité m'enviait de pouvoir devenir : un voyeur attaché aux maux et aux perversions sociales du monde. J'éprouvais, comme ça m'était arrivé tant de fois, hostilité, irritation, rancune, j'aurais voulu crier, de façon ridicule : je veux vivre! Je veux voir des gens qui m'intéressent et m'amusent, blancs, noirs, de n'importe quelle couleur. Je veux me charger de mes propres relations avec les hommes et les femmes qui entrent dans ma vie, et que les abstractions telles que races et politique aillent au diable. Je veux vivre. Allez vous faire pendre, tous autant que vous êtes!

J'étais allongé sur le pont et le décor tout proche changeait en sornettes cette déclaration théâtrale. Le ciel était tellement bleu qu'on aurait dit qu'il allait se fêler, voler en éclats par l'intensité lumineuse de son bleu – se déchirer comme la mer qui se répandait en blancheur mousseuse là où la fendait le bateau. Le soleil était aussi aveuglant qu'un miroir ou un miracle. Impossible de poser les yeux sur lui; c'était trop de gloire païenne pour un être humain. Au-dessous de moi, s'étalait le pont-promenade où l'eau de la piscine tanguait d'un bloc au lent roulis du navire, comme une tranche de gelée verte. Les enfants hurlaient en se précipitant à l'eau, bouée autour du corps. Une délicieuse odeur de soupe atteignit mes narines et fut happée par le vent. Les hommes, comme des chiens, se rôtissaient presque nus, couchés en rond aux pieds des femmes. Les femmes portaient de grands chapeaux et des lunettes noires, et on ne savait jamais si elles vous regardaient ou non. J'étais pieds nus et en slip de bain et je sentais la pression régulière du soleil sur mes épaules. Je recommençais à avoir faim (le petit déjeuner datait d'une heure seulement), et j'étais rempli du désir agréable d'étirer tous mes membres.

C'était notre dernier jour à bord. Tôt le lendemain matin nous devions atteindre le port à Durban. Miss Everard m'avait demandé mon adresse à Johannesburg car elle voulait m'envoyer une caisse d'ananas de l'exploitation de son frère. Une demi-heure plus tôt je m'étais baigné avec Rina Turgell pour la dernière fois et j'avais remarqué, à mon grand étonnement, qu'en dépit du maillot de laine noire orné de l'écusson de son école, son corps était très beau. On ne l'aurait jamais cru à la voir si plate, tout habillée. Est-ce que cela s'était produit pendant le voyage ?

Le maître d'hôtel – les yeux allumés par l'ardeur de la création – s'affairait sur des cygnes et des dauphins de glace, des silhouettes féminines néo-classiques de beurre, pour le dîner d'adieux.

II

Il me semblait n'avoir fait que passer d'un irréel au suivant. Sous mes yeux, tandis que je dînais, on emportait un cygne de glace.

J'étais à Johannesburg depuis trois jours, descendu dans ce que j'avais découvert être le plus grand hôtel de la ville pour touristes. En m'éveillant le matin, je n'avais aucune idée de l'endroit où je me trouvais. La chambre était conçue de façon à ne fournir aucun indice; elle était aussi anonyme qu'une cellule de prison ou une salle d'hôpital. C'était une chambre d'hôtel des années cinquante, n'importe où dans le monde. La moquette était épaisse et de couleur claire. Les doubles rideaux étaient épais et de couleur claire. Le bois jaune et brillant de la table de nuit était marqué des traditionnelles brûlures de cigarettes. (Est-ce qu'il existe des usines qui offrent des meubles brûlés d'avance, comme ces imitations d'ancien qui comportent, paraît-il, des trous de vers?) Dans la salle à manger à balcons intérieurs dorés qu'on ne pouvait atteindre car rien n'y menait, et où l'éclairage indirect donnait l'impression d'un coucher de soleil de théâtre, Anglais, Américains, étrangers à la nationalité imprécise avaient des airs abasourdis de touristes fortunés. Le service était fait par les traditionnels Allemands et Italiens las, plantés sur leurs pieds plats. Il faut reconnaître que les garçons d'ascenseur en uniforme rouge et doré de groom avaient le visage noir, mais c'était plutôt chez eux le genre nègre de vaudeville qu'un effet de pigmentation. Dans le hall de marbre, il y avait de petites vitrines, comme on en voit dans les aéroports, où s'étalaient objets de luxe et curiosités; l'une d'elle contenait une bouteille de parfum en cristal sur un reposoir de velours, une autre un manteau oriental brodé, dans une autre encore deux sagaies croisées étaient disposées devant un bouclier tendu d'une peau de bête et une calebasse curieuse recouverte de perles de couleur. Une carte dorée placée derrière la vitre précisait que tout cela était en vente chez X, la maison de l'artisanat et des curiosités africaines authentiques. Je rendis ma clé à l'employée de la réception dont les cheveux formaient un casque serré de vieux bronze; elle lui fit traverser le comptoir, comme avec un râteau, d'une main aux ongles si longs qu'elle paraissait recouvrir et emprisonner les objets à la manière d'une araignée, plutôt que les ramasser. Sur ce, j'allai me promener en ville.

Le soleil y brillait chaque jour depuis mon arrivée. Rien de bien remarquable à cela, je suppose, dans ce pays. Une telle luminosité me semblait bizarre, non parce que j'arrivais de Londres en début d'hiver, mais parce que je sortais du crépuscule coloré de l'hôtel. On était tout surpris de découvrir que matin et midi existaient, que le jour croissait et décroissait, en quittant cette terne lumière sans âge. Des bruits de pas traînant sur le ciment montaient vers moi des trottoirs de la ville; je descendais vers eux du perron de l'hôtel, m'y intégrais, étais pris dans le mouvement. Au coin de la rue, quand je traversais, les feux endiguaient des flots de grosses voitures américaines – noires, couleur grenadine, turquoise – des vélos impatients, des trams grinçants. Cris, timbres, martèlements, glissements de savates, conversations, grondements des pots d'échappement, murmure des moteurs – les sons qui font une ville m'entouraient tout comme le bruit du vent dans les feuilles vous indique que vous êtes dans une forêt. On aurait dit que l'air arrachait des étincelles aux angles des immeubles exposés au soleil; l'ombre était noire et dure. Les Blancs paraissaient beaucoup plus nombreux que les Noirs. Des femmes me frôlaient, entourées de parfum coûteux. Des paquets m'entraient dans les côtes. Une femme enceinte me menaça de son bourgeon; un Noir, vêtu d'une blouse et d'une casquette où le nom de son employeur s'inscrivait en lettres de celluloïd, plongea pour ramasser une cigarette que quelqu'un avait laissé tomber et se la mit sur l'oreille. Il sifflait à vous crever le tympan tout en marchant. Trois jeunes gens pommadés de brillantine, la pointe des cheveux teinte d'une couleur rougeâtre, comme la tête dorée des méchants bustes de plâtre, la silhouette amenuisée par un ample veston vague et un pantalon étroit, le pas élastique et rapide dans leurs chaussures à semelles aussi épaisses que des tapis de bain passaient, le regard tendu, comme liés par une intention commune. Ils donnaient l'impression de bavarder, mais c'était une illusion; les lèvres de deux d'entre eux laissaient passer un gargouillis de syllabes ébauchées, hachées, comme en produisent les bébés, une espèce de babil, pas tout à fait une chanson.

Les immeubles flambant neufs envahissaient une grande partie du ciel s'ils ne le grattaient pas vraiment, ou bien en toc, balcons découpés à la scie dans du fer-blanc, plaque de plâtre qui annonçait fièrement « achevé de construire en 1911 » au-dessus d'une devanture de boutique neuve aussi tapageuse qu'un dentier dernier cri. Les horloges, logées dans les coupoles dorées du début du siècle ou le marbre de l'année, épais comme une feuille de papier à cigarette, se contredisaient. Les mannequins de plâtre se penchaient sur la rue derrière des vitrines bombées et présentaient ce qui se portait à Londres et à Vienne. On aurait dit qu'il n'y avait pas d'arbres; mais je n'étais là que depuis quelques heures, pour ainsi dire, et je n'avais presque rien vu en dehors des rues qui menaient de l'hôtel au bureau d'Arthur Hollward.

Le bureau d'Arthur (ce serait le mien, bientôt, quand il rentrerait en Angleterre) était à moins de trois rues de l'hôtel, et situé au neuvième étage d'un immeuble assez récent. Au rez-de-chaussée, il y avait une librairie, une pharmacie, un truc du nom d'« Adorable » que je n'avais pas encore identifié (sans doute un magasin de vêtements pour dames – la vitrine était totalement aveuglée par un rideau de satin jaune), une teinturerie et un bar. Le bar s'appelait le Stratford et avait des fenêtres à croisillons aux carreaux ambrés, ornées au centre d'une rose Tudor. Le reste de la façade et le hall d'entrée de l'immeuble étaient d'une splendeur anonyme, hollywoodienne; les portes des ascenseurs – il y en avait deux – étaient en bronze, l'escalier en pierre marbrée comme un fromage à point, il y avait par terre une mosaïque abstraite et le pan de mur qui faisait face à l'ascenseur était recouvert de miroirs bleuis retenus par des boutons de cristal. L'antichambre du Bon Dieu s'il en fut. Quand les ascenseurs arrivaient, on découvrait que l'un d'eux avait des parois matelassées maculées de saleté et un plancher fendu – c'était un monte-charge – et que la peinture écaillée de l'autre était criblée d'initiales gravées; l'escalier en gorgonzola faisait place, après le premier étage, à d'étroites marches de ciment; les couloirs, où la tuyauterie courait le long des murs verdâtres, ressemblaient aux intestins de quelque animal à sang froid.

Derrière sa porte vernie sans plaque, ce brave Arthur avait un petit cagibi où était installée la dactylo et où, à côté du bureau et de deux chaises branlantes, s'étalaient sur un présentoir les derniers titres des grandes séries de poche que nous publiions. Le bureau d'Arthur était de l'autre côté de cette pièce et, à l'instant où j'y mis les pieds pour la première fois, je me sentis gagné par l'assurance banale que doit éprouver le lapin qui pénètre dans un terrier ou le renard qui regagne une tanière puante : il y régnait l'atmosphère, l'odeur – mélange de livres neufs et de poussière aussi reconnaissable que celle d'une pharmacie – des bureaux d'Aden Parrot à Londres. Jusqu'à la présence menaçante de Faunce qu'on sentait là; c'est peut-être ce bon Arthur qui était la cause de tout ça, avec ce qu'il me faut bien appeler sa sainte terreur de Faunce. Aux yeux d'Arthur, Faunce était absurde et délicieux; ce qui revenait à faire deviner la bonne réponse à un enfant, car c'est exactement ce que Faunce avait décidé d'être, je ne sais combien d'années plus tôt. Il va sans dire que je connaissais Arthur Hollward (ou plutôt qu'il me connaissait), par le bureau de Londres, depuis l'âge des culottes courtes. C'était un de ces individus pratiquement dépourvus de charme, pour qui le contact avec un charmeur de la trempe de Faunce représentait un plongeon dans un bain de chaleur qui marquait, si l'on peut dire, la plus terne de deux personnalités, d'une lueur rosée. A force de citer Faunce, du seul fait qu'en l'appréciant autant il gagnait en chaleur, Arthur avait acquis une espèce de charme discret.

Tous les membres de la famille jouissaient, pour Arthur, de l'auréole de Faunce, et il me traitait avec un mélange de déférence sans flatterie du vieux serviteur envers la jeune fille de la maison, et de bonne humeur sermonneuse qu'il s'imaginait, je crois, être l'attitude de Faunce à mon égard. (Comme si Faunce se préoccupait le moins du monde d'un rôle aussi secondaire que celui de tonton gâteau!) Arthur était ravi de me voir, ma venue l'avait visiblement mis dans tous ses états, il me serra la main et me donna des tapes amicales comme s'il avait toutes les peines du monde à se retenir de dire « Mon Dieu! Ce que vous avez grandi! » Nous discutâmes un peu, des affaires, de Faunce, de ce qui se passait dans la maison en général et, comme je m'y attendais, Arthur m'annonça que sa femme espérait qu'il me ramènerait à dîner ce soir-là, pour ma première journée à Johannesburg. Il me présenta à la dactylo, Miss McCann, une de ces gamines très ordinaires à qui l'anémie donne un air éteint qu'on peut croire raffiné et qui, cela va de soi, sentait l'eau de Cologne et la chambre de malade. Il allait falloir que j'invente un moyen de me débarrasser d'elle. Il me présenta également un jeune Noir qui entrait dans la première pièce chargé d'une sacoche à courrier qu'il vida sur le bureau de Miss McCann – jeune homme dont tous les vêtements étaient soit trop grands, soit trop petits; je ne pus m'empêcher de remarquer ses chaussures en particulier – elles bâillaient largement autour de ses talons et de ses chevilles. « Et puis je vous présente Amon, dit Arthur, Amon, Mr. Hood qui vient de Londres me remplacer pendant mon absence. » Le gamin sourit d'un air penaud, sans me regarder et dit entre ses dents : « Oui, monsieur. Merci, monsieur. » La dactylo retournait le courrier comme si elle était persuadée de trouver quelque chose de désagréable ou qui clochait. Elle enleva deux reçus, les signa, les passa au jeune homme. Il sortit sans m'avoir regardé.

La maison des Hollward était exactement le genre d'endroit qu'ils auraient habité en Angleterre. Arthur avait posé lui-même le dallage irrégulier et c'est lui qui faisait grimper les traditionnelles roses à leurs tuteurs; Mrs. Hollward avait remeublé le salon en suédois « moderne », comme elle disait : fauteuils bas recouverts de toile à l'imprimé abstrait, lampes à abat-jour de raphia monté sur une bouteille de chianti, reproduction de Van Gogh au-dessus de la cheminée. Les vases avaient la forme de cygnes ou de poissons creux; on écrasait sa cigarette dans le ventre évidé d'un lapin de terre cuite. L'ensemble parvenait à reproduire dans le détail l'effet créé par le mélange cretonne-bibelots décorés qu'il avait manifestement remplacé.

Le dîner fut servi par une mince Africaine silencieuse aux lunettes cerclées d'acier et j'entendis plusieurs fois Mrs. Hollward lui donner des ordres tandis que les plats repartaient à la cuisine : « Couvre ça et mets-le au réfrigérateur » ou « Tu peux finir ça ». Après dîner, Arthur me servit un cognac du pays, pas mauvais ma foi, et se remit à parler de Faunce. Mrs. Hollward écoutait avec une sorte de jubilation timide et bien élevée, et le plaisir qu'elle prenait à ces anecdotes augmentait clairement au lieu de s'émousser par trop de familiarité, comme un enfant qui adore entendre et réentendre le même conte de fées.

Le lendemain soir, je me retrouvai au concert. A cinq heures, en quittant le bureau d'Arthur, j'entrai au Stratford, non pas parce que j'avais vraiment envie d'un verre, mais parce que l'endroit allait faire partie de mon cadre de vie pendant un certain temps; j'étais poussé par le mélange de résignation têtue et de curiosité qui fait fouiner dans tous les coins d'un bateau à bord duquel on va passer quelques semaines. Le Stratford était le genre d'endroit mortel qui risquait fort de paraître accueillant et digne de confiance pour peu qu'on y prît ses habitudes. Il suffirait d'y boire une seule fois quelques verres en compagnie d'une fille ravissante pour s'attacher au caractère rébarbatif des lieux. Mais, à y regarder de plus près, on n'y voyait pas la moindre femme; et, d'une certaine façon, ça n'était pas plus mal. Je ne perdais pas un mot de ce qui se disait en buvant mon verre de bière, et tous les consommateurs donnaient l'impression d'être journalistes ou hommes de loi. Ensuite, je rentrai à l'hôtel sans me presser, dans la cavalcade harassée de l'heure de pointe du soir – on ne semblait guère traîner en ville après la fermeture des bureaux – et jetai un coup d'œil sur ce qui se passait à l'intérieur.

L'immuable lumière rosée y régnait encore, comme déjà le matin; dans le grand salon, trois musiciens à l'air de chien battu égrenaient l'équivalent musical de la lumière, tandis que des groupes bruyants de jeunes gens échauffés offraient des tournées à des jeunes filles peu habituées à de telles largesses. Des hommes moins jeunes qui se composaient une physionomie avec autant de soin qu'ils avaient noué leur cravate de soie claire, se levaient pour saluer l'entrée, à grand renfort de claquements de talons, de filles élégantes et dédaigneuses, sans doute mannequins ou actrices; et les touristes descendus à l'hôtel, américains, anglais, ou venus du reste de l'Europe, apparaissaient curieusement étrangers au milieu des autres qui, en dépit de leurs milieux sociaux et de leurs intentions multiples, étaient visiblement chez eux.

Je jetai un regard, pas plus; je ressortis sans perdre de temps. Mais il était difficile, je m'en aperçus, de flâner dans Johannesburg. La soirée était tiède – le soleil mourait par éclairs hargneux entre les immeubles – et je me mis à la recherche d'une terrasse sans en trouver. Je pointai le nez dans un ou deux autres hôtels, mais ils ressemblaient beaucoup au mien. Je découvris un jardin public avec un musée – fermé – mais à moins d'être avec une fille, ou un enfant, ou d'être très vieux, on ne peut guère s'installer bien longtemps dans un jardin public.

Et maintenant? me demandai-je à moi-même.

Je traversai un pont au-dessus d'une voie de chemin de fer qui s'enfonçait de nouveau dans la ville. A ma gauche, sur le côté bordé par la ville, j'aperçus une foule de gens qui faisaient la queue sous un toit de zinc. J'avançai un peu pour voir de quoi il s'agissait. Et je compris que c'était un arrêt d'autobus; les gens qui faisaient la queue avaient le visage tiré, dépourvu d'impatience, de ceux qui attendent chaque jour au même endroit à la même heure. Tous étaient noirs.

En m'éloignant du centre de la ville, le long des boucheries, des teintureries, des bistrots de quartier, je me rendis compte que le fait qu'ils étaient noirs m'avait frappé en dernier, avec moins de force; au fond, j'en avais pris conscience après coup. Alors qu'à Mombasa, ce jour-là, tandis que la chaloupe approchait de la côte, la première chose que j'avais remarquée était la couleur noire, la qualité africaine des visages qui attendaient là. Pourtant, je compris sur-le-champ où était la différence. Là-bas, c'était des paysans; le paysan au regard vide, à la tête de brute si vous voulez, ou bien le beau spécimen à l'état naturel – tout dépend du point de vue. Les visages de ceux qui attendaient l'autobus de Johannesburg portaient tous les stigmates de l'initiation à la civilisation occidentale; ces gens étaient fatigués par le bruit de la ville, un travail fait sans goût, les soucis d'argent, l'envie de choses qu'ils ne pouvaient pas s'offrir, ils avaient mal aux pieds d'être debout et mal à la tête d'avoir trop bu la veille – très proches des visages qu'on voyait aux quatre coins de Londres dans les interminables queues du temps de guerre.

Je dînai dans un restaurant de troisième ordre au nom ronflant, où tous les garçons étaient indiens. Celui qui me servit faisait de grandes démonstrations de zèle et m'apporta mon steak et mes frites molles et pâles en grande pompe, mais le restaurant était quasi vide et les autres s'appuyaient au mur et faisaient claquer leur serviette comme des chevaux qui balaient les mouches de leur queue.

Puis je me remis en marche avec la vague intention de trouver un cinéma où l'on jouerait quelque chose que je n'avais pas vu à Londres; mais je passai par hasard près d'une salle où, au milieu d'une foule qui envahissait la rue, une photo gigantesque annonçait un concert avec pour soliste un violoniste célèbre. Je l'avais entendu trois ou quatre fois en Angleterre, et je ne pense pas que je me serais donné beaucoup de mal pour aller l'écouter une fois de plus, mais quelqu'un vint me mettre un billet sous le nez – un billet unique – et je le lui achetai. Pendant que je sortais l'argent de ma poche, une demi-douzaine de personnes se mirent à faire cercle autour de nous, pleines d'espoir, pour le cas où l'affaire ne se ferait pas et où le billet serait encore en vente. Quoi qu'il en soit, il était à moi, et je me retrouvai membre à part entière de la cohue, dans un énorme foyer, sans grâce. A l'intérieur, le bâtiment (je découvris que c'était rien moins que l'hôtel de ville) était tout aussi laid. Mais pas le public – c'est de laideur que je parle; on voyait quelques femmes très belles, et tous ces gens donnaient une impression d'aise, bien vêtus, si ce n'est de façon seyante, bien nourris, sereins. Il y avait un assortiment prévisible du genre de visages qu'on rencontre dans tous les concerts du monde : les mordus, vieux messieurs à toupet de cheveux blancs, vieilles dames en châle ou turban indien, étudiants aux yeux baissés sur la partition, comme s'ils étaient en prière, jolies filles bizarrement coiffées et habillées de façon plus bizarre encore. Je pris place et écoutai dans un cadre de parfums et de fourrures soyeuses; de mains chargées de bagues et de chevelures décolorées; de pommade parfumée et de drap fin où l'odeur de cigare persistait. A l'entracte, on échangeait les propos habituels : cuivres un peu faibles, jeu un peu rapide, violoniste absolument divin, violoniste moins bon que l'année dernière à Salzbourg, violoniste toujours seul et unique interprète de Mozart, violoniste périmé, tout juste bon pour l'Afrique du Sud – les mêmes réflexions, en changeant les noms de lieux, qu'on entend dans n'importe quel concert à Londres.

A la fin, je sortis dans le flot de ce monde rutilant et me frayai un chemin, à travers les voitures, jusqu'à l'hôtel. Dans le salon, la lumière rose brillait encore au-dessus de gens qui étaient soit ceux que j'y avais vu au moment du premier verre de la soirée, soit d'autres absolument identiques. Sauf les touristes. Ils étaient allés se coucher. L'un d'eux avait laissé une brochure publicitaire sur la table non occupée à laquelle je m'assis en attendant un café. *L'Afrique dans toute sa gloire sauvage. A quelques heures de distance. Des voitures équipées pour la brousse vous prennent à votre hôtel à Johannesburg, vous conduisent au parc Kruger : le jour même, vous voyez lions, antilopes, hippopotames. Après un sommeil réparateur dans un camp pourvu de tout le confort, vous repartez voir éléphants, girafes et autres animaux à l'état de nature, soumis à la loi de la jungle.* La page suivante décrivait, en termes similaires, les danses de guerre indigènes auxquelles on pouvait assister deux fois par mois, dans un camp minier proche de Johannesburg. Sur la troisième, la photo d'une jeune Noire splendide, au sourire enchanteur, revêtue du costume de sa tribu tout en perles, les seins drus à l'air, vantait *le charme non frelaté du Zoulouland.* J'avais l'impression que ce que je lisais avait trait à un autre pays, situé de l'autre côté des mers. Mais de toute façon, le pays des brochures pour touristes est toujours un autre pays, abstraction encombrante de tout ce qu'on peut convoiter et qui, Dieu merci, n'existe pas sur notre planète où les fourmis, les mauvaises odeurs, et les bouteilles de Coca-Cola vides se chargent toujours de marquer la beauté de l'empreinte douteuse de la réalité.

Est-ce que j'étais bien en Afrique? Je me mis au lit dans cette chambre d'hôtel où même le bruit du bouton tombant de ma chemise était étouffé par une conspiration d'épaisseurs qui garantissait l'anonymat de l'atmosphère.

Je confiai à Arthur qu'il fallait que je me trouve un coin à moi, peut-être un petit appartement. « Eh, oui, dit-il avec un sourire de sympathie indulgente, toutes les bonnes choses ont une fin.

– C'est vrai.

– J'ai pensé que ça vous serait agréable de commencer en beauté.

– Ça l'a été. »

Je craignais qu'il n'aille me conseiller une autre possibilité, le même hôtel, en plus modeste, la taille au-dessous dans le forfait lumière fluorescente – air confiné.

« Il y a quelque chose de remarquable, à Parktown, il me semble – une pension de famille où habitent des tas de gens qui sont loin de chez eux. »

(Non, il avait décidé qu'après avoir papillonné au Plaza-Ritz, ou je ne sais quoi, ce qu'il me fallait en fait d'installation plus permanente était une pension de famille anglaise de bon ton.) « J'en parlerai à Jessie; je crois bien qu'elle connaît quelqu'un qui y habite.

– Oh! merci Arthur, mais je crois vraiment que je vais essayer de dénicher un quelconque appartement! En réalité, j'ai peut-être bien quelque chose en vue. Enfin, quelqu'un à qui on m'avait recommandé m'a plus ou moins promis de s'en occuper. » L'aplomb de ce mensonge me plongeait moi-même dans l'embarras.

« Voilà qui est raisonnable, répliqua Arthur, tout heureux de penser que je tirais sans doute parti des relations illustres de Faunce. C'est une bien meilleure idée d'avoir un petit pied-à-terre à vous. Et si quelqu'un peut vous pistonner, tout est pour le mieux. »

Il me semble qu'une des règles d'or de la propagande est qu'un mensonge dit avec suffisamment de conviction devient vérité. En tout cas, l'influence d'un mensonge qu'on a fait soi-même est chose bizarre; le mien eut pour résultat de me faire éplucher le carnet d'adresses à deux sous que je n'avais pas ouvert depuis que j'avais quitté le port, en Angleterre. Je ne savais pas ce que je cherchais, certainement pas quelqu'un à même de me pistonner. C'est presque à contrecœur que je parcourais ces noms et ces adresses qui ne voulaient rien dire, gribouillés de ma main ou de celle d'autres personnes, à Londres et dans les Cotswolds, dans des voitures et des restaurants, chez des amis, dans les bureaux d'Aden Parrot. Qu'est-ce que je disais au moment où on les écrivait? Oh! oui, je vous en prie! Bien sûr que j'irai les voir. Je suis persuadé que ça m'aidera beaucoup. Oui, j'aimerais beaucoup faire leur connaissance, Signor A. Pozzi, 177 Barston Place, Riviera Road. Et, entre parenthèses « (Arnolfo et Betty) », Arthur Coutts, Inanda Club, Sandown (demander le poste 53), Max et Doreen Brown, Cleantry Court, Isinpingo Street. Hildegarde Cegg, 42-7831. David Marshall, aux bons soins de la Maison de la Radio. Ensuite la liste de ma mère et celle de Faunce : des gens « qui valaient la peine ». Un écrivain qui avait sorti, sous une de nos jaquettes, un de ces romans sur le métissage que l'Afrique du Sud exporte de nos jours au même titre que l'or ou les fruits. Le rédacteur en chef d'un journal. Un professeur d'université. L'ancien secrétaire général de l'Institut des rapports entre les communautés. Un prêtre qui avait quelque chose à voir avec la Ligue pour la réforme du système pénal. Une doctoresse directrice d'un hôpital pour Africains. Le révérend Ceci et le docteur Cela. Un Indien secrétaire d'une quelconque association; un dirigeant noir. Un membre du Parlement.

Coincé en bas de page, un nom sur lequel je me souvenais avoir vu hésiter ma mère. Elle avait discuté avec Faunce pour savoir s'il fallait vraiment que je me donne la peine d'aller voir cette femme;

c'était, au temps de sa jeunesse, quand ils la fréquentaient, une fille plutôt agréable, mais elle avait épousé un magnat de l'industrie, homme qui, par l'importance, venait tout de suite après Ernest Oppenheimer dans les mines d'or, et depuis lors, on avait l'impression qu'elle n'avait pas fait quoi que ce soit. Ce genre de famille ne risquait-il pas de m'ennuyer à mourir? Puis Faunce avait dit : après tout, cela pourrait peut-être l'amuser; ça pourrait être intéressant de voir ces gens-là de près – ce qui fait que ma mère écrivit l'adresse malgré tout : Marion (et Hamish) Alexander, Maison Haute, Illova. Le numéro de téléphone était en chiffres si petits que je pus à peine le déchiffrer; ma mère s'était dit qu'il y avait peu de chance que je l'utilise.

J'optai pour les Alexander, Hamish et Marion Alexander, et Maison Haute. Une voix que j'avais déjà appris à reconnaître comme celle d'un Africain répondit au téléphone. Mrs. Alexander était sortie; je laissai mon nom et le numéro de téléphone de l'hôtel. Et sans savoir pourquoi, me sentis satisfait de ma tentative. Si les Alexander ne me rappelaient pas, je n'aurais plus jamais à me préoccuper d'eux.

Je dînai, ce même soir, quand on me demanda au téléphone. Je traversai la salle à manger rapidement, de l'allure furtive de ceux qu'une affaire personnelle appelle loin d'un lieu public; chacun m'ignora avec autant d'obstination que je les ignorais tous. (Chaque style de vie a un code, et à quelle vitesse ne se plie-t-on pas à celui dans lequel on est plongé, si ridicule soit-il?) Je pris l'écouteur du téléphone de l'hôtel, encore tiède de l'oreille de quelqu'un d'autre, et j'entendis la voix de ma mère; le produit d'une même école, accordé, pour ainsi dire, avec le même diapason : « Mr. Hood? Toby? Marion Alexander à l'appareil.

– Oui, Toby Hood. Bonsoir, Mrs. Alexander.

– Je n'y croyais pas! J'étais sûre que mon domestique s'était trompé de nom. La dernière fois que je vous ai vu, vous étiez encore en pension, avant la guerre... Comment êtes-vous arrivé ici, et pour quelle raison? C'est vraiment merveilleux! »

Elle m'invita à déjeuner le dimanche. Une Buick noire, conduite par un chauffeur africain passa me prendre à l'hôtel à midi. J'essayai de lui parler pendant le trajet mais il me répondit à contrecœur, d'un ton suffisant et désinvolte, en employant des américanismes pas tout à fait à bon escient. Je crois qu'il me trouvait très mal habillé.

Nous sortîmes de la ville – qui est privée de vie le dimanche; même les cinémas sont fermés – et empruntâmes le nouveau pont Queen Elizabeth. Je me tordais le cou pour regarder en arrière et je dois admettre que, de là, l'ensemble avait de l'allure; les immeubles rectangulaires, couleur d'ivoire, de sable et de pierre, d'une pâleur d'objets ramassés sur une plage, découpaient une frise de formes pures et rigides, sur un ciel qui n'était qu'espace. S'il avait coulé une rivière sous le pont, cela aurait été une belle ville – mais il n'y avait pas d'eau, il y avait les hangars, les voies, l'acier enchevêtré d'une gare ferroviaire. Nous passâmes de petites maisons étriquées cramponnées aux lisières de la ville, ensuite l'université – bâtiments gris, arbres verts, sol rouge aux pentes de la colline – puis une succession de quartiers de banlieue aux maisons agréables, pimpantes, bien sages, confortables comme ces maisons le sont partout, mais ceinturées, noyées, étouffées presque d'arbres et de fleurs d'une beauté rare et écrasante. Plus on s'éloignait, plus grands étaient les jardins; nous abandonnâmes enfin l'asphalte pour une route tracée dans le sable. La voiture roulait en souplesse; les arbres se rejoignaient presque, au-dessus de nos têtes; dans une clairière, j'aperçus l'éclat irisé d'une croupe de cheval. Sur une arche de pierre raboteuse, on lisait *Maison Haute* en lettres de fer peintes en blanc. L'allée était bordée d'arbres aux branches lisses, au feuillage vaporeux; au-dessous, des hortensias s'enflaient, en cumulus de verdure. J'aperçus un court de tennis, une piscine et sa cabine de bain rustique, des pelouses au vert désincarné, un bassin de nénuphars, une plate-bande d'iris, et la maison bâtie sur un tertre verdoyant. Une grande maison, bien sûr, avec des allures de chaumière boursouflée, dont le toit de chaume aigu se retroussait au-dessus de mansardes, avec des cheminées blanches massives, et qu'un balcon et une véranda élargissaient sur les deux côtés visibles pour moi.

La voiture me déposa devant la porte d'entrée qui était ouverte et, en attendant après avoir frappé, je distinguais l'intérieur et percevais des voix de l'autre côté de la grande baie à ma droite. Le hall d'entrée menait sur la gauche, par quelques larges degrés plats; je pressentis vaguement par là une pièce, tout en longueur, grège, l'éclair des cuivres et des ors, des fleurs et des cristaux. Dans l'entrée, il y avait une table de marqueterie sous un immense miroir au cadre incrusté de nacre. Plus loin, les premières marches d'un escalier se déployaient en estrade; la moquette semblait pousser sur les marches et bordait chacune d'elles de mousse rose. Un Africain apparut sans bruit, je le suivis de même (je m'aperçus par la suite que le rez-de-chaussée tout entier était recouvert de cette moquette couleur de champignon) le long du miroir où se reflétaient, posés sur la table en dessous, trois balles de golf toutes neuves et un vieux gant de golf, moulé par la sueur et l'habitude à la main de son propriétaire, pour traverser un vaste salon, rempli de fauteuils et de canapés aux couleurs de robes de femmes, qui débouchait sur une véranda. Si on peut lui donner ce nom; une variété améliorée de véranda. Tout un côté de la pièce ouvrait sur elle, arrangée comme un décor de film avec bar, barbecue, chaises longues, tables de verre et de fer forgé, lanternes vénitiennes en verre mauve et plantes singulières aux branches pendantes.

Un éclat de rire cessa quand je parus; cinq personnes levèrent les yeux et un homme trapu au crâne chauve s'arracha péniblement à sa chaise pour venir m'accueillir. « Vous ne pouvez être que Toby Hood, me dit-il, venez boire quelque chose. Marion n'est pas encore rentrée. » Il semblait persuadé que sa propre identité, Hamish Alexander, coulait de source, et il commença les présentations. « Archie Baxter », un homme encore jeune, mince, qui avait les traits réguliers du buveur distingué des réclames pour whisky. « Kit Baxter », tout aussi agréable à regarder, avec le même vernis commercial; ils formaient le genre de couple dont les vêtements – tenues d'équitation en l'occurence – auraient pu avoir été offerts par un fabricant en échange de la promesse d'être portés de façon flatteuse et en bonne compagnie. « Et voici Margaret Gerling et sa grande sœur, Cecil Rowe. » Cela fit rire, et se ressembler, les deux jolies filles également en tenue d'équitation. J'aurais trouvé un peu ridicule de m'affaler, presque à plat dos, à peine entré chez un inconnu, et c'est pourquoi je m'assis sur l'abattant d'une des chaises longues, entre Mrs. Baxter et celle dont je voyais maintenant qu'elle était la plus âgée des deux sœurs, Cecil Rowe. Baxter, qui était derrière le petit bar, me demanda : « Vous voulez essayer mon martini-gin ? » et Mrs. Baxter avança à portée de ma main, sur une table basse, un ravier d'olives et d'amandes.

Dès que je fus assis avec un verre, ils reprirent leur bavardage; Hamish Alexander dispensait l'accueil totalement impersonnel et le sourire immuable de celui qui reçoit beaucoup de gens dont il n'a pas lui-même invité la moitié. Les femmes étaient animées et bavardes, particulièrement Margaret Gerling et Mrs. Baxter. Toutes trois avaient les coiffures courtes, lumineuses, à la mode, ni blondes ni brunes, les yeux bleus, le cou bronzé, les ongles éclatants, la voix haut perchée de théâtre, le vocabulaire curieusement uniforme – mots dans le vent, clichés recherchés, insinuations, argot – des jeunes femmes de la haute bourgeoisie britannique. Des filles sympathiques, quoi. Enjouées, spirituelles, décoratives. Un rien plus accomplies, un rien moins intelligentes, un rien plus attirantes que Rina Turgell. Je riais en même temps que les autres à leurs histoires – des histoires équestres pour la plupart, dont elles faisaient elles-mêmes les frais – qui n'étaient pas très convaincantes mais bien racontées. J'y allais de la mienne, pas une histoire d'équitation, mais également à mes dépens. Un certain nombre d'invités arrivèrent et le cadre recherché commença à se remplir.

Il y avait des couples d'âge mûr, dont les femmes paraissaient bien plus jeunes qu'elles ne l'étaient en réalité, dans leurs robes de coton qui révélaient largement des courbes encore bien conservées. C'était d'ailleurs des femmes agréables à regarder, au parfum somptueux. Les hommes étaient en tenue de sport, celui auquel ils venaient de se livrer ou bien, le teint terreux, les bajoues pendantes, gisaient dans un accoutrement bien repassé de pantalon de flanelle, chemise et écharpe de soie qui dissimulait le délabrement des artères durcies, le foie sclérosé, le cœur hypertrophié pesant dans la poitrine. L'un d'eux se retrouva assis près de moi; et je me sentis gagné par l'espèce de pitié dégoûtée que provoquent toujours en moi ces vieux taureaux de la finance qui reniflent encore la sciure de l'arène et dont le cou épais ne peut se débarrasser des banderilles gagnées dans les bagarres financières, le surmenage, la bonne chère, et l'alcool. Il y avait un homme grand et maigre aux épais cheveux blancs – le genre de type dont le revers, au tennis, est encore redoutable à soixante ans et qui épouse à soixante-quinze une femme de vingt-cinq ans. Il revenait d'une chasse au crocodile en Rhodésie du Nord, et il en parlait d'une voix forte, naturelle, autoritaire qui réussissait à interrompre les conversations accessoires, tant offrait de contraste sa conviction absolue de l'intérêt de ce qu'il disait.

« C'est vrai qu'il faut les atteindre entre les deux yeux, John? s'enquit Mrs. Baxter.

– Ça, je n'en sais rien, mais je n'ai pas peur de vous dire qu'il faut qu'ils soient bougrement morts avant qu'on puisse les considérer comme tels, dit-il. On croit les avoir atteints, et voilà qu'ils décampent en fendant l'eau et on ne les revoit jamais. Nous en avons abattu chaque fois une bonne douzaine pour un monté à bord. Mais quels bestiaux! On a l'impression de leur rendre service en les tuant. Et quand les porteurs leurs ouvraient le ventre... » Il se mit une main – dont le poignet portait une de ces montres de prix qui donnent l'heure, la date, les phases de la lune – en travers du visage, le dissimulant jusqu'aux sourcils noirs, drus et confus.

Hamish Alexander qui appréciait visiblement sa compagnie, se pencha en avant sur sa chaise, hilare, et ses fortes dents jaunes s'harmonisaient bizarrement à la couleur des soies rouquines de son cou. « J'en ai entendu parler, dit-il en jubilant, j'ai entendu des gens...

– Hamish, ce n'est pas d'en entendre parler qui peut donner la moindre idée... Tout le bateau, je vous assure. Ça puait comme... » Ses lèvres se plissèrent mais s'arrêtèrent à temps.

« Un charnier », glissa Kit Baxter, suavement.

Tout le monde s'esclaffa. « Quel tact, Kit », dit Baxter.

John se pencha et embrassa le front rond et lisse de Kit.

« Mais elle, elle sent bien bon. »

Les rires reprirent.

« Non, sans blague, je n'ai pas honte de le dire, pourtant vous savez tous comme je suis d'habitude, un modèle de dignité et tout et tout.

– John, vous vous habilliez tous les soirs pour dîner ? jeta quelqu'un.

– J'aurais aimé sauter du bateau et regagner la rive à la nage. Je le jure devant Dieu, la seule chose qui m'ait fait rester sur le bateau, ce sont les crocodiles encore dans l'eau. »

Levant son verre, contre lequel vint tinter la pile de bracelets qu'elle avait au poignet, afin d'attirer l'attention, l'une des femmes intervint : « Je me souviens d'être allée une fois à l'usine où l'on traite les baleines à Durban. Oh ! mais, Peggy, vous y étiez aussi; et Ivan ! En fait d'odeur, on ne fait pas mieux; un concentré à quatre-vingts pour cent de poissonnaille, de graillon, je ne sais quoi.

– Ma chère Eve, dit le dénommé John, je suis

désolé mais nous ne tolérons pas les détours dans ce, ce...

– Contexte, dit Kit.

– Ce contexte. »

Kit paraissait persuadée qu'elle lui rendait service en parlant pour lui : « Quand ça pue, on dit que ça pue. »

Notre hôtesse, Marion Alexander, arriva au milieu des gloussements qui suivirent et, tout en saluant ses invités à la ronde, s'avança tout droit vers moi tandis que je me levais de ma chaise.

« Mais c'est Toby! et elle m'embrassa. Je suis contente de vous voir. J'espère qu'on s'est occupé de vous. J'avais un match, ce matin, vous excuserez mon impolitesse. Voilà que je vous ai mis du rouge. Non, un peu plus bas, c'est ça. » Elle me prit le bras, puis répéta ses excuses, d'une voix claire et chantante, à la cantonade : « Je vous en prie, pardonnez-moi, je ne croyais pas être la dernière au déjeuner, j'étais persuadée être rentrée à midi et demi. » Je lui trouvai une allure incroyable : elle portait une robe de lin blanc et un panama à ruban. Les premières secondes, je ne saisis pas que c'était le costume qu'arborent les femmes pour jouer aux boules, et je me demandai ce qui la poussait à essayer de ressembler à une pensionnaire plus que sur le retour. Je ne me la rappelais pas, bien qu'elle eût affirmé au téléphone m'avoir vu juste avant la guerre, quand j'étais déjà au collège, mais je me rendais compte qu'elle avait dû être jolie et qu'elle était beaucoup plus âgée que ma mère. Ou c'est peut-être qu'elle avait mal vieilli, en se sentant vieillir. Sous le chapeau, le maquillage était plus blanc et plus rose que son visage ne l'avait jamais été dans sa jeunesse; pourtant, sans aucun doute, c'est ce qu'elle s'imaginait avoir été, et avait de ce fait choisi de singer. Elle alla se changer et Kit Baxter, l'air implorant comme si elle demandait une gâterie, se leva d'un bond et la suivit en disant : « Je veux venir vous parler, Marion ! »

Pendant leur absence, les trois derniers invités arrivèrent, accompagnés du fils d'Alexander, Douglas. Celui-ci revenait du golf, et parmi les invités, les deux hommes étaient en tenue d'équitation. Avec les vieux taureaux, j'étais le seul invité masculin à ne pas débarquer le front ceint des lauriers de l'équitation ou du golf. Les deux derniers avaient des mines de jouvenceaux apoplectiques, tout blonds, avec de petites oreilles bien collées et sans lobe, un nez court et des yeux bleus injectés de sang. Tous les traits de leur visage paraissaient interchangeables; ils se précipitèrent à l'intérieur en criant : « Bonjour ! bonjour ! bonjour vous tous » comme des duettistes de comédie. C'était en fait des duettistes : des jumeaux identiques; les regarder vous mettait mal à l'aise, comme lorsqu'on regarde quelqu'un après avoir pris un coup dans l'œil et que le profil, les gestes, le mouvement des lèvres continuent à se multiplier par deux. Ils avaient amené une Américaine étourdissante, élancée comme un lévrier russe, habillée de ce que je pris pour un collant noir (en tout cas, un pantalon de femme qui ne pendait pas aux fesses), et de quelque chose qui ressemblait à une chemise d'homme rayée, et l'enveloppait, mais s'accrochait, quand elle bougeait, à deux petits pics frémissants qui étaient ses seins. Elle était très blonde, sans le moindre soupçon de jaune, et ses cheveux tirés en arrière étaient retenus par une mèche entortillée autour. Elle avait le visage très jeune, maquillé pour paraître pâle et duveteux, et une expression aussi vieille que le monde. Pendant qu'on la présentait, elle jetait à chacun des regards de lézard, puis elle replaça son long fume-cigarette entre ses lèvres, comme un homme austère reprend sa pipe. J'acquis l'impression que Tim et Tom (si c'est bien comme ça qu'ils s'appelaient) la connaissaient à peine; que les femmes s'accrochaient à leur cuir rouge et hâlé comme les teignes à la laine des moutons. Ils étaient déjà repartis, à peine entrés, en repoussant Archie Baxter du geste : « Non, non, mon vieux, il faut qu'on se baigne avant de boire ton truc. On a le temps de se baigner avant de déjeuner? – Bien sûr qu'on a le temps. On a toujours le temps chez Hamish, pas vrai? »

Ils rattrapèrent la piscine en traversant la pelouse et au bout de quelques minutes on les vit, les bras serrés autour du corps sur le bord du bassin, puis faisant signe de la main, avant de faire exploser la surface de l'eau en s'interpellant de leurs voix identiques, comme si quelqu'un tenait tout seul une conversation à haute voix.

Je me sentais tout barbouillé d'encre et pas très frais dans mon vieux costume bourru et, tandis que disparaissait mon troisième verre, pas trop mécontent malgré tout. Tout le monde ou presque avait déjà bu pas mal (Hamish ne bougeait pas de sa chaise et Archie Baxter s'occupait du bar, aidé de deux Africains en costume et gants blancs qui ne faisaient qu'aller et venir, apportant l'eau gazeuse, la glace et les cigarettes et emportant les verres et les cendriers sales) et cela, ajouté à l'attente du déjeuner, avait fait monter le ton. Mrs. Alexander et Kit Baxter étaient revenues. Mrs. Alexander se déplaçait parmi ses invités avec la cordialité d'une hôtesse qui aime les gens et sait faire éclore un groupe dans un chatoiement de lanterne chinoise. Elle maniait la flatterie et l'exagération, c'était visible, mais le résultat était de rendre chacun plus engageant, si bien que la combinaison – invités, alcool, bavardage et, par la suite, bonne chère – était en fait très agréable. C'est là une réussite très différente de celle de l'hôtesse qui réunit les gens ayant quelque chose à dire. Cela revenait à créer quelque chose à partir de pas grand-chose.

Les jumeaux, tout frais aspergés et épongés, remontèrent et se mirent à vociférer autour du bar, en compagnie de leur Américaine, Kit Baxter et les deux sœurs Cecil et Margaret. Ils parlaient un anglais théâtral, exagérément accentué. Ils faisaient la roue devant les femmes, à mon avis, plus qu'ils ne flirtaient avec elles. Marion Alexander s'obstinait à me prendre par le bras et à me présenter : « Vous avez discuté avec ce garçon? J'aimerais que vous le fassiez, avant que ce ne soit mon tour, pour me dire s'il est vraiment trop intelligent pour moi. C'est le fils d'Althea Thomas – Aden Parrot, les éditeurs, une famille d'as.

– C'est une grande occasion. Ce garçon est le fils de mon amie Althea Thomas et de Graham Hood. J'aurais fait n'importe quoi pour eux. » Elle disait cela comme si mon père et ma mère constituaient une noble cause; et peut-être qu'à ses yeux c'est ce qu'ils étaient : l'incarnation des nobles causes des années trente, qu'elle se rappelait avoir un instant épousées, tout comme elle avait adopté les chapeaux cloches un ou deux ans plus tôt. Quoi qu'il en soit, le nom de mon père ne disait, ils l'admettaient avec bonne humeur, rigoureusement rien à ces gens-là, pas plus, je suppose, que ceux de ses contemporains plus illustres – les Spender ou les Toller. Mais je comprenais fort bien que, du fait que Marion Alexander insistait tant sur mes parents, les plus éveillées de ces dames s'imaginaient que ma famille était de celles qui figurent dans des magazines genre *The Tatler*. Quelques-uns des Anglais m'acceptaient avec l'esprit de franc-maçonnerie dégagé de ceux qui connaissaient les privilèges et les inconvénients, qui valent ce qu'ils valent, de l'ordre qui est le leur. Ceux qui n'étaient pas anglais semblaient tous attacher autant d'importance aux voyages en Angleterre et dans le reste de l'Europe qu'à un parcours dans un train de banlieue et discouraient des pays les plus reculés d'Europe comme s'ils m'en croyaient aussi familier qu'eux-mêmes. On prenait l'avion de telle ville à telle autre; on louait une voiture; on retrouvait sa fille en Suisse; le mari arrivait de Rome; la sœur vous rejoignait à Vienne; fjords et montagnes, casinos et croisières, palais italiens et espadrilles...

L'un des Noirs en costume blanc sortit de la maison et sonna du gong au milieu de tout cela.

Tandis que les gens se levaient et se dirigeaient en procession vers la salle à manger, la conversation prit un tour décisif : on en était au dernier cri sur le mobilier anglais, au mariage de la semaine passée, aux prix des maisons à Johannesburg, aux mérites d'un nouveau terrain de golf lancé par un monsieur du nom de Jock et aux canons d'un cheval appelé Tom Piper.

Sur le chemin de la salle à manger, il y eut un incident ridicule entre moi et l'Américaine qui se trouvait être la dernière femme qu'on conduisait à table. Elle tourna la tête et dit d'une voix basse, mourante, très américaine : « *I hear you're a great wrider?* – Non, seulement éditeur » répondis-je, plein d'embarras, car si je n'étais certainement pas écrivain, je n'étais même pas encore éditeur non plus. Sur ce, elle éclata de rire, un rire effronté, sans retenue, inattendu après sa voix, et dit : « Je me suis sans doute trompée de personne. » Elle ne fournit aucune explication et la conversation ne tarda pas à s'éteindre. Ce n'est que plus tard, alors que je l'observais, assise en face de moi, de l'autre côté de la table, entre Douglas Alexander et l'un des jumeaux, que je me rendis compte en un éclair qu'elle avait dit non pas *writer* mais *rider*. Impulsivement, je voulus me pencher par-dessus les verres, l'argenterie, la corbeille à pain venue d'Italie pour m'expliquer; mais, de toute évidence, cela n'eût servi à rien. Expliquer que je n'étais ni écrivain, ni cavalier. De toute façon, elle s'était trompée de personne. Elle s'était faite à l'idée, il n'y avait pas à discuter. Désabusée, indifférente à leur présence, elle n'appartenait, ne pouvait appartenir, qu'aux jumeaux, et elle les aidait à produire leur effet. Pendant ce temps-là, elle mangeait et buvait de façon méthodique, sans que son rouge ne tache quoi que ce soit; et cela me paraissait prodigieux : marque désinvolte que c'était une fille spéciale, pas totalement réelle, et qui ne serait jamais pour moi; que peut-être je n'essaierais pas, ou n'ambitionnerais pas d'avoir.

Douglas Alexander, semblable en cela à beaucoup d'enfants de parents bourrés d'assurance, à forte personnalité, était un gamin plutôt insignifiant et avait le visage de quelqu'un qui a passé sa vie à écouter; comme si, depuis l'enfance, il n'avait fait qu'absorber des conversations dans lesquelles on ne lui demandait pas de mettre son grain de sel, et que l'habitude avait étouffé son désir de le faire, bien qu'il ait dépassé l'âge de se taire. Il n'avait assurément rien du fils de magnat de l'or tel qu'on l'imagine couramment; tout au long de la conversation apparemment boiteuse et guindée, qu'il poursuivait avec la belle Américaine (au sujet de New York, à ce que je compris), ses regards, poliment dirigés vers elle, ne cessaient de se dérober pour aller se poser rapidement de l'autre côté, comme si quelque chose exigeait de toute urgence son attention. A la gauche de la jeune fille, le premier des jumeaux faisait des bonds et se tortillait, agitait son verre, ne cessait de la heurter du coude ou de l'épaule en bavardant avec sa voisine et tout son public. De temps en temps, il s'apercevait qu'elle existait et, en un retour amoureux impersonnel, fugitif, instinctif, celui dont un chien en lèche un autre, il lui passait la main sur le bras ou lui tapotait les cheveux.

J'étais à l'extrémité de la table où se trouvaient Hamish Alexander, Kit Baxter à ma droite et Cecil Rowe à ma gauche. Mrs. Baxter avait une voix au charme très étudié, dont elle tirait parti de façon concertée et avec beaucoup de science, comme s'il s'agissait d'un élément de chaîne de haute-fidélité et non du résultat final et imparfait de l'évolution des grognements et des cris par lesquels l'homme a, à l'origine, essayé de rendre le fourmillement effrayant de son cerveau. Elle badinait à n'en plus finir et échangeait des flatteries avec le vieil Hamish, qui était beaucoup trop loin d'elle pour que la conversation fût agréable. Pendant qu'elle tournait la tête de l'autre côté, les longs doigts de sa main satinée à uniforme de bagues et d'ongles rouges caressaient distraitement le manche de nacre d'un petit couteau, tout près de moi, et vivaient d'une vie bien à eux. La figure rouge d'Hamish Alexander, profil candide, court, grassouillet, nez en trompette de petit enfant, yeux bleus larmoyants et hilares, était tendue vers elle, le long de la table; mais quelqu'un lui expédia une question sur les gisements d'uranium et son visage revint d'un coup à lui, tout en adoptant l'expression réservée, méfiante, raisonnable, la franchise figée de l'homme qu'on interroge sur une chose importante qu'il ne peut révéler. Il s'accorda une seconde ou deux de répit en s'éclaircissant la gorge à loisir, matois, puis enchaîna et entraîna son monde sur une voie de garage, longuement, sans concession, du ton débonnaire de la confiance : « Allons, ce n'est pas si simple... Déjà en 1941... »

Kit Baxter se tourna vers moi, pleine d'un ravissement parfaitement convaincant et certainement feint. « Depuis le temps que j'attends de vous parler! » dit-elle. Je souris de toutes mes dents, assez sceptique. « J'espère que vous ne venez pas d'écrire un livre, dis-je, parce que je crains bien de ne pas pouvoir grand-chose chez Aden Parrot, malgré ce que Mrs. Alexander vous a peut-être raconté.

– Grand Dieu, non, mon petit moi serait bien incapable d'écrire. Vous ne risquez rien de ce côté-là. En fait, Marion m'a dit que vous avez des chances d'être ici pas mal de temps, et nous avons pensé toutes les deux que ça pourrait vous amuser de venir jusqu'à la ferme un de ces jours – voir un petit peu le pays. Ce n'est pas qu'il soit très beau – enfin, pour moi, il l'est, d'une certaine façon – mais il a du caractère.

– Quelle ferme?

– Celle d'Hamish. Le haras des Alexander, dans le Karrou.

– Oh! j'y suis! Je n'en avais pas entendu parler. Qu'est-ce qu'il y élève?

– Des chevaux. Hamish s'est lancé là-dedans plus pour s'amuser qu'autre chose. Mais maintenant, cela prend des proportions. Archie et moi, nous y sommes depuis le début de l'année.

– Votre mari et vous y habitez?

– Hamish nous a demandé d'y aller et de nous

en charger, de façon plus ou moins permanente. »

Elle tourna sa phrase de façon à faire bien comprendre que son mari était devenu directeur du haras des Alexander, plus par amitié, et grâce à ses relations, que parce qu'il cherchait du travail comme tout le monde.

« Et cela vous plaît ? » demandai-je.

Elle se mit à rire et la peau se fronça avec grâce autour de ses yeux maquillés. « Vous ne me voyez pas femme de fermier ! Mais vous vous trompez, vous savez, vous vous trompez tout à fait. Je ne suis pas faite pour la ville, je m'y conduis comme une vraie godiche. Ici, j'ai toujours vécu à la campagne et j'ai horreur de Londres. Archie et moi y avons passé deux ans après la guerre, et je n'attendais qu'une chose, c'était d'en sortir. Nos années à Johannesburg n'ont été supportables que grâce à Hamish et Marion, ils sont tellement adorables, nous venions ici monter à cheval chaque fois que l'envie nous en prenait et ils nous emmenaient faire un saut à la ferme dès que nous pouvions nous libérer. » Un plat tenu au bout d'une main gantée de blanc dont on voyait deux centimètres de peau d'un noir mat, entre le poignet et la manche, s'interposa entre nous. « (Encore un peu de mousse ? Le cuisinier de Marion prépare la mousse la plus exquise que vous ayez jamais goûtée.) Bien entendu, c'est perdu dans la brousse, à soixante-dix kilomètres de Neksburg, qui n'est déjà pas grand-chose, je le reconnais. On ne peut pas appeler ces villages du Karrou des " villages " à moins que la personne à qui l'on parle ne les ait vus. Ils n'ont rien de l'idée que nous nous faisons d'un village. N'allez pas imaginer des petits jardins autour des maisons, des cimetières moussus et tout le reste... Pensez plutôt poussière et pierres, rien d'autre, poussière et pierres et un hôtel envahi de mouches devant lequel sont arrêtées une ou deux grosses voitures étincelantes de représentants de commerce – pleines de poussière, elles aussi.

– Et la ferme, aussi de la poussière et des pierres ?

– Oh ! non. »

Je me rendis compte, non sans un sentiment d'aise, car le déjeuner délicieux et les vins avaient, comme de coutume, fait naître en moi un immense respect pour la vie passée dans l'ordonnance exquise de la richesse – que rien, dans l'empire d'Hamish Alexander, ne serait poussière et pierres.

« Il y a de l'eau autour de la ferme, bien sûr, toutes sortes de pompes et de bricoles qui s'escriment à l'irriguer. Et la maison est entourée d'arbres immenses, des cyprès, des poivriers, ça devrait être ravissant quand nous l'aurons arrangée plus ou moins comme nous voudrons. J'espère qu'au moment où vous viendrez on aura installé une seconde salle de bains et que les peintures seront faites. »

Elle racontait tout cela de l'air complaisant et décidé d'une femme qui retape une maison pour la rendre aussi conforme que possible au décor fait pour elle dont l'image ne la quitte pas. Déracinée demain, elle se remettrait immédiatement à essayer de couler la nouvelle coquille dans le modèle. Pour une cause aussi instinctive, ces mains trop lisses, inutiles, parées, se mettraient à travailler avec autant d'ardeur et d'atavisme que les griffes d'un animal qui prépare sa tanière; et dans la tanière – elle-même. C'était une perversion de l'instinct du nid qu'on rencontre souvent chez les femmes raffinées; le besoin demeure, enraciné de façon démente, bien que l'objectif en vue duquel il tenait au plus profond de la nature humaine ait disparu, irrévocablement oublié.

« Je m'occupe beaucoup des jeunes chevaux, disait-elle. Archie consacre presque tout son temps aux besognes administratives. Mais moi je m'occupe, j'essaie de les apprivoiser, je les dorlote, en gros je joue à la maman. Ils sont adorables! Mes chiens n'aiment pas ça, ils sont souvent jaloux, tu sais, Cecil, confia-t-elle à l'autre jeune femme.

– C'est vrai? demanda celle-ci en levant les sourcils sans cesser de manger.

– Deux vieux terriers rigolos, confessa Kit Baxter comme s'il était certain que la chose allait m'écœurer, mangés aux mites, paresseux et pas très intelligents, je sais bien; et un siamois qui a les yeux beaucoup trop clairs. Mais ils m'adorent, je le dis sans aucune modestie, ils m'adorent. Le bataillon de Kit, c'est comme ça que je les appelle, les gars à Kit. »

Il n'y avait rien à trouver à répondre à cet échantillon d'esprit plutôt minable. C'était l'un de ces moments exsangues de la conversation qui laissent voir des choses qu'on n'est pas censé voir. Cecil Rowe vint à mon secours, capta mon regard avec l'avance amicale d'un sourire qui devait se mesurer à une bouche pleine de riz et de pigeon braisé. Ce n'est pas l'exquise Américaine qui se serait laissé prendre avec un sourire comme ça; n'empêche qu'il me dérida. Sitôt la demoiselle en mesure de parler, elle me dit : « J'avais tellement faim que j'en était ivre. Il a fallu que je mange très vite pour essayer de me caler. »

Nous en rîmes avec elle, Kit Baxter et moi. « On peut dire que les gens ici font un solide déjeuner, dis-je, mais vous vous êtes tellement dépensés ce matin que vous en avez sans doute besoin.

– Les restaurateurs ne sont pas de cet avis, répondit Kit. Ils se plaignent que les gens de Johannesburg mangent à peine, par rapport à l'Europe. Le repas n'est rien de plus qu'un prélude indispensable dont il faut se débarrasser dans les meilleurs délais pour passer à d'autres amusements, ce n'est jamais ce qui fait le plaisir de la soirée.

– Vous trouvez que les Sud-Africains mangent plus que nous ? demandai-je à Cecil Rowe.

– Comment voulez-vous que je le sache ? Je ne suis pas anglaise. »

J'en fus surpris; elle avait l'allure, les vêtements de n'importe quelle Anglaise de la bourgeoisie et, qui plus est, elle n'avait pas le parler monocorde, reconnaissable entre tous des Sud-Africains, que j'entendais partout en ville et que j'avais immédiatement remarqué chez le fils des Alexander, Douglas, et chez John, le chasseur de crocodiles.

« Alors vous êtes afrikander, et je m'efforçai de prononcer correctement le terme d'identification, comme un naturaliste qui tombe sur une espèce dont il a entendu parler mais qu'il n'a encore jamais vue.

– Non, non, elle riait, indignée, ce n'est pas vrai, je ne suis rien de tout ça.

– Bien sûr que tu es anglaise, dit Kit. Tes parents sont anglais. C'est par hasard que tu es née ici. Tu aurais aussi bien pu naître aux Indes, ou en Egypte, voilà.

– C'est la première fois que je rencontre un éditeur, lança la jeune femme. Et toi, Kit ? Je ne sais pas pourquoi, je n'ai même jamais pensé à ce que sont les éditeurs. Vous comprenez, on lit un livre, c'est l'auteur qui compte, l'éditeur n'est qu'un nom sur la couverture. C'est difficile d'imaginer l'éditeur comme un monsieur assis à côté de vous au déjeuner.

– Vous n'avez pas tort, surtout quand le monsieur en question n'est guère que le coursier de l'éditeur.

– Mais vous n'êtes pas le fils, ou quelque chose d'approchant, de ceux qui possèdent la maison d'édition ?

– Le neveu.

– C'est bien ce que je disais.

– Je fais mon apprentissage en commençant au bas de l'échelle. Et je n'en suis pas encore bien loin.

– A quel niveau ?

– Le côté commercial. Je suis en Afrique du Sud comme agent commercial de la maison. »

Elle hocha la tête et réfléchit un instant. « C'est bien vous qui avez publié ce livre qui a fait tant de bruit ? »

Je repassai mentalement en revue les trois ou quatre derniers titres parus chez Aden Parrot qui avaient rempli les colonnes des journaux consacrés aux lettres de lecteurs.

« Vous voulez dire *Les Créatures du Bon Dieu* ? Celui contre la vivisection ? »

Elle fixa le lointain, secoua la tête. « Hum. Personne n'en a entendu parler ici.

– Celui qui traite du développement de la personnalité dans la vie communautaire, les enfants élevés en orphelinat ? »

Son froncement de sourcils repoussa la suggestion comme incongrue. « Vous savez bien, le livre sur les indigènes, celui qui a été interdit...

– Oh ! vous voulez dire *Caïn blanc, Abel noir* ? Non, malheureusement celui-là ne vient pas de chez nous. »

Ce livre, sorti six mois plus tôt par le concurrent

le plus sérieux d'Aden Parrot, s'était vendu à plus de cinquante mille exemplaires. Il avait été écrit par un missionnaire qui avait passé six ans dans les Bbantoustans et c'était une attaque passionnée, de la part d'un homme profondément religieux, contre l'incapacité du christianisme à infléchir la politique des Blancs envers les Noirs en Afrique du Sud.

« Qu'est-ce que vous en pensez ? Vous l'avez lu ? »

Elle se coupa une tranche de *bel paese* et dit : « Oh, je l'ai trouvé drôlement bien », comme si elle parlait d'un roman qui lui aurait fait passer une soirée. « Il me faut absolument une cigarette. Cela ne vous dérange pas ? »

On fumait d'un bout de la table à l'autre; le repas était terminé, tout le monde se leva et passa dans la pièce que j'avais aperçue de la porte d'entrée. Il y avait du café, et aussi un vieux cognac et des liqueurs, et l'odeur, semblable à une odeur de cuir fin, des cigares. Les effluves tièdes du bien-être emplissaient la pièce où, dans mon état légèrement brumeux, je voyais tous ces riens bien compris qui rendent la vie agréable, comme dans ces appartements de contes de fées que font surgir des génies, pour des gens qui semblent toujours demander la même chose, à croire que, quand on en a l'occasion, on ne sait que souhaiter d'autre : une table sur deux portait un briquet d'argent ou de porcelaine de Limoges, et aussi de petites pochettes d'allumettes colorées marquées « Hamish » ou « Marion », des soucoupes d'argent chargées de menthes plates ou d'énormes chocolats, des boîtes de laque, des boîtes de jade, des boîtes d'argent emplies de cigarettes, de petites bricoles d'argent à décapiter les cigares et même des cristaux de sucre violets, roses et verts pour le café.

On entraîna la plupart des invités voir la dernière *trouvaille* de Marion Alexander – un tableau qu'elle venait manifestement d'acheter. « Venez me dire ce que vous pensez de ça », dit-elle en accentuant à peine, comme si cela devait me suffire, le dernier mot. C'était un petit Courbet, plutôt crasseux, enfoui dans un cadre qui avait la couleur et la consistance de la boue séchée. « Très intéressant ! murmurai-je poliment. J'imagine qu'on ne les déniche pas facilement – Ici même ! dit-elle. Le croiriez-vous ? Je l'ai trouvé ici, à Johannesburg ! » Je m'efforçai de prendre l'air impressionné, même si je ne comprenais pas comment on pouvait vouloir trouver un truc pareil où que ce soit. « Comment s'écrit le nom ? » me demanda une dame en prenant son temps pour étudier le tableau. Je le lui épelai. Elle hocha lentement la tête. « J'en suis folle, Marion. Je suis sûre que c'est ce que vous avez encore acheté de plus étonnant ! dit une autre.

– Laissez-moi vous dire que je n'y croyais guère quand le petit marchand que je connais bien m'a dit qu'il y avait un Courbet sur le marché, à Johannesburg », répétait Mrs. Alexander pour la troisième ou quatrième fois. Je réussis à me glisser en dehors du groupe des admirateurs et à récupérer une chaise. « ... il n'empêche que je continue à penser que celui-ci est merveilleux », entendis-je, et je vis l'un des vieux taureaux au corps massif planté sur deux jambes grêles face à une huile gigantesque qui devait avoir été peinte à l'intention des bureaux d'une compagnie de navigation : on y voyait un impressionnant bateau-courrier à la proue en poitrail de canard, tout décoré de banderoles, au milieu de ce que je reconnus comme

Table Bay, avec Le Cap et Table Moutain par-derrière. Maintenant que j'y prêtais attention, la pièce contenait tout un assortiment de tableaux; la plupart de la variété Table Bay; le genre de l'ensemble de la pièce : pas un coup de pinceau qui puisse mettre mal à l'aise. Je décrétai que cela ne m'atteignait pas; ça ne m'atteignait pas plus que la collection de fusains, gravures sur bois, lithogravures, pastels, huiles, collages, mosaïques, montages de fil et de carton achetée par ma mère, au cours des trente dernières années, à des prophètes de l'art inconnus, sevrés de louanges et de cimaises.

Cecil Rowe s'approcha sans se presser et s'assit à côté de moi sur une chaise basse. Ses jambes, que la culotte de cheval en gabardine privaient de féminité, s'écartèrent mollement, elle les regarda en agitant les orteils. « Alors, vous vous plaisez ici jusqu'à maintenant ? me demanda-t-elle en réussissant tout juste à ne pas bâiller. Vous trouvez notre police formidable ? Non ? c'est bien, personne n'est de cet avis.

– Vous savez, ce qu'on oublie régulièrement, c'est combien les choses risquent d'être semblables plutôt que différentes, lui confiai-je.

– Comment cela se fait-il ? » Quand son visage était au repos, je remarquai que, bien qu'elle fût trop jeune pour avoir des rides, je devinais, sous la peau, le jeu du muscle qui se tendait toujours de la même façon quand elle souriait; sa bouche aussi, assez jolie cependant grâce au rouge tout frais qui contrastait avec la couleur inégale du maquillage fatigué de ses joues et de son menton, avait, quand elle parlait, la mobilité bien rodée des bouches qui ont exprimé beaucoup de choses, dont certaines pas très agréables.

« Voilà, quand on arrive dans un pays, on

se retrouve en général à l'hôtel et tous les hôtels ont tendance à être sur le même modèle; et puis, au début du moins, on fait la connaissance de gens à qui on a été recommandé par des amis, si bien qu'on rencontre le même type de gens partout.

– Vous voulez dire que tout ça (elle leva le menton en direction de la pièce et des invités), c'est la même chose que d'être en Angleterre.

– Ça se pourrait bien. Cela ne veut pas dire que je serais invité dans cette maison, si j'étais en Angleterre – je n'avais pas envie d'admettre que les chances étaient bien maigres – il n'en demeure pas moins qu'elle pourrait très bien s'y trouver. Vous, votre sœur, Mrs. Baxter, des jeunes femmes charmantes avec qui il est bien agéable de déjeuner, qui sont reçues les unes chez les autres et, du matin au soir, ne vivent que pour leurs chevaux. »

Je riais, mais elle m'écoutait sérieusement.

« Vous pourriez aussi bien être dans n'importe quel comté d'Angleterre.

– Je suis fille de boucher, dit-elle. Ma sœur Margaret et moi. C'est drôle, tous les gros bouchers d'ici ont une écurie. Il y en a deux ou trois très riches dans cette ville qui ont d'excellents chevaux. Bien sûr, je ne parle pas de ceux qui sont derrière leur comptoir en tablier blanc! Les bouchers en gros, ceux qui font les prix et tout le reste. Nous commençons tout jeunes à monter à cheval, on nous envoie dans des écoles où c'est ce qui vous classe, et puis nous grandissons au milieu des cavaliers. Et, comme vous dites, ils font ce que font les cavaliers n'importe où, la même rengaine : chasses à courre, bals et ainsi de suite. Des amis qui aiment les sports, le *country-club.* » Elle fit la grimace. « C'est comme ça que nous finissons par avoir l'allure, le langage, le costume et même les manières d'une classe qui n'est pas la nôtre, dans un pays que nous n'habitons pas. On dirait que tout est à l'envers, non?

– Allons, voyons, pourquoi les gens ne monteraient-ils pas à cheval simplement parce que cela leur plaît?

– Mais ce n'est pas ça, bougonna-t-elle comme si elle me serinait une chose qu'elle savait très bien que je n'ignorais pas. Voilà le problème. Ils en sont incapables.

– Moi, ça m'arrivait, quand il y avait des chevaux à proximité.

– Vous, bien sûr : pas difficile. Vous n'êtes ni de ceux qui ne savent pas monter, ni de ceux pour qui c'est une obligation. »

Elle avait l'air, en disant cela, de me faire un compliment démesuré, sec, accordé à contrecœur.

« Je retire ce que j'ai dit sur vous et les comtés anglais. Vous n'avez rien à voir avec les demoiselles de comtés que je connais.

– Je n'ai pas l'impression que vous en connaissiez, de toute façon. »

Puis elle disparut, entraînée par l'inévitable machiniste chargé des décors de la conversation, le type dont la prétendue popularité semble tenir à l'aplomb avec lequel il interrompt tout le monde.

III

Je trouvai où me loger; un appartement, hideux mais bon marché, dans un quartier de banlieue à pic composé de pensions de famille et d'immeubles de rapport, et qui était plus le prolongement de la ville qu'une vraie banlieue. Au coin, les trams cahotaient dans la descente ou montaient à grand-peine, en grinçant. La rue était une de ces vieilles rues presque neuves comme j'en voyais aux quatre coins de Johannesburg – un lieu sans souvenir; des maisons bâties il y a vingt ans passsaient pour indignes de réparation et des immeubles, vieux de dix ans, faisaient chaque jour un peu plus camelote, ce que chacun paraissait estimer convenir à leur âge. Mon immeuble sentait la friture et les marches étaient inégales, si bien que chaque fois qu'on avançait le pied, on manquait la marche qui n'était pas là où on l'attendait; c'est la seule impression qui me resta après avoir visité l'appartement. Il y avait une assez grande pièce et un petit balcon qu'on avait fermé pour faire une pièce et demie, plus une salle de bain toute noire dans laquelle, après le soleil de la rue, je ne distinguai rien; mais j'imaginai que ce que les agents immobiliers appellent « installations habituelles » y figurerait bel et bien.

Je dénichai l'appartement grâce à, je vous le donne en mille, John Hamilton, le chasseur de crocodiles qui rentrait en ville après déjeuner, ce dimanche chez les Alexander, et me ramena à l'hôtel. Il conduisait comme si sa voiture était un engin spatial qu'il se régalait à faire évoluer dans les rues, et bavardait sans répit. Quand il était arrêté aux feux rouges, il regardait de tous côtés sans perdre une miette de ce qui se passait, et avait son mot à dire sur tout ce qu'il voyait : Un nouveau modèle de voiture : « En voilà un beau petit engin! La Studebaker, vous voyez? Je me demande comment ce modèle-là braque... » – Un Africain en chapeau mou beige et costume excentrique, parapluie roulé au bras, qui marchait en compagnie d'une femme noire habillée avec recherche, au derrière comme celui d'un cheval de brasserie : « Regardez-moi ces deux-là! Bon Dieu, les indigènes en pincent pour les beaux vêtements! La panoplie du séducteur! » Puis lâchant l'embrayage, tandis que la voiture faisait un bond, il ouvrait à fond les écluses de son bavardage. Il était féru de son pays et de tout ce qui y offrait matière à émulation physique; il n'y avait pour ainsi dire pas de montagne qu'il n'ait escaladée, pas de secteur de la côte ou de torrent à truites dans lequel il n'ait pêché, d'animal qu'il n'ait traqué. Il me raconta comment il avait plongé pour récolter les porcelaines près du Cap, pêché le barracuda géant au large des côtes orientales d'Afrique, passé à dos de poney les cols du Bassuto et déjoué les ruses des pintades sauvages dans la brousse. Parla aussi de choses qu'il n'avait fait que voir : les fleurs du Namaqualand au printemps, les animaux des réserves, les fleuves et déserts majestueux, de la province du Cap au Congo. Il avait pour l'Afrique les yeux qu'il aurait eus pour une femme qui le comblait; c'était une attitude inattendue et dépourvue d'affectation.

Je lui demandai s'il était déjà allé à la ferme d'Hamish Alexander, dans le Karrou.

« Non, non, dit-il. Il n'y a pas grand-chose qui m'attire là-bas. Archie, le pauvre vieux, fait ce qu'il peut pour en tirer quelque chose. Ou plutôt Kit, comme d'habitude. »

Je lui fis remarquer que Kit Baxter m'avait paru enthousiasmée par la ferme.

« Kit est une fille épatante, dit-il. C'est une fille qui passe son temps à essayer de faire quelque chose d'Archie. Malheureusement, le terrain n'est pas très riche (c'est d'Archie qu'il parlait). J'ai horreur de voir les gens gaspiller leurs forces. Tout ce qu'on peut dire d'Archie, c'est qu'il est beau garçon, il l'a toujours été, et il le sera toujours; plantez-le dans une salle de bistrot ou le long d'un comptoir, et il fera bonne figure. Vous voyez, ces ventriloques qui ont des mannequins extraordinaires, c'est le ventriloque qui joue les seconds rôles et toutes les reparties intelligentes sortent de la bouche du mannequin? C'est Kit et Archie. Quoi qu'on s'imagine qu'il pense ou fasse, c'est Kit qui tire les ficelles et qui pense pour lui. Ainsi, elle n'a pas quitté les Alexander de toute l'année dernière, Marion en est entichée, Hamish en est entiché, ils ne peuvent pas faire un pas sans les Baxter. Et puis voilà que Kit réussit à les convaincre qu'Archie est ce qu'on fait de mieux en fait d'éleveur et qu'ils l'adorent, elle ne perd pas de vue la ferme du Karrou, elle va faire quelque chose d'Archie, une fois de plus. Vous avez bien dit le Plaza?

– Malheureusement, oui.

– J'ai entendu dire que ce n'était pas si mal, reprit-il de l'air détaché de celui que ne préoccupe pas trop la note de frais des autres.

– C'est notre directeur d'agence, ici, qui m'a retenu une chambre. Mais il va falloir que je la quitte dans les jours qui viennent. De toute façon, c'est au-dessus de mes moyens. Il faut que demain je me mette en quête d'un appartement ou d'une chambre.

– Je vais vous donner un mot pour quelqu'un qui vous arrangera ça », dit-il plein de sympathie et d'esprit pratique et, en arrêtant sa voiture devant l'hôtel, il souleva son corps mince pour aller pêcher une carte au fond de sa poche. Il y inscrivit quelques mots rapidement. « Barlow est un type sympa. Je suis sûr qu'il vous trouvera quelque chose... Pas du tout, je suis content que vous m'en ayez parlé. Au revoir, mon garçon, on se reverra bien par hasard un de ces jours. »

Et, preste comme le monsieur qu'on attend toujours quelque part, il remit sa voiture en marche.

Dès que j'eus l'appartement, je me dis que je devrais l'appeler pour le remercier et peut-être l'inviter à prendre un verre avec moi. D'un autre côté, il avait sans hésiter offert de m'aider avec tant de simplicité que si je m'imposais avec mes remerciements, je risquais de lui rendre son geste pesant.

L'idée de l'appartement m'exaltait un peu. Je n'avais pas encore acquis la notion de ma propre réalité dans ce pays; peut-être qu'en m'entourant de ma crasse personnelle, j'allais me convaincre de ma réalité. Je me rappelais comme c'était réconfortant chaque fois, en pension : on revenait après les vacances et, le premier jour, dans le boxe nu d'institution, on ne se sentait pas exister; puis, une fois les livres sortis des valises, le chandail et les chaussures dans tous les coins, la gravure de chien à la langue pendante fixée au mur, l'odeur de l'imperméable derrière la porte, on se sentait, grâce à tout cela, assuré d'une identité, solidement enraciné dans la vie de l'école. Il allait sans doute falloir que je m'achète un canapé, une table et des chaises. Puis, la semaine suivante, après le départ d'Arthur, je prendrais le fauteuil du bureau; ah! un tapis, il faudrait trouver un tapis...

Je me réveillai très tôt un matin à l'hôtel et tout cela me tournait dans la tête, sans rime ni raison. En fait, j'avais été réveillé tôt plusieurs fois cette semaine-là par des bruits de pas rapides et des voix qu'on ne se préoccupait pas d'étouffer. Les deux premières fois, les yeux ouverts, j'avais été incapable de mobiliser mes membres encore endormis dans une apesanteur faiblarde et de me lever voir ce qui se passait, mais ce matin-là je m'y décidai. Derrière le rideau qui sentait la poussière et que l'électricité statique collait contre moi, je me battis avec la poignée de la fenêtre et l'ouvris toute grande; en bas, dans la grisaille de la rue, des Noirs allaient au travail. Ils toussaient, criaient et jacassaient dans leurs dialectes bantous sonores. Je ne voyais pas le soleil, mais la lumière coulait comme de l'eau sur les devantures métalliques de l'autre côté de la rue et un crachat brillait dans le caniveau. Personne d'autre n'était debout.

Arthur me fit faire la tournée des libraires pendant ces premières semaines. Comme tous les libraires que j'aie jamais connus, c'était soit des commerçants très détendus, qui vendaient des livres comme ils auraient débité du fromage, soit des intellectuels dédaigneux dont les lèvres se retroussaient de mépris devant les goûts de leurs clients. Je déjeunai avec l'un d'eux. Sur son conseil, nous allâmes dans un café italien et commandâmes du jambon de Parme et du camembert avec nos express; au bout d'une éternité, ce qui lui permit de me confier comment il avait formé le goût du public de Johannesburg, sans cesser de saluer, d'une pichenette de la main qui ressemblait plutôt à un congé, les innombrables jolies jeunes femmes en train de parader à l'entrée et à la sortie de la salle bondée, un Indien harassé nous apporta un goulasch et un *Apfel Strudel.* Près de nous, deux Italiens au teint olivâtre étaient plongés dans une discussion et, de leurs yeux noirs, évaluaient sans pitié l'anatomie des filles qui passaient. Dehors, sur le trottoir, une troupe d'enfants noirs, sales comme des peignes, en loques, le nez morveux, poussaient des cris de singes et de perroquets et chantaient le refrain pleurard d'un film à succès. Les passants cherchaient de la monnaie à leur jeter, et les moutards filaient comme des cafards pour la récupérer. Mon libraire s'excusa de la qualité du service et m'expliqua que le restaurant venait d'ouvrir et que tout le monde s'y précipitait, sans doute plus qu'il n'aurait fallu. « C'est à pleurer, dit-il. Il y a si peu d'éléments de cohésion dans cette ville qu'ils se jettent tous sur tous les nouveaux points de ralliement qu'on leur offre, comme des chiens qui foncent derrière une chienne. Surtout s'ils peuvent faire semblant d'être ailleurs, en Italie par exemple. » Il montrait du geste les mosaïques abstraites, la mixture amère et noire que contenaient nos tasses. « Enfin, cela donne l'impression d'être en pays civilisé », ajouta-t-il pour lui-même.

C'était la première fois que je tombais sur une attitude que j'allais bien vite trouver familière aux Sud-Africains; un désir muet de se dissocier de leur milieu, le besoin de faire comprendre qu'ils n'étaient pas dupes, surtout pas d'eux-mêmes. C'était, de plus, une attitude complexe, elle adoptait des quantités de formes et affectait toutes sortes de gens. A y regarder de plus près, je l'avais rencontrée avant cela : la jeune femme chez les Alexander, la cavalière, avait, d'une certaine façon, fait preuve du même désir embarrassé.

Arthur nous quitta; j'emménageai dans l'appartement; un vent chaud, chargé de sable, balayait ensemble dans les rues passants, chiens et vieux papiers. J'avais les muqueuses du nez sèches et rêches et je me coupais chaque matin en me rasant. Une pellicule de poussière ocre s'était déposée sur les troncs d'arbres et les barrières qui bordaient la route de terre en direction de la maison d'Hamish Alexander quand j'y retournai pour un cocktail en l'honneur des Baxter. Puis la pluie arriva et tomba pendant trois jours; une pluie drue et crépitante qui décapait la ville jusque derrière les oreilles. Tout était aplati, détrempé, transporté d'allégresse; c'était l'été.

De tous les gens rencontrés précédemment chez les Alexander, seuls les jumeaux, Margaret Gerling et un ou deux couples d'âge mûr assistaient au cocktail donné pour les Baxter. Il y avait foule, tout le monde était debout, les visages trahissaient la menace de crise qui caractérise les occasions de ce genre. Dès qu'on s'asseyait, on se heurtait aux détritus de la couche inférieure : verres entamés, cigarettes abandonnées, sacs à main égarés et canapés qui avaient atterri dans les cendriers ou sur le sol. J'en ressortis avec une invitation à « prendre un verre et dîner » le samedi suivant (de la part de la ravissante femme d'un industriel de l'acier), une invitation à aller terminer la soirée après la première d'une pièce (lancée par quelqu'un que je pris pour le premier rôle, une rousse d'une laideur triomphante qui avait une mémoire remarquable pour les histoires cochonnes et beaucoup de talent pour les raconter), et la perspective d'un déjeuner, un de ces jours, au cercle militaire avec la contrepartie locale des grands spécialistes de Harley Street. Marion Alexander me demanda pourquoi je n'irais pas monter à cheval avec les jeunes? Et Margaret Gerling, en bleu, un rang de perles au cou, me sourit de l'autre bout de la pièce.

Le bureau marchait rond depuis que ce tourmenté d'Arthur n'était plus sans cesse à tourner autour de moi, mais l'appartement se révélait source inattendue d'empoisonnements. Il y avait tellement de choses que j'avais oubliées en calculant ce que je devais acheter au moment d'emménager. Les serviettes, par exemple, et les draps. De quoi modifier les prises électriques; le petit poste de radio et la lampe d'occasion que j'avais achetés étaient inutilisables tels quels. J'étais sorti un après-midi, à la recherche de tout cela dans les magasins, quand, à mon retour, je trouvai une femme qui m'attendait.

« Cette dame vous a appelé plusieurs fois dans la matinée, Mr. Hood », dit la dactylo de sa voix atone, chantante et dépourvue de curiosité. J'étais debout à saluer poliment de la tête, tenant mes paquets avec toute la maladresse des hommes qui ne font jamais de courses.

« Voulez-vous m'ouvrir la porte, s'il vous plaît, Miss McCann. Vous m'accorderez une minute pour me débarrasser de tout cela? ajoutai-je à l'intention de la visiteuse.

– Bien sûr. » En traversant la seconde porte qui menait à mon bureau, cela me revint : « J'ai bien appelé le numéro qu'on avait laissé, mais quand je l'ai obtenu, on m'a répondu " Association pour l'assistance judiciaire " ou quelque chose d'approchant et j'ai pensé que c'était un faux numéro, alors j'ai raccroché. »

La voix traversa la porte ouverte : « C'était bien ça. J'ai appelé du Centre d'assistance judiciaire. »

J'avais déposé mes paquets, placé la main de bronze qui venait d'Arthur au-dessus des papiers éparpillés sur la table.

« Entrez, je vous prie », dis-je en retournant vers la porte.

C'était une petite bonne femme brune à tête lisse d'oiseau propret. Elle entra et s'assit avec l'assurance qu'apporte l'habitude; je connaissais peu de gens capables de pénétrer de cette façon dans une pièce, à moins d'être venu vous proposer une police d'assurance ou un placard publicitaire.

« J'espère que vous ne m'en voudrez pas d'arriver sans rendez-vous, Mr. Hood. Mais vous êtes près de mon bureau et j'ai eu l'idée de passer en rentrant chez moi, voir si je pouvais vous parler quelques minutes... C'est toujours tellement mieux que d'essayer de s'expliquer au téléphone.

– Bien entendu. Et puis, à la vérité, je n'ai pas de rendez-vous. Il n'y a que très peu de gens qui semblent avoir besoin de me voir. »

Elle était déjà parfaitement à l'aise; ma confession, qui sous-entendait un statut d'amateur, me mit à l'aise moi aussi.

« Mon nom est Anna Louw », dit-elle et, même après un séjour de moins d'un mois, le nom, dont la prononciation m'indiquait qu'il était afrikander, déterminait déjà en moi un léger changement d'attitude; mon esprit prenait appui différemment. J'avais rencontré la même chose, chez moi et les autres, quand nous nous trouvions face à des Allemands de passage en Angleterre, après la guerre. « Je suis avocate et je travaille pour le Centre d'assistance judiciaire qui, comme vous le savez peut-être, se charge des questions légales pour les gens qui n'ont pas les moyens d'aller en justice par les voies normales.

– Je ne suis à Johannesburg que depuis un mois.

– Evidemment, comment pourriez-vous être au courant ? De toute façon, vous devez vous en douter, la plupart de ceux que nous aidons sont africains. Non seulement ils sont pauvres, mais ce sont encore eux qui ignorent le plus leurs droits. »

Je dis en plaisantant à moitié : « J'ai été amené à croire qu'ils n'en ont pas beaucoup à ignorer. »

Elle sembla méditer là-dessus un instant avant de dire : « Nous nous efforçons de les aider à connaître et conserver ceux qu'ils ont. »

Je me sentis soudain embarrassé, pas du tout à la hauteur; Faunce ou ma mère auraient tellement bien su ce qu'il fallait dire à cette femme; ils n'auraient pas manqué l'occasion de passer dans le camp des anges. Comme je n'étais guère capable que de marmotter sympathie et approbation, je me cantonnai dans un silence obtus. Elle le prit peut-être à tort pour de l'impatience, car elle continua très vite, avec le calme imperturbable du professionnel de l'interview : « Je suis venue vous voir au sujet d'Amon Mokofeng.

– Amon ? »

La silhouette fugitive du jeune Noir qu'on croisait sans cesse au cours de ses va-et-vient jusqu'à la porte ou en courses acquit d'un coup une troisième dimension. Il avait un autre nom, une autre vie.

« Qu'est-ce qu'il a fait ? »

Un sourire détendit son visage calme et attentif. Elle avait la mâchoire carrée – toute sa figure était trop large par rapport à la taille de ses traits – et ses dents blanches se détachaient joliment sur les gencives pâles qu'ont parfois les gens très bruns.

« Il n'a rien fait. Sa mère vit dans le bidonville indigène de Jagersfontein. Ou du moins elle y habitait. Elle a été expulsée, en même temps que les autres habitants, et relogée dans une ville nouvelle pour indigènes. Le problème c'est qu'elle était plus ou moins propriétaire, une maison à elle dans l'ancienne localité, et il n'existe rien de tel là où elle est maintenant. L'éternelle histoire! Je suis sûre que vous avez lu des récits de cas semblables avant de venir ici. »

Je hochai la tête. Je lui offris une cigarette, mais elle leva la main : « Pas avant six heures, si bien que je repris mon paquet et en allumai une moi-même.

« Nous allons nous servir de la mère d'Amon Mokofeng pour faire jurisprudence, dit-elle en rapprochant ses sourcils noirs par-dessus l'arête de son nez : un de ces nez courts, très marqués, légèrement relevés du bout.

« Nous allons exiger que l'administration municipale explique pourquoi le propriétaire d'une maison confisquée devrait se contenter d'une location compensatoire. Nous avons choisi la mère d'Amon parce qu'il semble qu'elle soit la plus ancienne propriétaire à Jagersfontein, elle y a vécu vingt-deux ans.

– Cela se trouve où? demandai-je.

– Pas à Johannesburg. Ça fait partie d'une ville du nom de Jagersfontein située dans le Rand occidental, les mines d'or à l'ouest de Johannesburg. On a commencé à extraire de l'uranium là-bas, à Jagersfontein, et la ville se développe à toute allure. D'où la décision d'expédier les Noirs, de les reléguer là où ils ne la gêneront pas.

– Vous savez, je crois que mon grand-père serait

bien enterré par là. Il est tombé pendant la guerre des Boers dans un endroit qui s'appelait Jagersfontein. »

Elle sourit comme si, tout comme moi, elle se rappelait la citation dans son cadre, ma mère montrant l'épée du bout du pied : mon chéri, qu'est-ce que tu peux bien fabriquer avec tout ça ?

« Ce n'est pas impossible, il y a plusieurs Jagersfontein, mais celui-ci serait très vraisemblable pour une tombe de la guerre des Boers.

« Donc, comme je vous le disais, nous allons essayer d'utiliser l'affaire de la vieille mère Mokofeng pour faire jurisprudence, et nous avons besoin de l'aide de son fils pour un jour ou deux : la vieille dame est un peu affolée par toute cette histoire et elle aimerait l'avoir près d'elle pour lui remonter le moral, lui servir d'interprète et s'y retrouver dans les dates. Je voudrais vous demander de le libérer le temps nécessaire.

– Mais bien entendu. Il aurait tout aussi bien pu me le demander lui-même d'ailleurs. Il peut partir chaque fois qu'on a besoin de lui.

– C'est très gentil de votre part, Mr. Hood. Je crois qu'il n'osait pas vous le demander de peur que vous ne vous imaginiez que c'était encore une histoire de grand-mère et que vous ne refusiez.

– Une histoire de grand-mère ?

– Vous savez bien – je viens de recevoir une lettre, ma grand-mère est malade, il faut que je rentre chez moi. »

Elle se leva pour prendre congé.

J'ajoutai, pour dire quelque chose : « Je dois avouer qu'Amon est à peu près la dernière personne que j'aurais vue en *cause célèbre*[1].

1. En français dans le texte (N.D.T.)

– Non ce n'est pas tout à fait cela.

– Ce que je veux dire c'est que je ne me suis pas beaucoup intéressé à lui, en tant qu'individu, il fait tout simplement partie du bureau.

– Bien sûr. » Mais j'étais convaincu qu'elle se méprenait sur moi; de toute évidence, cette politesse détachée provenait d'un sentiment de supériorité morale; elle faisait partie de ces gens pour qui la moindre phrase représente un pas en direction d'une case blanche ou d'une case noire.

« Il me rappelle quelqu'un du bureau de Londres. Seulement il se trouve que l'autre est un pépé de soixante-huit ou soixante-neuf ans, il est devenu trop vieux pour son poste au tri et il a bouclé le cercle et est retombé dans une espèce de seconde enfance du travail, il fait le thé et lèche les timbres. Mais il est comme Amon : il fait son travail, mais il n'est pas là, ou presque. Si bien qu'il est difficile d'admettre qu'il puisse être *là* ailleurs. On ne peut pas s'imaginer Johnson dans un café, en train de prendre une bière, par exemple.

– Une chose est sûre, c'est que vous ne rencontrerez pas Amon dans un bar ! »

Elle parlait doucement, la tête un peu de côté.

« Je descends aussi, lui dis-je comme elle se dirigeait vers la porte. Laissez-moi reprendre mes paquets et nous continuerons à discuter dans l'ascenseur.

– Le sujet n'est pas clos? » demanda-t-elle en riant.

Elle s'arrêta pour m'attendre. Elle ne portait ni chapeau ni gants, rien de l'attirail habituel avec lequel les femmes doivent se battre avant de mettre le nez dehors, ce qui fait que, bizarrement, les rôles étaient inversés et c'était elle qui m'attendait, comme je le faisais d'habitude, tandis que je reprenais mon chargement de colis et de cartons.

Miss McCann avait recouvert sa machine et, savon et serviette en main, s'apprêtait à se rendre au lavabo, au bout du couloir. Je lui demandai de fermer et lui souhaitai le bonsoir.

« Où est Amon ? questionnai-je.

– Il a fait un saut à la poste avec la lettre recommandée pour Better Books au Cap. »

Pourtant, dans l'ascenseur, nous parlâmes d'autre chose.

« Je viens de trouver un appartement », dis-je à la tête lisse et brune et au petit visage décidé qui m'arrivaient au coude. La descente lui donnait l'expression sur le qui-vive, oreille tendue, que je remarque souvent aux gens dans les ascenseurs. Je pensai, en dehors de tout contexte, mais satisfait que me revienne une chose oubliée depuis si longtemps, à un poème de Rilke qui m'apparaissait autrefois terrifiant et plein de réconfort :

Et dans la nuit la lourde terre tombe
hors des étoiles, dans la solitude.

Nous tombons tous. Tombe ma main.
Et vois les autres ici : c'est en elle toutes.

Pourtant il est quelqu'un qui tient ces chutes
avec une infinie douceur entre ses mains[1].

Une fois dehors, la rue était pleine d'hommes et de femmes qui se hâtaient avec le dos courbé des citadins, essayant de gagner de vitesse le bus bondé, la brève soirée de détente. C'était le moment de rechercher le répit offert par un café. Je me demandai si je devrais l'inviter à prendre un

1. Trad. Maurice Betz, Paris, 1959.

verre; je sentais en moi l'agitation, le désir de me laisser emporter par des rengaines, par le titillement bon marché des recoins obscurs, par la perspective d'aquarium du monde après quelques verres qui, d'habitude, annoncent en moi cette autre faim, plus impérieuse, l'amour; et me font passer d'une satisfaction trop facile à la plus intense insatisfaction.

Elle dit : « Si votre voiture est loin, je peux vous y emmener; la mienne est juste au coin.

– Merci beaucoup, mais je n'ai pas de voiture, je vais prendre l'autobus.

– Oh! alors je vous dépose, cela m'est facile! »

Je décrétai que sa compagnie valait mieux que rien; même si elle m'agaçait un peu, elle n'était pas désagréable.

« Merci bien, cela ne m'amusait guère d'avoir à jouer des coudes dans l'autobus, avec toute cette foule. Mais si vous n'êtes pas trop pressée, vous viendrez bien prendre un verre d'abord? »

Evidemment, nous allâmes au Stratford; de toute façon, nous étions presque devant. Nous allâmes nous asseoir dans la salle – le bar est réservé aux hommes partout en Afrique du Sud – et prîmes place à l'une des tables de bois jaune au dessus de verre tout rayé. Le siège des chaises était recouvert de plastique, mais le haut dossier était d'un style Tudor pesant et vous entrait dans les omoplates. Henry VIII, un chapeau en forme de galette sur la tête, et au menton une barbe qu'on aurait dite ajoutée à son visage, comme celles que les gamins gribouillent sur les visages de femmes des affiches, dévisageait un lion de plâtre doré, emblème commercial d'une brasserie sud-africaine. Des ronds humides brillaient sur la table.

Elle prit deux cognacs de suite, moi du gin et nous parlâmes appartements – elle en avait fait trois ou quatre et habitait maintenant un petit pavillon situé dans le parc d'un domaine – et aussi du Centre d'assistance judiciaire. Elle me raconta quelques anecdotes amusantes sur des cas de divorce dont elle s'était occupée pour eux, et je me retrouvai en train d'évoquer à son intention les aspects divertissants de l'indignation de Faunce et de ma mère face aux injustices du monde. Je lui dis comment Faunce avait invité à dîner un ancien condamné qui, pour nous distraire, nous avait appris à forcer une serrure, et comment, lors d'une autre occasion, ma mère avait couru aux quatre coins de Londres pour faire tuer des poulets selon le rite musulman et offrir un repas adéquat à ses invités indiens, qui s'étaient révélés hindous et végétariens.

« C'est tellement facile d'être ridicule quand on essaie de s'identifier à celui qui est en face.

– De toute évidence, dit-elle en souriant à ses souvenirs.

– Mais c'est un risque qu'il faut prendre, de temps à autre.

– Oh! il y a façon de le faire! L'important c'est de ne pas trop compter sur ses propres réserves de compréhension; il ne faut jamais faire plus de la moitié du chemin. »

Elle continuait à sourire d'un air attentif en regardant au fond de son verre; elle appartenait manifestement à cette catégorie de gens dont les opinions divergent fréquemment, mais qui discutent rarement : le type de personne qui vous laisse discourir à loisir.

Mon plaidoyer en faveur de la discrétion, à l'encontre de la présomption, commençait à se teinter de l'enflure impatiente que je récusais. Je m'en rendais compte, mais du fait qu'elle m'accordait toute l'étendue de son attention pour faire l'imbécile, sans trop savoir pourquoi, j'étais incapable de m'arrêter. Ce qui m'arrêta d'un coup, détourna mon esprit de ce que je disais, aussi sûrement que si un nerf avait été sectionné entre mon cerveau et ma langue, fut trois mots d'une voix que je connaissais. « Nous pourrions éclabousser pas mal de monde, nous aussi. » La phrase m'arriva clairement à travers l'enchevêtrement de sifflantes, de rires, d'exclamations de la salle. Qui était-ce qui avait parlé? Comment pouvais-je reconnaître une voix dans cette ville qui m'était inconnue? Tout en continuant à parler, je scrutais tous les recoins de la salle, les visages, les verres, la fumée des cigarettes. Et voilà que je tombai sur Cecil Rowe.

Je n'avais pas remarqué, chez Hamish Alexander ce jour-là, le genre de voix de la jeune femme. Elle était assise, me tournant à demi le dos, à une table en compagnie de deux hommes; ils avaient dû arriver après nous, mais les allées et venues incessantes nous avaient sans doute caché leur entrée. Elle avait une allure très différente, aussi, de ce qu'elle était chez les Alexander. Jusqu'à ses cheveux qui avaient une autre couleur. Elle portait un minuscule chapeau noir posé tout droit en travers du front et une robe noire qui laissait voir la base de son cou. De ma place, son visage avait des coloris d'affiche, comme chez les femmes fortement maquillées. Ses paroles, ses gestes, étaient pleins d'animation, consciente qu'elle était de son succès auprès de ses compagnons.

Elle ne me vit pas, mais quand nous nous levâmes pour partir, Anna Louw et moi, et passâmes derrière elle en sortant, elle se tourna et m'arrêta d'un regard. Elle venait de boire une gorgée et avait la bouche entrouverte. « Tiens, dit-elle, comme ça va? » La banale formule de politesse était prononcée comme un défi; comme si j'étais quelqu'un qu'elle avait quitté dans des circonstances extrêmes : ivresse, colère, amour.

« Eh bien, comme vous le voyez... » dis-je sottement. Elle avait vraiment un air différent. Debout à moins d'un mètre de son visage levé, je m'aperçus qu'elle s'était fait des yeux d'Orientale à l'aide d'un fard bleu et de traits de crayon; ses cheveux lui découvraient les oreilles et se gonflaient, en courtes plumes argentées, contre le velours du chapeau; la forme de sa bouche était vaguement changée par le rouge. Je remarquai qu'elle avait un grain de beauté juste devant l'oreille droite; il était recouvert par l'épiderme supplémentaire, chaud à l'œil, qu'apporte un épais maquillage, mais on le voyait quand même. Et, bizarrement, par-dessous tout cela, on voyait aussi la femme. Elle était très séduisante, avisée, gourmande, réaliste. Je me demandais, des deux hommes, le blond épais à la peau bien tendue, ou le plus mince, blond lui aussi, lequel était son mari. Elle ne me présenta pas et c'est pourquoi, bien que je fusse sur le point de le faire, je ne présentai pas non plus Anna Louw et, avec un sourire, poursuivis mon chemin. Elle, pourtant, restait tournée vers nous et le sourire et le geste qui signifiaient au revoir étaient aussi destinés à Anna Louw. En la voyant regarder Anna Louw, je me rappelai comment, un mois plus tôt, je m'étais dit qu'il me suffirait de venir une fois au Stratford avec une femme pour m'attacher à ce coin. Cecil Rowe était ce genre de femme. Assise là, au milieu d'hommes en costume de ville, et de serviettes posées au pied des chaises Tudor, elle représentait tout autant le charme de la vie inquiétante, au grand jour, et pourtant furtive, des villes, qu'une bergère, tout en houlette enrubannée et en guirlandes de roses, incarne celui de l'idylle pastorale.

La voiture d'Anna Louw, cela allait jusque-là, portait la marque d'une femme habituée à se débrouiller; la boîte à gants du tableau de bord contenait une carte routière, une trousse de secours et un carton de fusibles.

Elle demanda : « Vous avez quelle heure? » Et quand je lui eus répondu six heures cinq : « Voulez-vous me passer mes cigarettes, elles sont quelque part par là. » Je lui donnai une des miennes et, tout en conduisant, elle aspira profondément la première bouffée, tellement que son petit corps trapu sembla s'allonger. « C'est ce qu'il y a de bien quand on se refuse quelque chose : le plaisir de le retrouver enfin, lui dis-je.

– Oh! la première cigarette! La journée entière semble s'évanouir.

– Je crois que c'est peut-être pour ça que les gens s'inventent des règles; l'équivalent affectif des milliers de tonnes de café qu'on jette à la mer pour maintenir les prix.

– C'est une idée qui me plaît. C'est beaucoup mieux que de dire que c'est pour le foie, quand il s'agit d'alcool, ou les poumons dans le cas des cigarettes.

– Mais j'y crois; la plupart du temps, l'hygiène est la dernière des choses. Et c'est le genre de subterfuge qui ne prend que dans l'abondance. Les Africains dont vous vous occupez : je suis sûr qu'ils n'ont pas besoin d'une entorse à un régime pour apprécier un bon repas, ou de se mettre à la flotte pendant huit jours pour qu'un verre ait du goût. Il n'y a que les gens comme nous, gavés de toutes sortes de friandises, qui en sont réduits à de telles manigances.

– Pauvreté, fini l'ennui !

– Exactement. »

Elle se concentra sur sa cigarette pendant quelques minutes avant de l'ôter de sa bouche pour dire, de son habituel ton conciliant (comme si elle venait d'additionner une colonne de chiffres et de trouver une erreur) :

« Je crois qu'il y a quelque chose qui ne colle pas. Les pauvres – je me demandai si c'est délibérément qu'elle élargissait la référence – ne peuvent pas se permettre grand-chose; et ça rend tout ce dont on a envie merveilleux. Vous pensez qu'une cigarette ne serait pas aussi extraordinaire pour quelqu'un qui ne pourrait pas s'en acheter de la journée que pour moi qui m'en suis privée exprès ? Vous saisissez ?

– Ah, mais chez lui c'est une privation réelle, chez vous c'est un jeu.

– Il ne choisit pas de manquer, moi si ?

– Exactement. »

Elle rit et se tortilla sur son siège de façon éloquente.

« Oh, mon cher ami, vous n'avez pas idée de ce qu'est le tabac pour moi. »

Elle reprit quelques instants plus tard : « Mais il me semble que, pour le reste, il y a quelque chose dans ce que vous dites. Je me demande souvent, comment se fait-il que les Africains n'ont pas autant de problèmes imaginaires que mes amis blancs ? Vous savez le genre de problèmes qu'ont les gens, les femmes en particulier, celles qui n'ont pas grand-chose à faire. De toute façon, ça ne tient pas debout de vouloir généraliser.

– Vous connaissez beaucoup d'Africains ?

– Je vous l'ai dit, la plupart de nos clients le sont.

– Ce n'est pas ce que je voulais dire.

– Oh! oui, j'en connais, et même un certain nombre! »

Je lui offris une autre cigarette, et il fallut réussir à l'allumer et jeter l'allumette par la glace.

« Comment se fait-il que vous ne vouliez pas en discuter? »

Elle dit, pour gagner du temps, comme on fait d'habitude :

« Quoi? Oh! ça n'est pas que je refuse de parler de quoi que ce soit! Mais il faut voir que vous êtes dans un pays où il y a des tas de façons différentes de parler de cette question, ou plutôt de la régler. Et l'une d'elles consiste à n'en pas parler du tout. A ne pas y toucher. Enterrée. C'est très possible, vous savez. Vous vous en apercevrez.

– C'est fait. J'ai vu ça. Et, à première vue, ça marche parfaitement », répondis-je. Archie Baxter remplissait les verres, les jumeaux plongeaient dans la piscine à l'eau bleuie, quelqu'un soufflait un nuage de fumée de cigare au travers duquel un paysage de Courbet apparaissait sous forme de mirage. Uranium, canons de chevaux, le bataillon de Kit.

« J'ai bien peur de ne pas avoir été choqué. C'était bien agréable. Comme d'être n'importe où ailleurs, en plus confortable, peut-être.

– Vous y êtes », dit-elle, comme si j'étais un enfant qui avait réussi à suivre jusque-là une leçon difficile. De mon côté, il me semblait reconnaître la gentillesse accommodante, ce masque aux grands yeux candides, des dîners de Faunce; mais, en toute honnêteté, je dois admettre qu'elle semblait d'accord, carrément.

« Vous y êtes. Et il y a les autres méthodes...

Vous êtes quelqu'un que je ne connais pas, à qui j'ai demandé un service pour un client. Je ne ferais pas mieux d'en rester là, plutôt que de vous imposer de prendre en considération ma méthode personnelle? Vous contraindre à l'hostilité, peut-être, parce que la vôtre risque d'être différente?

– Mais vous devez bien savoir que je n'en ai pas. C'est tout juste si j'arrive. »

Elle me jeta un coup d'œil rapide, tout en conduisant.

« Vous en aurez bientôt une, avec pour résultat la même gêne. De toute façon, vous avez bien dû débarquer avec une idée, toute prête à servir. Même si elle ne mène à rien, maintenant que vous êtes ici. »

Je pensai : comme son débit est régulier. Les gens que je connaissais, moi-même, semblions toujours parler par saccades, comme si rien ne coulait avec clarté en nous, mais au contraire bataillait contre les incertitudes, se faufilait entre les doutes et brisait sans répit les remparts de la conviction. Son intonation, son débit étaient étrangers à l'anglais eux aussi, mais n'avaient rien à voir avec le parler monocorde exaspérant de Miss McCann, qui était pour moi le dialecte même de Johannesburg.

Je dis : « C'est comme Dieu, ou l'amour; je m'imaginais qu'ici tout le monde en parlerait en prenant le café, comme chez nous la politique étrangère russe ou les notes de frais. »

IV

La voiture s'était immobilisée sous les jacarandas de ma rue; nous gardâmes, une seconde ou deux, un silence parfaitement naturel. Il devrait exister un signe de ponctuation spécial pour ce genre de pause, comme celui qui, en musique, marque les silences.

« C'est où, chez vous? demanda-t-elle.

– Oh! là-bas, le bâtiment à colonnes! »

Elle fit redémarrer la voiture. « Je vais faire un demi-tour et me mettre juste devant la porte.

– Non, je vous en prie, cela va très bien comme ça.

– Vous vous ennuyez beaucoup ici? interrogea-t-elle en me tendant mes paquets par la glace.

– Je ne sais pas vraiment. Je n'ai pas l'impression d'avoir encore une vie bien définie. Il n'y a pas beaucoup de villes au monde qui supportent d'être bues sans eau.

– Nous sommes toujours tellement prêts à nous excuser, dit-elle en souriant. On s'habitue à s'entendre dire par les Anglais et les gens du Continent qu'il n'y a absolument rien ici – et ça roule des yeux, et ça jette les bras au ciel... On ne voit pas exactement ce qu'ils veulent dire, mais on sent qu'ils ont raison.

– Et au fond, qu'est-ce qu'ils veulent dire, à votre avis ? »

L'obscurité montante était comme un buvard dans lequel une forme se fondait en une autre; seules ses mains, appuyées sur le volant, et son visage, se distinguaient dans la voiture et les réverbères entouraient de corolles pastel leurs lumineux pistils dans la masse noire des arbres.

« Dans le temps, j'étais persuadée que c'est parce qu'ici la vie des villes se rattache à un autre monde – le théâtre est le théâtre qui vient d'Europe, les dialogues de cabaret arrivent de Londres ou de New York... Vous comprenez ce que je veux dire ? Johannesburg semble ne pas avoir de genre à elle ?... »

Elle posa une main sur la portière, en un geste d'appel.

« C'est ce que ressentent les gens. En partie. Mais maintenant, je crois qu'il y a quelque chose d'autre. La solitude; une variété spéciale. Notre solitude à nous. L'absence d'identité partagée. La solitude d'une minorité qui a tous les pouvoirs.

– On m'a dit qu'ici personne ne se promène dans les rues le soir. » Elle répondit en toute candeur : « Ce n'est pas tellement le danger, mais nous sommes terrorisés. » Cela nous fit rire tous deux. « Pas vous, dis-je avec conviction. – Oh ! si, j'ai peur, j'ai peur du noir ! » Un balcon illuminé jaillit du mur sans relief de l'immeuble d'en face et un homme y passa, une bouteille de bière et un verre à la main. Il fit sauter la capsule contre la balustrade, et une fois la bière versée, resta là à contempler le soir comme un cheval mis au pré après une journée entre les brancards. Quelque part dans un pâté de maisons et d'immeubles de pacotille une voix hurla aux enfants qui jouaient dans la rue : « Pour la dernière fois, je vous le répète... » Une domestique africaine sortit d'une ruelle en se coulant comme un chat; elle marchait pieds nus sur le trottoir, en tenant serré un paquet de journaux, et tout à coup rejeta la tête en arrière et salua d'un grand rire bruyant quelqu'un que nous ne pouvions pas voir.

Cette femme assise dans la voiture et moi-même éprouvions à nous séparer la peine de ceux qui n'ont pas d'engagement spécial et commencent à très bien s'entendre. Il n'y avait pas, entre nous, de tension créée par l'attirance; pas de raison de mettre en avant, d'un côté ou de l'autre, des projets différents, de nature plus personnelle. Comme la plupart des garçons de mon âge, je trouvais parfaitement naturelle la liberté floue avec laquelle je décidais, d'un instant à l'autre, de ce que j'allais faire. Même en Angleterre, les soirées étaient des ports inconnus dans lesquels, marin descendu d'un bateau qui allait je ne sais où, j'errais, sans grande curiosité, n'espérant pas grand-chose, parfaitement conscient, cependant, à un niveau plus profond que la raison, qu'au détour d'une rue, un jour, je tomberais sur le visage ou la bagarre qui me tiendrait lieu de destinée.

Je m'intéressais à ce qu'Anna Louw avait à dire, mais elle ne m'intéressait pas assez en tant que femme pour qu'il me vienne à l'idée de me demander par quel hasard nous nous trouvions confrères en liberté. Je tenais tout simplement pour acquis qu'il en était ainsi.

« Pourquoi n'irions-nous pas dîner quelque part ? » dis-je. J'étais debout sur le trottoir depuis dix bonnes minutes, mes paquets dans les bras, et je n'avais pas fait mine de me diriger vers mon appartement.

Dans le noir sa voix était amicale, pratique, sans inflexions intimes et sans coquetterie non plus.

« J'aurais aimé vous inviter à manger des œufs au bacon chez moi, mais la vérité est que je suis invitée pour la soirée.

« Pourquoi ne viendriez-vous pas ? » Elle dit ces mots comme après avoir pris une décision.

« Ce serait possible ? »

Je la vis sourire lentement dans l'obscurité : « Si ça vous dit, bien sûr que c'est possible.

– Alors ?... »

Elle attendit que ce soit moi qui réponde. « Il faut que je file chez moi déposer tout ça. Et j'ai besoin de faire un brin de toilette.

– Je vous attends », dit-elle.

Quand je fus de l'autre côté de la rue, elle se pencha par la portière et jeta doucement, en choisissant ses mots : « Inutile de vous changer, vous savez. Ce n'est pas une vraie soirée... »

En me retrouvant face à moi-même dans la mince couche glacée du miroir de la salle de bain – même avec la lumière, certains coins de cette salle de bain restaient plongés dans l'ombre et on avait toujours le sentiment que si le réflecteur fragile et qui s'écaillait venait à se casser, l'image tomberait dans l'obscurité moite – je m'aperçus que j'avais les cheveux sales et besoin d'une bonne coupe. Le matin même j'avais réussi à m'accrocher le lobe de l'oreille et une petite croûte de sang, toute noire, recouvrait la coupure. J'avais les dents du bas striées par la nicotine. Je vis un autre visage : le visage de femme, peint, stylisé, de Cecil Rowe, ravissant au-dessus des salières des épaules. Il se présentait à moi comme un visage appartenant à une autre espèce que la mienne; les femmes me donnaient parfois cette sensation, et cela m'excitait. Un romantisme un peu tordu, je suppose; si je ne parvenais pas à les croire ni meilleures, ni plus pures, ni plus douces, j'aimais voir en elles, à l'occasion, le temps d'un éclair, de charmantes créatures au fond d'un bocal ou d'une cage.

Je me demandais à quoi pensait Anna Louw en m'attendant en bas dans la voiture, tandis que le cri strident et régulier des sauterelles s'insinuait dans les querelles saccadées et avinées des chaînes de radio déversées par les fenêtres en aplat. Quand nous repartîmes, elle semblait un peu lointaine, comme si elle commençait à douter du mouvement instinctif qui l'avait fait m'inviter à l'accompagner.

Je m'efforçai d'être aussi agréable et accommodant que possible, pour la rassurer, comme un chien qui se fait tout petit et aplatit les oreilles avec soumission pour montrer qu'il se conduira comme il faut si on l'emmène en promenade. Bientôt elle arrêta la voiture sous un réverbère et, sous la coulée brutale, parut très fatiguée tandis qu'elle disait :

« Il y aura tout un mélange de gens. Ça n'est pas toujours une réussite. »

Je sentis qu'elle avait presque envie que je dise : N'y allons pas, prenons la voiture pour aller ailleurs. « Vous n'avez pas à vous tourmenter, je trouverai bien un moyen de faire savoir à tout le monde que vous me connaissez à peine, que vous m'avez amené par pure bonté d'âme. »

Elle secoua la tête en riant, le rire se transforma en bâillement las. Elle avait le manque de ressort de quelqu'un qui a bu pas mal, il y a un peu trop longtemps, et a encore besoin de plusieurs verres, ou bien alors d'un repas. Je m'étais mépris sur ce qu'elle avait dit, mais elle n'avait pas le courage de s'expliquer.

La maison, toute petite et de plain-pied, était pleine de monde; de la barrière, les ombres qui se détachaient dans la lumière rougeâtre, tamisée par les rideaux, et la trépidation sonore des voix et du va-et-vient lui donnaient l'apparence survoltée d'une maison qui tourne à plein. Nous fûmes saisis par le calme momentané qu'accompagne l'arrivée de nouveaux venus; ensuite nous piétinâmes un moment le plancher usé d'un couloir étroit (la porte d'entrée n'était pas verrouillée) et une grande et belle femme, vêtue d'une robe noire collante qui rendait sa marche presque impossible, et d'un châle rose vif dont les franges pendaient au-dessus du verre qu'elle tenait à la main, ouvrit de grands yeux, haussa les sourcils et, après avoir pris Anna dans ses bras, la tint légèrement écartée d'elle, apparemment muette de joie à sa vue. A la façon dont Anna l'embrassa très vite et l'interrompit tout de suite avec son propre bonjour et sa formule de présentation, je me rendis compte, avant que la femme ait sorti une syllabe, qu'elle n'était pas bouleversée, mais tout simplement incapable de parler parce qu'elle bégayait. Enfin, comme si une main venait de relâcher sa gorge, elle dit en un riche torrent : « Je suis ravie que vous soyez venu, Mr. Hood. Entrez, je vais voir si je peux vous trouver quelque chose à boire, la seule difficulté ce sont les verres, je crois bien. J'ai essayé de te téléphoner pour te demander d'en apporter, Anna... » Et elle nous entraîna dans une petite pièce bondée où un portrait d'elle dominait du regard quinze ou vingt invités, dont certains noirs ou de race foncée. Elle commença à soulever les sourcils, ses lèvres s'ouvrirent de façon angoissante tandis qu'elle s'apprêtait à me signaler à l'attention et à me présenter et posait une longue main vigoureuse, la main repliée comme un lis dans le tableau, sur mon bras, mais là encore Anna vint à son secours avec grâce : « Sylvia, ma chérie, ne te donne pas cette peine, je vais mettre Mr. Hood en orbite. – Vous me par... » La femme m'adressa une excuse qui finit dans le silence. « Je vous en prie. » Je hochai la tête, souris, en essayant de ne pas forcer ces manifestations de bonne volonté, comme on le fait pour les sourds. Elle lâcha convulsivement quelques mots au sujet des rafraîchissements à Anna; puis nous quitta et traversa la foule des invités de son port de reine, avant de disparaître dans une direction que je pris pour celle de la cuisine.

Une femme agita un verre pour faire signe à Anna de l'autre côté de la pièce, de droite et de gauche des voix la saluaient; nous dépassâmes un petit groupe plongé dans quelque discussion, comme des vaches dans une rivière, et qui ne voyait rien, un homme élancé et nerveux qui sourit à Anna de ses petites dents gâtées de bébé en aparté de son tête-à-tête avec une grande rouquine, pour arriver jusqu'à une table chargée de bouteilles. C'est vrai, il n'y avait pas de verres propres – nous en trouvâmes deux quand même, de ces verres qui ont contenu de la moutarde et sont décorés de fleurs peintes – qui avaient au moins l'avantage d'être vides.

Une réunion de ce genre a en commun avec un champ de bataille le fait que, quand on y est, on ne voit rien; l'interlocuteur immédiat ou le petit groupe avec lequel on boit et discute constitue le tout. Mais quand on vient d'ailleurs, qu'on ne reconnaît personne, qu'on n'est entraîné dans aucun contexte personnel et amical, il est un moment, en début de soirée, où l'on distingue la composition du groupe comme le stratège en chambre voit la bataille : sans à-coups, bien en ordre, dans son entier.

Au fur et à mesure que le gin corsé me pénétrait le corps, comme une torche révèle une maison obscure, je découvrais l'organisation de la pièce d'un œil quasi omniscient. Les visages des autres, ces visages sombres, les mains des autres, sombres, qui sortaient des mêmes bonnes vieilles manches de veste, changeaient tout. C'était le dessin embrouillé et fascinant d'un tapis d'Orient qui avait appartenu à ma mère et où, à y bien regarder, les volutes et les fleurs qu'on attendait se révélaient être aussi des personnages, des animaux, des blagues, des légendes; toutes choses que, dans la vie courante, on ne rencontre pas ensemble, coude à coude dans le champ d'une expérience. Il ne se passait pas grand-chose de remarquable dans la pièce; trois Africains discutaient entre eux, un Indien trop bien mis expliquait à un couple de Blancs une chose qui avait de quoi surprendre (on voyait l'incrédulité de leurs visages sérieux, attentifs), les Blancs qui formaient le mur près de la porte étaient toujours pliés en deux sur le ballon de leur conversation, il y avait l'inévitable couple – de Blancs – qui se croit tout seul, et l'unique femme africaine présente – autant que je pouvais me rendre compte –, abandonnée de tous, adressait un sourire au fond de son verre. Tous ces gens vivaient ensemble dans le même pays, il n'y a pas à dire; leurs trajectoires s'entrecroisaient du fait de la proximité.

Pourtant, les voir réunis dans une seule pièce, dans le contexte voulu d'une soirée – les voir là parce qu'ils avaient envie d'y être –, était vraiment, même pour moi qui ne me trouvais dans le pays que depuis un mois, de l'ordre des événements remarquables : le jeu des rapports sociaux quotidiens semblait aussi ambigu et complexe que le dessin du tapis d'Orient.

Un homme s'échappa du groupe d'Africains et vint se chercher à boire; il avait l'allure nonchalante, absente, de celui qui sait toujours où est la réserve. « Il n'y a plus de cognac? » me demanda-t-il. C'était la première fois qu'un Noir s'adressait à moi autrement que comme un serviteur à son maître. Je m'écartai de la table pour qu'il puisse s'en assurer. « Je vais voir si Sylvia peut dégoter une autre bouteille », grommela-t-il en se tournant vers la porte par laquelle elle était sortie un peu plus tôt. C'est alors qu'il aperçut Anna. « Je savais bien que tu serais par là », dit-il en souriant largement. Il était grand et maigre, avec un long buste et une petite tête ronde. Il avait la couleur agréable, claire, du bois ciré et ses cheveux semblaient brodés dans la laine. Il avait les yeux lointains, éteints; un petit nez délicatement modelé dont les narines se retroussaient à partir du bout aplati de façon caractéristique; et l'ossature de son visage, qui convergeait vers l'avant, mettait sa grande bouche en relief. Quand il sourit, avec beaucoup de charme, à Anna, il révéla un champ de bataille de trous et de dents minuscules et cassées. « On dirait bien que les gens ne peuvent se passer ni de toi ni de moi, dit Anna en souriant. Comment ça va?

– Pas trop mal, pas trop mal.

– Steven, je te présente Mr. Hood. Je ne pense pas que vous m'ayez dit votre prénom? ajouta-t-elle à mon intention.

– Toby. Comme les chopes. »

L'autre type se mit à rire. « Voilà un nom bien. On aurait dû me le donner.

– Toby Hood qui arrive tout droit d'Angleterre, Steven Sitole. » Nous échangeâmes une poignée de main. Il débitait les formules habituelles sans y prêter attention : enchanté-de-faire-votre-connaissance. « Ce que vous avez dans votre verre vous convient, Mr. Hood?

– Non, répondis-je car mon verre était vide.

– Laissez-moi arranger ça, dit-il avec une amabilité exubérante de cocktail-party.

– Et toi aussi, Anna.

– Non, Steven, tu es un mauvais exemple. Il faut que je m'impose un certain rythme. Pas plus d'un verre à l'heure.

– Pour les rythmes horaires, elle s'y connaît, pas vrai ? » dis-je.

Steven était occupé à verser du gin dans mon verre. « Sans blague ? »

Montrant Steven du doigt, Anna me dit : « Nous ne nous rencontrons que dans les cocktails, et on n'y a guère la notion de l'heure. »

Il riait, plein d'admiration pour elle, comme s'il attendait d'elle certaines choses et qu'elle était toujours à la hauteur. Il était familier et à l'aise avec elle, mais la familiarité, l'absence de contrainte, étaient celles d'un étranger, Français, Italien ou Allemand qui ne sait trop si l'Anglaise dont il a fait la connaissance est un échantillon représentatif de toutes les Anglaises qu'il ne connaîtra jamais, ou une exception à laquelle ne se fier sous aucun prétexte.

Il n'allait certainement pas se laisser détourner de son but, la bouteille de cognac, et dès qu'il m'eut donné mon verre, il s'éclipsa. Anna me présenta au jeune homme qui parlait à la rouquine – un Anglais – puis nous nous laissâmes porter jusqu'au groupe de gens sérieux, près de la porte, qui venaient, à leur tour, d'accueillir l'Indien, Jimmy Naidoo et sa femme, assise sur quelque chose de si petit et de si bas que les drapés de son sari jaune le cachait – silhouette vague et monumentale, comme une statue municipale dont les pieds auraient fait reculer le sculpteur. Tous les autres étaient debout et elle levait les yeux pour suivre la conversation, l'air attentif et bien élevé, visage jaunâtre auquel les yeux profondément cernés donnaient le masque de l'insomnie. L'autre femme du groupe était une Anglaise dont le cou à la Modigliani s'élevait blanc, splendide jusqu'à un menton un peu fuyant et un lourd chignon d'un blond inégal qui reposait comme une main pesante sur sa nuque; ses bras blancs et ses mains, longues et parfaites, comme si le moule dans lequel on les avait coulées avait été cassé et retiré tout doucement, étaient croisées sur un corps aplati, exténué, revêtu d'une robe de velours vert. Elle avait un filet de voix et autrefois avait été peintre; ils parlaient peinture. « Si je savais peindre, dit un homme aux cheveux gris qui plissait les yeux et montrait les dents férocement en parlant, surtout si j'étais peintre ici, je remettrais à la mode la peinture anecdotique. Il y a trop de paysagistes par ici. Ils ne savent pas comment s'en sortir avec l'homme, alors ils le laissent complètement de côté.

– Ou bien, quand ils l'incluent, ils n'exploitent que le côté pittoresque, ils traitent un visage ou une silhouette comme un arbre, dit un jeune homme qui semblait s'être battu avec ses vêtements et avoir eu le dessous – les manches de sa chemise marron lui pendaient sur les poignets; mais le col était trop étroit et avait lâché sous une énorme cravate tricotée.

– Qu'est-ce que vous entendez par peinture anecdotique?

– Et comment ça va chez vous? murmura l'Anglaise qu'on m'avait présentée sous le nom de Dorothea Welz.

– Pourquoi pas? répliqua l'homme aux cheveux gris. Qu'est-ce qu'il y a de mal à ce qu'un tableau raconte une histoire?

– Epatant comme anti-rhumatismal, dit Naidoo, très satisfait de lui-même.

– J'imagine qu'il veut parler de ce que j'appellerais peinture à thème, dit quelqu'un d'autre. Une scène qui expose une situation.

– C'est bien ce qu'il s'escrime à dire. C'est ça la peinture anecdotique.

– Un enfant blanc s'amuse avec un jouet de prix sous les yeux d'une Africaine en tenue de femme de chambre d'opérette et dans la rue qui longe le jardin, on voit se balader des *tsotsis*.

– Dieu du Ciel !

– ... Une bonne partie de la peinture abstraite raconte, en fait, une histoire, exprime des idées, qu'est-ce qu'on peut en dire d'autre ?

– Ces jeunes Zoulous nubiles, toutes en seins noirs comme du cirage et en dents éclatantes.

– Quand allez-vous vous remettre à la peinture, Dorothea ? demanda le jeune homme négligé, comme s'il avait l'habitude de questionner tout le monde à tout propos.

– Pourquoi faudrait-il que je m'y remette ? » répliqua-t-elle du ton de quelqu'un qui attend vraiment une réponse.

Steven Sitole apparut à mes côtés. « Qu'est-ce que Gérard Sekoto produit en ce moment ? » lui demanda quelqu'un en se tournant vers lui. Il haussa les épaules, sourit largement, pas intéressé pour deux sous. « Je n'en sais rien. Vous savez ce qu'il devient ? m'interrogea-t-il.

– De qui vous parlez ?

– Je ne crois pas qu'il soit connu en Angleterre, glissa Anna.

– Oh ! mais je suis sûr que si ! dit l'homme aux cheveux gris. Il n'a pas des tableaux dans un musée, la Tate Gallery ?

– C'est le musée national d'Art moderne qui a

acheté quelque chose de lui, murmura Dorothea, pas Londres. » Ces mains et ces bras-là donnaient l'impression de n'avoir jamais auparavant été sans longs gants blancs.

Le groupe se construisait, se défaisait, se reformait, comme un banc de poissons. Steven était celui qui file de tous côtés, rentre et sort du banc sans cesse; Sylvia, l'hôtesse, arrivait de temps en temps à toute allure dans la pièce, comme une vague éparpille le banc en formation, interrompait une conversation, embarquait quelqu'un pour qu'il parle à quelqu'un d'autre, suppliait celui-là de l'assister dans de mystérieux préparatifs culinaires puis disparaissait, comme la vague se retire par-dessus le corps des poissons qui s'en retournent flotter chacun à son niveau, dans l'eau calme.

En attaquant mon troisième ou quatrième verre, je fis la connaissance des deux Africains avec qui Steven discutait lors de notre arrivée. Leurs noms étaient longs et impossibles à prononcer, mais ils s'appelaient quand même aussi Sam et Peter. Sam était petit, à peine aussi grand qu'Anna Louw, et avait la présentation impeccable des hommes petits – chaussures parfaitement cirées, costume trois-pièces bleu, nœud papillon rouge – et le visage étonnant, réjoui, du gamin noir des livres d'images, le visage du petit Sambo noir. Je pensai sur-le-champ que cela devait être épouvantable pour lui de savoir qu'il promenait un visage pareil – d'immenses yeux marron étincelants aux cils frisés, un grand sourire heureux ouvert sur des dents éclatantes, une grosse tête ronde, de forme irrégulière, trop lourde pour son cou, pareille à une courge fragile. C'était exactement comme si un Anglais allait découvrir qu'il ressemblait trait pour trait au petit Lord Fauntleroy. Peter avait l'air gamin, une pomme d'Adam proéminente, la peau couverte de boutons et des oreilles minuscules qui semblaient se mêler à la conversation et se rabattaient bien à plat sur son crâne quand il riait, comme celles d'un animal satisfait. Il remettait sans cesse des disques de danse qu'il prenait dans une pile posée sur le plancher, sur le tourne-disque hautement élaboré – élément d'un système hi-fi compliqué auquel la pièce était reliée – que personne n'écoutait. Sam me sourit par-dessus sa soupe; Anna avait apporté de la cuisine un plateau chargé de bols d'un succulent bortsch bouillant, des bols si chauds que nous les faisions passer d'une main dans l'autre. Peter avala pour goûter une gorgée du breuvage aigre-doux, au parfum robuste, puis abandonna son bol derrière la pile de disques. Mais Sam et moi nous nous régalions. « C'est une soupe russe, n'est-ce pas? » Une voix forte et grave sortait de ce petit corps : « Dites-moi, Mr. Hood, vous savez peut-être ce que c'est que le *kvas?*

– *Kvas*? Comment ça s'écrit? »

Nous nous mîmes tous les deux à rire.

« *Kvas.* Je suis en train de lire un livre dans lequel un personnage en mange – elle en meurt d'envie, d'un seul coup. Vous savez ce que c'est, on veut savoir quel est ce goût auquel elle pense.

– C'est bien dommage qu'il ne s'agisse pas de bortsch », lui dis-je. Sylvia s'approcha de nous, ses beaux sourcils levés : « Ça va? Vous avez eu de la soupe? » Nous lui montrâmes nos bols. « Elle était délicieuse, dit Sam. – Mais vous n'avez pas eu de pomme de terre? Il vous faut une pomme de terre! » Elle se précipita à toute allure, empêtrée de façon grandiose dans sa robe, pour chercher un plat de pommes à l'eau. Il ne nous restait plus de soupe, mais nous en prîmes chacun une.

« Il faut toujours manger des pommes de terre avec le *kvas,* lançai-je à Sam. – Toujours, dit-il.

– Vous êtes en train de lire *Anna Karénine,* réussit à sortir Sylvia, triomphante. Je m'en souviens, je m'en souviens! Comment s'appelle-t-elle? La jeune fille qu'épouse Levin... Elle mange du *kvas.*

– Elle veut en manger, dit Sam, s'épanouissant en un sourire de pur ravissement.

– C'est lui, pas moi », glissai-je.

Elle posa la main sur le bras du petit homme. « Ah! dit-elle avec un souffle profond, exagéré, qui exprimait l'enthousiasme qu'elle ne pourrait jamais sortir sous forme de mots. C'est un vrai mo... la syllabe resta suspendue en l'air plusieurs secondes. – Miracle, souffla Sam excité. – C'est vraiment ce qu'est ce livre; grand Dieu, j'y pense sans arrêt, même quand je ne le lis pas. – Je ne l'avais pas lu depuis quinze ans, et puis, pas plus tard que l'année dernière, pendant mon séjour à l'hôpital... » Ils se lancèrent dans une mêlée de vrais mordus.

Certains avaient maintenant à la main des assiettes pleines et il semblait y avoir eu une seconde distribution, généreuse, de vin rouge. Ils entraient et sortaient par ce que j'avais pris pour la porte de la cuisine et se servaient. Je ramassai mon bol ainsi que celui de Sam et suivis le même chemin. La rouquine, encombrée d'une assiette bien garnie, d'un verre de vin et d'un petit pain criait : « Eh là! Attention, me voilà ». Nous nous retrouvâmes immobilisés dans nos sourires mutuels, bêtement, comme dans une toile d'araignée. A la voir pas mal ivre, je me rendis compte que je devais être dans le même état. Mais la soupe chaude me donnait l'illusion d'un frein temporaire; me lestait. Je passai la porte plus ou moins comme un homme à jeun et m'aperçus qu'elle donnait sur un corridor où un vieil homme aux lunettes embuées et au visage d'embryon de poulet dit avec un fort accent d'Europe centrale : « Ma femme est d'engore là?

– C'est laquelle, votre femme? lui demandai-je, comme j'aurais demandé à un enfant perdu, qui c'est ta maman?

– Dorodée, répondit-il avec impatience. Vous ne connaissez pas Dorodée?

– Je viens de faire la connaissance d'une grande femme en robe verte.

– Z'est za. Z'est za », dit-il, soulagé, en m'accompagnant dans une pièce envahie d'une puanteur de fromage fait qui montait d'une soupière posée sur une table de toilette de style victorien, qu'on avait peinte en blanc. Il émit un petit rire sifflant. « Pour tout vous dire, je me suis endormi. Je me suis endormi dans la chambre de Sylvia, là, par-derrière. Sérieusement, je ne savais plus s'il était dix heures, trois heures du matin, une heure. Qu'est-ce que c'est que cette soupe?

– Goûtez-y. »

Je me sentais rempli d'une aimable sollicitude envers ce farfadet échappé de *Peter Pan*. Il eut sa soupe et je me servis une assiette de risotto – comme la plupart des femmes à prétentions artistiques de son acabit, la brave Sylvia était bonne cuisinière mais avait la main lourde avec l'ail dans la salade et les croûtons – puis ensemble nous rejoignîmes le groupe. Il s'approcha de la grande femme à l'élégance d'égérie littéraire, elle abaissa le regard et lui dit quelques mots avec l'attention distraite qu'on accorde à son conjoint.

Le disque se mit à gémir et faiblit; on l'enleva pour le remplacer par un tango. Soudain, Steven Sitole et la femme du petit vieux, Dorothea, se retrouvèrent en train de danser. Elle était aussi grande que lui et ils dansaient à la perfection : comme des professionnels au cours d'une démonstration, ils ne se voyaient pas, n'éprouvaient aucun intérêt l'un pour l'autre, son visage d'homme ivre était figé dans une transe courtoise, comme saisi par les évolutions gracieuses et précises dans lesquelles l'entraînaient ses pieds, son corps à elle, brisé, honteux, fané, était rappelé à la discipline. Elle dansait de la même façon qu'elle parlait : comme si, pour elle, tout était fini. Bientôt, il la ramena à sa tasse de café.

A un moment donné de la soirée, Anna Louw avait retapé son maquillage et s'était procuré – auprès de notre hôtesse sans doute – un châle de soie rouge jeté par-dessus la robe stricte qu'elle portait en entrant dans mon bureau cinq ou six heures plus tôt. Je dansai avec elle; elle avait l'allure précise d'une personne à jeun dans une pièce où tout le monde s'entoure d'une auréole vibrante et indistincte d'euphorie – comme si toutes ces âmes étaient en mouvement tandis que la sienne demeurait immobile.

« Il y a de l'ambiance, lui dis-je.

– J'en suis bien contente. »

Je regrettais d'avoir souhaité quelqu'un d'autre à sa place, dans le bar, en ville.

Steven Sitole était depuis un moment penché au-dessus de la jeune Africaine solitaire, un bras appuyé au mur derrière elle, son dos l'isolant de la pièce, dans l'autre main un verre qui n'était jamais vide. Pourtant, ce déploiement d'attention était aussi détaché qu'une plaisanterie; cela me rappelait, en quelque sorte, les attentions machinales des jumeaux envers la belle Américaine pendant le déjeuner chez Marion Alexander.

« Steven fait ça au charme », remarquai-je.

Elle lui jeta un coup d'œil, mais ne dit rien.

« Vous avez réussi à parler à Sam, Sam Mofokenzazi ?

– Pas vraiment. C'est le petit ?

– Il écrit bien, il me semble. Pas professionnellement, il est reporter dans un journal pour Africains publié en anglais. Ses trucs à lui, des nouvelles et ainsi de suite. Et il compose de la musique.

– Et Sitole ? Il fait quoi ?

– Dans les assurances. Lui aussi, il était journaliste dans le temps. Il a passé un an en Angleterre, après la guerre.

– C'est ce qu'il y a de plus remarquable en lui ?

– Oui. » Ma naïveté lui fit lever les yeux vers moi. « C'est plus ou moins comme de revenir de l'au-delà. Les Africains ne peuvent pas entrer et sortir comme ça leur chante d'Afrique du Sud. »

On avait réussi, au milieu de ses gloussements, à persuader la jeune Africaine d'abandonner son mur, et, assise sur une fesse au milieu des bouteilles, sur la table, elle prenait, de la tête et des mains, l'attitude de quelqu'un qui va se mettre à chanter. On arrêta le tourne-disque. Dans le silence fabriqué en hâte (une voix lançait : Alors, et la musique, bon Dieu ! – on faisait taire un groupe de bavards; Sylvia glissait d'une allure de reine et remplissait les verres de vin), elle faisait des mines de professionnelle. Elle se mit à chanter une rengaine sentimentale à succès, d'une voix sensuelle et innocente que j'ai toujours aimée chez les chanteurs noirs américains, une voix païenne pour qui l'amour n'est pas fait de sous-entendus coupables mais de franchise et de grâce. Elle essayait d'imiter les trilles et les roulades des chanteurs blancs qu'elle avait dû entendre en disque, mais les stridences étranges de ses notes hautes, et la douceur de ces notes basses, ne devaient rien à l'artifice : la gamme chaude, ininterrompue, de la sensualité s'y trouvait tout entière, du sein de la mère au lit de l'amant. Le ravissement envahissait la pièce en un bonheur simple, soudain; l'effet de catalyse que j'ai vu, à l'occasion, s'établir entre les membres isolés du public d'un concert. Elle continuait à chanter; une autre rengaine sentimentale – un swing déchaîné, rituel, qui incita ce gamin de Peter à se mettre à danser tout seul dans un coin, le souffle court, les mouvements saccadés – et même une ballade tendre en yiddish, puis des chansons dans sa langue à elle et dans d'autres qui, pour moi, étaient la même chose. De temps en temps, de l'autre bout de la pièce, Sam et Peter faisaient chœur, comme le grondement de deux gros bourdons ou les accents profonds de la basse. Sylvia, qui s'était glissée jusqu'à Anna Louw sur la pointe des pieds, murmura :

« Dieu merci ! Au moins elle sait chanter. Leurs femmes n'ouvrent jamais la bouche. Il n'y a pas moyen de les inviter.

– Comment a-t-elle atterri ici ? demandai-je, car il était évident que ce n'était pas par invitation. De la même façon que moi ? »

Anna se mit à rire. « C'est sans doute Steven qui l'a amenée. Un vrai triomphe; elle a un succès fou. C'est Betty Ntolo. Elle chante dans leur meilleur orchestre. »

Après les chansons, le jeune homme crasseux qui discutait peinture un peu plus tôt fit danser la jeune Africaine puis la ramena à la chaise qu'elle avait occupée toute la soirée. Dès qu'elle ne se produisait plus, une invincible naïveté la plaquait, pour ainsi dire, à ras du sol; il était impossible de l'en arracher car, dès qu'on s'y risquait d'un mot poli ou d'une invitation à danser, on était menacé de s'enfoncer avec elle dans le fracas inepte de ses gloussements. Je dansai avec elle, trois ou quatre interminables minutes. Je m'étais approché pour lui dire à quel point ses chansons me plaisaient, mais après cela, elle avait ricané comme si elle allait sortir quelque chose d'irrésistible et prononcé un unique « oui », et je m'étais rendu compte que je ne pouvais pas tout simplement m'éclipser et qu'il ne fallait pas compter faire avancer la conversation d'une syllabe. Je l'invitai donc à danser, requête à laquelle il lui était facile, et elle ne s'en priva pas, d'accéder en se levant, avec un petit rire étouffé, sans dire un mot.

Son joli visage était mat de poudre et elle s'était dessiné un grain de beauté charbonneux près de l'œil gauche; ses oreilles, comme celles de Peter, étaient les plus petites et les mieux ourlées que j'aie jamais vues chez un adulte et de grands anneaux dorés y pendaient. Elle portait une espèce de turban de crêpe noir qui lui recouvrait les cheveux et tenait par des épingles à chapeau à tête dorée. De temps à autre, tout en me suivant, elle sortait une langue rose qui allait toucher sa lèvre supérieure et se détachait agréablement sur ses dents blanches. Elle avait de grands yeux ronds proéminents, bovins, plutôt jaunâtres. Ils étaient totalement vides; comme si, dans cette pièce, elle avait peur de penser.

Le haut de son corps était menu, sa taille mince, mais elle était lestée de jambons massifs, de mollets gigantesques et de pieds qui donnaient l'air toc aux sandales à hauts talons attachées à ses chevilles.

Je lui dis : « J'ai appris que vous chantiez avec un orchestre.

– Oui. » Comme un enfant ligoté par les questions affables d'un oncle plein de bonnes intentions.

« Comment s'appelle cet orchestre ? »

Elle répondit quelque chose d'inintelligible; sa main brune à laquelle les ongles laqués de rouge faisaient une armure se glaçait de fierté et de détresse.

« Je m'excuse, je n'ai pas très bien compris. »

Je penchai la tête vers elle.

Comme tant d'autres chanteurs qui se débrouillent pour chanter six chansons en six langues différentes, elle ne parlait pas si bien que cela. « Les dix de notre quartier », dit-elle en anglais avec un fort accent.

Les Indiens partaient; la femme, debout près de la porte, un manteau de poil de chameau pardessus son sari, attendait avec patience et ennui que son mari termine la tournée complète des adieux. Anna dansait avec l'Anglais aux dents de bébé et la rouquine, jaillie tout à coup devant moi, souffla un nuage de fumée entre nos deux visages. Après avoir ramené la jeune Africaine à une chaise, je retournai vers la rouquine.

« Il serait presque temps, dit-elle.

– Vous étiez très prise. »

En dansant, elle rejetait la tête en arrière pour me parler et ses deux seins s'appuyaient fermement, nettement, sur ma poitrine et me plaquaient solidement.

« Stanley est collant comme pas deux. Vous êtes rond?

– Non.

– Moi aussi. Si on buvait un peu de vin? »

Nous arrivâmes, en nous tenant par la taille, avec maladresse, comme deux boxeurs après un combat, jusqu'aux bouteilles. « Ça te dirait d'avoir un portrait de toi comme ça dans ta chambre, Sam? interrogeait Steven Sitole. – Oh! je sais bien que c'est répugnant de passer son temps à se dévisager soi-même », dit Sylvia en enfouissant le nez dans son verre de vin. Quand soudain elle parlait d'un trait, c'était comme si quelqu'un d'autre en elle prenait la parole.

« Oh! je ne sais pas, dit Sam, admiratif devant une coutume étrangère, il me semble que pour une femme ce n'est pas mal. – Un reproche à mon égard, un reproche à l'égard d'une vanité imbécile – est-ce que j'ai jamais eu cette allure-là? Ou est-ce seulement que je m'imagine maintenant avoir été comme cela? Maintenant que je peux rejeter la différence sur les poches sous les yeux, les rides, la couronne que j'ai dans la bouche? »

Je ne suis pas très fort quand il s'agit de caresser une femme en public; j'avais l'air idiot, encombré que j'étais de la rouquine, j'en avais conscience, si bien que le contact de son corps élancé et tiède ne m'apportait plus de plaisir. Nous nous séparâmes et elle repartit vers Stanley, lui murmura des choses, le visage levé, dans son soulagement de m'avoir échappé. Je vidai le verre de vin de quelqu'un d'autre et reportai les yeux, de Sylvia à son portrait. « Il date de quand? – Vous ne pourriez pas avoir un peu de tact? » Il y eut un éclat de rire. Le portrait vous fixait droit dans les yeux, exactement comme elle; mais elle devait être beaucoup plus égocentrique à cette époque-là : le visage montrait qu'il sentait très bien la plume incurvée à partir du chapeau et les ombres que se renvoyaient les cheveux noirs et la robe bordeaux. C'était le portrait d'une femme en train de penser à elle-même. « Une beauté espagnole ou italienne, dis-je.

– Pourquoi est-ce que ça passe toujours pour le compliment suprême? demanda Sylvia à la ronde. Je suis juive; on ne pourrait pas dire que j'étais une belle juive?

– Bérénice, alors, répondis-je en la regardant.

– C'est exactement cela, la magnifique reine. »

Bavardage, rire, discussion s'engouffrèrent dans une autre direction. Je ne pouvais l'emprunter à cause d'un besoin pressant; j'errai à travers la maison, sans trouver la salle de bains, c'est pourquoi je sortis dans l'obscurité du jardin, en dehors de la lumière des fenêtres. Le soulagement physique, l'air frais de la nuit après l'atmosphère confinée de la pièce, le vin qui me tournait lentement et agréablement dans la tête me mirent en paix avec moi-même. Je n'avais pas les jambes très solides, mais j'étais chez moi en ce bas monde. Une silhouette pareille à la mienne frôla les buissons et quelqu'un me rejoignit; c'était Steven Sitole. « Qu'est-ce que vous faites là? » dit-il, planté à côté de moi en toute camaraderie. Je ris : « La même chose que vous. »

Il trouva cela très drôle. « Je vends des livres, je travaille pour une maison d'édition. »

Il sortit un paquet de cigarettes et nous fîmes quelques pas vers la grille en fumant. « J'étais journaliste dans le temps, dit-il. – Je sais, Anna Louw me l'a dit. Qu'est-ce qui vous a poussé à abandonner? – Des tas de choses, répondit-il d'un ton vague et insouciant, chargé de mystère et d'importance, dans lequel je reconnaissais celui que pas mal de situations ont abandonné. J'avais d'autres choses en train, je ne pouvais pas mener tout de front. – Et maintenant, qu'est-ce que vous faites? » Anna me l'avait dit, mais je l'avais déjà oublié. « Les assurances. Ça rapporte beaucoup plus. – Vous voulez dire le truc courant, assurances sur la vie et tout le reste? – C'est ça. » Il eut un rire sympathique : « Incendie, décès, accident, vol, tous ces machins-là. Evidemment nous ne sommes pas comme vous, nous assurons surtout contre des choses sûres d'arriver, surtout les décès. Eh oui, j'exploite le pauvre indigène naïf, et pour sa peine, il a un bel enterrement. Qu'est-ce que vous en dites? Une affaire de première.

– Vous vous plaisiez vraiment en Angleterre?

– Je n'aurais jamais dû revenir. » Il trébucha et je le rattrapai par le bras. L'obscurité l'accueillait; son visage et ses mains y disparaissaient; il s'assit dans l'herbe. « Si vous étiez resté, lui dis-je en essayant de trouver les mots qui le rassureraient et ne voulaient rien dire, si vous étiez resté, vous n'auriez rêvé que de revenir.

– Mon vieux, l'Afrique n'a rien à m'offrir », reprit-il en souriant largement et je recommençai à pressentir son visage, même si je n'en voyais que les dents; son visage lisse, en bois poli, aux yeux secrets, au nez délicat dont tous les plans se concentraient vers la bouche. S'il était né dans l'Afrique d'autrefois, avant l'arrivée des Arabes et des Blancs, s'il avait eu une tribu, une place au sein de cette tribu, s'il avait su que sa vie consistait à chasser, faire la guerre, se reproduire, exister, réfugié dans l'effroi des dieux anciens, aurait-il eu ce qu'il voulait? Je l'imaginais dans cette pièce d'où sortait un mélange confus de musique et de voix, maigre, dégingandé, hébété, tenant un verre de cognac dans sa main à la paume noire et aux ongles trop longs. L'idée était ridicule et attristante. Puis je pensai à moi-même et à ce que j'attendais de la vie : une maison qui avait déjà été habitée, une place toute faite au soleil, un style de vie créé pour moi par mes ancêtres, un destin qu'il m'était possible d'accepter sans choisir ou poser de questions. Cela n'était ni triste ni ridicule. Le vin me noyait le cerveau et, replié tout au fond de moi-même, je luttais contre cette idée, toutes griffes dehors, effaré; pas question que ce soit triste ni ridicule. C'était ce que je voulais et n'aurais jamais.

« Allons-y », dit-il. Je me tournai, consentant, vers la maison.

« On va aller boire ensemble. Je vous emmène quelque part. Vous êtes anglais, je peux vous emmener. Je vais vous faire visiter. Puis-je vous faire visiter? Vous faire les honneurs? » L'expression lui plaisait et il la répéta en secouant la tête et en claquant la langue d'approbation.

« Je suis venu avec Anna Louw. Je n'oserai jamais.

– Cette bonne femme rentrera bien toute seule. » Il se leva, expédia sa cigarette dans la haie et un chien, qui fouillait le caniveau dans la rue déserte, se raidit d'hostilité et commença à aboyer contre lui. Il l'injuria avec bonne humeur.

« Ils n'arrêtent pas de nous aboyer après. Pas besoin de le leur apprendre, ils savent. Les gens comme Sylvia ne savent pas quoi inventer pour les en empêcher. Elle a enfermé le sien pour ne pas qu'il la fasse rougir. »

Une fois à l'intérieur, il parut oublier ce qu'il avait suggéré. Il se lança dans une discussion politique avec Sam, Dorothea Welz et Stanley, l'Anglais, contre qui la rouquine s'appuyait, sans un mot. Je dansai, dans un état second, avec Sylvia, et comme le vin lui avait délié la langue, nous parlâmes de Londres et des collections de poche de Aden Parrot. Anna Louw s'approcha et dit : « Ma chérie, il faut que je sois à l'audience à neuf heures demain matin et je n'ai même pas fini de préparer mon truc. – Anna! » Sylvia s'inquiétait déjà. « Sans blague, il faut que je parte. Mais vous n'avez pas besoin de venir, dit-elle en s'adressant à moi. Ne partez surtout pas pour moi. Il y aura toujours quelqu'un pour vous ramener. » Je protestai que j'étais prêt à m'en aller, mais elle savait que je n'en avais pas envie. Je la remerciai, essayai de lui expliquer, à travers le brouhaha de la pièce, que je l'appellerais pour le faire selon les règles, mais elle s'éclipsa avec la délicatesse de quelqu'un qui ne veut pas troubler la fête. Le vieux Welz l'accompagnait. Dorothea s'était précipitée en voyant partir Anna, suppliante : « Pour l'amour du Ciel, Anna, je vous en prie, emmenez ce pauvre Egon. Il a eu une journée épuisante et il est mort. – Dieu merci. » Le petit bonhomme prit Anna par la taille. « Ça suffit. On y va. Merci, merci, Sylvia. Vous êtes une femme de classe. Regardez comme vous tenez le coup; les autres... » Il lança un coup de menton en direction de la rouquine. « ... elles s'effondrent, leur maquillage coule... – Allons, allons Egon, vas-y, mais pars donc, dit Dorothea. Dès que j'ai prouvé par a + b que j'ai raison, je vous suis... »

Steven avait renoncé à la discussion et chantait une chanson bantou à deux voix, caressante, avec Sam. Sam, d'un battement léger de la main, aidait Steven à conserver la mesure. La cigarette de Steven, tout en cendre, ne se défaisait pas, consumée dans ses doigts absents. « Allons, on recommence », dit Sam enjôleur. Quand Sitole m'aperçut, il interrompit d'un coup la chanson et la cendre lui tomba sur le pied.

« On va aller boire ensemble, je vous emmène, dit-il en souriant de toutes ses dents.

– Dans quoi?

– Votre voiture.

– Je n'en ai pas. » Peter venait de mettre un disque particulièrement bruyant et essayait de convaincre l'Africaine de recommencer à chanter.

« Pas de voiture. » Steven s'appuya d'une main

sur l'épaule de Sam et se mit à rire. « Il n'a pas de voiture.

– Tous les Blancs n'ont donc pas de voiture? demanda Sam avec une bonne humeur docile, donnant la réplique.

– Il était une fois, mes petits chéris, un homme qui n'avait pas de voiture, entonna Steven. Ça ne fait rien, on prend celle de Sam.

– Steven, il faut que je rentre directement.

– Il est marié, jeta Steven d'une voix perchée. Sam est un homme marié. Allons, Sam, mon vieux. »

Quelques minutes plus tard, pendant que je parlais à quelqu'un d'autre, il s'approcha et dit : « Sam voudrait partir, maintenant, Mr. Hood. » Je pris congé et le suivis jusqu'à la table à laquelle Sam était installé. « Sam nous déposera là où nous allons », dit Steven. Nous vidâmes encore un verre avant de partir en compagnie de Peter et de la chanteuse. Notre départ passa presque inaperçu, car les réjouissances reprenaient de plus belle, comme le fait un feu éteint quand une poignée de lettres froissées saisit au vol la dernière étincelle. Je me souviens que j'embrassai Sylvia et que sa joue sentait la poudre, et que les autres lui serrèrent la main. Le chien perdu était toujours dans la rue, et il tournait autour de la voiture, la queue raidie, des menaces plein la gorge.

La petite Morris de Sam était neuve et roulait avec la douceur d'une voiture bien entretenue, bien que lourdement chargée. J'étais devant, à côté de lui, et Steven, Peter et la femme étaient entassés à l'arrière. Il était près d'une heure du matin et toute la vie s'était retirée des rues des banlieues blanches que nous traversions, et aussi de la ville. Nous longions des rails de tramway, nous évitions les brusques tournants des rues plus sombres et plus misérables; la voiture m'entraînait de la même façon que le monde tourne sur lui-même et tourbillonne dans l'espace : je ne voulais ni ne sentais son mouvement.

C'était la fin des réverbères. Nous nous enfoncions dans le noir. Il y avait des ombres, plus sombres que l'obscurité; il y avait une lune à demi pleine qui recouvrait d'une mince peinture lumineuse les surfaces qui la réflétaient. Un cimetière de voitures démolies et de porcelaines en morceaux, un vieux cheval endormi, au bout de sa longe, sur un coin de terrain pelé; des boutiques muettes, rapetassées d'enseignes impossibles à lire; de petites maisons verrouillées dont les fenêtres étaient barricadées avec des bouts de tôle pour se protéger de la rue; un homme solitaire qui se baissait pour ramasser une chose que la journée avait abandonnée; d'un seul coup, un caquetage hystérique, derrière une palissade branlante où une poule s'était réveillée en sursaut. Sam arrêta la voiture. « Tu es bien sûr de ce que tu veux, Steven », dit-il. Steven éclata de rire et répondit dans leur langue. Il réussit à s'extirper de l'arrière et je descendis aussi. Nous souhaitâmes le bonsoir aux autres. Sam n'avait pas l'air très décidé à nous laisser là; il resta à nous regarder un bon moment, puis fit s'emballer le moteur plus longuement qu'il n'était nécessaire avant de s'éloigner.

La rue avait le côté sinistre, désuet et réconfortant, des maisons qui donnent sur une ruelle quand on les voit vides, tard le soir. J'ai grandi dans un monde où les croque-mitaines sont les bombes et l'horreur des radiations atomiques; chez les gens comme moi, il existe une certaine nostalgie de la menace palpable, personnelle que représentent voleurs et assassins en chair et en os, ces croque-mitaines du passé, depuis longtemps surpassés en pouvoir maléfique. J'éprouvais une pointe d'agitation bien agréable, accessoire à mon ivresse. Steven filait avec l'aisance insouciante de celui qui trouverait son chemin les yeux fermés; il était chez lui dans une rue sombre et solitaire. Il chantait tout bas, très doucement, dans sa langue, si doucement que la musique aurait pu être son propre souffle. Il y avait un petit lampadaire, chassieux et haut perché, juste au coin et il me prit le haut du bras dans sa main maigre et dure et me guida vers la droite. De la lumière brillait, çà et là, derrière des fenêtres, comme si l'obscurité s'était usée. Et une porte qui débouchait directement sur la chaussée était ouverte. Il en sortait une lumière couleur d'orangeade qui découpait une forme géométrique de clarté dans le noir. « Pas moyen, murmura Steven, en me faisant faire un demi-tour brutal. – Qu'est-ce qu'il y a? – Quand la porte est ouverte, c'est que c'est fermé; ça ne va pas. » Revenu au coin, je le vis qui me dédiait un grand sourire affectueux, dans la nappe pâle du lampadaire : « Je prends bien soin de vous, Mr. Hood. » Nous sentions que nous nous comprenions fort bien, à la façon des ivrognes; qui peuvent tout aussi bien se figer sous l'effet de griefs anciens et se croire obligés de se battre.

« Par ici. » Nous tournâmes dans une cour non éclairée bordée de deux rangées de chambres ou de petites maisons – chaque rangée semblait n'avoir qu'un toit, mais on comptait quatre ou cinq portes sur la longueur. Elles étaient calfeutrées en prévision de la nuit, comme si elles étaient vides et abandonnées, mais la boue nous happa les pieds sous un robinet qui larmoyait une espèce de bruine, et il régnait une forte odeur de légumes en décomposition, une atmosphère aigre d'endroit très fréquenté. Au-delà du mur d'angle de la rangée de droite, un peu en retrait, il y avait un petit bâtiment isolé auquel était accolée une espèce d'appentis – une plante grimpante y poussait comme un filet de pêcheur étalé pour sécher. Steven me fit escalader trois marches et frappa à la porte. Les coups réverbéraient leur propre son. Mais, au bout de quelques instants, la porte s'ouvrit tout juste assez pour laisser passer un visage, et une voix se fit entendre, endormie à ce qu'il me parut, puis changea de ton en reconnaissant Steven dès qu'il murmura quelque chose. Je ne comprenais évidemment pas ce qui se disait. Mais nous entrâmes, en dépassant le visage d'une femme dont la tête était entourée d'une écharpe, sous la bougie qu'elle tenait le long du mur. Je me rappelle avoir remarqué que c'était un visage d'apparence gonflée de femme stupide. Nous traversâmes d'abord une pièce aux allures de grottes dans laquelle quelque chose de pas très grand, sans doute un enfant, dormait sur un lit de fer, et la bougie attrapa au passage un bouquet de roses en papier et un fourneau à pétrole, puis une pièce plus grande aux murs peints, à mi-hauteur, d'un vert olive, comme dans une salle d'attente de gare, et où une ampoule électrique à abat-jour de celluloïd pendait au-dessus d'une table autour de laquelle quatre ou cinq hommes ne levèrent même pas la tête. Il y avait encore un autre groupe, assis sur un lit, dont les rires s'étouffèrent, avec soulagement aurait-on dit, comme s'ils duraient depuis trop longtemps pour ce qui les avait provoqués, au moment de notre arrivée et qui se mit à parler sur un ton que, même dans une langue que je ne comprenais pas, je savais être l'interrogation qui accompagne un changement de sujet. Tout le monde buvait, mais aucune bouteille n'était visible. Sur le mur, un immense calendrier réclame Coca-

Cola – sur une plage, en maillot, avec un minuscule poste de radio et un carton de Coca-Cola, une fille – pendait avec l'allure inéluctable d'une image sainte qui a trouvé sa niche. C'était la pièce la moins meublée dans laquelle j'aie jamais mis les pieds de ma vie; elle attendait tout des humains.

La plupart des hommes présents paraissaient connaître Steven. S'il leur arrivait d'accrocher son regard, ils faisaient un signe de tête; un ou deux dirent quelques mots. Un type en pantalon de coupe américaine, chemise de teinte pastel et nœud papillon, se leva. Steven lui posa une question; il répondit; Steven fit oui de la tête. Le type sortit – pas par la porte que nous avions prise pour entrer, mais par une autre près du conduit de cheminée qui ne menait à aucun foyer – et revint en deux secondes avec deux gobelets. « Vous avez deux dollars ? » dit Steven en sortant une demi-couronne de sa poche. Je lui donnai une livre. « La moitié suffira », dit-il en la prenant. Il paya les consommations et un instant, tandis qu'il rendait la monnaie, je vis, de très près, le visage de celui qui les avait apportées; un visage large, lisse, couleur d'huile d'olive, presque chinois, à la grande bouche rectiligne, dont la largeur était accentuée par une moustache d'encre qui épousait de très près le contour de la lèvre supérieure et descendait même des deux côtés comme une paire de parenthèses.

« Vous buvez du Coca-Cola avec du cognac ? » demanda Steven.

On nous fit place à la table. Un homme à la casquette raide d'huile des pompistes releva la tête de ses bras et me considéra comme s'il croyait me voir avec un regard intérieur, le regard des ivrognes. Steven avait avalé son verre d'un trait. Il dit, d'un ton protecteur : « J'aurais dû vous emmener dans un truc de Vrededorp où vont d'autres Blancs, on ne vous aurait pas remarqué. – Qui y va? » Je me sentais dérisoire, démesurément, comme un enfant dans une pièce pleine de mots qu'il ne connaît pas. « Pas beaucoup de gens de votre espèce. » Steven riait en pinçant les narines, le menton en l'air, comme s'il me décernait un grand compliment. « Des clochards blancs, des paumés. » Puis il interpella par-dessus ma tête le groupe qui discutait sur le lit; un jeune homme vêtu d'une de ces chemisettes de jersey bon marché imprimées d'un dessin sur la poitrine, lui renvoya la balle en un échange animé, rieur, méprisant. Je m'imaginais qu'il s'agissait peut-être de moi. C'est possible. Je m'en moquais. On a toujours l'impression que les gens parlent de vous quand ils s'expriment dans une langue étrangère.

Deux hommes quittèrent la pièce; ils avaient les mains au fond des poches, comme ceux dont les poches sont vides. A l'image de la pièce, ce bistrot où ils n'avaient rien qu'eux-mêmes. Carnets de chèques, ces petites bourses qu'ont les femmes, coussins de mousse, clair de lune mortel des tubes de néon; ces choses me venaient confusément à l'esprit, objets de dérision et de salut. Je me sentais vraiment ivre; la pièce tout entière reculait, s'écoulait comme de l'eau dans un tuyau de vidange, dans un gargouillis d'enfer que je ne comprenais pas. La voix de Steven, tout contre mon oreille car il s'agissait d'anglais, disait : « J'étais fort aux fléchettes en Angleterre. J'entrais dans le *pub* et je jouais contre n'importe qui. Ils m'appelaient le Veinard. Tu te rends compte. Pourquoi tu crois qu'ils m'appelaient le Veinard?

– Appelle-moi donc Toby, dis-je, poussé par un sentiment d'urgence.

– Ils m'appelaient le Veinard parce qu'ils t'appellent Toby ? » interrogea Steven en finissant un autre cognac. Je me représentais, avec le plaisir paresseux qu'on a à mêler ici et là-bas, la grande mascotte noire du *pub* londonien. Il me semblait éprouver, moi-même, le pouvoir superstitieux et mensonger de l'autre race; si on couche avec une juive (une négresse, une Chinoise), on n'en veut plus d'autre, les gitanes prédisent l'avenir – et Queequeg, je voyais Queequeg sous les traits de ces Indiens d'opérette qu'on m'avait montrés. Je dis un mot de Queequeg à Steven, mais il n'avait jamais entendu parler de *Moby Dick*. Il dit : « Nous aimons lire les auteurs russes. Tu verras ça, les Africains veulent lire Dostoïevski, mon vieux, on lit Dostoïevski à la pelle. »

Je rétorquai : « C'est toi qui as lu ça quelque part, Steven. »

Un énorme éclat de rire s'éleva du groupe du coin.

Il rit avec une culpabilité à fleur de peau. « Enfin, il y en a quelques-uns qui le font. Ils lisent Dostoïevski parce qu'ils ont envie de se sentir malheureux, de se complaire dans un autre malheur. Moi, je m'intéresse à la page des courses », ajouta-t-il, plein de vantardise. Mais lui non plus ne croyait pas en son propre personnage d'homme du monde. « Les bandes dessinées, dit-il en prenant un visage sérieux, réfléchi, et encore les bandes dessinées.

« Mon problème, continua-t-il, c'est que je ne veux pas me sentir malheureux, je n'ai pas envie d'en tirer gloire. Sam et Peter, tous les autres aussi, jactent sans arrêt, remâchent les mêmes vieux trucs, ceci ils nous l'ont retiré, ça ils l'ont refusé à nos enfants, les injustices, le contrôle des déplacements – pouah, j'en ai marre. Marre de me sentir une moitié d'homme. Je ne veux pas m'encombrer des problèmes des Noirs. Tu vois ça, Toby, tous ces... » Et il encerclait le fracas de la pièce d'un mouvement de sa longue main noire aux ongles trop longs et ornée d'une chevalière où clignait un morceau de verroterie rouge, plein de hargne et de dégoût.

« Une vie à toi, lui dis-je, c'est ce que tu veux. » Il m'empoigna le bras. « C'est ça, dit-il, c'est ça », tandis que je hochais la tête de le voir répéter une telle découverte. Elle était là, la vérité, la vérité noyée, cabossée, conspuée, répudiée. Cet homme jeune au visage brun que la fatigue et la boisson bleuissaient, talquaient, aux dents abîmées, dont les yeux d'étranger étaient un peu collés au coin, cet homme et moi qui étions étrangers l'un à l'autre venions de la traquer aux petites heures, comme un animal qu'on croyait totalement éteint. Nous étions ivres, c'est un fait, mais nous la tenions. Elle était à nous, une petite souris de vérité, vivante en tout cas. Résultat ou non de l'alcool, j'avais connu bien peu de moments semblables dans ma vie, même chez moi, parmi mes amis. Ce n'est pas que nous nous comprenions; nous voulions la même chose.

Quand Steven se leva d'un bond en envoyant rouler un verre vide le long de la table, je me levai aussi, car j'avais moi-même besoin d'un départ brutal : quand on se retrouve face à face avec soi-même, il faut briser l'instant, comme il faut détourner les yeux quand on se fixe dans un miroir, les yeux dans les yeux; mais la femme qui avait une écharpe de laine sur la tête était debout dans l'embrasure de la porte, celle que nous n'avions pas empruntée, et elle jetait quelques mots brefs au type en chemise pastel, au visage lisse de Chinois. Ce qu'elle avait dit fit sauter les gens sur leurs pieds, au plus fort d'une crise.

Steven hurla : « Allez, viens mon vieux » comme un fou en me remorquant derrière lui, envoyant ses coudes dans des dos, des épaules, dépassa quelqu'un qui secouait et chargeait sur son dos l'homme à la casquette pleine d'huile totalement inconscient, et s'enfonça dans la pièce sombre, tapie comme une bête, que nous avions traversée à notre arrivée. Il sauta sur ce qui était sans doute la tête du lit que j'avais remarqué – les ressorts gémirent et il manqua perdre l'équilibre – et commença à tripoter la fenêtre. « Dieu du Ciel, répétait-il, Dieu du Ciel. » C'était une fenêtre à glissière et elle finit par céder, à regret, puis s'effondra. « Steven, tu es fou? – C'est la police, mon cher Mr. Hood. » Il me regarda une seconde, en riant de toutes ses dents. « Tu veux rentrer en ville par le panier à salade? Monte. » La partie supérieure de la fenêtre était retombée sur le bas, et il nous fallut sortir par le haut. Steven se rétablit sur l'appui de fenêtre et plongea; j'entendis un bruit mou à l'extérieur. Je restai seul, un instant, dans le petit boyau inconnu. La silhouette sur le lit; toujours là – c'était un enfant ou un paquet de vêtements? Il faisait trop sombre pour se rendre compte. L'odeur de la pièce me montait aux narines; le goût de renfermé du sommeil, un suintement, comme dans un hangar à sol de terre battue, et en plus quelque chose d'autre, une senteur prenante et riche de fumée de charbon et de fermentation. C'est alors que je tombai dans la nuit et me reçus étonnamment bien, en m'assurant d'une seule main sur le sol, dans une impasse. Steven siffla comme un serpent pour me prévenir et je m'aplatis, rigolard, contre le mur. Nous entendions des cris et la cavalcade des brodequins de flics. Les trépidations; le caoutchouc qui pile quand une voiture puissante s'arrête. Au-dessus de nos têtes, deux étoiles avaient l'air éteint de feux d'artifice à une seconde de la fin. Le ciel était trempé de vert clair, fugitif, mutation plus que couleur. Nous escaladâmes – à grand bruit à ce qu'il me sembla – un mur pour passer dans une cour qui ressemblait beaucoup à celle du bistrot clandestin. Un chien blanc et maigre aboya, gronda, agita la queue. « Un chien *kaffir* », dit Steven, sans lui jeter un regard. Nous longeâmes une enfilade de chambres pour gagner la rue puis, très calmement, pénétrâmes dans le « jardin » – il y avait un pêcher et une allée bordée de briques – de la maison d'en face. Comme nous nous glissions sous les fenêtres du mur d'angle, quelqu'un cria quelque chose. Steven répondit avec bonne humeur; et la voix revint, conquise. Il n'y avait pas de barrière derrière la maison; c'était le carré de terrain où était attaché le cheval que j'avais remarqué plus tôt.

Le vert avait disparu. Le ciel était maintenant clair de partout, mais pas de la lumière du jour. « Ce que je peux faire de mieux pour toi... » Steven céda à une série de bâillements irrésistibles. On entendit le glapissement de virago d'une voiture de police, derrière nous, sur notre gauche, nous ne savions où exactement. Cette fois, je n'attendis pas l'exemple de Steven. D'un seul élan, nous boulâmes par-dessus une palissade de tôle ondulée, pour nous retrouver sur le toit d'un hangar bas, au milieu de potirons en train de mûrir. Steven glissa un potiron sous sa tête comme on prend un coussin rebondi pour un petit somme sur le canapé. Nous restions allongés, à bout de souffle, riant comme des écoliers triomphants.

D'un coup, le matin était là.

DEUXIÈME PARTIE

V

Il y eut une seconde matinée ce jour-là. Steven avait trouvé un ami chauffeur de taxi qui me ramena et je me mis au lit, chez moi, aux alentours de cinq heures, au moment où les cris, les sifflements, le vacarme d'une journée nouvelle, commençaient dans les chambres de bonne des immeubles qui m'entouraient. Je dormis quand même. Ces bruits d'une allégresse sans pitié furent instantanément escamotés et je coulais du niveau des bredouillements et du charabia à celui du cauchemar avant de reposer, comme une pierre sur le fond marin du sommeil. Je ne lis ni n'écoute jamais les récits de rêves des autres, et je n'ai jamais manqué à mon vœu de ne pas raconter les miens, alors je ne vais pas me mettre à décrire mes impressions et mes visions de parcours; tout ce que je peux dire c'est que quand je me réveillai, comme un ressort se détend, quand le boy de l'immeuble entra pour faire le ménage, il me sembla émerger de rêves pesants et de plusieurs mois de sommeil. J'avais atterri sur un toit de tôle, au milieu des potirons; tout ce qui venait avant – le bateau s'enfonçant vers le sud dans des eaux de plus en plus chaudes, l'hôtel, les soirées, les visages, le Stratford et le bureau d'Arthur Hollward –

paraissait aussi exagéré, coloré et hallucinant que le local de Sophiatown où je m'étais soûlé avec Steven. Il me semblait arriver à peine à Johannesburg. Je savais, au plus profond de mes os, sans ouvrir les yeux sur la pièce, où j'étais ce matin-là. Mal fichu, tremblant, dévoré d'une soif inextinguible, les pieds et les mains douloureux et frémissants comme chaque fois que j'ai la gueule de bois, j'avais conscience de ce qui m'entourait comme quelqu'un qui accepte, sans mot dire, une présence familière, quand le matin est trop hideux pour qu'on parle ou fasse le moindre signe.

J'allai au bureau à midi et m'y enfermai; j'envoyai Amon en courses deux fois, d'abord me chercher de l'aspirine et, plus tard, une bouteille d'extrait de citron – j'ai lu quelque part que la meilleure façon de se débarrasser de l'alcool qu'on a dans le sang consiste à le noyer dans un liquide inoffensif. En sortant de la pièce la deuxième fois, il hésita sur le seuil, puis se rapprocha d'un pas lourd vers ma table de travail. « Je voudrais vous dire merci, monsieur, pour la permission de m'absenter, dit-il.

– Vous dites? » J'aurais bien aimé qu'il ne mange pas ses mots; il fallait toujours revenir deux fois sur ce qu'il avait à dire.

Il recommençait sa phrase quand je me rappelai. « Oh! ça va bien! Quand on aura besoin de vous, essayez de nous le dire la veille, hein, Amon, c'est tout. »

Le jour d'été grimpa au plus haut de sa chaleur en début d'après-midi; quand j'allai vers la fenêtre, à la recherche d'un peu d'air et de confort, une lumière insoutenable scintillait sur tout ce qui était métallique et une odeur de goudron montait de la rue en fusion. J'ouvris les lettres de ma mère et de Faunce mais n'allai pas jusqu'à les lire.

Quand à quatre heures je décidai d'abandonner et de rentrer chez moi, je sortis de l'immeuble pour tomber dans les bras de Cecil Rowe. Un instant, j'eus l'espoir insensé qu'elle ne me verrait pas, que d'une façon ou de l'autre, la rue implacable dont, après l'ascenseur obscur et frais, l'embrasement m'arrachait presque les yeux, allait l'aveugler et me cacher. Tout autour de moi, le maquillage qui coulait sur le visage des femmes leur donnait des allures délavées de mirage, les hommes étaient rouges et luisants ou verdâtres et huileux, comme si la chaleur était une fièvre qui congestionnait et faisait frissonner tour à tour. Quelques Africains, habitués de la rue, s'étaient figés, casquette sur les yeux, contre la première devanture ou le premier poteau venu. Je m'arrêtai et me tournai vers le marchand de journaux débordant de graisse qui, frétillant d'activité par tous les temps, venait de laisser choir sa pile de journaux du soir sur le trottoir. Mais elle était là, à deux pas de moi. Elle demanda : « Qu'est-ce que vous faites sans arrêt dans ce coin ? »

Je n'arrivai pas à trouver la monnaie de mon journal. Tout en fouillant au fond de ma poche de pantalon, je me sentais avec veulerie, incapable de me défendre d'elle. Une fois de plus, elle était mise avec une simplicité voyante et des effluves de produits de beauté – pas seulement son parfum, mais la peau, les cheveux, les vêtements imprégnés de l'encens du culte de soi chez la femme – se dégageaient d'elle, capiteux.

« Je ne vous ai rencontrée par ici qu'une fois.

– Oui, hier, dit-elle, comme si cela demandait explication.

– C'est pourtant vrai. » Je ne pouvais pas croire qu'il n'y avait que vingt-quatre heures que je l'avais aperçue dans le bar.

Elle se mit à rire. « Il n'y a pas à dire, vous êtes dans le vague, reprit-elle, puis, imitant mon air ahuri : Oui, c'était hier.

– Mon bureau est là, dans cet immeuble. »

Elle tendit le cou, mat de poudre sous le collier étroit qui le comprimait quand elle parlait. « Là-haut? Au-dessus de chez Adorable? Eh bien, ça alors!

– Adorable, qu'est-ce que c'est? Je n'arrête pas de me demander ça depuis que je suis ici. »

Elle ouvrit son sac, comme s'il lui fallait absolument m'arrêter de retourner mes poches. « Tenez ». Elle me donna trois pièces pour le marchand de journaux. « C'est le salon de Paul, le coiffeur. Mon coiffeur, c'est de chez lui que je sors. »

Elle portait un immense chapeau et, de temps en temps, il lui dissimulait entièrement le visage; d'après ce que j'en voyais, ses cheveux avaient encore changé; plus brillants, dorés. Il me paraissait idiot et fatigant d'être censé établir un contact avec une femme qui se transformait chaque jour.

Elle me regarda curieusement, légèrement plus intéressée. « Vous avez une mine épouvantable. Qu'est-ce qui vous est arrivé depuis hier?

– Je me sens sinistre, lui dis-je en souriant.

– C'est cette vacherie de chaleur qui est sinistre. Je rentre chez moi me plonger dans un bain froid. Dieu merci, je n'ai pas à avaler de cocktails pour être polie, aujourd'hui. »

Il y eut une pause; un de ces instants imperceptibles où les hostilités sont suspendues et où l'orientation que va prendre la conversation se décide en silence.

Presque à contrecœur, je fus le premier à parler. Pourtant, à la seconde où elle s'aperçut que j'allais le faire, ses yeux firent un petit signe d'encouragement, de responsabilité partagée.

« J'essayais de me faire une idée, lequel était votre mari.

– Ce sont deux imbéciles qui font des films publicitaires.

– Dans lesquels vous avez un rôle. »

Elle fit une grimace.

« Pas encore. Je bricole de droite et de gauche, de la présentation de mode, ces derniers temps. » Elle se désignait du doigt, avec un naturel soudain, comme si elle était en tenue de carnaval.

« Vous êtes charmante, ne manquai-je pas de lui dire.

– Merci.

– Vous comprenez, reprenait-elle rapidement, c'est pourquoi je ne vous ai pas présenté quand vous vous êtes approché de la table, hier. »

Je me souvins, au cœur d'un passé récent cotonneux, comme elle paraissait animée et intéressée dans le groupe.

« Vous aviez l'air de bien vous amuser.

– Oh ! mon cher – il y avait l'écho d'une attitude de commande dans cette voix sur la défensive – m'amuser ! Et vous pensiez que l'un des deux était mon mari, vous teniez vraiment à vous raconter des histoires !

– Bon, enfin, dis-je avec lassitude, de toute façon, on me pardonne, on vous pardonne...

– Pardonne ? reprit-elle finement, toute contente, on me pardonne, et quoi ? »

Je ne savais plus où j'en étais. « De ne pas m'avoir présenté », répondis-je, et elle comprit que je voulais dire : De vous être tant amusée.

Je me retrouvai donc dans le bar du Stratford, et cette fois-ci, j'avais ce que je voulais; j'étais avec la fille en question. Cecil Rowe. Mais cette largesse qui tombait mal, tirée de la collection de coups de chance mis en réserve à mon nom, m'était décochée à contretemps. J'étais fatigué et l'idée de prendre un verre me donnait la nausée; mais ce n'était pas tout; la fille que je convoitais jalousement la veille, la fille que j'avais rencontrée au festin magique dans la maison du calife, au-dessus des mines d'or, la belle dame du chevalier citadin que j'étais, et qui épinglait ses couleurs à une serviette d'homme d'affaires, appartenait à l'irréel à travers lequel j'avais dégringolé dans mon sommeil. Il était étrange de la trouver là; c'était une tentative de confirmer son existence dans cette ville, et par conséquent un lien de parenté dépouillé avec la ville, dont j'avais eu conscience en me réveillant dans mon appartement le matin.

J'étais assis dans le bar avec elle, sur les chaises Tudor sans confort, sous l'enseigne au lion de plâtre et au portrait d'Henri VIII, sans la moindre trace du triomphe et du plaisir que j'avais imaginés, mais l'opportunisme masculin, avec la perspicacité de l'instinct, se chargeait de me faire, malgré moi, me comporter comme si triomphe et plaisir m'habitaient.

Au moment où nous nous asseyions, elle dit, d'un air dégagé comme pour s'en débarrasser : « Quant au mari, je n'en ai pas, imbécile ou non. Je suis divorcée. » Et comme nous riions tous deux, elle ajouta : « Je ne sais jamais si je dois le dire aux gens ou attendre qu'ils s'en aperçoivent. Si je me tais, ils finissent toujours par lâcher quelque chose qui les fait rougir, et si je le sors, on dirait un faire-part à chaque fois. » Elle était pleine d'un entrain plutôt désespéré (peut-être impressionnée par mon inertie inconsciente) et elle se drapait dans ses attitudes de jeune femme du monde anglaise comme si c'était un vieux manteau répugnant qu'elle rêvait de jeter. De temps à autre, quand c'était moi qui parlais et qu'elle écoutait, elle se laissait aller, tout à fait inconsciemment, j'en étais sûr, à mimer à la perfection le rôle qui allait avec son costume – l'objet languide qu'est le mannequin, occupé à se mettre en valeur comme un diamant dont il faut faire tourner les facettes à la lumière. Elle me dit qu'elle avait un appartement et y vivait avec un enfant de trois ans; les présentations de mode étaient quelque chose de tout nouveau pour elle, ça paraissait amusant; elle aurait aimé aller à Rome pour y être mannequin. Il y avait une fille qui s'en était bien sortie, mais elle était brune et avait un visage de matou en colère. C'était le visage à la mode en ce moment, m'assura-t-elle. En me quittant, elle dit : « Pourquoi ne viendriez-vous pas monter à cheval chez les Alexander, samedi ? » Je répondis que j'irais peut-être; aussi incapable de me voir dans cette scène imaginaire que dans un paysage lunaire.

Je voulais revoir Steven Sitole, très vite. Comme je n'avais aucune idée de l'endroit où le trouver, j'appelai Sam, le lendemain, à la rédaction du magazine où il m'avait dit qu'il travaillait. Sa grosse voix trahit la surprise, puis le désir de rendre service : « Oh ! Mr. Hood, vous n'avez pas eu d'ennuis, l'autre soir ? – Bien sûr que non. – Je suis bien content de le savoir. J'étais un peu mal à l'aise de vous laisser filer avec ce brave Steven. » Il ne pouvait pas me dire, tout à trac, où je pouvais joindre Steven, et on fit appel à une troisième personne, quelqu'un du bureau. « Eddie, Steven perche où en ce moment ? Quoi ? Mais non, mon vieux, le numéro de téléphone. On peut le toucher ? » Et dans l'écouteur : « Vous pouvez essayer à ce numéro, Mr. Hood. Il n'y est pas tout le temps, mais on prend les messages pour lui.

C'est un atelier d'imprimeur; 31.64.89, vous l'avez? » Je le remerciai et lui dis que j'espérais le revoir l'un de ces jours. Il rit, gêné, et répondit : « Je me demande si ça se fera », comme si ce n'était pas une chose simple, susceptible de se produire sans grand effort de notre part.

Steven était là quand j'appelai chez l'imprimeur. « Quoi? Ah! non, pas du tout. Moi aussi, ça va », dit-il quand je le remerciai de m'avoir emmené ce soir-là. « Le taxi a été splendide, lui racontai-je. J'étais chez moi avant qu'on sorte les poubelles. – Quoi? Le quoi? Oh, ce vieux Dhlamini. Très bien. Très bien. » Il faisait partie de ces gens qui, au téléphone, donnent toujours l'impression de ne pas écouter. La pointe de tension, faite de nouveauté et d'agitation, cristallisée par le souvenir de la soirée inattendue passée avec lui se relâcha; pour lui, l'incident faisait partie d'une expérience courante à laquelle ma présence avait peut-être apporté un léger coup de fouet. Je lui dis, avec circonspection, car j'étais sincère, tout comme je l'avais dit par simple politesse à Sam, que j'espérais bien le revoir un de ces jours. Mais il répondit : « Pas de doute. C'est pour quand, alors? – Nous pourrions déjeuner ensemble, vendredi peut-être? » Il égrena un rire qui n'en finissait pas de se moquer de moi. « Mais où pouvons-nous déjeuner ensemble, mon vieux? » Evidemment, je n'avais pas réfléchi; il n'y avait ni restaurant ni café où il pouvait aller, en ville. « Et si on essayait un endroit à vous? On me laisserait entrer? » Il ne riait plus, il se tordait. « Tu n'en as jamais vu. Tu n'en aurais même pas parlé si tu les avais vus. – Bon, ça va. Où est-ce qu'on mangera? – Je pourrais venir chez toi si c'était samedi au lieu de vendredi, suggéra-t-il. – Epatant. On saucissonnera chez moi. A quelle heure? Aux alentours de midi et demi? En général, je sors du bureau vers onze heures le samedi. » Au moment où nous nous mettions d'accord, je me souvins de la vague promesse d'aller monter à cheval chez les Alexander, et la chassai de mon esprit. J'expliquai à Steven où j'habitais, et nous raccrochâmes.

J'appelai également Anna Louw avant le week-end. Elle dit : « On m'a raconté que vous étiez allé à Sophiatown avec Steven. Où est-ce qu'il vous a emmené ?

– Je ne sais pas exactement, répondis-je sans trop d'amabilité.

– Ce pilier de cabaret, dit-elle avec aménité.

– Savez-vous qu'il me plaît bien ? Il est inattendu, je suppose que c'est cela.

– Vous vous attendiez à quoi ? » interrogea-t-elle avec patience, intérêt. Avec elle, au moins, vous sentiez que vos propos les plus laborieux recevaient une attention complète. Cette façon de scruter les clichés des échanges superficiels, le petit bonheur des mots aussi incapables d'exprimer que de dissimuler, me mettait mal à l'aise. Comme la plupart des gens, je ne parle pas sérieusement la moitié du temps, et ne parviens pas à exprimer la moitié de ce que je veux dire; et je n'aime guère qu'on me le rappelle. Une grande partie de ce qu'il faut faire passer n'est pas dit tout haut; mais elle était du genre qui n'accepte rien avant qu'on se soit battu pour le mettre en mots.

« Je ne sais pas, en fait », repris-je dérouté par cette contrainte et irrité de me sentir perdre pied. Ma confusion produit un vide momentané, un brouillard, et je projetai l'image de ce vide même en guise de réponse, avec succès. « Je ne m'attendais à rien, je n'avais aucune idée de ce à quoi m'attendre. Je n'y avais pas réfléchi. » Bien entendu, ce n'était pas ça, ce n'était pas vrai; tout ce que j'avais fait, en réalité, c'était de ne tenir délibérément aucun compte de ce que mes renseignements de seconde main pouvaient laisser prévoir; j'avais reculé devant l'idée de faire la connaissance d'un monsieur sincère, à lunettes, qui m'aurait parlé, en maniant sa tasse de thé avec dextérité, du dernier article de loi discriminatoire tourné contre son peuple – le Noir de mon oncle Faunce, le Noir de ma mère. Un type qui me raserait et ferait remonter à la surface les émotions pesantes du pharisaïsme et de la culpabilité. J'imagine que n'importe quel Noir réel et vivant m'aurait semblé surprenant après une telle nullité. Pour ne rien dire d'un garçon qui m'emmenait boire avec lui.

Le samedi matin, j'achetai du jambon et du salami (il y avait déjà de la bière dans l'appartement) que je disposai sur la table en rentrant; la charcuterie avait l'air désolé des choses préparées industriellement et non pas à la maison. Puis j'ouvris une bouteille de bière et m'assis près de la fenêtre ouverte avec mes journaux londoniens du dimanche, pas encore ouverts, qui m'arrivaient par avion à Johannesburg avec seulement une semaine de retard. Les bruits de la rue de banlieue montaient jusqu'à moi, engageants. Je me rendis compte que ce n'étaient pas seulement des voix, des cris d'enfants, des aboiements que j'entendais, mais le grincement décroissant, au fur et à mesure qu'il montait la côte, du tricycle d'un petit garçon bien précis, l'hystérie stridente du *colley* qui montait inlassablement la garde le long de la grille d'une maison coincée entre deux immeubles en à-plat à moins d'une rue d'ici, et le rire des deux petits immigrés italiens de l'immeuble d'à côté. Entre midi et demi et une heure, je jetai plusieurs fois un coup d'œil à la fenêtre pour montrer à Steven, s'il tournait le coin de la rue, où il fallait aller, mais il n'y avait que la vie détendue de la rue le samedi, différente, il me semble, de celle de la semaine à laquelle j'assistais rarement : voitures d'où se déversaient des couples qui travaillaient, encombrés des provisions du week-end, hommes qui sortaient des bouteilles de cognac et des caisses de Coca-Cola du coffre, petits garçons en chemisettes américaines kaki délavé ou aux dessins tapageurs comme en portent les enfants en Afrique du Sud qui, à grandes ruades et en débandade, filaient vers la piscine municipale, le slip de bain enfoncé sur une tête ronde et bronzée aux cheveux de paille blonde. Je continuai ma lecture, finis la bouteille de bière et m'aperçus qu'il était deux heures. La rue était maintenant pratiquement vide, tout le monde était rentré, en train de déjeuner; Isaac, le boy de l'immeuble, avait commencé, comme tous les samedis après-midi, à laver la voiture d'un des locataires, et balançait de grands seaux d'eau sur une souillon pleine de chromes, vieille de plusieurs années et qui avait bien besoin d'être décalaminée. Steven ne vint pas; et, à la fin, je me mis à table. Je me sentais tellement affamé que j'aurais bien mangé toute la charcuterie, mais je pensai qu'il pouvait encore se manifester. Il ne vint pas. A trois heures, les deux jeunes qui habitaient l'appartement au-dessus du mien apparurent en shorts de tennis tout propres et s'éloignèrent dans leur petite voiture, sérieux et préoccupés comme s'ils partaient au bureau le matin. Peu à peu, la rue se vida presque entièrement de voitures; Isaac réunit un groupe de sophistes parmi les désœuvrés et les livreurs qui passaient par là à vélo et, tout en laissant claquer sa peau de chamois sur la grosse voiture, prononça à leur intention un discours improvisé qu'ils écoutaient, accroupis sur le trottoir. Une rengaine sentimentale nasillait, sortie d'une fenêtre haute, disparut des ondes, happée par le mouvement d'un bouton quelque part et fut remplacée par le caquetage dément d'un commentaire de course, querelle entre deux perroquets. Et sur tout cela, autour de tout cela, brillait un après-midi radieux, clair et lumineux, qui réduisait à rien la fumée légère des chaufferies et le petit souffle crasseux des tuyaux d'échappement.

Je me trouvais un peu décontenancé, idiot, comme quand un invité oublie de se présenter. Si Steven avait eu le téléphone, et si j'avais su où le dénicher chez lui, j'aurais appelé pour dire : « Nom de Dieu, qu'est-ce qui t'arrive? » et n'aurais sans doute pas été vexé qu'il ne soit pas venu. Mais il n'avait pas le téléphone et j'ignorais totalement où il habitait. Tout un réseau de rues semblables à celle-ci et, au-delà, un endroit en partie imaginé (baraques de tôle, toile à sac devant les portes, le tout vu dans un journal), en partie remémoré (entre les maisons minables, une obscurité étroite envahie du sommeil de trop de gens, potirons sur le toit, une vieille mégère endormie) : tout cela semblait réduire à zéro les possibilités de communication entre nous.

J'aurais pu tout aussi bien aller chez les Alexander, après tout; l'après-midi, trop beau pour être emprisonné par une rue de banlieue, semblait y inviter. Mais, de toute façon, il était trop tard pour y changer quoi que ce soit. Je tirai le fauteuil que j'avais pris au bureau sur le petit cube de ciment qui me servait de balcon et m'y assis, les pieds surélevés, pour lire et somnoler; tout au long de la rue, d'autres types faisaient de même, comme des canaris qu'on a mis au soleil. Les Alexander, à leur extrémité de la ville, ne me réclamaient pas. Et Steven, chez lui, à l'autre bout ne m'avait pas non plus réclamé. Sur le toit de l'immeuble d'en face, deux bonnes d'enfants africaines qui avaient remplacé le bonnet blanc des jours de semaine par le déshabillé de foulards de laine crasseux, et trois ou quatre boys qui portaient encore le short et la tunique de coton des heures de ménage, dansaient et s'époumonaient au son de la musique lancinante, par à-coups, d'un unique disque placé sur un phono portatif. Dans cette banlieue amorphe, anonyme, je me terrais; pas en étranger, mais en homme qui, pour l'instant, s'appartient.

Il était bien vrai qu'un Blanc et un Noir, même s'ils se connaissaient, avaient peu de chances de tomber l'un sur l'autre par hasard à Johannesburg. Leurs vies pouvaient bien, la plupart du temps, emprunter une routine parallèle, mais il fallait voir combien était efficace le dispositif destiné à empêcher leurs chemins de se croiser. Pourtant, je revis Steven Sitole, tout simplement parce que je connaissais Anna Louw; sans cela, nous nous serions sans doute immédiatement perdus de vue, de la façon la plus banale.

Les affaires d'Aden Parrot m'occupèrent pas mal toute la semaine suivante; il me fallut même emporter du travail chez moi le soir. Dans la journée, j'étais de plus en plus souvent en dehors de Johannesburg, chez les libraires des petites villes disséminées le long du sillon des mines d'or du Witwatersrand. C'est dans le East Rand que j'allai cette semaine-là, je m'en souviens, et j'y allai par le train car Faunce faisait encore des difficultés pour me donner une voiture, bien qu'il fût très évident que, dans un pays où les transports en commun ne valaient pas grand-chose, il m'en fallait une. Je fus d'emblée frappé par la singularité du paysage; créé par l'homme à un degré surprenant – comme si on avait donné aux gens un plateau élevé en leur laissant le soin de le finir, d'y apporter tout un arrière-plan d'attributs naturels au lieu de s'y intégrer – et en même temps curieusement vide, comme vraiment abandonné à l'homme. Entre les usines qui s'éclaircissaient à la périphérie d'une ville et rejoignaient presque les derniers bastions industriels de la suivante, se découpait un horizon d'étranges collines. Certaines étaient constituées d'un sable blanc léger, comme celui du désert ou de la mer, entassé en châteaux démesurés. D'autres ressemblaient à des volcans sur les flancs desquels s'étaient pétrifiées des vagues de lave jaune; des fissures tachées de rouille, des excroissances mangées par l'érosion comme de gigantesques racines d'arbres en marquaient le pied. Il y en avait encore de crème, blanches, couleur chamois et jaunes, où le vent avait grignoté un friselis d'ondulations, édifiées en arêtes horizontales semblables aux tombeaux de rois antiques. A l'emplacement des anciennes mines de charbon, des montagnes noires de poussier luisaient d'un éclat terne.

Il n'y avait pas de vallées entre ces collines, car elles étaient simplement posées là, à même le veld tout plat. On voyait des carrés d'herbe drue et verte et de courtes graminées ondulantes, mais le plus souvent la végétation était inquiétante, détrempée et maigre; quelques vaches occupaient les roseaux d'un coin marécageux et flou où la bourbe avait des reflets nacrés de pétrole; un lac rectangulaire d'où s'échappaient des canalisations arquées était recouvert de nappes violettes et roses, comme une aquarelle naïve. Par endroits, il n'y avait pas de terre, mais une écume grise, pelée, qui avait séché et éclaté. Et puis un sol noir, autour d'une mine de charbon désaffectée où quelqu'un avait un jour jeté un noyau de pêche qui était devenu un arbre et transformait la poussière de charbon en pêches vertes, dures et velues.

Il y avait des arbres; des eucalyptus, cantonnés dans des plantations qui dessinaient en gris des formes géométriques où, au passage, on apercevait, comme des éclairs de peau, des branches blanches qui s'épluchaient. Quelques proscrits décharnés, eucalyptus ou mimosas, réussissaient à subsister dans des recoins torturés, au flanc à pic des collines jaunes.

C'était un endroit créé par l'homme, selon un sens différent de ce qu'il est en ville. (Très différent aussi des Midlands et des comtés miniers du pays de Galles.) Sans les collines, l'horizon n'aurait eu d'autres limites que la portée du regard humain. C'est les hommes eux-mêmes qui avaient établi leurs démarcations spatiales, fait naître les attributs naturels, collines, bois, eaux. Ce qu'ils avaient fait, au milieu de rien, était, plus que la chose elle-même, un symbole. Les dépôts de cyanamide n'étaient pas des collines, les retenues d'eau purifiée chimiquement et pompée du sous-sol n'étaient pas des lacs, les plantations n'étaient pas des bois : mais ils les évoquaient, les remplaçaient. Et comme tout fantasme authentique, celui-ci s'était développé inconsciemment. Ceux qui avaient fabriqué ce paysage ne pensaient qu'à décharger en surface, là où ça ne gênerait personne, les déchets qu'entraînait l'exploitation de l'or.

Les villes elles-mêmes étaient tout autres. C'était sans conteste des créations délibérées. Elles étaient laides, en toc, d'un clinquant morne, fagotées, à coups d'efforts municipaux d'« embellissement » comme des bonniches endimanchées. La grand-rue traversait invariablement la ville de bout en bout, et tout au long s'alignaient des boutiques qui offraient, avec des néons de couleur, plats à emporter et meubles payables à tempérament, prêts immobiliers et complets pour homme, sourires de mariées et de marmots dans la vitrine du photographe, bars crasseux dans les hôtels d'une chaîne appartenant à une brasserie, salle de cinéma avec grand écran et, bien entendu, l'hôtel de ville avec les armes municipales dans un parterre de pensées entre les palmiers obèses qui ressemblaient à des ananas. Dans l'une de ces villes, des arches décoratives, en grillage, s'ornaient d'ampoules de couleur et enjambaient la rue tous les six ou sept mètres; au bout du tunnel, on distinguait tout juste la couronne du plus proche puits de mine. Partout j'allais voir les libraires de l'endroit – il y avait un réseau de distribution de journaux qu'on retrouvait de ville en ville, comme il y avait une chaîne de bars, et, en général, une boutique indépendante – et je discutais boulot avec eux, de mon mieux, avant d'en arriver à prendre leurs commandes pour les nouveautés d'Aden Parrot. La plupart étaient de braves gars, qui ne démordaient pas de ce qu'ils savaient pouvoir vendre, et que la perspective de commander un auteur nouveau rendait aussi nerveux qu'un épicier qui présente à sa clientèle un fromage inconnu; ils me rappelaient les bons gros fumeurs de pipe qui tenaient les librairies-papeteries des stations balnéaires anglaises de mon enfance.

Je m'étais senti redevable d'une invitation envers Anna Louw, et je lui avais demandé de venir au cinéma avec moi le vendredi soir. En rentrant à Johannesburg après mon dernier jour de tournée dans le East Rand, j'étais trop fatigué pour tenir compte de ses indications quant aux autobus et aux itinéraires (elle m'avait invité à dîner) et je pris un taxi jusque chez elle. C'était une adresse au nord de la ville, en allant vers chez les Alexander, dans une poche constituée par une banlieue à demi vide, entourée d'autres localités qui ne voulaient rien avoir à faire avec elle. Anna Louw avait un pavillon dans le parc qui entourait une grande maison; une espèce de pavillon en carton-pâte, édifié en prenant à rebours la technique d'épluchage de l'oignon : à l'origine, il y avait une chambre et une salle de bain, de quoi loger pendant le week-end un hôte de passage à la grande maison, puis quelqu'un avait ajouté une cuisine, ce qui permettait un séjour plus long, puis une véranda qu'on avait, plus tard, fermée pour faire une petite maison en forme d'alvéole. La première chose qui me frappa, c'est combien portes et plafonds étaient bas; il me fallait baisser la tête pour pénétrer dans les recoins pastel de la maison d'Anna. C'était comme si je m'accroupissais pour regarder à l'intérieur d'un nid ou d'une grotte, un de ces endroits cachés, privés, qui existent en toute quiétude sous les regards absents d'un monde en mouvement.

Il y avait deux ou trois personnes installées dans la salle de séjour; les fenêtres étaient grandes ouvertes, et j'eus la sensation que la lumière déferlait, s'échappait de la pièce comme une marée. « Bonjour, Mr. Hood », dit le petit Sam sur un ton de bienvenue. Anna me présenta à une femme courtaude aux cheveux gris, en pantalon, qui ne cessait de répéter avec un fort accent de colon hollandais : « Il faut que je m'en aille, ma chère, tu comprends? Maintenant, il faut que je m'en aille. » Steven était présent. Il se leva du divan placé sous les fenêtres, où il était assis, et recula pour m'inviter à m'asseoir. Il me serra la main. « Bonjour, comment ça va? On est bien assis, ici. » Il souriait de toutes ses dents, son verre à la main, tenu par le bord. Les verres et un vase de porcelaine lancèrent un éclair, comme lorsque la marée montante retourne des objets brillants qui étincellent un instant dans la boue.

« Je ne distingue pas ce que je verse, dit Anna en allumant une lampe.

– Ça ne fait rien, peut-être qu'il en sortira quelque chose d'intéressant », dit Steven. Chacun changea de position quand la lumière chaude jaillit; sursauta intérieurement quand les ombres s'arrachèrent d'un coup aux objets de la pièce. « Non », dit la Hollandaise en se levant et en faisant glisser son pantalon sur son corps massif; je m'aperçus que ses cheveux drus conservaient encore des mèches jaunâtres, leur première couleur, semblables aux taches de nicotine sur les doigts d'un grand fumeur. « Il faut que je parte, Anna! »

Anna revint rapidement vers le cercle de la lampe après l'avoir reconduite. « Toby, je vous en prie, versez-vous un verre! – J'en ai un. » Je me levai pour le lui montrer. Elle était habillée avec soin, en rouge, et elle était tout d'un coup jolie, avec l'intensité des brunes. Peut-être parce qu'elle était chez elle, elle paraissait aussi avoir abandonné l'attitude sérieuse que j'associais en esprit avec elle.

« Je m'excuse! dit-elle, c'est une brave vieille.

– Qu'est-ce qui se passe?

– Oh! c'était avant votre arrivée! Vous ne pouviez pas vraiment vous en rendre compte. » Elle se tourna vers les autres pour s'excuser, certaine, cependant, qu'ils partageaient son amusement.

« A vos marques, prêts, pas partie, dit Steven en reposant son verre et en agitant les mains en l'air.

– Je la trouve gentille, dit le petit Sam. Il n'y a rien à lui reprocher.

– Elle est passée. Elle vient de temps en temps vers cette heure-ci ou après le dîner prendre le café avec moi, mais en voyant Sam et Steven elle n'a pas cessé de répéter : Il faut que je m'en aille, il faut que je m'en aille!

– Ce n'est pas pour ça qu'elle bougeait », répliqua Steven.

Anna me demanda comment j'étais arrivé jusque-là, et nous en vînmes à parler de la voiture dont j'avais besoin, de la marque qu'il me faudrait, et de l'endroit où l'acheter. Il n'y a rien de tel que les voitures pour enflammer les conversations entre hommes, et Sam et Steven se lancèrent immédiatement dans une discussion passionnée. Sam soutenait que je devrais acheter une petite voiture neuve, anglaise ou européenne, qui ne reviendrait pas cher. Steven était tout entier pour une bonne occasion, une grosse bagnole américaine, un modèle d'une bonne année qui, entièrement rénovée, roulerait comme une voiture neuve. « A quoi sert une voiture qui n'a pas de puissance? Une machine sans ressort, pour quoi faire? Autant aller à pied », criait-il à Sam, tout échauffé. – Steven, mon vieux, dit Sam en se plantant devant lui pour se faire entendre, une voiture d'occasion passe plus de temps au garage que sur la route.

– Trouve donc une bonne américaine », me dit Steven par-dessus la tête de Sam.

Nous nous mîmes tous à parler ensemble : « Ecoute-moi donc... Regarde un peu... Du moment qu'elle marche, peu m'importe... »

Steven parvint à dominer les voix : « J'ai un ami qui travaille dans le plus grand garage de la ville. Tu connais les concessionnaires Ford? Tu connais les concessionnaires Chevrolet? Il a travaillé pendant des années avec leurs meilleurs mécaniciens. Il est dix fois plus riche qu'eux. Achète ta voiture d'occasion et te casse pas la tête. Je m'arrangerai pour qu'il te refasse entièrement le moteur. Ça te reviendra moitié prix. Peut-être rien du tout. Tu peux te fier à moi. »

Ils étaient passés voir Anna en rentrant du travail. Nous allâmes tous ensemble jusqu'à la petite voiture de Sam pour leur dire au revoir et je demandai à Steven : « Qu'est-ce qui t'est arrivé, au fait, ce fameux samedi? » Il me fit un sourire enjôleur, l'air coupable, bourré de remords : « Je suis vraiment navré, vraiment. Il a fallu que je parte soudainement à Klerksdorp. J'ai demandé à un type qu'il te prévienne, mais tu sais comment sont ces gens-là... J'aimerais que tu viennes à une soirée chez moi, demain. Il y a un grand truc demain soir, et je voudrais que tu y viennes. Que vous veniez tous les deux. On arrangera tout ça demain. »

Ils démarrèrent en agitant la main et en discutant. J'avais le sentiment qu'il n'y avait pas de soirée; ou qu'il n'y en avait pas de prévue, quelques minutes auparavant.

« Quel âne bâté », dit Anna tandis que nous rentrions. Elle ramassa deux lettres qui paraissaient officielles sur la table où était la lampe. « Il a acheté une montre de femme et un appareil photo quelque part en ville, et il ne les a pas payés. Maintenant, on a engagé des poursuites. Vois pas ce que je pourrais bien y faire. Ce n'est pas un cas d'assistance judiciaire. »

Je souris. « Pas vraiment.

– Bien entendu, Sam pense toujours que je peux tout arranger. » Elle soupira en s'asseyant et fixa la lampe d'un regard accusateur.

« J'aurais tendance à penser qu'il a tout à fait raison. » Ce rappel de la confiance qu'elle inspirait sembla la plonger dans le désarroi; comme si, un instant, elle apparaissait diminuée par les réactions habituelles de compétence qu'on attendait d'elle.

« Et qu'est-ce que Steven a à dire pour sa défense ? demandai-je, curieux.

– La fille a disparu avec la montre et, de toute façon, l'appareil avait un défaut d'objectif, alors il a décidé que c'était juste d'arrêter les paiements. »

Cela nous fit rire tous deux, mais il y avait une pointe d'irritation dans l'amusement d'Anna.

« Cela fait partie de son code à la Robin des Bois, celui auquel beaucoup d'entre eux se targuent d'adhérer en ce moment. C'est un code d'une grande élasticité sur lequel on peut tirer jusqu'à faire place aux gangsters, du moment qu'ils ont une quelconque justification morale. Et, évidemment, c'est très romantique. Il n'y a pas grand-chose de romantique dans la vie des bidonvilles noirs. Cela je peux très bien l'admettre. Dans le village du Karrou où j'ai été élevée, il n'y avait rien de romantique non plus.

– Je ne suis pas sûr de comprendre ce que vous entendez par *romantique,* dis-je.

– Eh bien, qu'est-ce que ça signifie d'habitude ? Quelque chose d'étranger, d'extérieur à la vie de tous les jours ? C'est ce que je veux dire, en tout cas. Même si c'est seulement une façon nouvelle de regarder sa propre vie, de l'interpréter. Alors on n'est plus seulement un Noir qui roule un Blanc; on vole le riche pour donner au pauvre. »

Dans la cuisine, elle faisait tout sans hâte, mais en habituée. Quand elle souleva le couvercle d'une marmite, il se répandit la réconfortante odeur de légumes des soupes faites à la maison, et deux beaux filets épais posés sur une planche attendaient le gril. Je tournais et virais tout en lui parlant, et je la gênais plus que je ne l'aidais, comme on le fait dans une cuisine où l'on ne sait pas comment les choses sont rangées. « Je suis content de voir que vous n'en voulez pas trop à Steven de sa conception romantique de la vie, encore que je ne sois pas certain de la trouver romantique.

– Elle est romantique, pas de doute, dit Anna en faisant grésiller des tomates dans une poêle chaude, et je lui en veux. Je conçois le besoin d'être romantique, d'une certaine façon, mais celle-ci me chagrine. C'est un gaspillage d'énergie. Pas de danger que Steven travaille pour le Congrès ou même aucun autre mouvement africain. Il n'a jamais pratiqué, non plus, la résistance civile, je pense à la campagne de résistance d'il y a un an ou deux. La seule désobéissance qui l'intéresse, c'est de ne pas payer ses factures et d'acheter de l'alcool. Il se voit sous les traits de l'Africain amer, je-m'en-fichiste et, croyez-moi, il s'y emploie à plein temps. Il se moque comme d'une guigne de ses compatriotes; la seule chose qui l'atteigne, c'est la malchance d'être l'un d'entre eux. » Le beurre dans lequel sautaient les tomates grésillait hargneusement autour d'elle.

« Pourquoi faudrait-il que Steven soit impliqué dans tous ces mouvements, ces congrès, je ne sais quoi ? Je dois reconnaître que tout ça me remplirait moi-même de dégoût. Rien que d'y penser, je prendrais mes jambes à mon cou. »

Penchée sur ses tomates, elle sourit d'un sourire de vieux de la vieille : le chef de chauffe quand les passagers s'émerveillent qu'on puisse travailler dans une telle fournaise, l'ouvrier fondeur quand quelqu'un demande : « Comment supportez-vous le bruit ? – Il faut bien que quelqu'un le fasse. Pourquoi espérer que quelqu'un d'autre le fera à votre place ? Personne n'y tient vraiment. »

« Eh, doucement, ce n'est pas comme ça que les choses se passent. J'ai toujours pensé qu'il y a deux espèces de gens, ceux qui ont une vie publique, et ceux qui ont une vie privée. Les gens dont la vie est publique se préoccupent du sort collectif, les amateurs de vie privée d'un sort individuel. Mais – depuis la guerre de soixante-dix, il me semble, en gros – les partisans de la vie privée sont traqués. Traqués et avilis. Il faut s'engager. Il faut être communiste ou anti-communiste, nationaliste ou pro-négro – ma prononciation du mot afrikaner la fit sourire – il faut protester, désobéir, refuser de coopérer. Il n'est pas question de ne pas le faire; on n'a pas le droit de laisser tout ça aux mains, beaucoup plus expertes, des adeptes de la vie publique. »

Elle se détourna du fourneau, toute prête à répondre, mais s'arrêta un instant, et combla le vide en me faisant comprendre, par gestes, de lui passer les assiettes creuses, puis dit, comme si elle avait renoncé à son argument : « Oui, on a de moins en moins de chances de vivre une vie à soi. C'est vrai. La pression est trop forte.

– De l'extérieur aussi bien que de l'intérieur, c'est là le problème, repris-je avec entêtement, pas du tout décidé à revendiquer un terrain d'entente là où je pensais qu'il n'y en avait pas.

« Les partisans de la vie publique ont toujours cédé à la sollicitation d'éléments intérieurs – leur conscience, le sens des responsabilités vis-à-vis des autres, l'ambition, et ainsi de suite; mais les amateurs de vie privée en qui ces choses sont latentes, faibles ou orientées différemment, pouvaient poursuivre leur bonhomme de chemin, tant que le poids de l'extérieur n'était pas trop grand. Pourtant, maintenant, c'est la merde pour y résister. Ce n'est pas assez qu'un type comme Steven ait tout le tintouin d'être noir dans un pays comme celui-ci, il faudrait encore qu'il consacre à l'action politique le peu de vie qui lui revient. »

Je suivis Anna dans la salle de séjour où elle emportait la soupe. « Il tient aux résultats de cette action politique, n'est-ce pas? cria-t-elle par-dessus son épaule. Il veut être débarrassé du permis de circuler, de la discrimination contre les gens de couleur et tout le saint-frusquin? Alors, qu'il se batte. » Elle rit, indignée malgré elle.

Le vieil ennui sauvage, mal toléré, avec lequel j'avais toute ma vie supporté ce genre de discours se teintait, cette fois, de quelque chose de plus personnel; une agitation nerveuse, un accès de susceptibilité. Je sentais le besoin de l'emporter sur elle; presque de la punir. « Ma chère Anna, vous vous trompez tellement, vous aussi. Celui qui vit en privé, l'égoïste, le tire-au-flanc comme vous le voyez, c'est un révolté. Il se rebelle contre la rébellion. Rien que pour lui, il a sa petite révolution; il la mène tout seul, mais beaucoup d'autres en profiteront peut-être. C'est ce que je pense de Steven. Il n'ira pas suivre la bannière de votre congrès, ou se faire arrêter à la bibliothèque municipale mais, en dépit de tout ce que font les Blancs pour le réduire à zéro, il se maintient joliment en vie : il se soûle, il fait des dettes, il fait marcher son affaire d'assurances véreuses. Il apprend tous les coups louches pour, à la fin, être capable de battre cette bonne vieille civilisation occidentale à son propre jeu. Il met un pied dans la porte; qui oserait dire qu'il n'entrera pas le premier? Pendant que les gars du congrès tambourinent à la porte d'entrée, il se glisse par la fenêtre de derrière. Mais, avant tout, il est en vie, pas vrai? Il est bien en vie, au mépris de tout ce qui essaie de le réduire à un semblant de vie. Je ne crois pas qu'il ait été bien nourri, mais il a l'air tout en muscle, on ne lui a pas appris grand-chose à l'école, mais il s'est donné à lui-même une éducation adéquate, les situations bien payées lui sont fermées, alors il s'en est inventé une. Et quand les gars du congrès entreront, peut-être qu'ils le trouveront à l'intérieur, à les attendre. » J'éclatai de rire.

« Mon Dieu! Quelle idée épouvantable. » Elle pressa sa serviette contre sa bouche, rentra les épaules.

Je triomphais de façon perverse. J'ajoutai, avec pas mal d'arrogance : « Allez, ne sous-estimez pas les Sitole de ce monde. Ils sont comme l'histoire; leur avancée est inexorable. Que cela vous console quand vos congrès et vos manifestations ne vous mènent pas bien loin. »

Après le dîner, quand elle eut quitté la pièce pour prendre son manteau, j'en fis le tour, regardant de près les livres et objets que j'avais remarqués depuis mon arrivée. Les livres étaient bien ceux que je m'attendais à trouver, des ouvrages politiques sur la Russie, la Chine, l'Inde, tous ceux que j'avais lus sur l'Afrique et bien d'autres encore, quelques titres des Editions Sociales, un ou deux livres d'art avec des reproductions de tableaux, ni poésie ni romans autant que je pouvais me rendre compte, à part un policier en livre de poche. Mais certains des objets étaient peu communs et, à mes yeux, du plus haut intérêt. Il y avait un gigantesque masque africain en bois noir à l'expression bienveillante, et un petit, à l'air méchant, orné d'une collerette grise que je devinai en poil de singe; il y avait un magnifique tambour de cuir et un pot d'argile passé au vernis à poêle et incrusté de haricots rouges porte-bonheur; il y avait une petite statue de Çiva en cuivre, et un poisson de mariage chinois qui pendait au mur à un clou.

Toutes ces choses partageaient une même identité dans ce petit espace et chacune conservait, sans que la présence des autres la modifiât en rien, l'autorité qui lui venait de son rôle dans la vie d'avant. J'avais déjà remarqué cela chez les objets créés pour l'usage ou le rite : même en dehors de leur contexte d'utilisation, ils ne prennent jamais l'allure banale d'ornements. J'avais encore à la main un instantané d'Anna, debout à côté d'une Indienne souriante, et elle-même en costume indien, quand elle revint dans la pièce.

« Le sari vous va très bien. Vous êtes allée aux Indes? »

Elle secoua la tête. « J'ai été mariée à un Indien. C'est lui qui m'a donné ça aussi; il n'est pas beau? » Elle me montrait le châle en cachemire blanc qu'elle portait. Je l'admirai et nous en parlâmes quelques minutes, tandis qu'elle faisait le tour du pavillon pour fermer.

Dans la voiture, elle dit : « Mon mariage vous a surpris?

– Eh bien, oui, sans doute.

– Evidemment, ce n'est pas tellement extraordinaire, pour un Anglais.

– Non.

– Pas comme ça l'est ici. » Elle ajouta, de sa voix prosaïque, celle d'un membre de comité consciencieux qui attire l'attention de la salle sur un détail qu'il ne veut pas qu'on néglige : « C'était avant la loi sur les mariages mixtes, bien entendu. »

L'envie de rire me prit à la gorge; je n'y pouvais rien, cela finit par déborder. « Je ne veux pas penser à un mariage du point de vue de la législation. Voilà tout. » Pensait-elle à quoi que ce soit selon d'autres termes?

« Est-ce que c'était très dur d'être mariée comme cela, ici? » demandai-je comme si j'avais demandé comment faire pousser telle ou telle plante dans le jardin.

Elle hésita un instant. « Un peu. Ça ne le paraissait pas, à l'époque. Maintenant, si. »

Elle passa la vitesse d'un geste bien à elle, direct, attentif. Et j'eus soudain une sensation de solitude, la sienne, qui apparaissait, sans qu'on aille la chercher, à travers son discours plat et banal, comme un visage à la fenêtre d'une maison fermée.

VI

Steven, en toge universitaire, était au centre; la soirée tournait autour de lui, lentement d'abord, puis émoustillée par les pans de la robe noire et l'envolée des manches qui flottaient au mât de son entrain. Quand j'arrivai dans la maison de Sophiatown (Sam avait fait tout le chemin pour venir me chercher car Anna Louw n'assistait pas à la soirée), il y avait à peu près une douzaine de garçons de mon âge debout le long des murs de la pièce. Certains avaient le bras sur l'épaule d'un autre, et on faisait circuler une cigarette pour que chacun tire une bouffée. Ils murmuraient quelques mots entre eux de temps en temps, riaient tout à coup, ou rêvassaient comme le font les désœuvrés. Steven traversa plusieurs fois leur groupe en se pavanant, empoigna un bras avec enthousiasme, courba la tête pour échanger avec quelqu'un d'autre une plaisanterie sonore et confidentielle. Ils semblaient tous avoir n'importe quoi sur le dos : l'un d'eux, en chemise blanche toute fraîche de chez le blanchisseur, pantalon de flanelle neuf et ceinture fantaisie s'accrochait à un ami au chandail presque entièrement défilé et pantalon marron en loques dont le pli, raide de graisse de moteur, était resserré autour de ses jambes nues par des pinces de cycliste. Il y avait des vestons flottants, en tweed bourru, des vestes de costumes qu'on aurait pu croire fauchées à un épouvantail, de vieilles casquettes dégoûtantes, des épingles de cravate fantaisie en métal doré, des espadrilles déchirées et sans lacets, des souliers de daim impeccablement brossés. Les visages avaient l'expression figée des jeunes qui ont passé leur vie dans la rue, à regarder; regarder la pelleteuse qui dévore le terrain vague, la pompe à incendie qui passe en hurlant, ou l'ivrogne qui zigzague dans le ruisseau.

Sur les bancs et quelques chaises de salle à manger, on voyait des femmes aux franfreluches minables et mal assorties et un ou deux types à lunettes en costume de ville. La pièce elle-même était aussi pauvre en objets que le bistrot clandestin; et chacun y était tout bonnement assis ou debout, sans embarras, sans tension nerveuse. Il arrivait sans cesse d'autres gens; Steven semblait opérer des percées de l'autre côté de la porte et revenir à chaque fois avec un nouvel arrivage. Sam était son second, il s'agitait, dérapait dans ses jambes, important, radieux. On poussa un piano dans la pièce; les cordes grincèrent, tressautèrent et moururent. Steven donnait une conférence, ses bras enrobaient deux types des plis de la toge; il entrait, sortait, à toute vitesse, me dédiait un large sourire, levait les sourcils en direction de quelqu'un d'autre. Un jeune garçon au teint cuivré et aux mains de fille et un gigantesque bonhomme du plus beau noir dont la ceinture trop serrée supportait tout le poids du corps, firent passer du cognac dans des verres à jus de fruits de couleur. On m'en offrit, en même temps qu'à tous ceux qui, comme moi, étaient assis sur les bancs et les chaises dures. Une seconde tournée arriva, dans des tasses cette fois. Mais elle n'alla pas jusqu'aux gars collés au mur, qui ne semblaient pas y compter d'ailleurs; ils se contentaient de regarder. Le ton de la conversation s'élevait, au fur et à mesure que le volume de l'assistance déplaçait le silence. On continuait d'entrer comme en passant, jeunes filles main dans la main, avec les seins menus et l'énorme arrière-train que je retrouvais souvent chez les femmes noires très jeunes, jolies greluches au visage élargi de plaisir et dont la poudre prenait des reflets mauves et mats comme sur un raisin mûr, jeunes gens maigres à la poitrine creuse sous la boule des épaules, grands dégingandés cuivrés et osseux, visages noirs luisants. Ils parlaient entre eux à voix étouffée, par monosyllabe, comme le public d'une salle et lançaient, pour faire bon poids, des expressions américaines démodées, comme si c'était la chose à faire. « Ça va comme tu veux, Dan? » « Bien sûr, mon pote. Et toi, ça boume en ce moment? » « Bonsoir, fillette. » « Tu es en forme chérie? »

On entendit une brise de notes légères sur un saxophone; elle s'éteignit. Une clarinette lança un hurlement bref. Quelque part derrière le troupeau, la basse se mit à haleter. La musique grandit dans la pièce comme se déploie une forme nouvelle de vie, comme se transforme l'atmosphère quand le vent se lève. Des instruments apparaissaient sur le plancher; des gens en train de parler changeaient de langues grâce aux cordes qu'ils pinçaient, à l'embouchure dans laquelle ils soufflaient. Les pieds bougeaient, les têtes se balançaient; il n'y avait pas de public, pas d'orchestre – chacun respirait la musique comme il respirait l'air. Sam empoignait le piano en un combat joyeux que tous deux connaissaient. Un gamin cuivré en béret noir charmait son saxo comme un serpent, avec les sinuosités mêmes de la voix de l'instrument. La basse martelait comme une perdue sous les doigts magiques d'un homme au visage noir délicat et barbu de roi assyrien. Un garçon obèse, au visage marqué de petite vérole sauta, avec des articulations de caoutchouc, au milieu d'un petit cercle; des filles se mettaient à se balancer, d'avant en arrière, au bout des bras de leurs partenaires, comme des ressorts qui se tendent et se détendent.

J'avais vu, chez moi en Angleterre, des garçons et filles mordus du jazz danser comme des possédés. Je les avais vus se tordre, le visage absent, vidé d'identité comme un animal obscène découpé en morceaux qui, démembré, répandu dans tous les coins, continue à tressauter sous l'effet des nerfs. Mais le jazz de cette pièce n'était pas une frénésie. C'était un jazz de passion et d'accomplissement. Ici, on dansait de joie. On dansait de plénitude, comme les enfants déboulent à grands cris un talus herbeux. De temps en temps, un seul couple se faisait de la place et tirait à soi toute l'énergie tourbillonnante de la pièce. Ces deux-là riaient, interpellaient ceux qui dansaient autour d'eux, accrochés à leur rythme; remarques, défis repartaient vers eux.

Un des gars en costume de ville s'approcha de moi et me dit sur le ton de la confidence : « Je suppose que tout cela doit vous paraître pas très évolué.

– Pas très évolué ? »

Il agita la main en direction de la pièce dont les assauts le ballottaient tellement qu'il se tenait debout comme un homme dans un bateau par gros temps.

« Mon pauvre ami, répondis-je, vous ne savez pas ce que sont nos réjouissances. » Il est bien vrai qu'en cette première soirée j'étais frappé par l'innocence de leur façon de danser. Malgré les trémoussements et les secousses d'orgasme sauvage, absolument rien ne suggérait la parodie ou le substitut d'acte sexuel. Il n'y avait rien de la concupiscence alanguie qui enveloppe d'une auréole de faim sexuelle décharnée, goulue, les couples quasi immobiles des night-clubs pour Blancs. Pour ces gens-là, la musique n'était pas rêve et évasion, mais affirmation. Je dansai une fois ou deux avec une des jeunes filles au corsage de nylon éclatant, mais il y avait autre chose que mon manque d'habileté et mon expérience plus ou moins désabusée de la danse comme nécessité sociale gênante dans l'impression que j'avais d'être amputé au milieu de cette cohue de danseurs. C'était davantage que mes membres raides, timides et rétifs. Ce qu'il aurait fallu c'était – à un niveau plus profond – une sensation proche de celle que je ressentais en nageant avec Stella Turgell à Monbasa, le sentiment que les cristaux du Nord, vieux de plusieurs siècles, se dissipaient dans mes veines. Ces hommes et ces femmes n'avaient pas bu grand-chose, ils ignoraient les pièges de la bonne chère et du confort sans lesquels les gens au milieu de qui j'avais vécu sont incapables de stimuler le goût de la fête; et cependant, il était là, spontané. Leur allégresse était merveilleuse et gigantesque, c'était une arme que je ne possédais pas. A me traîner au milieu d'eux, j'étais séduit par cette faculté de joie comme si j'avais assisté à une prouesse physique dont j'étais devenu incapable, ou que je n'avais jamais accomplie. Cisaillée, disparue, il y a de cela des générations, entraînée avec la pigmentation qui pâlissait de notre épiderme. Je compris, pour la première fois, quelle peur, quelle sensation de dénuement peut se cacher sous une peau blanche. Je pense que ce fut pour moi le point de non-retour, comme ça l'est pour tant d'autres. A partir de là, on se met à détester ce qu'on n'a pas, à moins d'en être fasciné. Quant à moi, j'étais attiré par la lumière d'un feu auquel je ne m'étais jamais réchauffé, par un festin auquel on ne m'avait pas invité.

Je regardai Steven qui dansait, fier comme un coq, devant une petite Noire très maquillée, aux yeux ronds, et lançait des remarques qui lui valaient de demeurer le centre des regards admiratifs et je me l'imaginai en train de jouer aux fléchettes dans un *pub* des quartiers populaires de Londres. Qu'espérait-il de ce monde gris, détrempé de brouillard, aux passe-temps lugubres ramenés au niveau d'énergies mourantes? Pourtant, il le voulait. Il en subissait l'attrait comme je subissais celui de l'abondance de vie qui embrasait nonchalamment la pièce où je me trouvais. Quand les Noirs perdront cette abondance, l'enterreront, comme ils en brûlent d'envie, dans l'immense corruption de notre monde, haine, fascination, disparaîtront, ils nous deviendront aussi indifférents que nous le sommes les uns envers les autres.

Comme Alice lancée sur les traces du Lapin Blanc, je suivais Steven dans les quartiers africains, les bistrots clandestins, les chambres et les maisons de ses amis. Je ne veux pas donner l'idée d'une descente aux Enfers, mais celle d'un autre monde où ne s'appliquaient pas les conditions du Johannesburg dans lequel je travaillais et vivais. Tout d'abord, les proportions étaient inversées; en ville et dans ma rue de banlieue, les bâtiments dominaient les habitants et les jardins établissaient un espace autour d'eux – nous vivions, comme tous les citadins, à l'abri de la ville, dans un contexte qui, même s'il intercepte la lumière, offre la dignité d'une retraite : les silhouettes, dans la rue, se perdent sous les arbres et les ombres, la vie se dissimule derrière les murs et les palissades. Par contraste, un quartier africain donnait l'impression d'avoir été complètement rasé. Les maisons et les bicoques étaient si près de terre et si serrées qu'on croyait voir un essaim de gens posés dessus, comme s'ils venaient de prendre possession d'un campement abandonné. Chaque fois que j'y allais, j'avais conscience de cette chute soudaine de la ligne des toits, cette montée des humains; rien ne cachait, rien n'abritait – sauf au sens le plus élémentaire du terme – les heures de la vie des habitants. L'aveuglante lumière de la réalité ne les lâchait jamais. Et ils vivaient, sans interruption, simultanément dans toutes les couches de la société : souteneurs, gangsters, saute-ruisseau, femmes de charge, enseignants, boxeurs, musiciens et croque-morts, ouvriers et charlatans, tous étaient voisins, partageaient un poste d'eau, une cour et même les toilettes.

La confiance qu'avait Steven en lui-même et ses amis était si contagieuse que lorsque Faunce m'avança l'argent d'une voiture, j'achetai une Chevrolet d'occasion et l'emmenai chez le mécanicien qu'il connaissait pour la faire réviser. Il habitait Alexandra, un coin à l'aspect désert, situé en dehors de Johannesburg, au nord, espèce d'immense décharge publique enfumée, pillée par une humanité vorace. Tous ceux qui y demeuraient travaillaient à Johannesburg, mais la ville n'était pas propriétaire du quartier et n'en était pas non plus responsable. Le tout avait l'apparence antique de tous les quartiers de taudis – même le sol et les routes de terre rouge semblaient rongés jusqu'à l'os et rien, ni brique, ni pieu, ni bout de fer n'était à l'état neuf, tout avait été martelé et remartelé au gré des usages successifs – pourtant, en réalité comme tout à Johannesburg, c'était, au point de vue de l'habitat humain, jeune, vigoureux, à peine entamé; datant peut-être de trente ou quarante ans. Dès le début, ça avait dû être une floraison de saleté et de délabrement, la belle légende de la lamaserie de Shangri-La prise à rebours[1], l'endroit où s'épanouit la pourriture.

Un ruisseau où courait l'eau épaisse, gris-bleu, des lessives, coulait près de la maison de l'ami de Steven. Des enfants y jouaient à grand bruit et quand ils vinrent se planter autour de la voiture, l'écume leur recouvrait les jambes d'écailles, comme une maladie de peau. Nous y allâmes trois ou quatre fois (il fallut que je laisse la voiture quelques jours à cet Alfred), mais il ne m'invita jamais à entrer chez lui. C'était une bicoque de briques au-dessus de laquelle se penchait un arbre mort; à l'arbre, pendaient des bouts de corde et un vieux pneu avec lequel se balançaient les enfants, et la cour était un parterre pour sculpteur surréaliste, fait de vieilles pièces de voiture : un pare-chocs jaune, un capot rouillé, d'autres formes sans nom. Pendant qu'Alfred, gros bonhomme timide qui se caressait doucement le nez en parlant, et Steven qui, j'en suis certain, ne connaissait rien aux voitures mais n'aurait pas supporté d'être réduit au rôle de spectateur, rampaient sur le dos pour se glisser sous la voiture, les enfants et moi-même nous observions mutuellement. Fatigués de ricaner sur mon dos, ils retournèrent à la fascination de leur désœuvrement. Parmi eux, une

1. *Les Horizons perdus,* James Hilton.

idiote, une espèce de babouine d'environ quatorze ans, bossue, affligée d'une stéatopygie grotesque, grognait et piaillait de dépit, pas tout à fait humaine, sous leurs taquineries. Deux femmes rondelettes, au regard tranquille, étaient occupées à bavarder et, d'une main preste, au bon moment, rattrapaient un bébé grassouillet qui portait des bracelets de perles aux chevilles et ne cessait de dégringoler les marches d'une véranda de pisé accrochée à la bicoque, en face. Une voiture à âne de marchand de bois passa en grinçant et en cahotant; des bicyclettes bondissaient par-dessus les ornières de la route, des femmes, des nuées de femmes, vociféraient, jetaient des seaux d'eau sale à travers la rue, riaient, frappaient vigoureusement le linge des lessiveuses. Et le monstre passait tout aussi inaperçu que le bébé dodu.

La maison de Sam était dans un autre quartier indigène, plutôt mieux fréquenté. Chaque maison, ou presque, avait une partie centrale en briques, même si les habituelles excroissances de tôle et de toile à sac s'y étaient greffées. J'y allai dîner un soir, avec Steven, et je n'en revins pas quand, après l'odeur d'ammoniac et de feu de bois de la cour, à laquelle je m'étais habitué, accompagnée de l'étrange rumeur nocturne composite du quartier, des lumières anémiques et des voix soudaines, intimes, des maisons de la cour, à deux pas, nous poussâmes la porte qui s'ouvrait sans prévenir en haut de deux marches inégales en ciment. J'aurais très bien pu entrer dans une pièce d'un appartement de Chelsea, à Londres, « refaite » par un jeune couple. Un revêtement de feutre vert amortissait les pas. Il y avait un piano sur lequel s'empilaient des partitions. Un électrophone, dans un de ces meubles qui passent pour suédois aux yeux de tous les ébénistes qui ne le sont pas. Un divan et des coussins. Une lampe rouge. Sur tout un mur, une bibliothèque construite avec des briques et des planches peintes. A la fenêtre, un store vénitien vert fermait ses paupières multiples sur le quartier. La femme de Sam, Ella, timide et jolie, nous servit un rôti d'agneau accompagné de pommes de terre et arrosé d'une bouteille de vin puis, tous les quatre, nous écoutâmes d'abord un quatuor de Beethoven et ensuite des chansons que Sam avait composées et exécutait lui-même.

Steven décida d'aller dans un bistrot clandestin en les quittant. Les patrons étaient un type qui avait du sang indien, du sang africain et du sang blanc et une femme bassuto à la carrure de baleine et m'appelaient « monsieur » avec la familiarité obséquieuse des domestiques qui connaissent trop bien la famille. Steven était à tu et à toi avec tout le monde, il flirtait avec les putains métisses aux voix aiguës qui, soûles, me rappelaient les cocottes de pantomime et, à l'aise partout comme toujours, arborait un air soulagé. Il se retrouva enfin près de moi, faisant amoureusement tourner sa chevalière bon marché incrustée de verroterie rouge, comme si son côté toc lui plaisait. « C'est pas mal un appartement comme celui de Sam, dit-il, mais ça revient trop cher.

– Sa femme gagne bien sa vie aussi, à ce que j'ai compris, alors ils s'en sortent. » J'avais déjà surmonté l'incrédulité causée par la différence entre ce qui était bien payé pour un Noir et ce qui était bien payé pour un Blanc; comme on s'habitue à traduire les prix donnés dans sa propre monnaie en celle d'un pays étranger qu'on habite depuis un moment. Et j'avais aussi appris à accepter sans gêne le fait que, avec mon salaire pas très large et l'appartement pour moi tout seul, j'étais riche quand je me promenais dans les quartiers réservés aux Africains.

« Ce n'est pas seulement une question d'argent. Mais aussi les efforts, le travail. Tenir un appartement comme ça dans un bidonville noir. La crasse, le sans-gêne tout autour. Pense à la façon dont les voisins vous regardent; on est comme dans un zoo! Toutes les vieilles veulent venir guigner pour savoir ce qu'on fait dans une maison pareille. » Comme la plupart des gens qui aiment s'exhiber, Steven était bon mime.

Je me mis à rire. « Tout de même, c'est quelque chose d'arriver à vivre comme ça dans un quartier indigène.

– Ah! dit Steven, c'est ça. Une exposition. » Il adopta un ton de fausset, parodie d'une voix de femme blanche qu'il avait dû entendre quelque part : « ... " une oasis de culture, ma chère! " C'est la maison d'un roi, celle d'un millionnaire? Mon vieux, c'est une façon normale de vivre. »

Je comprenais ce qu'il voulait dire. Si vivre décemment, avoir le goût raisonnable des choses civilisées, signifiaient se montrer excentrique ou remarquable, on pouvait choisir de refuser le bon droit déguisé en privilège.

« Pourquoi faudrait-il que je surveille comme une grotte bourrée de joyaux, dit-il en faisant passer d'un doigt à l'autre sa bague fausse à l'œil aigu, une belle petite maison que n'importe qui peut posséder où bon lui semble, dans une rue où il n'y a que cela? »

Il me sourit largement, avec cet aplomb insouciant, haussement d'épaules, regard hautain jeté sur lui-même, qui lui donnaient tant d'allure et ne manquaient jamais, où que nous soyons dans les quartiers réservés, d'attirer les petits mecs qui voulaient entendre ce qu'il allait encore sortir.

C'était sans discussion, l'individu qui jouissait du plus de « prestige » que j'aie jamais rencontré. J'entoure « prestige » des guillemets du doute car, pour moi, le mot renvoie au type qui remporte le plus de voix quand il s'agit d'être le président d'un club de golf, et ce n'est pas de ce genre de popularité que je parle. Peut-être qu' « aimé » serait mieux choisi. Mais ce n'est pas non plus exactement qu'on l'aimait; il était beaucoup trop détaché et impersonnel pour ça. Je crois qu'ils tiraient gloire de lui, tous ceux qui se suspendaient à ses basques, ils tiraient gloire des manières de Blanc qu'il affichait sans y penser en leur compagnie, comme ces tours de passe-passe qui paraissaient assez simples pour que tout le monde les apprenne. Donnant sans cesse l'impression qu'ils venaient, tout penauds, de s'éveiller d'un somme tout habillés, ils étaient à la recherche de quelque chose : était-ce le chewing-gum qu'ils faisaient sans arrêt passer d'un côté de la bouche à l'autre, comme les Américains? Est-ce que l'argot dernier cri, en anglais, ferait l'affaire? Ou les chemisettes à col rose et noir? Ils n'en savaient rien, ils n'avaient pas encore trouvé la réponse. Steven, si, ça se voyait, il y était bien. Il n'avait pas croulé sous le poids de son diplôme universitaire, acquis par correspondance, comme le font les Noirs que l'instruction écrase et rend solennels, et la coupe et le tombé de cet aspect du Johannesburg des Blancs qui les éblouissait le plus lui allaient aussi bien que son veston impeccable.

Sans énergie, sans but, comme des organismes ballottés dans le sable, au stade d'évolution entre la mer et la terre ferme, ils contemplaient le glissement habile avec lequel il passait de l'élément des Noirs à celui des Blancs. Il représentait quelque chose de neuf, et ils révéraient le neuf, que leur dénuement leur faisait imaginer invariablement meilleur. C'était une nouvelle espèce d'homme, ni blanc, ni tout à fait noir : une sorte d'éclair – éclair de chaleur – produit par la friction de deux sociétés.

Je ne trouvais jamais extraordinaire que Steven lui-même, qui disposait à sa guise de tant de chambres, de maisons, de bicoques et de bistrots clandestins, n'ait pas un coin à lui pendant toute la période où je le fréquentai. Il me raconta un jour qu'il ne savait pas combien de fois il avait déménagé dans sa vie; il ne pouvait plus faire le compte. Il était né dans un bidonville africain d'une ville minière du Rand et, à part le séjour d'un an en Angleterre, avait passé son temps à changer de ville et de chambre.

J'étais incapable d'imaginer ce qui aurait convenu à Steven en guise de chez-soi.

VII

C'EST un samedi matin, après une soirée en l'honneur du premier déménagement de Steven depuis que je le connaissais, que j'allai voir Cecil Rowe. La soirée était à la fois pendaison de crémaillère et cérémonie de baptême d'une maison située dans un quartier effrontément crasseux de Sophiatown où Steven venait de louer une chambre en compagnie de ses copains célibataires. Il me semblait difficile d'admettre qu'ils y vivaient vraiment car on n'y voyait guère trace de meubles ou de vêtements – en fait l'endroit avait l'allure accablée et dénudée d'un déménagement plutôt que d'un emménagement – mais il n'y manquait ni jazz ni cognac (quelqu'un avait même apporté un gâteau d'anniversaire) et on avait choisi, comme il se doit, Temple de Mémoire en guise de nom. (« Mémoire de qui? demandai-je et Steven répondit : – Moi, évidemment. ») La réunion se termina vers une heure du matin, sur la note d'espoir particulière aux soirées données par les Africains, quand les participants s'égaillèrent tous avec bonne humeur dans l'obscurité, en route vers d'autres rendez-vous. Je ramenai un ou deux traînards de moindre importance en différents points du quartier dont les rues escarpées fourmillaient encore de flâneurs, de *tsotsis*, d'amoureux, d'ivrognes, de gens qui se querellaient ou chantaient, et regagnai le silence des heures de fermeture du quartier blanc. Mes pas résonnaient dans la cage de l'escalier, et je fus pris d'un accès soudain de mal du pays qui se manifesta par la vision intense d'un coin de rue dans Ebury Street, juste au-dessous d'un petit jardin où les giroflées avaient, la nuit, une odeur douce et froide et où j'allais, un certain printemps, rejoindre dans son appartement une fille dont j'étais amoureux.

Le matin, je me sentais encore vaguement étranger – comme presque toujours dans le mal du pays, je regrettais ce que j'aurais aimé avoir connu, plus que ce que j'avais réellement laissé derrière moi – et je décidai d'aller à l'église. Il y avait un fouillis de cloches dans l'air transparent tandis que je prenais mon bain, me rasais soigneusement et enfilais un costume bleu. Je me dirigeai en gros dans la direction où je me rappelai avoir vu une petite église anglicane et en moins de dix minutes, me retrouvai devant. Des petites filles bien frisées balançaient leur sac à main et ne lâchaient pas leur mère; il régnait une forte odeur de brillantine dans le groupe massé devant l'église, et une forte odeur de cire à l'intérieur. L'église avait des allures de chaumière et le prêtre ne dépareillait pas l'ensemble : il avait l'air honteux des prières qu'il offrait et pas très sûr de l'efficacité de sa bénédiction. Il avait choisi « Sans moi, vous ne pouvez rien » comme thème de son sermon et il plaidait la cause du Christ comme il aurait recommandé une cure de vitamines; les fidèles écoutaient poliment. Le service tout entier sentait la Low Church, et je décidai d'essayer la cathédrale, en ville, la fois suivante.

Mais au moins, en sortant, j'étais prêt à accepter

que l'endroit où je me trouvais n'était pas le village gris-bleu des Cotswolds, calme comme une ombre où, des membres de la famille, seuls ma grand-mère et moi occupions parfois le banc vide qui autrefois était le nôtre; et j'acceptais pour ce qu'elles étaient les déclarations sans ambages de la lumière, qui frappait tout de plein fouet, la façade écaillée de la boutique grecque du coin, face à l'église, les deux Africains assis les pieds dans le caniveau qui, tout en buvant de la limonade, poursuivaient une conversation qu'on aurait pu entendre à trois rues de là, les jolies petites juives rondelettes qui descendaient la rue en se dandinant dans leur short de week-end, et les maisons de banlieue de pacotille qui attendaient l'équipe de démolition après seulement vingt ou trente ans d'usage – je respectais cet endroit qui était lui-même.

C'est alors que je remarquai le nom de la rue et me rendis compte que je devais être tout près du coin où Cecil Rowe m'avait dit qu'elle habitait. Sans réfléchir, je me laissai entraîner par la pente raide, comme si une main me poussait dans le dos et, à mi-chemin, j'y étais : un immeuble plus récent et d'allure plus prétentieuse, sinon de meilleure qualité, que le mien. Sur le devant, il y avait des caoutchoucs déchiquetés par le vent dans des pots bariolés, et une mosaïque dans l'entrée qui représentait une jeune Zoulou, une jarre à eau et une hutte pointue sur un fond de verdure en dent de scie; mais, comme je m'en doutais, les galeries ouvertes qui, par-derrière, menaient aux appartements étaient bien les habituelles voies de passage purement fonctionnelles, sinistres, pleines de traînées de suie et de moutons de poussière, de bouteilles à lait vides et de poubelles.

L'appartement de la jeune Rowe était au rez-de-chaussée. Je sonnai et resonnai et j'étais sur le point de tourner les talons, quand j'entendis un bruit étouffé de pieds nus le long d'un couloir, et quelqu'un commença à se battre avec la serrure, avec des exclamations contenues d'énervement, avant d'ouvrir brusquement la porte.

« Mon Dieu, je croyais que c'était l'Armée du Salut, dit-elle. Bonjour, c'est vous, entrez. D'où sortez-vous comme ça ?

– Je suis allé à l'église, c'est tout à côté. »

Elle me regarda comme si je plaisantais, puis son expression se transforma, se chargea d'une curiosité étonnamment féminine, l'expression que prennent les femmes quand elles s'imaginent que vous allez peut-être bien trahir un aspect de vous-même que vous n'aviez pas du tout l'intention de laisser échapper. « L'église ? Vous ne voulez pas dire que vous allez à l'église ? » Son ton était des plus incrédules.

« Bien sûr que si. En Angleterre, j'y vais régulièrement. »

Elle éclata de rire. D'un rire embarrassé, plein de jubilation, comme si elle venait de découvrir que je portais un corset.

« Eh bien, vous alors, vous me surprenez. Enfin, vous êtes tellement intellectuel et tout le reste. »

Je ne saurais expliquer pourquoi, mais je me sentis en quelque sorte touché et rassuré, au fond de moi-même, par sa conception démodée, venue de la lune ou presque, coloniale, de l'« intellectuel » libre penseur, darwinien et rationaliste. Cela m'enchantait de penser qu'à ses yeux, Dieu était tout simplement démodé; c'était mieux que de flairer, comme je le faisais parfois s'agissant de moi, qu'il était tout simplement revenu à la mode.

« Entrez donc », me dit-elle, et il est de fait

qu'elle n'était pas en tenue pour converser à loisir dans l'embrasure d'une porte. Elle se traîna devant moi jusqu'au living-room, vêtue d'une robe de chambre magnifiquement féminine mais douteuse, et s'installa à la table sur une chaise anguleuse, les pieds accrochés aux barreaux, la main immédiatement tendue vers une cigarette. (Je compris comment c'était du même geste qu'elle en cherchait une à tâtons, en ouvrant les yeux, le matin.) Il y avait plus d'un mois que nous nous étions vus et, si elle n'était pas deux fois la même chaque fois que je la rencontrais, ce n'était rien en comparaison du changement actuel.

Je crois qu'un homme ne se rend jamais compte à quel point ce qu'il connaît d'un visage de femme est l'effet du maquillage; je sais bien que je me suis souvent fait huer par ma sœur quand j'observais qu'une jeune fille avait une peau magnifique (Pauvre innocent, tu pourrais enlever deux centimètres d'épaisseur avec un couteau de vitrier!) ou une autre belle couleur de cheveux (Ça revient cher à entretenir!). Ce visage lisse comme une cire, bronzé, aux lèvres pâles, aux yeux barbouillés de suie était plus vieux et plus doux que les autres versions que j'avais vues, la peau montrait des imperfections, et des expressions habituelles, causées par les sentiments dominants de sa vie que j'ignorais, avaient tracé de fins sillons. Pourtant, je le reconnus à l'instant; c'était lui qui m'avait attiré, sans interruption, par-dessous les autres.

« J'ai bu pas mal de vodka hier soir, dit-elle. Vous avez déjà essayé? C'est vrai que ça ne donne pas la gueule de bois, mais j'ai l'impression que mon sang s'est évaporé comme une bouteille d'alcool à brûler qu'on n'a pas rebouchée. Vous connaissez des Polonais? C'en est plein ici, maintenant. Vous avez peut-être fait la connaissance des

Bolnadoski, Freddie et Basha, une blonde ravissante ? Nous étions dans leur troupe et, bien entendu, les Polonais sont capables de boire n'importe quoi, sans s'arrêter.

– Comment vont les présentations de mode ? Pas encore partie pour l'Italie ?

– Ah ! ça. » J'aurais aussi bien pu parler d'un fait de son passé le plus reculé. « Je monte à cheval du matin au soir, je m'entraîne pour le concours. Vous savez que Colin et Billy m'ont demandé de monter Xantippe dans le parcours d'obstacles ? Je suis arrivée troisième avec elle, deux fautes, dans l'omnium. »

Je me rappelais que Colin et Billy étaient les noms des jumeaux rencontrés chez les Alexander, mais quant à Xantippe... Elle s'en aperçut et dit : « Naturellement, vous avez entendu parler de Xantippe ?

– Quelle teigne. »

Elle se rembrunit. « Ridicule, les gens sont jaloux d'elle. Une fois qu'elle a compris qu'on ne supporterait pas ses histoires, c'est le cheval le plus docile du monde.

– C'est moi qui raconte des histoires. Et alors, Xantippe ?

– C'est le cheval le plus célèbre d'Afrique du Sud, la même chose que Foxhunter en Angleterre, vous avez quand même entendu parler de lui ? »

Nous bûmes un café que nous apporta une jolie petite Africaine rieuse, surchargée de bijoux, et Cecil lui dit : « Oh ! Eveline, tu es un amour ! » et continua à parler du concours hippique auquel elle avait participé.

« Alors, vous avez mis votre carrière de mannequin au rancart », dis-je enfin.

Elle répondit très vite, comme si ce sujet la faisait bâiller : « Je ne suis vraiment pas faite pour poser pendant des heures, enfermée entre quatre murs.

– C'est le cheval à toutes les sauces, en ce moment, pas vrai ? »

Elle posa d'une secousse son menton sur sa main et souffla un immense écran de fumée entre elle-même et sa tasse à café. « C'est le genre de vie que j'ai toujours connu. » J'étais ravi de voir à quel point elle avait tout de la garce qui boit sec et crève les chevaux sous elle, exactement comme au Stratford elle s'était drapée dans le narcissisme impressionnant du mannequin.

Je m'assurai solidement sur mes pieds et dis : « Ce n'est pas ce que vous m'avez raconté. Vous m'avez dit que vous étiez fille de boucher et que, comme votre père possédait quelques chevaux, vous avez fini avec un genre de vie qui va de pair avec une classe et un pays qui ne sont pas les vôtres. »

Elle ne broncha pas. « Je devais être folle, ou plutôt ivre. »

Notre conversation retrouva plus de vigueur, se fit naturelle et commença à nous plaire. On sonna un peu plus tard, et cette fois, c'était bien l'Armée du Salut. Elle m'extorqua un peu de monnaie pour la collecte et, en revenant dans la pièce, fut assaillie d'une espèce d'embarras impuissant devant son déshabillé et resta plantée debout à se passer la main dans les cheveux et à relever le coin de ses yeux en appuyant ses doigts sur ses tempes.

« Il faudrait que je m'habille, il n'y a pas, il faut que je m'habille », répétait-elle. Elle serrait étroitement sa robe de chambre autour d'elle, poussait de petits cris devant les taches, comme si elles étaient apparues depuis mon arrivée, et crispait les orteils comme si ses pieds nus lui faisaient honte. Je savais qu'elle sentait que je la regardais, mais je ne pouvais pas m'en empêcher. Puis elle sortit de la pièce et quand elle revint, après son bain, habillée, c'était la fille que tout le monde trouvait jolie, sans rien d'extraordinaire, dont j'avais fait la connaissance chez les Alexander.

Nous poursuivîmes tout haut les pensées qui nous avaient préoccupés pendant que nous étions chacun dans une pièce différente.

« Qu'est-ce qui vous a poussé à venir, après si longtemps ? » demanda-t-elle en attachant un bracelet autour de son poignet et en secouant le bras, comme un chien qui s'habitue au poids de son collier.

« J'ai vu le nom de votre rue. Où est votre gosse ? C'est une fille, n'est-ce pas ? – Un garçon. Il passe le week-end avec ses grands-parents, répondit-elle, l'esprit ailleurs.

– Vous ne lui êtes pas attachée du tout ?

– Ne soyez pas ridicule, je l'adore. »

D'où elle était assise, sur le sofa, ses belles jambes aux chevilles fines croisées, elle considérait son living-room avec l'impuissance critique dont elle faisait preuve envers elle-même avant d'être habillée. La pièce n'était pas une réussite. Un bouquet venu de chez un fleuriste avait trépassé dans son vase. (Je me demandais qui l'avait envoyé, et à quelle occasion.) L'imprimé d'inspiration moderne des coussins et des doubles rideaux qui flottaient, flasques, devant la porte du balcon, était un mélange de masques et de visages, jaunes et noirs, l'air mauvais, les yeux louches, comme découpés dans une citrouille. Il y avait deux lampes de porcelaine noire dont le tronc était percé de trous irréguliers, comme si quelqu'un avait rêvé d'Henry Moore dans un magasin de porcelaine d'art, et une immense gravure d'un vase de magnolias, toute en chatoiements d'eau et en lumières pastel, image renvoyée par un miroir flatteur. On se sentait dans une pièce faite de tentatives successives, dont chacune s'était perdue dans la suivante.

« Ce n'est pas une raison très convaincante », dit-elle, songeuse, en allant pêcher une cigarette dans un coffret en argent terni. Elle parlait de la raison que j'avais donnée de ma visite, le nom de rue reconnu.

« Pouah! elles datent d'au moins trois mois. »

Je me levai pour lui offrir une de mes cigarettes. Elle continuait à me regarder d'un air interrogateur.

« Je ne sais pas. J'avais le mal du pays. J'ai eu des empêchements. De toute façon, vous avez, vous aussi, été très prise.

– Enfin, vous n'êtes pas pris aujourd'hui, à ce que je vois », remarqua-t-elle. Il y avait déjà une heure que j'étais là.

« Oh, vraiment! Je vous empêche de faire quelque chose. Je suis navré! »

Elle se mit à rire. « Je suis libre comme l'air. La seule chose, c'est que je dois être chez Hamish et Marion pour déjeuner. Et vous?

– Je ne peux pas arriver comme ça, encore une fois, dis-je.

– Balivernes; les gens arrivent comme ça tout le temps. C'est ce qui leur plaît. »

Je dis, emporté par le désir soudain de me raconter : « J'ai eu récemment des aventures curieuses. »

Elle répondit, avec intérêt et une pointe d'envie : « Vraiment? Expliquez-moi ça, et d'abord qui connaissez-vous? Qui sont ces amis mystérieux avec qui vous passez votre temps?

– Je suis allé dans les quartiers indigènes pas mal de fois; c'est extraordinaire, vous savez.

– Où ? Quels quartiers ? » Il était évident qu'elle n'avait pas la moindre idée de ce dont je parlais.

« Les quartiers africains, Sophiatown et les autres.

– Oh ! je vois ! » Sa voix adopta immédiatement le ton du vieux Londonien à qui un touriste raconte que la Tour de Londres vaut le déplacement. « Tous ceux qui arrivent ici se mettent dans tous leurs états au sujet des bidonvilles indigènes. C'est vrai qu'ils sont épouvantables. Marion donne un coup de main dans une crèche, dans un endroit comme ça; Alexandra, ou bien un autre, je ne suis pas certaine.

– Hier soir, je suis allé à une pendaison de crémaillère, à Sophiatown. »

Elle ramena ses jambes sur le sofa et s'assit bien au fond, intriguée, souriante. « Oh ! non, une pendaison de crémaillère, s'il vous plaît ! »

L'envie de parler se referma sur elle-même aussi vite qu'elle s'était épanouie. « C'était quelque chose, dis-je, pas très brillant, en souriant.

– Il faut voir Eveline, de temps en temps, quand elle met ce qu'elle a de mieux. Elle a une vieille robe blanche à moi qui lui donne une allure étonnante. Elle dépense jusqu'à son dernier sou en vêtements et, sans blague, elle est bien plus élégante que pas mal de Blanches quand elle s'en donne la peine. »

Je demandai : « Au fait, comment vont Kit et le Karrou ? et, prompte à changer de sujet, elle attaqua : – Il faut que je vous dise. Hamish vient d'y passer deux semaines... » et se lança dans d'interminables bavardages malicieux sur les Baxter.

J'achetai une énorme gerbe de lis et de roses à un marchand italien, au coin d'une rue, en allant chez les Alexander, sans trop espérer que des fleurs, dont le jardin de Marion Alexander regorgeait de toute façon, atténueraient le fait éclatant que j'arrivais sans prévenir une fois de plus à Maison Haute, attiré surtout par la compagnie d'une invitée plus assidue. Mais je n'avais pas à me tracasser; comme ces éditeurs de collections bon marché de romans à deux sous qui doivent absolument avoir une longue liste de titres disponibles, les Alexander tenaient à ce que le catalogue de leurs invités soit varié et bien rempli, et voyaient d'un bon œil la présence de parasites occasionnels mais présentables de mon espèce, qui ne pouvaient ni ne voulaient rendre les invitations. Comme d'habitude, c'était un déjeuner de gala servi, cette fois, puisqu'on était au cœur de l'été, dans le jardin, près de la piscine – une espèce de partie de campagne à la Watteau, où les fraises frappées dégoulinaient de marasquin dans des jattes de crème, et où coulait à flots un vin ambré dont les femmes abandonnaient des verres n'importe où dans l'herbe. Il y avait les mêmes gens aimables que les autres fois, toujours prêts à dire beaucoup de choses à propos de rien, dont la compagnie semblait mater, par quelques slogans, les peurs, les joies, les bizarreries et les malentendus de la vie, comme un tigre enfermé dans une cage à mouches. L'ombre effleurait l'herbe comme une dentelle d'écume tenue sur une mer calme. De temps à autre, la piscine faisait un gigantesque clin d'œil sous le soleil, et les rires et les voix paraissaient tout à coup monter d'un ton.

J'empruntai un slip pour me baiger et, plus tard, une tenue d'équitation pour faire une promenade avec Cecil qui voulait m'impressionner sur son cheval, ou plutôt l'un des chevaux des Alexander. Elle m'observait avec indulgence, comme partagée entre le désir de me voir me couvrir de ridicule, et le besoin de se rebiffer pour peu que quelqu'un suggérât, d'un mot ou d'un regard, que c'était exactement ce que je faisais. En fait, elle voulait me voir réussir et échouer, ce qui me stimulait au niveau souterrain d'échanges muets, parfois inconscients, où les gens se cherchent ou se fuient. Mais dans le monde à découvert de l'enclos des Alexander, cela ne m'atteignait pas, car, comme je n'ai jamais fait d'étincelles dans le domaine des sports, je goûte vraiment – par pure indifférence – la joie de l'effort pour lui-même, que les sportifs, les dents serrées d'ambition, veulent affecter. Cecil fit faire au cheval une série d'exercices de dressage (ce n'était pas la célèbre Xantippe qu'elle montait) et lui fit franchir quelques obstacles; elle montait évidemment très bien, mais avec un peu trop de sérieux, à ce qu'il me sembla, comme si elle ne voyait, dans tous les mouvements qui y menaient, que l'aboutissement heureux de chacun des exercices qu'elle effectuait avec le cheval. Quelques invités étaient venus, en se promenant, jusqu'à l'enclos, histoire de voir, et échangeaient réflexions et murmures d'approbation; les jumeaux, tout juste arrivés, poussaient des braillements de plaisir qui avaient tout du réflexe conditionné, chaque fois qu'elle se retrouvait de l'autre côté d'un obstacle : « Bravo! C'est bien, ma poulette! » Pourtant, elle ressortit du manège préoccupée et même maussade, comme un jockey qui, après la course, se retrouve les pieds au sol, isolé de la foule hurlante.

Quant à moi, je retirais un bien-être fait de l'accalmie de tous les sens du caractère de ma présence chez les Alexander ce jour-là; jusqu'aux vêtements empruntés qui contribuaient à la sensation que je piochais gratuitement dans les plaisirs d'une vie dont je n'avais pas à assumer la responsabilité, plaisirs pour lesquels je ne réglerais pas l'addition, même pas dans mes comptes personnels. Plaisirs, en fait, pour lesquels je n'aurais sans doute pas aimé du tout avoir à payer.

Je revis Cecil plusieurs fois la semaine suivante. Je l'emmenai voir une pièce dont je ne crois pas qu'elle lui plut beaucoup, et, un autre soir, dîner dans un restaurant dont elle avait entendu parler. Chaque fois que j'allais la chercher, elle était habillée à ravir, très belle, et il ne m'était pas difficile de l'accompagner comme si je convoyais un charmant objet d'exposition, attentif à ce que les portes ne coincent pas sa robe, à ce que le vent ne dérange pas sa coiffure; elle ne me troublait pas le moins du monde. A chaque fois, au moment où la porte claquait, elle abandonnait son appartement comme une vieille chrysalide et, du fait que son petit garçon était déjà au lit quand j'arrivais, tout ce que je vis de lui fut, un jour, un dessin au pastel d'un soleil tout souriant, et un être aux jambes aussi longues que les ombres du soir qui gisait sur le plancher de l'entrée. Quand elle avait bu quelques verres, Cecil devenait toujours très enjouée, comme un chat sur qui on peut compter pour un ronron quand il a bu son lait, et nous en étions tous deux au point où, pour l'autre, la réserve de petites histoires et d'anecdotes est neuve, si bien qu'on se prend mutuellement pour une mine de charme et d'esprit.

Steven me téléphona, mais je ne réussis pas à le voir; il arriva un jour au bureau, à l'heure du déjeuner, en compagnie d'un Indien, pour m'inviter à un match de boxe. Son élégance me stupéfiait toujours, je ne pouvais concevoir comment ce pantalon au pli coupant comme une feuille de papier, ces chaussures de daim bien brossées, cette cravate qui tombait avec tant de souplesse pouvaient sortir des arrangements de fortune permanents au milieu desquels il vivait. Cela me faisait prendre une conscience lugubre du fait que, par contraste, je ne reflétais que trop bien l'état de mon appartement; il arrivait que ma chemise n'ait rien de trop propre parce que j'avais oublié de préparer le ballot de blanchissage, des boutons manquaient aux manches de mon costume, et je continuais à porter mes chaussettes tant que les trous ne se voyaient pas quand j'avais mes chaussures.

« On ne te voit plus, dit Steven. Je suppose que c'est ta voiture. Je te présente Lucky Chaputra, évidemment tu as entendu parler de lui.

– Si oui, c'est le moment d'oublier », dit l'Indien d'un air tout content.

Je m'étonnais de l'échantillonnage bizarre de choses dont j'étais censé avoir entendu parler à Johannesburg. Nous échangeâmes une poignée de main, et Chaputra sortit immédiatement de sa poche un morceau de viande séchée qu'on appelle *biltong* en Afrique du Sud et, après en avoir offert à tout le monde, se mit à manger, sans perdre son air satisfait.

Il prit la chaise que je lui offrais, mais Steven, selon son habitude, préféra arpenter le bureau pendant que nous discutions, détaillant chaque chose de son regard aimable et interrogateur, se juchant là où bon lui semblait. « Lucky vient d'aller en Inde, dit-il comme si c'était là un caprice inexplicable auquel céder.

– Ça lui a plu? »

Le sourire de l'Indien se resserra autour de la lanière de viande coriace, décolla un morceau particulièrement succulent. « Epouvantable, répondit-il, la bouche pleine. Bon sang, je n'y vivrais pas pour tout l'or du monde. Vous savez qu'à Bombay il y a des centaines de gens qui couchent dehors? C'est la vérité. C'est là qu'ils habitent, ils couchent dans la rue tous les soirs.

– Pire que les indigènes ici », dit Steven en ouvrant la bouche et en retournant la langue pour explorer l'alvéole d'une de ses dents, en même temps qu'il dilatait ses narines. Il gloussait tout seul.

L'Indien parlait anglais avec l'intonation et l'accent sud-africains; quand je détournais les yeux du visage sombre et dodu, des yeux au brillant de satin, des dents blanches, des cheveux noirs et épais qui partaient dans tous les sens, et dont il tirait ce mélange de caractère oriental et d'adolescence insolemment occidentale que semblent posséder tant d'Indiens en dehors des Indes, j'aurais tout aussi bien pu entendre la voix de n'importe quel jeune Sud-Africain blanc que je croisais chaque jour dans la rue. Je lui demandai à quelle époque sa famille était venue des Indes.

« Mon grand-père est né ici, dit-il. Je ne l'ai pas connu. Mais, croyez-moi, je vous laisse l'Inde de bon cœur. »

Comme nous ne pouvions aller nulle part déjeuner ensemble, je pensai faire monter des sandwiches dans le bureau. Je passai dans la seconde pièce pour demander à Miss McCann, qui partait déjeuner quelques minutes plus tard, de me les commander à l'endroit habituel.

« Deux au jambon, deux au fromage? »

C'est ce que je mangeais presque tous les jours, quand je ne sortais pas.

« Non, bien sûr que ce ne sera pas assez. Un assortiment de sandwiches, pour trois. »

Elle ne disait rien et gardait les yeux fixés sur le crayon qu'elle avait à la main, comme si elle attendait que je m'en aille. Revenu dans mon bureau, je me souvins de lettres personnelles à poster et appuyai sur le timbre pour l'appeler. Nous étions en train de discuter, et j'avais oublié pourquoi j'avais sonné quand elle apparut. Elle restait debout dans l'embrasure de la porte et ne disait rien. Je dis : « Oui, Miss McCann? » Elle répondit au bout d'un moment : « Vous avez sonné, Mr. Hood. » J'eus l'impression qu'il y avait quelque chose de ridicule dans cet échange de paroles; puis je compris que c'était parce qu'elle restait plantée comme ça à la porte au lieu d'entrer dans la pièce.

« Oh! oui, fis-je en me rappelant. Vous voulez bien ajouter ça au courrier? » et je lui tendis les lettres. Elle resta un moment sans bouger et, en un éclair, je saisis la situation et lui dis, en agitant les lettres : « Tenez. » J'étais debout à les lui tendre, comme on offre une feuille de salade à un lapin pour l'amadouer, et elle approcha lentement, sans me regarder, sans regarder les autres. Mais au moment où elle les prenait, je l'arrêtai : « Une seconde : celle-ci part par avion, et encore celle-ci, mais pour celle-là, demandez, elle pourrait peut-être partir par la voie normale, essayez de savoir combien ça prendrait de temps? » Et je la gardai ainsi peut-être deux minutes, dans ce bureau, incapable d'en sortir. Steven entama un discours exagérément désinvolte, plein d'esbroufe, paradant le fait qu'il connaissait mes habitudes et, au moment où Miss McCann prenait les lettres et sortait, dit d'un air hautain et désenchanté : « Où est cachée la bière, aujourd'hui, Toby? Toby a toujours une bouteille ou deux planquées dans un coin... »

La porte se referma derrière elle, irrévocablement, catégoriquement, la poignée se leva d'abord, puis le pêne s'engagea. J'avais le cœur qui me martelait la poitrine, et je sentis soudain en moi de l'irritation contre Steven, pour s'être comporté aussi mal que la fille. Pourtant, après tout, il n'avait pas d'autre choix que cette grossièreté en creux qui consistait à ne pas la voir; je comprenais, maintenant, qu'il n'avait pas osé faire preuve d'une courtoisie normale en la saluant, comme tout homme qui s'attend raisonnablement à pouvoir dire « Bonjour » à une femme.

Il était vrai que j'avais bien deux bouteilles de bière dans un placard, en prévision des jours où je déjeunerais au bureau, en vertu du principe, auquel moi-même je ne croyais pas, que cela rafraîchissait en été. Nous les bûmes, toutes tièdes qu'elles étaient, dans des verres que je trouvai, rangés sales, dans le placard (Amon avait pris une journée pour s'occuper des affaires de sa mère à Jagersfontein) et, enfin, les sandwiches arrivèrent. L'Indien, souriant, regardait dans tous les coins de la pièce en mangeant et me posait des questions directes, à propos, sur les activités d'Aden Parrot en Afrique du Sud, à peu près comme si on l'avait chargé d'évaluer l'actif de la maison. Le tout mené avec la politesse alerte du commerçant bien rodé; bien que sans doute plus âgé que moi d'un an ou deux, il allait jusqu'à me donner du « Monsieur ». Quand il s'absenta pour quelques minutes, la porte se refermait à peine sur lui que Steven disait, avec des airs d'imprésario : « Tu sais qui c'est? Tu te souviens, cette série de cambriolages à Hillbrow? Tu étais déjà arrivé, je suis sûr que si. Le grand procès où un des témoins s'est volatilisé? Tu te souviens? Eh bien, c'est ses gars. C'est Lucky Chaputra. C'est pourquoi il est parti en Inde, pour se faire oublier. Ils n'avaient pas de preuves contre lui, mais ils savaient que c'était toute son équipe. Pas pu le coincer sur quoi que ce soit.

– Et maintenant, à quoi il s'occupe? demandai-je.

– Il se repose. Il est bourré de pognon. Bon dieu, s'il était blanc, ce serait un magnat des mines, ou quelque chose d'approchant. Il est plus malin qu'une portée de singes. Il y a un Blanc qui joue en bourse pour lui – oui, il s'est fait autant de fric qu'un curé peut en bénir avec les actions des mines d'or. Mais il ne tient pas en place, il ne sait pas quoi faire de sa peau. »

Chaputra revint dans la pièce, gloussa et dit : « Personne ne m'a vu. » Il s'était glissé dans les toilettes de l'immeuble qui étaient, bien sûr, réservées aux Blancs. Il me serra la main et me remercia de son accent balourd d'Afrique du Sud : « Ben alors, c'était un fameux déjeuner. Merci, Mr. Hood. » J'eus l'impression d'avoir fait sortir un pensionnaire.

« Je voudrais que tu voies sa Cadillac. » Steven en soulevait ses grands bras d'extase. Puis il me murmura en sortant : « Je sais bien qu'avec toi ce n'est pas la voiture, j'imagine que tu as une histoire de femme sur les bras. Bah, on y passe tous, à un moment ou à un autre.

– Je regrette pour ce soir, j'aurais aimé voir le combat. Et la semaine prochaine, tu as prévu quelque chose lundi soir? »

Aussitôt, il sombra dans le vague, l'air implorant, ce qui était un artifice, je l'avais remarqué précédemment, qu'il employait pour masquer le fait que, pour lui, la semaine prochaine était trop éloignée dans le temps pour avoir la moindre réalité.

« Eh bien, tu vois, je ne sais pas, il est possible que je m'absente pour affaires pendant quelques jours...

– Pour affaires? Qu'est-ce que tu as comme affaires en dehors de Johannesburg? »

Il opéra une sortie pleine de grâce, en se pavanant, secoué d'un rire qui rendait le mensonge et la dérobade bénins, et me combla d'éloges démesurés sur ma perspicacité, pourtant bien modérée.

Cet après-midi-là, avant de quitter le bureau à la fin de sa journée, Miss McCann, fortement imprégnée de l'odeur d'eau de lavande qu'elle venait de vaporiser, apparut dans mon bureau, en compagnie d'un jeune homme blond et rougeaud que j'avais une ou deux fois salué d'un signe de tête quand il venait la voir. Ç'aurait pu facilement être son frère, un membre de la famille qui l'aurait précédée, et aurait récolté plus que sa part de la vitalité épuisée avant qu'elle ne fût conçue, mais, tandis qu'il entrait sur ses talons, je compris une chose qui aurait dû me frapper plus tôt : c'était son petit ami. Je pensai qu'ils étaient venus m'annoncer quelque chose – peut-être leur mariage – et arborai le sourire d'attente de circonstances qui se heurta, chez le jeune homme, à un regard glacial et plein de morgue, et à rien du tout chez Miss McCann dont les yeux ne quittaient pas le plumier rempli de vieux crayons et de stylos-bille usés placés devant moi.

La gêne s'installa comme une couche de poussière dans la pièce.

« Je sais que je vous dois deux semaines de préavis, dit la jeune fille de sa voix éteinte, mais j'aimerais que vous me laissiez partir, je veux dire sans attendre. »

Le jeune homme fit un pas pour se rapprocher d'elle, en me fixant droit dans les yeux. On voyait à sa bouche qu'il se disait, tout bas, en son for intérieur, des choses qui n'effectueraient pas le passage du cerveau à la langue et ne sortiraient jamais, sauf sous forme de cri honteux et étranglé.

Je répliquai : « Je vois. Quand voulez-vous partir ?

– Je veux terminer maintenant, ce soir. »

Je dis, en essayant de ne pas laisser mon indifférence tomber dans l'exagération : « Vous avez fait votre compte, avec les congés-payés et tout ça ? »

Elle murmura, sur un ton avant-coureur des larmes : « Oui. »

J'imaginai tout à coup comme elle serait laide si elle se mettait à pleurer; peut-être que son visage, déjà tellement quelconque, se dissoudrait totalement. J'eus pitié du jeune homme trapu, bourré de rancœur.

Elle me tendit un morceau de papier où elle avait dactylographié la somme avec soin. Je fis un chèque et on n'entendait que la plume qui effleurait le papier et le souffle du jeune homme. Elle prit le chèque et sortit, le jeune homme sur ses talons, comme un taureau qu'on a fait entrer dans l'arène, puis ressortir, sans exploiter les instincts aveugles qui étaient en lui. Avant de fermer la porte, il tourna la tête, s'arrêta un instant et sa pause était dirigée contre moi. Je dis : « Oui ? » Mais, comme je l'avais pensé, ce qui s'agitait en lui était trop confus, trop mal compris, pour se manifester par des paroles ou des actions. Ils disparurent.

Un long moment, je me sentis vibrer de forfanterie, je voulais me persuader que j'avais pour de bon insulté et menacé la jeune fille. J'arpentais la pièce étroite, au comble d'une agitation nerveuse, qu'une autre partie de moi-même, bizarrement détachée, observait fébrilement, comme un chercheur observe dans son propre corps les manifestations de la fièvre qu'il peut enfin décrire subjectivement. Comment se fait-il que je n'écartais pas de mon esprit, sans y penser une seconde de plus, cette espèce d'idiote et ce stupide incident ? C'était un incident qui, étant donné le concours de circonstances et les protagonistes, était tellement prévisible que c'en était un cliché. En toute objectivité, toute cette affaire aurait dû me raser. De fait pourtant, une fois embarqué dedans, ce n'était pas rasant, ce n'était pas ressenti comme une situation sociale courante, car une fois impliqué, tous les éléments laissés dans l'ombre et sur lesquels se fondent les réactions prévisibles font surface et prennent le dessus; on ne peut en tenir compte auparavant, car certaines situations seulement les mettent en branle. Si de telles circonstances ne se produisent pas, on peut traverser la vie en toute innocence, sans soupçonner leur existence potentielle.

Comment aurais-je pu savoir, comment quiconque aurait-il pu savoir qu'il en était ainsi ? Cette gêne maligne, quelque chose qui ressemblait à un mauvais sort, au moment d'un rêve où l'on tient absolument à parler et où rien ne sort de la bouche ouverte, et qui avait d'un seul coup englouti tout ce qu'il y avait de normal dans une pièce où j'étais assis, entre deux hommes et une fille terne qui serait tout juste capable, pour s'affirmer, dans la vie, de tricoter au crochet un manchon pour sa théière. Comment avions-nous pu, tous autant que nous étions dans cette pièce, sécréter cela ? L'odeur de putois de l'esprit, dans laquelle on m'avait plongé la tête et dont je ressortais maintenant les yeux larmoyants, le souffle court, prends-en plein la gueule, mon garçon. Et tout cela était tellement stupide et mesquin. Une pauvre fille s'imagine qu'elle est trop bien pour entrer dans un bureau où un Blanc déjeune avec deux Noirs. C'est tout. Et pourtant, j'étais tout frémissant d'irritation, à mépriser la fille, à brûler de casser la figure au jeune type blanc, à m'énerver contre le Noir. Un vrai sauvage! me répétais-je sans fin. Un vrai sauvage! Et j'aurais été bien incapable de dire si je pensais à Steven (j'avais sans cesse à l'esprit une image cruelle de lui, endimanché – me disais-je – comme il croit que s'habille un monsieur, un sourire affecté et mondain d'acteur de cinéma sur son visage noir) ou au prétendant fruste et rougeaud de Miss McCann, ou à moi-même dans cet état inhabituel d'agressivité et d'agitation.

Rien au monde n'occupe autant que la conquête d'une femme comme l'ont démontré, depuis Antoine, des hommes de tous acabits et, comme j'avais convenu de retrouver Cecil au Stratford à six heures, mon esprit occupé de sa pensée, tandis que je me préparais à quitter le bureau et à la rejoindre, eut vite fait d'enfouir l'incident sous le couvercle de la journée écoulée. Au diable les Noirs, les Blancs et, en fait, toute la gent masculine. Ô l'orbite délicieuse, qui allait en se resserrant, de la soirée, le premier whisky qui se dissout dans le sang comme une paix, une attente, les glaçons qui tressautent dans le verre, et la femme qui, après une telle débauche de pensées, d'hypothèses, une telle densité de souvenirs pendant l'absence, ne se laisse plus voir, si bien qu'on ne saurait décrire son visage ou la robe qu'elle porte, même s'il le fallait absolument – la présence totale de la femme, imaginaire, réelle, tout à la fois, près de soi.

Pendant que l'ascenseur dégringolait à travers les étages de l'immeuble, l'idée me vint, pour ainsi dire de l'extérieur, que peut-être je ne parlerais pas à Cecil de ce qui s'était passé; en toute franchise, c'était un soulagement de penser que rien ne m'y obligeait, sans avoir à me fournir de raisons à moi-même. A la manière orientale, j'assimilais, je suppose, femmes et plaisir; je me débattais comme un beau diable contre tout empiètement sur ce territoire gardé.

Cecil n'aurait pas à subir les épreuves auxquelles Miss McCann avait échoué. Personne n'avait besoin de savoir comment elle s'en serait sortie.

Elle était assise à la table que nous avions déjà occupée plusieurs fois. Elle me regardait arriver avec ce sourire à bouche tombante qui était toujours comme un défi, et vous poussait à vous dépasser, on ne sait trop dans quel but. Elle dit : « Où se trouve Chibuluma ?

– Pourquoi ?

– J'écoute ce que disent ces deux-là. Ils se disputent à ravir. Elle veut qu'il accepte une situation là-bas, et il lui répond que, même s'il n'aime pas le " cinoche ", il est content de savoir qu'à Johannesburg il a le choix entre quarante " cinoches " s'il veut y aller.

– Je crois que c'est quelque part au fin fond de la Rhodésie du Nord.

– Laissez-moi écouter encore un peu. Quand j'étais petite, je ne mangeais jamais rien au restaurant, j'étais bien trop occupée à écouter les gens. On dit qu'on n'entend jamais dire de bien de soi-même, mais pensez un peu à ce qu'on entend sur les autres. »

VIII

Mon attachement pour Cecil fluctuait avec un manque de logique bizarre. Nous nous perdions de vue pendant des jours, puis nous nous retrouvions. Cela ne ralentissait, ni n'altérait ni n'étouffait ce qu'il y avait entre nous. Elle m'était étrangère, je m'en rendais compte; très différente des deux ou trois femmes avec qui j'avais eu des aventures à Oxford, et de la jeune fille dont je m'étais épris à Londres. Si chacune de ces femmes sortait d'un milieu, avait eu une enfance sans aucun rapport avec les miens (et c'était, sans conteste, le cas de la jeune fille d'Ebury Street), du moins avions-nous chaque fois tous deux notre place dans le très, très vieux dessin d'un pays au long passé, et nos os avaient en commun avec ses pierres une mémoire ancestrale. Si nous ne savions pas ce que nous étions, nous savions ce que nous avions été, et cette continuité n'était pas rompue par le traumatisme causé par la naissance de plusieurs générations au milieu d'une civilisation nouvelle.

Comme beaucoup de jeunes d'aujourd'hui, Cecil était entrée dans une vie qui ne paraissait pas avoir beaucoup de sens pour elle; la seule différence est qu'elle croyait dur comme fer qu'il existait encore, intacts, des styles de vie qui avaient un sens. Chez elle, la difficulté venait de ce que, quand elle s'efforçait de se plier à l'un ou l'autre, on aurait dit qu'elle déchiffrait une formule chimique à laquelle un des ingrédients manquait toujours. Elle semblait ne jamais mettre en question la validité des choses qu'elle entreprenait, qu'elle ait décidé d'être mannequin à Rome ou championne de saut au concours hippique, mais comme un chien de chasse dont on n'a pas su développer le flair, elle n'était pas sûre de la trace et courait de tous côtés, sans cesser de se retourner pour interroger, inquiète de savoir si elle s'y prenait comme il faut, et selon les lois de l'étiquette. Rien ne lui venait spontanément.

Elle ne parlait presque jamais de son mariage, sauf en passant, non, je crois, parce que cet échec était pour elle trop important ou trop douloureux, mais parce qu'elle avait honte d'y penser si peu. C'était comme cette robe qui, disait-elle, « n'avait jamais rien donné » et que j'avais retrouvée, un jour, en boule au fond d'un placard où elle m'avait envoyé chercher une bouteille thermos. Elle vivait le jour présent, la minute, et si le passé ou le futur l'empoignait, se débattait mollement dans des états d'âme que, à observer, on identifiait, mais qu'elle-même ne savait pas ratttacher aux événements de sa vie. Elle avait le cafard : alors, elle transférait ses sentiments du particulier au général.

Un dimanche après-midi, nous descendions ensemble à cheval la vallée que dominait la maison des Alexander, lorsque nous tombâmes sur une maison abandonnée. C'était au début de novembre quand, à Johannesburg, une lumière théâtrale incroyable s'interpose entre la ville et le ciel. Les pluies d'été, englouties si rapidement que la terre résonnait sous le pied les lendemains d'orages et de trombes, avaient fait naître instantanément une masse luxuriante de feuillage vert foncé absolument étonnante; tous les arbres, conifères, eucalyptus, acacias, saules, érables et peupliers arboraient un panache abondant. Au cœur de la verdure d'un noir-bleu, comme l'illusion d'optique d'une floraison créée par l'air moite, on voyait d'énormes traînées violettes et des brouillards mauve pâle – les jacarandas en fleur et, par-derrière, par-dessus, le ciel lourd de pluie contenue, bleu-violet d'électricité, échangeait avec les arbres la couleur de l'orage.

L'air était frais, tout d'une pièce, et les chevaux remontaient l'allée mal entretenue sous une autre rangée de jacarandas. Comme toujours le dimanche, on entendait des roulements de tambour et des chants lointains quelque part au milieu des arbres, là où des groupes d'Africains, domestiques dans les banlieues avoisinantes, étaient réunis pour la prière; et Cecil me racontait une anecdote sans fin sur la première femme de John Hamilton, le chasseur de crocodiles ami des Alexander (il était chez eux ce jour-là), avec la jubilation que procurent aux femmes les iniquités de leur sexe. Les chevaux s'arrêtèrent d'eux-mêmes sur la terrasse envahie de mauvaises herbes où pourrissaient les feuilles de l'année précédente, et elle dit avec vivacité, comme pour répondre à une suggestion : « Alors, allons-y, entrons. » Nous attachâmes les rênes à un crochet qui avait dû autrefois soutenir le montant d'une marquise et avançâmes en martelant les dalles. Nous collions le nez aux fenêtres, secouions la porte d'entrée quand Cecil dit : « Oh! regardez! » et courut cueillir une rose jaune dans les buissons qui élevaient une barrière enchevêtrée et acérée en travers des marches de la terrasse. Les ronces griffèrent ses bottes. Datant tout au plus de dix ans et, d'après l'état de la peinture, vide depuis six mois au maximum, la maison avait cet air de ruine que toutes les choses, fruits du travail de l'homme, prennent aussitôt qu'il les abandonne.

« Oh! je veux entrer! » dit-elle en secouant la porte-fenêtre qui ouvrait sur la terrasse. Je regardai un peu partout. Quelqu'un avait commencé à transformer l'étage supérieur mais n'avait jamais terminé; les maçons avaient laissé des planches et des cordes et la brique nue béait là où on avait enlevé la moitié d'un pignon. Nous riions et nous débattions tandis que je m'efforçais de la soulever pour qu'elle essaie une fenêtre prometteuse, au carreau cassé, mais c'était sur le côté de la maison où il n'y avait pas de terrasse pour réduire la distance sol-fenêtre, et elle n'atteignait pas la poignée. Notre résolution d'entrer en devenait absurde. « Eh, une minute, si on approchait Danny et que vous montiez sur son dos? – Non, on essaie d'abord la cuisine. » Sur ce, elle fit demi-tour, traversa la cour en courant devant moi et secoua la porte de la cuisine; celle-ci tenait bon, et elle se résigna tout de suite, comme quelqu'un qui cherchait à convaincre l'autre de recourir à son propre plan, escalada les trois marches de la porte suivante dont elle saisit la poignée solidement à deux mains. Mais dès qu'elle la toucha, la poignée céda. Elle se retourna vers moi, étonnée et souriante. Et nous entrâmes l'un derrière l'autre. C'était la porte de l'arrière-cuisine et, de là, nous passâmes dans la cuisine. « Des indigènes ont dû forcer la porte », dit-elle. C'était un chaos de vide et de verre brisé; les portes des placards étaient arrachées, l'installation électrique gisait en morceaux sur le plancher comme une gelée blanche : elle semblait encore la proie de l'instant où on l'avait saccagée. Dans le couloir et les pièces de séjour, le plancher était couvert de crottes de souris et, partout, dans chacune des pièces vides, des traînées de duvet argenté, arrachées par le vent aux bourgeons de saule du jardin, se soulevaient et redescendaient dans le courant d'air que nous déplacions.

« Ça a du être une belle pièce », dit-elle en se mettant près de la porte-fenêtre et en regardant à l'extérieur à travers les vitres sales, à partir d'un cadre imaginaire. Dehors, nous voyions hennir un des chevaux, sans l'entendre. Elle explorait les pièces une à une, touchait les fils électriques qui pendaient au mur, arrachés, les prises vides, les appliques. « Le téléphone devait être là. – Ça, ce devait être une lampe. » La tristesse s'appesantit sur ses mouvements; la tête pleine de questions, elle prit ma main et s'y cramponna, sans me voir. Pensait-elle à des endroits abandonnés à un tournant de cette vie qu'elle méprisait, à des lumières effleurées du doigt, à une disposition des pièces que ses pieds avaient appris à connaître comme le fait un aveugle? Ce n'était peut-être pas aussi simple que cela; l'inconfort du vide semblait sonder les profondeurs de son être; elle avait conscience de la profondeur et du silence, de messages que le téléphone ne pouvait transmettre, d'un besoin d'être rassurée que l'électricité ne satisfaisait pas.

Elle avait très peur d'elle-même, comme beaucoup de gens actifs. Je pressentais cette peur et, tout émoustillé, commençai à l'embrasser. Elle me laissa la caresser et l'embrasser avec une espèce de stupéfaction; elle était comme le spectateur qui, choisi par un magicien dans le public et sommé de faire ceci et de faire cela, produit quelque chose d'inimaginable – un bouquet de roses, une cage pleine de souris, un drapeau japonais. Ses yeux grands ouverts, m'observaient, sa bouche ne répondait pas avec la technique érotique consommée que j'y trouvais d'habitude. Seuls, les bouts de seins, qui réagissent sans discrimination, sans flatterie, et ne parviennent jamais à distinguer réellement la main de l'amant de tout autre contact, se tendirent automatiquement sous la paume de ma main, à travers le tissu de ses vêtements. « Nom de Dieu ! dit-elle soudain, rappelée à elle-même. Pas ici. » La peur du qu'en-dira-t-on, son seul arbritre, toujours présent, la ramenait au sens de son monde familier. La crise de cafard avait disparu; je lui avais offert une situation à laquelle elle pouvait faire face.

Un homme qui l'aurait aimée aurait pu faire beaucoup plus. Mais elle ne savait pas ce qu'il lui fallait et acceptait, sans prendre conscience d'une attente déçue, que je m'intéresse au goût de nicotine et de rouge à lèvres de sa bouche.

Comme nous rentrions en suivant la vallée, une colonne de lumière livide venue d'un soleil disparu bordait les croupes herbeuses. Un Noir, vêtu d'une grande robe blanche en coton usé, et qui portait un long bâton auquel était noué un chiffon bleu, nous dépassa pour rattraper les fidèles dont nous distinguions la procession inclinée, bondissante, hurlante, massée autour d'un joueur de tambour, là où un bouquet d'acacias marquait un lieu de rassemblement. Il chantait entre ses dents et murmura : « soir, *baas.* »

Quand nous nous retrouvâmes chez les Alexander, Cecil fit remarquer avec la confiance qu'inspire un état de choses dans lequel la saleté et le chaos sont d'un côté, la beauté et le pouvoir de l'autre : « Nous devrions bien prendre contact avec l'agence immobilière qui s'occupe de cette maison vide. Tous les indigènes sans travail dans un rayon de vingt kilomètres doivent y coucher. Vous devriez voir ça, Marion. »

Je lui fis l'amour pour la première fois dans son living-room après un dîner chez des amis à elle. Quel manque de spontanéité dans la première étreinte de deux personnes qui paraissent pourtant bien se connaître sur d'autres plans! Dans l'obscurité chacun découvre en l'autre une créature secrète qui ne se montre jamais à la table du dîner, n'achète pas son journal au coin de la rue, ne se penche pas en avant pour prouver quelque chose au cours d'une discussion politique. Je concevrais assez facilement que découvrir une vie dans l'au-delà puisse être quelque chose de ce genre : toutes les manifestations reconnues de la conscience de soi immobilisée, comme un moteur arrêté, et puis, sortie d'un nouveau principe de silence, une autre façon d'exister. Elle tâtonna, enfin, en direction de la table placée près du divan : « Tu peux me dénicher une cigarette. – Il faut d'abord que je trouve la lampe. – Non, non, n'allume pas. Voilà le paquet. » Nous étions assis dans le noir, la housse du divan tirée sur nous, en train de fumer, comme quand on est enfin à l'abri après un désastre – naufrage ou tempête. Je m'habillai et partis peu après minuit; des gens venus rendre visite aux locataires d'un appartement qui donnait sur le corridor faisaient leurs adieux et nous émergeâmes de l'immeuble ensemble – un homme chauve au teint grisâtre, des poils épais plein les narines et les oreilles, comme s'ils avaient pris la direction inverse et avaient poussé à l'intérieur plutôt qu'à l'extérieur du crâne, et une de ces femmes fortes qui, malgré une poitrine opulente, des bijoux, un corset, se mettent, à l'âge mûr, à ressembler à des hommes. Le dernier au revoir était à peine sorti de leurs lèvres qu'ils retombaient dans les mines rébarbatives qui sont une des formes de la familiarité. Ils marchaient sur mes talons comme des geôliers et les portières claquées avant de partir, les leurs et la mienne, emprisonnaient la nuit pour de bon.

Mais, la fois suivante, je couchai avec Cecil dans son lit tiède et froissé qui sentait le parfum et la fumée de cigarette. Elle protesta contre la lumière, mais je voulais voir son visage, savoir ce qu'elle ressentait. (Qui sait ce qu'éprouvent les femmes en leur instant à elles, singulier et gratuit ?) Elle avait, à la lumière, la même allure que ce fameux dimanche matin dans sa robe de chambre. Fierté, confusion, vanité, avidité, besoin, décision n'étaient pas estompés par la banalité du maquillage; elle avait les yeux légèrement rougis par le soleil, la fumée et le gin, et la forme de son sourire, retroussé d'un côté de manière entendue, était là, à tout jamais inscrite dans son visage, même quand sa bouche était au repos. Derrière son cou, la véritable odeur de ses cheveux se dégageait des senteurs chimiques de tous les produits appliqués dans la boutique masquée de rideaux au-dessous de mon bureau – la véritable odeur d'une pigmentation de blonde, cireuse et acide, que je remarque toujours immédiatement, peut-être parce que je suis brun.

« Je ne voulais pas que tu voies mon ventre, dit-elle. Je ne supporte même pas de le regarder moi-même.

– Pourquoi, qu'est-ce qu'il a qui ne va pas ? »

Elle roula sur elle-même, le nez dans l'oreiller, les coudes serrés contre les flancs et dit avec rancune :

« Tu n'as jamais vu une femme qui a eu un enfant ? Ça esquinte la peau du ventre. On dirait du papier-crépon. »

Mais, de quelque façon que le climat humain qu'elle avait connu toute sa vie lui ait marqué le visage, son corps était entièrement lui-même, splendide et assuré. Elle était aimante au lit, habile et remplie d'un tendre enthousiasme : Attends un peu, disait-elle, attends une seconde... comme si ses caresses étaient des surprises préparées avec soin et qu'il ne fallait pas découvrir avant le bon moment. Le lit étroit, prévu pour une seule personne, la maintenait contre moi, comme je le voulais, toute la nuit; il n'y avait pas où s'écarter, même si elle l'avait désiré. Son corps entier brûlait d'une douce énergie, même quand elle était endormie, et seuls ses seins et ses fesses étaient frais, comme les mains de certaines personnes le sont en permanence.

Je me levai pour partir très tôt le lendemain matin, pour être sorti de l'appartement quand la domestique arriverait. Je revenais de la salle de bain en suivant le couloir quand je vis, debout dans l'embrasure de la porte de la deuxième chambre, dans la lumière terne qui précède l'aube, un petit garçon. Il était pieds nus, portait un pyjama boutonné de travers, et avait son oreiller dans les bras. Il était tout à fait réveillé, mais peut-être pas très sûr de l'endroit où il se trouvait : dans un coin de la nuit réservé aux adultes et qu'il ne connaissait pas. Mais tandis qu'il m'observait, la lumière commença à virer, et il dut comprendre que c'était le matin. Il ne dit rien et ne fit pas un mouvement au moment où je dépassai sa chambre pour disparaître par l'autre porte. Cecil se retourna en m'entendant m'habiller, remua la bouche comme si elle goûtait quelque chose et me tendit une main. Je dis : « Ton gosse m'a vu dans le couloir. Quel effet ça va lui faire?

– T'en fais pas pour lui, murmura-t-elle. Il ne dira rien. » Quand je fus sur le point de partir, elle se réveilla d'un seul coup pour de bon, me rappela pour que je l'embrasse et me reprocha d'essayer de filer sans lui dire « un vrai bonjour. »

Il n'y avait personne dans le couloir quand je sortis et la porte de l'autre chambre était fermée.

IX

JE me demande pourquoi on considère toujours que la vie des pauvres a plus de réalité qu'une autre. Dans les films et les livres, la tranche de vie est, par tradition, découpée dans le dessous de la croûte; il règne, chez la plupart de ceux qui, comme nous, ont le ventre plein, dont les combats personnels ne se placent pas au niveau de la subsistance, l'impression anxieuse chargée de respect même, que la vie est peut-être ailleurs. Le pauvre la possède, lui; il croule sous son poids farouche, bien entendu, on ne souhaiterait pas être à sa place – mais il l'a.

Je réfléchissais beaucoup à cela, à l'époque où j'étais si souvent dans les quartiers indigènes en compagnie de Steven et où je passais parfois la nuit chez Sam, dans une maison de deux pièces, et dormais sur le divan de la salle de séjour. J'y réfléchissais, mais n'arrivais à aucune conclusion solide. Qu'est-ce qu'on entend par vraie vie? Ce qui serre de plus près le triptyque fondamental, commun à tous les êtres animés : conversation, nourriture, reproduction? Alors, c'est céder à une illusion romantique, née de quelque culpabilité ancestrale car, dans la vie, la réalité n'est pas un absolu mais se compose d'un ensemble ou un autre de circonstances. Voir dans le souci exclusif de la conservation, la nourriture et la reproduction, le critère de la réalité revient à négliger d'autres besoins que les hommes se sont créés et qui, ajoutés aux besoins fondamentaux, constituent la réalité humaine. Dans une société où les lois pourvoient à la survie de l'individu au milieu de ses pairs, où son rôle dans le commerce et l'industrie garantit automatiquement sa subsistance, où la fonction de reproduction est assurée par un système spécial d'union, le mariage, la réalité primordiale de sa vie peut bien être de faire face à la croissance de l'empire financier édifié grâce à son énergie et son intelligence. La réalité première, pour l'homme de sciences, doit être dans ses attaques patientes pour vaincre l'entêtement de la formule qu'il ne parvient pas à rectifier; pour le peintre, le fait d'accepter que personne, encore, ne reconnaît sa vision. C'est là la « vraie vie »; pour chacun, les exigences de sa propre situation.

J'en vins à la conclusion que la vie dans les quartiers indigènes semblait avoir plus de « réalité » tout simplement parce qu'elle offrait moins de distractions, beaucoup moins de méthodes détournées d'épuiser la passion où l'ennui. Chaque être humain y recevait de plein fouet les exigences de sa condition. La réalité était plus proche de la surface. L'homme exaspéré n'avait d'autre ressource que de ronchonner dans la rue; la fille abandonnée que de s'asseoir sur une marche en attendant que naisse son bâtard; on ne pouvait rien d'autre pour l'ivrogne que de le laisser par terre dans la cour jusqu'à ce qu'il ait récupéré. Parmi les gens rencontrés en compagnie de Cecil, les hommes à qui tout ne réussissait pas se lançaient à corps perdu dans le golf et les courses de chevaux, les filles dont les histoires d'amour avaient mal tourné partaient pour l'Europe, les ivrognes étaient baptisés alcooliques et subissaient des cures coûteuses. C'est tout. C'est la seule différence.

Vraiment ? Quand on a tant de choses pour se réconforter et se distraire, est-ce qu'on n'apprend pas, à force, à ressentir moins intensément ? Et est-ce que la « réalité » de la vie n'en est pas amoindrie d'autant ? Mais, encore une fois, tout cela avait l'air bien convaincant, mais semblait contredit par les faits. Car tous ceux qui fréquentaient Maison Haute (sans m'oublier, moi, pas plus que mes anciennes relations en Angleterre) faisaient grand cas de leurs sentiments, dépressions nerveuses et autres problèmes interminables, fruits de leurs mésaventures, et ils savaient que la vie s'immobilise très facilement; mais les hommes et les femmes des quartiers indigènes, après avoir pleuré quelques heures au vu et au su de tous, s'essuyaient, si l'on peut dire, le nez sur le dos de la main et passaient à la suite, en sachant bien que rien n'arrête la vie. Je me souviens de la femme qui habitait l'une des maisons donnant sur la même cour que Sam. Un jour, elle nous arrêta, au moment où nous entrions dans la cour, pour parler à Sam. C'était une souillon, crasseuse et joviale, avec, dans les jambes, l'inévitable bébé, ravissant, qui sentait le lait et le pipi, et dont Ella s'était souvent plainte. Quand elle fut rentrée chez elle, Sam me dit : « Vous connaissez quelqu'un, un ami, à Sandown ? Cette femme cherche une chambre dans les communs, chez les Blancs. Il y a des gens pour qui elle fait la lessive, par là, et elle aimerait avoir une chambre à proximité.

– Et sa maison ?

– Son mari a disparu. Certains de vos amis ont

peut-être une chambre réservée aux domestiques qui ne sert pas. »

Et puis, un soir, il y eut un meurtre tout près du Temple de Mémoire. Steven se dépêchait de rentrer pour prendre part à une soirée de discussion et de beuverie qu'il donnait et que moi-même et quelques-uns des habitués avions entamée sans l'attendre (c'était tout à fait dans les habitudes de Steven de vous inviter chez lui et d'oublier d'être là quand vous arriviez) quand il tomba sur un homme en train de mourir, par terre, dans la rue. Il l'avait tiré sur le perron de la maison la plus proche, mais : « Il avait son compte. Fichu », nous dit-il en entrant. « Je m'excuse d'être en retard comme ça, Toby, j'étais en train d'arranger un contrat d'assurance pour un vieil Indien qui possède tout un réseau de nids de punaises – c'est ainsi que tout le monde appelait les cinémas des quartiers indigènes – et tu sais ce que c'est : chaque fois qu'il a quelque chose à vous raconter, n'importe quoi, il faut qu'il remonte au début de sa vie et refasse tout le parcours. » Il sourit de toutes ses dents, dit « Attention » en poussant les jambes des gens assis sur son lit pour ranger son élégante serviette de cuir marron sous le lit. Il se redressa, scruta le côté de sa veste, tout en tirant sur la manche. « Il n'y a rien sur mon costume? » L'un des garçons présents, qui n'avait jamais eu un costume comme ça à lui, sauta sur ses pieds pour l'examiner de près, tapota l'étoffe et dit en suto qu'il n'y avait pas de quoi s'en faire. Il est vrai qu'il y avait tout juste un peu de la poussière rouge du quartier sur le costume, de cette poussière qui ressemblait plus à la pulvérulence d'une maison en train de s'effriter qu'à la surface de la terre. Mais il y avait une trace de sang sur l'un des poignets de chemise de Steven, comme une rouille éclatante.

« Il m'a plutôt cochonné, dit-il en soupirant, tant pis, le pauvre vieux n'y pouvait rien.

– C'était une bande, hein? » demanda quelqu'un.

Steven fit oui de la tête. « Pour moi, ça lui pendait au nez. Du travail au couteau, aucune chance de s'en tirer. Ça a dû se produire dix minutes avant que j'arrive, c'est tout. Ils s'étaient tirés. Les gens de la maison n'ont rien entendu. Quand j'ai vu qu'il était cuit, je me suis dit, ça y est, et je les ai mis à toute vitesse. » Assis maintenant, il balançait un verre de cognac entre ses genoux, d'un geste bien à lui. Il fronça le nez, non devant le mort, mais devant la mort. « A une vie courte et heureuse! » dit-il avant de boire.

Quand je me réveillai, chez Sam, le lendemain, ce fut avec la sensation intense du souffle, sur moi, de la vie et de la mort, brûlant et froid. Bien sûr, chez moi, dans une banlieue blanche, ou chez les Alexander, parmi les chevaux, les piscines et les jacarandas, on était aussi entouré par la vie et la mort. Mais on n'en avait pas conscience, en dehors des aspects purement personnels. Dans les quartiers indigènes, le samedi soir, il n'y avait qu'une heure ou deux entre la fin de la longue nuit qui se terminait tard et le début du jour qui commençait tôt, où râles, fous rires et foyers s'éteignaient. Le reste du temps, le cycle complet de la vie agressait les sens, de tous côtés, sans répit. « Il n'y a jamais un moment de calme », répétait Sam debout dans sa chambre minuscule, tenant à deux mains sa vieille machine à écrire, comme si, entre ces quatre murs minces, il pouvait trouver un coin échappant aux lois de l'acoustique, où s'asseoir sans entendre les hommes crier dans la rue, une quelconque procession passer, peut-être une école ou un enterrement, des enfants se disputer, un bébé pleurer, une femme chanter à sa lessive, la porte des toilettes communes grincer de rouille et claquer dans la cour tandis que les gens défilaient. Et, chez moi, Steven faisait les cent pas du balcon à la salle de séjour et disait, mal à l'aise : « Mon vieux, j'ai l'habitude de Sophiatown, il s'y passe toujours quelque chose. »

J'allais souvent me promener avec Sam, en début de soirée, sur la décharge située près de chez lui. C'était un terre-plein de cendres et de mâchefer passé au peigne fin par les gamins et les vieux qui récupéraient jusqu'aux ordures qu'on y déposait et d'où on voyait la plus grande partie du quartier indigène. A cette heure-là, le jour semble s'adoucir, les objets les plus mornes se parent de qualités trompeuses dans la lumière caressante. Le tas de cendres se chargeait de la dignité que confère la solitude; nous aurions pu être sur le cratère d'un volcan calciné, la substance que nous foulions ne donnait vie à rien, ni animal, ni végétal, c'était un fantôme de terre nourricière. Par-derrière, au-dessous, tout grouillait, pourrissait, prospérait. Il n'y avait pas de réverbères et dans la nuit qui semblait s'enfler comme une eau sombre autour du fouillis ras et serré de maisons et de cahutes – tandis que plus haut, là où nous étions, le jour s'éternisait en une brume rose – les foyers en plein air se détachaient comme des flammes d'allumettes qu'on abrite au creux des mains. Sam me dit un jour, sur le ton gauchement enjoué qu'il employait presque toujours quand il parlait anglais, sans doute parce que c'est de cette façon qu'il avait, au début, réussi à combler le fossé de gêne entre lui et les premiers Blancs qu'il avait fréquentés : « J'imagine que quand vous rentrerez tout cela vous paraîtra un rêve affreux. »

Mais il avait tort, et il m'était difficile de lui

expliquer pourquoi sans qu'il attribue, de ma part, trop d'importance au romanesque du pays étranger et de la pauvreté, au pittoresque de la crasse des autres. Son regard intérieur, serein, ne perdait jamais de vue, pour lui et pour son peuple, un destin de bourgeois convenables, il maudissait également le raffut misérable de la vie des quartiers indigènes et son enfance où, comme il me le raconta un soir, sur ce même tas de cendres, il gardait le troupeau de sa tribu dans le Transvaal Nord. Je me disais parfois, quand je me mettais vraiment à le voir grâce à une de ses expressions de physionomie ou à quelque chose qu'il avait dit, à quel point, en dehors des moments où il faisait du jazz, il ne cessait pas une seconde de retourner calmement cette résolution dans son esprit. Son attitude était un mélange d'inquiétude et de résolution triste. Il était mû par une espérance obstinée, en personne dont la vie est suspendue à un certain futur. Exactement de la façon dont Steven était sans espoir, ne s'intéressait strictement qu'au présent. Sam disait de lui, plein de tristesse : « Steven n'est rien d'autre qu'un Blanc dans une peau noire, c'est là le problème »; ce qui, si l'on tenait compte de l'affection de Sam pour Steven, du souci qu'il se faisait à son sujet, était une manière différente d'exprimer ce que disait Anna Louw quand elle se plaignait que Steven se fichait comme d'une guigne du peuple africain. La seule différence était que, pour Anna, le peuple perdait quelque chose à l'attitude de Steven, tandis que pour Sam, c'était Steven lui-même qui y perdait. Et pourtant, c'était Steven qui éprouvait une certaine affection pour la vie de là-bas, au pied du tas de cendres, c'était Steven qui la vivait en tant que réalité du présent dans laquelle il était né, seule destinée certaine qu'un homme ait jamais possédée.

C'était cet aspect de la vie du quartier indigène, l'aspect à la Steven, si l'on veut, qui me rendait à jamais incapable d'y repenser, de loin, comme à « un rêve affreux ». Dieu m'est témoin qu'il ne s'agissait pas de beauté, mais pas plus de rêve. Ce n'est pas quelque chose qui me sortirait de l'esprit; je saurais croire en son existence, même si j'étais ailleurs.

La première fois que je sortis de la maison de Sam, un dimanche matin, après y avoir passé la nuit, hommes et femmes me dévisagèrent, me lancèrent des regards railleurs, échangèrent des ricanements : on n'avait jamais entendu parler d'un Blanc qui dormait chez des Africains, c'était plus que suspect; un sourire concupiscent modelait le visage d'un vieil homme et il se déplaça pour me laisser passer en disant « Bonjour, *baas* », car qu'est-ce qui pouvait bien m'avoir amené là, sauf l'envie de coucher? Et même quand on se fut habitué au visiteur inexplicable que j'étais, quand j'emmenais la petite fille de Sam par la main jusqu'au bout de la rue pour lui acheter une orange dans la rangée de baraques de tôle, d'étalages improvisés et de marchandises étalées par terre sur des toiles à sac, connus sous le nom de « boutiques », je n'étais rien d'autre qu'un étranger. Mais, étranger, je trouvais là, parmi ces gens, quelque chose que je n'avais pas trouvé dans mon pays. Il y avait des nuits d'été à Sophiatown, où habitait Steven, où personne ne semblait se coucher. Les pires odeurs étaient rendues inoffensives par le parfum chaud, suret, de la bière. Des gamins jouaient de l'argent sous les réverbères qui, largement espacés, attiraient dans leur lumière jaune les gens aussi bien que les papillons de nuit. On chantait et on flânait; de temps en temps, une de ces grosses voitures américaines dont se servent les gangsters dévalait la rue en broyant les cailloux et dénouait au sol de longues langues de poussière. Les filles claquaient de la langue, l'irritation à fleur de peau, et hurlaient des lazzi pour protester contre leurs robes salies. On gloussait et on flirtait. Certaines s'étaient attifées, avaient mis leurs talons hauts; d'autres étaient pieds nus, ficelées dans des couches superposées de vêtements en loques, dont chacun recouvrait les trous du précédent, mais dont le dernier, ça ne manquait jamais, était percé aux endroits stratégiques, seins et derrière.

Par une nuit pareille, d'un seul coup, une procession débouchait au coin de la rue, oscillait, se balançait, progressait selon des contractions musicales : hommes, femmes, enfants, derrière un saxophone et des pipeaux, répétition pour un mariage qui avait lieu le lendemain. Ils chantaient, psalmodiaient, faisaient un bruit à faire trembler les vitres.

La vie des quartiers indigènes, à des moments pareils, semblait rassasier tout un côté de ma nature qu'on avait affamé; c'était pour moi ce qu'avaient été l'Italie ou la Grèce pour d'autres Anglais, à d'autres époques. Je n'en ressortais pas changé; j'en étais libéré, renforcé dans mon moi.

X

« NE t'en fais pas pour lui, il ne dira rien », avait dit Cecil de son petit garçon, le jour où il m'avait vu dans le couloir de l'appartement aux petites aurores. Elle dormait plus qu'à moitié et ne surveillait pas sa langue à ce moment-là. Quoi qu'il y eût derrière cette vérité révélée par hasard, je découvris, une fois passés les premiers tiraillements automatiques de jalousie, que cela ne m'affectait nullement. J'avais une autre vie en dehors des parenthèses du temps que je passais avec elle; elle aussi. Chacun de nous, tacitement, s'abstenait de questions sur celle de l'autre, car nous devinions tous deux que la découverte de la vie de l'autre rendrait impossible les liens mutuels de la parenthèse. Je l'entendis raconter à des gens avec qui nous buvions un café après le cinéma : « Toby travaille beaucoup pour les indigènes. » Plus tard, quand nous fûmes seuls, je lui demandai : « Qu'est-ce qui t'a fait dire aux Howard que je " travaille " pour les indigènes?

– Pourquoi ce n'est pas vrai? dit-elle en bâillant.

– Je n'ai jamais rien fait pour eux. » Elle abandonna le sujet; elle s'était persuadée que quiconque avait à faire avec les Africains s'occupait de charité ou de promotion sociale; il n'y avait pas à revenir là-dessus – elle n'allait pas commencer à couper les cheveux en quatre pour ce qui n'était, à ses yeux, qu'une question de définition. Et j'en restai là, moi aussi. J'avais fait mon doigt de cour au danger en la questionnant; Dieu merci, je n'avais pas eu à pousser plus loin.

Car je savais bien que si je confiais à Cecil que mes amis les plus proches à Johannesburg étaient des Noirs, et que je partageais leurs repas et dormais chez eux, je la perdrais. C'était aussi simple que cela. Et j'aurais mieux aimé être pendu que de la perdre. Il était fort probable qu'elle était assez évoluée pour éviter les classiques réactions d'horreur et de répulsion, mais mon attirance profonde pour les mœurs conventionnellement contraires aux conventions des gens riches et « distingués » m'aurait valu l'étiquette « singulier » et écarté à tout jamais. Je savais qu'il était naturel et parfaitement normal que je passe la nuit chez Sam, dans le quartier indigène, le dimanche, et dans le lit de Cecil, le lundi, car il est naturel et parfaitement normal qu'un homme ait des amis et une femme à aimer. Qu'est-ce que ça pouvait bien faire que, puisqu'elle ne savait pas que c'était normal et naturel, je ne le lui dise pas? Le fait que j'avais été chez Sam et que j'étais maintenant chez Cecil existait, qu'on le veuille ou non. C'est ainsi que, en toute innocence, par sa vie même, Cecil démontrait une vérité qu'elle aurait niée jusqu'à la dernière goutte de son sang, si on la lui avait présentée ouvertement.

Quant à elle, elle était souvent cachottière et vague sur ses agissements. Elle dissimulait, à ce que je crois, non pas quelque chose, mais rien; elle ne voulait pas que je sache comment elle passait ses journées car elle n'était qu'à moitié sûre d'agir selon les impératifs de son monde et de la morale et, par la pensée, elle m'attribuait l'opinion qu'elle avait d'elle-même. Elle ne tenait pas à ce que l'extérieur la lui confirme. En fait, elle voulait la garantie qu'elle n'était pas telle qu'elle se l'imaginait; et toute personne capable de la faire, de façon convaincante, apparaître autre à ses propres yeux, l'aurait transformée en cette autre. Elle ne voyait pour ainsi dire pas sa famille, même pas sa jeune sœur Margaret dont le joli visage net n'était troublé d'aucune des ambiguïtés qui m'avaient attaché à sa sœur, et elle passait le plus clair de son temps, plus qu'elle ne voulait bien l'admettre, avec sa chère amie Rosamund Bell. Cette dame Bell était divorcée, elle aussi, et s'était retrouvée à la tête d'une splendide maisonnée, si bien pourvue en domestiques, enfants, animaux familiers, qu'il semblait ne jamais avoir eu de place pour le mari qui avait fourni le tout.

Pour les femmes d'un certain niveau de fortune, vivre d'une pension alimentaire paraissait une profession en soi à Johannesburg; nombre d'entre elles tenaient pour acquis le fait que, après avoir été mariées, elles avaient le droit d'être entretenues dans l'oisiveté pour le reste de leurs jours. Une autre femme que je voyais parfois chez les Alexander, personne charmante, pleine de vivacité, vivait depuis dix ans avec un homme qu'elle reconnaissait ne pas pouvoir se permettre d'épouser, car elle perdrait alors le bénéfice de la pension versée par son ancien mari – elle et son amant s'offraient des voyages en Europe avec cet argent. Comme elles toutes, Cecil vivait d'une pension alimentaire, mais elle ne savait pas gérer son budget, ou la pension n'était pas aussi généreuse que les leurs, en tout cas, elle se plaignait sans cesse du manque d'argent. Il est vrai que, malgré une garde-robe de luxe (ou qui passait pour telle à mes yeux), son appartement était minable à voir et ne contenait pas grand-chose; l'étagère de verre de la salle de bain était encombrée de parfums et de tas de produits raffinés pour le bain, mais les serviettes étaient usées jusqu'à la corde et il n'y en avait pas assez; le whisky ne manquait jamais et il y avait toujours une ou deux bouteilles de bon vin dans le placard, mais de temps à autre, elle jouait la grande scène du désespoir dans la cuisine parce qu'on consommait trop de beurre ou que la bonne, Eveline, avait commandé pour l'enfant certains fruits avant que la pleine saison n'ait fait baisser les prix. Je me souviens d'une histoire à propos de pêches.

« Pourquoi est-ce qu'il ne mange pas de bananes? Pourquoi faut-il qu'un enfant ait des envies de pêches à six *pence* pièce? C'est nourrissant, les bananes, et je ne veux plus entendre parler de toutes ces bêtises, tu m'as comprise? Sans blague, Eveline, on dirait que tu me prends pour Crésus. »

Eveline se mit à rire et cria à Keith, le petit garçon, de sa grosse voix câline : « Viens, mon petit chou, on va chez le marchand de légumes. Maman dit qu'il faut qu'on mange des bananes et des bananes... » L'enfant se faisait remorquer, suspendu à sa main, tandis qu'elle riait et balançait son panier, tout en interpellant ses amies et les livreurs tout le long du chemin. Debout à côté de moi sur le balcon, Cecil les regardait partir, l'air furieux. L'enfant se retourna et fit un geste de la main, les doigts tout raides, avec un geste de bébé. Elle lui répondit.

« Si encore il ne me ressemblait pas trait pour trait dit-elle, irritée.

– Et pourquoi pas? lui demandai-je, mais elle parlait sérieusement.

– Tu ne sais pas à quel point c'est horrible de fabriquer un autre exemplaire de soi-même, comme ça. Chaque fois qu'il me regarde et que je vois ce visage… » C'est comme si toute la méfiance qu'elle éprouvait à son propre égard s'était projetée dans la façon dont elle voyait le petit garçon.

« Les femmes sont bizarres. » Je lui souris. « J'aurais pensé que cela te ferait plaisir. » Ce que je pensais réellement c'est qu'elle préférait tout de même que l'enfant lui ressemble, plutôt qu'à son père, dont elle avait divorcé et pour qui elle n'éprouvait, au mieux, que de l'indifférence.

La bonne protégeait Cecil de l'irritation que lui causait l'enfant, et l'enfant de celle qu'il causait à sa mère. Cecil répétait sans cesse, avec l'exagération débridée dans le vocabulaire et l'attitude qui constituaient la *lingua francàa* de ses amies : « Je serais tout simplement incapable de vivre sans Eveline. » Elle ne se doutait pas, bien sûr, que c'était vrai, à la lettre. Non seulement cette fille généreuse, vulgaire, aguicheuse, débordante d'affection traînait « mon petit chou » derrière elle toute la journée; mais tout ce qu'il y avait en elle d'amour glouton et irréfléchi de la vie se déchaînait pour s'identifier à Cecil et l'encourager dans ses dérivatifs passionnés. Eveline, qui portait une alliance à la dernière mode bien qu'elle n'eût pas de mari, n'hésitait pas à abandonner son ouvrage pour emporter les boucles d'oreilles de Cecil à la cuisine et les faire briller, pendant que Cecil s'habillait pour sortir. Cecil, fiévreusement absorbée par ses cheveux, son visage, l'allure d'une robe, se promenait souvent en bas jusqu'à la seconde où la porte se refermait sur elle, parce que Eveline s'était aperçue, au dernier moment, que ses chaussures ne pouvaient pas être portées avant d'avoir été nettoyées. Cecil achetait Eveline, la cajolait, la grondait pour la faire rester s'occuper de l'enfant quand ses jours ou ses soirées de sortie tombaient en même temps qu'un rendez-vous que Cecil ne voulait pas manquer. Elle la suppliait, à bout d'invention, une douzaine de fois par jour : ne me dérange pas pour le téléphone, Eveline, tu m'entends, réponds-leur que je suis sortie, à tous, prends un message, fais quelque chose; je t'en prie, emmène Keith en promenade et ne rentrez pas avant cinq heures, il faut que je dorme; ô Eveline, sois gentille, regarde si tu peux nous trouver quelque chose à manger, nous n'avons plus envie de sortir. « Eveline adore Keith », répétait-elle; comme si cela aussi elle l'avait confié à des mains plus adroites et plus empressées que les siennes. Je ne pensais pas qu'Eveline adorait l'enfant; mais il ne la gênait pas, elle trouvait sa présence dans ses jambes parfaitement naturelle, et j'ai bien l'impression que c'est ce dont un enfant a besoin plus que d'« adoration ». Aux yeux de Cecil, Eveline était une domestique de première qualité, et elle voyait là, comme c'est souvent le cas pour les gens qui ont du bon personnel, un compliment indirect à son égard : comme si c'était elle qui méritait ou suscitait la valeur d'Eveline. En fait, la jeune femme était son amie et sa protectrice et, avec un beau détachement vis-à-vis de ce rôle, s'interposait entre elle et les réalités de son existence.

Quand je retrouvais Cecil au Stratford, après une de ses visites chez le coiffeur, ou qu'elle s'élançait à cheval dans le soleil, le nez froncé, chez les Alexander, pleine d'allant et d'élégance, il était difficile d'admettre qu'un tel effet ait pu être préparé dans cet appartement aux tiroirs en fouillis, où des factures traînaient partout, où résonnaient des appels au secours en direction d'une cuisine mal tenue. Mais, tout comme Steven qu'elle ne verrait jamais, son aspect extérieur se façonnait à force d'indifférence et d'indépendance envers son cadre. Ce n'était pas la seule ressemblance entre eux. Comme Steven, elle cultivait un mythe de personnage intéressant; elle proposait, tout à trac, que nous bouleversions certains projets à cause d'un engagement (laissé dans le vague) qu'elle avait pris ce jour-là, quelque chose de mystérieux « dont elle ne pouvait pas se libérer ». Une fois ou deux, elle annonça que c'était la poisse, mais elle avait reçu une invitation pour le week-end qu'elle ne pouvait pas refuser. Il arrivait que le simple fait de parler de ces obligations suffise à satisfaire leur intention, quelle qu'elle fût, et que Cecil les oublie; à d'autres moments, elle disparaissait vraiment, le temps d'une soirée ou d'un week-end. Un jour où cela s'était produit et où j'étais allé au cinéma avec Sylvia Danziger, Anna et un de leurs amis du Cap, en regardant par-dessus le balcon, je vis Cecil quitter le foyer avec Rosamund Bell, John Hamilton et un autre type qui venait régulièrement chez les Alexander. Ils étaient en tenue de soirée et j'imaginai qu'ils allaient terminer la journée dans un night-club. Pourquoi fallait-il qu'elle se croit obligée de faire des secrets pour un moment passé avec ces gens-là? Je ne voyais pas. Est-ce qu'elle croyait que je serais jaloux? Mais ça ne tenait pas debout, ce n'est pas comme si elle sortait avec un homme qu'elle venait de dénicher : ces gens-là étaient tous de vieux amis.

Chacun à leur manière, et en un pays unique, Cecil et Steven étaient des êtres qui n'avaient pas trouvé à s'engager. Ils jouissaient d'une étrange liberté; la liberté du vide. Ils faisaient resplendir l'heure présente; mais de temps à autre, ils sautaient sur leurs pieds, saisis d'une panique mifeinte, mi-réelle et détalaient – peut-être qu'à ce moment même quelque chose de meilleur attendait, ailleurs ?

Je respectais tout cela; car enfin ne m'étais-je pas, pour des raisons qui m'étaient personnelles, senti étranger, sans engagement, en Angleterre, dans mon univers à moi; et n'était-ce pas pour cela que, étranger parmi des gens étrangers les uns aux autres, j'en étais arrivé à me sentir curieusement chez moi dans ce pays d'Afrique.

XI

Dans les quelques maisons de Johannesburg où se retrouvaient des gens de différentes couleurs, on avait beaucoup de chances de rencontrer sans arrêt les mêmes personnes. Beaucoup n'avaient en commun que leur indifférence aux différentes couleurs de peau; on manquait d'espace pour rechercher les siens dans ce *no man's land* : la superficie occupée par quelques pièces entre le campement noir et le campement blanc.

On m'invitait dans ces maisons parce que le bruit s'était répandu que je m'étais fait aussi bien des amis noirs que des blancs depuis mon arrivée à Johannesburg. Il n'était pas facile pour ceux qui ne voulaient pas limiter leur vie et leur hospitalité à une seule race de trouver du sang frais; presque tous finissaient avec deux jeux de relations, ceux qu'on pouvait inviter en même temps que des non-Européens et ceux, parfois très proches, qu'on ne pouvait pas.

Bien entendu, il était naturel que se développât un phénomène spécial, et cela commençait tout juste, pendant mon séjour à Johannesburg, cet été-là. D'un côté, la masse énorme des Blancs pour qui la discrimination raciale n'était pas un article de législation inventé par des hommes, mais une barrière tangible et éternelle; de l'autre, ceux qui, de par leur conscience sociale ou (c'était mon cas) leur refus d'un carcan de distinctions vides de sens à leurs yeux, se mêlaient aux non-Européens. Il était inévitable, avec tous les livres et les reportages qui s'écrivaient sur l'Afrique du Sud, que la fraternisation tabou devienne, en un certain sens, à la mode, et attire certains Blancs qui n'auraient jamais autrement vaincu leurs préjugés ou leur indifférence à l'égard des races qui gravitaient autour de leur monde. C'était souvent des gens qui n'avaient pas réussi à attirer l'attention par d'autres moyens; en s'identifiant aux Africains, pour la première fois; ils étaient sous le feu des projecteurs, même si ce n'était que la réfraction du faisceau dirigé sur le visage des Noirs. Ils « découvraient » les peintres, les compagnies dramatiques, les danseurs et l'artisanat africains; ils collaboraient avec les Africains dans toutes sortes d'entreprises artistiques où leur talent hasardeux était masqué par la nouveauté et l'importance du fait que leur matériau était authentiquement africain. Il devint tout à fait de mode (à échelle restreinte, je dirais au niveau d'une avant-garde, au même degré que d'expérimenter sur soi-même les effets de la mescaline dans d'autres pays) d'avoir au moins un ami africain. Un Africain de manchon, dont on pouvait citer le nom en passant : « Tom Kwaza me disait justement, l'autre jour, à la maison... »

Sam avait été pris en charge par un de ces types-là, un compositeur amateur, avec qui il « collaborait » à un opéra « africain » en un acte, et grâce à lui, je me retrouvai chez ledit compositeur. Il y avait là tout un mélange de gens rassemblés pour un cocktail; des vieux de la vieille qui s'étaient toujours promenés indifféremment dans les cercles blancs et noirs : Dorothea Welz, un prêtre jovial en soutane fripée, un couple de jeunes universitaires, le correspondant d'un journal anglais et une jolie fille à l'identité imprécise, Sam, Steven, son ami Peter, et un jeune métis du Cap. L'hôtesse évoluait parmi tout ce monde dans un état d'exaltation contenue, en offrant des saucisses et des chips refroidis; elle s'accrochait comme une mendiante à la frange de chacune des conversations, avec son assiette et son sourire enjôleur. L'hôte menait un marathon entre les verres, tarabustant les gens pour qu'ils boivent plus vite, remplissant les verres déjà vides. C'était l'hospitalité outrancière de ceux qui ne sont pas sûrs d'eux-mêmes. Leur malaise se communiquait aux invités; il sembla tout d'abord que ça allait être une soirée à conversation exsangue : Dorothea Welz fumait, Sam était assis au bord de sa chaise, prêt à décoller de quelques centimètres de son siège, poliment, chaque fois que notre hôtesse approchait avec son assiette, Steven était au fond de son siège, les sourcils arqués, à regarder le bout de ses chaussures, avec l'expression du monsieur qui n'en pense pas moins et se moque bien qu'on s'en aperçoive. Mais si l'hospitalité ne péchait pas par la légèreté, elle était, au sens propre, enivrante. Nous passâmes tous rapidement d'une réserve indolente au ton de confidence légèrement théâtral des soirées de beuverie. Le journaliste dit à la femme de l'assistant de faculté : « Quels pieds ravissants vous avez. Je les ai remarqués dès que vous êtes entrée. Si j'étais votre mari, je vous offrirais des bagues à porter aux orteils. De petits pieds absolument parfaits. » Et, dans ses sandales dernier cri, elle avait les orteils qui se crispaient de plaisir. « Des grelots aux orteils, vous voulez dire ? »

Dans une mêlée avec Dorothea et notre hôte, le

prêtre – après une bière, en tout et pour tout – écoutait, la bouche ouverte sur un grand rire, avec des exclamations « Magnifique, magnifique » le jeune métis du Cap en train d'imiter les orateurs sang-mêlé dans une réunion politique. Peter, le jeune universitaire et moi-même échangions des propos qui tournaient autour de la jolie petite amie du journaliste, de Sam et de Steven. Le genre personnel de la demoiselle tenait à ce que, tandis qu'elle s'habillait et se comportait comme les jeunes femmes à la mode qu'on rencontre partout, et adoptait, vis-à-vis des hommes, l'attitude étudiée, au charme délibéré, coloré d'un brin de déférence qu'affectionne ce type de femme, elle transposait le tout dans des situations totalement étrangères à ses semblables. C'était la jeune femme d'avant-garde camouflée, comme le poète en complet impeccable de bureaucrate. Le déguisement était si réussi que Steven tombait visiblement dans le panneau; elle lui semblait appartenir à la seule espèce de femme blanche avec qui il n'aurait jamais de contact, le joyau caché dans la maison du Blanc qui représente pour lui la pureté de sa race et le summum de ses privilèges. Steven et elle s'entendaient remarquablement bien, mais il y avait une note hautaine dans la voix de Steven, son badinage était un rien trop dégagé, si bien qu'on sentait qu'il ne pouvait pas arriver à croire qu'elle le considérait comme elle le traitait, de la même façon que les autres hommes.

Personne, à un moment donné, ne semblait d'accord sur les mérites respectifs des différents journaux, et de là la conversation embraya, on ne sait trop comment, sur les manies orthographiques de chacun, avant d'aborder le problème des langues et des accents. Nous avions tous (hormis le prêtre) tellement bu que nos propos devenaient très confidentiels. Tandis que la discussion se subdivisait en petites conversations, j'entendis la jeune fille dire à Steven : « Prenons la façon dont vous parlez. Vous parlez anglais beaucoup plus comme un Indien que comme un Africain. »

Sam s'esclaffa et leur dit à tous deux : « Ce serait une bonne idée de lancer un concours. Comme les concours de plus belles jambes, où l'on cache tout le reste. Chacun son tour, dirait quelque chose, et il faudrait deviner ce qu'est celui qui a parlé.

– Ce sera intéressant de voir quel anglais a produit l'Afrique, à la fin, dit la fille avec cet air d'intérêt réel qui lui venait si facilement. Vous ne pensez pas que ça pourrait être pratiquement une nouvelle langue, comme c'est le cas en Amérique ?

– Qui sait ? répondit Steven avec condescendance. Ça se pourrait bien, pas vrai, Sam ? Nous la parlons déjà. » Et comme les autres riaient, il ajouta : « Sérieusement, à Sophiatown, les *tsotsis* ont une langue à eux, un mélange d'anglais, d'afrikaner, de zoulou, un peu de tout. Peut-être que nous devrions tous l'apprendre. »

La fille reprit son verre et se penchant en avant : « C'est une espèce d'argot londonien du coin, alors ?

– Peut-être que nous nous comprendrions tous, s'entêtait Steven, en riant en dessous et en avalant le reste de son cognac.

– Vous vous souvenez de l'espéranto ?

– Ça marche encore à fond, j'imagine ? »

Notre hôtesse, tellement transportée par le succès de sa soirée qu'elle engloutissait imprudemment les verres au rythme même qu'elle avait imposé à ses invités, sélectionna dans son échantillonnage de phrases risquées : « Ce ne sont pas les

Blancs qui décideront quelle langue on parlera ici, c'est vous les gars. »

La conversation se fit encore plus libre et plus confidentielle; les cigarettes se consumaient sur le plancher, quelqu'un mit le pied dans le verre de quelqu'un d'autre; les vieilles expressions commençaient à refaire surface sur un ton connu, sans détour, de confessionnal : « Le problème, avec les Blancs... » « Au moins, l'Afrikander vous dit carrément écoute, *kaffir.* » « J'ai toujours voulu savoir ce que les Africains pensent vraiment des mariages mixtes. » « Et à quoi sert que les libéraux nous ouvrent leur parti, si nous n'avons pas le droit de vote? » « Comment acceptez-vous, au fond... » « En toute franchise, qu'est-ce que vous dites de... » Le jeune métis raillait les sang-mêlé qui refusaient de s'identifier aux Africains et aux Indiens. Sam parlait de façon pressante : « N'allez pas croire qu'il n'est plus temps, n'allez pas croire ça.

– Pour l'amour du Ciel, dit Steven en acceptant un nouveau cognac, faut-il toujours que nous en parlions?

– Je vous en prie, dit la jeune fille en écartant les mains comme pour rapprocher les assistants, parlons de tout ce qu'il vous plaira. Il y a des milliers de choses dont j'ai sans arrêt envie de parler – Vous comprenez, intervint Peter hilare, nous pensons chaque fois que c'est vous qui avez envie d'en parler.

– Et nous, que c'est vous, dit l'assistant de faculté.

– Il est là, dit Sam tout excité, celui qu'on n'avait pas invité, où qu'on aille.

– Dites, il faudrait écrire une chanson là-dessus, dit notre hôte, en faisant fièrement une petite apparition dans la conversation.

– Pourquoi on ne parle pas d'autre chose ? »

L'hôtesse nous regardait tous avec complaisance. Elle en avait presque les larmes aux yeux. Elle se sentait tellement soulagée, acceptée, qu'elle dit, mutine et très femme du monde, à Sam et Steven : « Je vais voir si nos frères noirs de la cuisine ne peuvent pas nous récupérer deux ou trois boîtes de soupe. »

La moitié féminine du couple d'universitaires avait fait son apparition sur le bras de mon fauteuil : « Je peux me percher à côté de vous ? » et, après l'avoir persuadée de prendre le fauteuil, je me retournai vers l'assemblée juste au moment où la jolie petite amie du journaliste demandait : « Quelqu'un a une cigarette ? Quelqu'un a une cigarette pour moi ? » Les miennes étaient toutes fumées. Comme celles de l'assistant. Tandis que nous fouillons nos poches, la fille se penchait en avant, l'eau à la bouche, et en réponse au public, ses beaux yeux gris exagéraient son besoin. J'imagine que quand une femme est belle et très attirante, il lui est quasi impossible de ne pas exploiter les recettes de son charme, parfois pour le simple plaisir de s'en servir, comme un acrobate s'offre un chef-d'œuvre de saut périlleux, chez lui, sur sa pelouse, ou un paon déploie sa queue magnifique, même s'il n'y a pas de paonne à éblouir. Elle s'était parée – si l'on peut dire – de l'attitude d'une femme qui arrache une faveur à son amant à force de cajoleries; exactement l'air qu'elle prenait avec tant de facilité en deux secondes, n'importe où.

Sam dit : « Eh, Steven, tu as des cigarettes ? » Et Steven leva un sourcil interrogateur en commençant à se tortiller sur sa chaise pour atteindre sa poche. « Bien sûr, quelque part par là. » Il trouva le paquet et, tout en parlant, en continuant à prêter attention à plusieurs choses à la fois, ouvrit le haut du paquet, déjà déchiré; il y avait une seule cigarette dedans. La fille, sans perdre le fil de ses paroles, tendit la main en une charmante parodie de supplication et de soulagement. Et alors, je vis très distinctement la seconde exacte, entre un mot et le suivant, où l'esprit de Steven décrochait de ce qu'il disait – il voyait la fille, voyait s'étaler avec complaisance les plumes de son charme – puis rattrapait le son de sa propre voix. Il ne s'interrompit pas une seconde et, tout en parlant, sortit précautionneusement l'unique cigarette du paquet froissé, la tapota sur le coin de la table pour tasser le tabac, et la mit dans sa bouche. Peter, l'assistant de faculté, Sam, la femme de l'assistant, moi-même, la fille, la main toujours tendue devant elle, nous avions tous les yeux fixés sur les doigts qui s'approchaient du briquet posé sur la table, le ramassaient et allumaient la cigarette, tandis que Steven pinçait les narines avec la première bouffée.

Personne ne lança : « Dites donc, qu'est-ce que ça veut dire? Et cette cigarette? » Personne ne rit. Personne ne releva, n'attribua l'incident à un moment de distraction de la part de quelqu'un qui avait pas mal bu. Nous exemptions Steven et par là trahissions ce que lui-même et tous les Noirs doivent sans cesse pressentir en compagnie des Blancs : il n'était pas comme nous après tout; après tout, il était noir. La main de la fille revint lentement vers son corps; elle posa l'autre dessus, sur ses genoux. Elle aussi continuait à parler, à sourire, à poser des questions d'un air de profond intérêt, à convenir de ses opinions sur un ton critique, en riant. Un peu plus tard, après avoir déambulé jusqu'à un autre groupe que je quittai bientôt, je l'entendis dire en penchant le cou d'un mouvement de colombe, pour retenir notre hôte :

« Mon lapin, tu crois qu'il y a une cigarette-filtre pour moi dans cette maison? »

A cette époque, je ne tenais vraiment pas à aller voir Anna Louw. Quand j'étais en sa compagnie, j'en étais toujours ravi, et je ne comprenais pas ce qui m'arrêtait; mais dès que j'avais tourné les talons, j'avais conscience d'un soulagement enfantin, de ma hâte à retomber dans les pensées qui se rattachaient à d'autres.

J'étais un peu honteux qu'on puisse penser que les occasions où je la recherchais coïncidaient avec les moments où je ne pouvais pas être avec Cecil, ou bien avec ceux où Steven se terrait, dans une crise de mystère exalté, le plus souvent liée, à ce moment-là, à Lucky Chaputra. Au cours des premières minutes, je me trouvais toujours une allure de délaissé à laquelle Anna ne pouvait pas se tromper; la tonalité de ma phrase résonnait de l'écho de ces gens avec qui j'avais passé presque tout mon temps, mon attitude était encore tout empreinte de la leur.

Je pris ma voiture pour aller la voir un après-midi en sortant du bureau. Elle était dans le minuscule bout de jardin qu'on lui laissait, et tandis qu'elle bêchait, une petite Indienne fluette tournait autour d'elle et s'exclamait d'une voix douce aussi nasillarde qu'un bruit de moustique. Je les entendis de l'autre bout du jardin, avant qu'elles ne m'y aient vu; des sons paisibles, le ton geignard et chantant de l'enfant, les réponses mesurées, raisonnables de la femme, tout en monosyllabes mais cependant satisfaisantes pour l'oreille, grâce peut-être à l'accent afrikaner d'Anna. J'avais vu la petite fille chez Anna auparavant, à plusieurs reprises : « C'est la petite sœur d'Hassim », m'avait-elle dit. Hassim était l'homme dont Anna avait divorcé, que je ne connaissais pas et que je croyais qu'elle ne voyait pas.

L'enfant, en me voyant arriver, se précipita dans la maison mais lentement, en arrière-plan à ma conversation avec Anna, je la sentais s'approcher pas à pas, réticente, mais progressant tout de même. Je lançai : « Bonjour, Urmila! » mais elle était derrière un buisson; et c'est seulement quand je reportai toute mon attention sur Anna et oubliai l'enfant qu'elle reprit son jeu là où elle avait été interrompue.

J'avais imaginé devoir inventer quelques excuses pour n'être pas venu plus tôt (les excuses vraies étaient les seules plausibles, mais même si elles risquaient d'être acceptées tacitement, il ne fallait pas les dire tout haut) mais, comme d'habitude, j'avais oublié qui si Anna s'exprimait peu, elle était aussi la personne du monde à qui parler le plus facilement. Elle se contenta d'un « Comment ça se passe, Toby? » et je m'allongeai sur l'herbe, tandis qu'elle continuait à tasser la terre autour du plant qu'elle repiquait, pour lui raconter l'incident de Steven et la cigarette. C'était comme cela que ça se passait, avec elle. Je me demandais chaque fois ce que j'allais bien pouvoir raconter, et puis une chose dont je ne savais même pas qu'elle me préoccupait me venait aux lèvres aussi spontanément qu'une remarque sur le temps qu'il faisait.

Elle n'apporta rien de nouveau sur l'incident. « C'est un drôle d'oiseau », dit-elle sans s'énerver quand j'eus terminé. Pourtant la façon prosaïque dont elle prenait tout cela avait pour effet de replacer l'incident dans une certaine perspective; perspective, je m'en rendis compte avec surprise, qui n'était pas la mienne. C'était la perspective de la terre des pionniers, celle de la société blanche et noire placée entre les Blancs et les Noirs, dans laquelle je n'étais qu'un visiteur, même si j'avais appris à m'y sentir chez moi. Anna, elle, était un véritable pionnier qui avait renoncé au monde connu et dressé sa tente dans le désert; les escarmouches de cet univers nouveau faisaient, pour elle, partie de la vie de tous les jours.

Je me mis sur le dos et regardai les feuilles se fondre dans le champ magnétique de l'obscurité qui s'épaississait. Anna continuait, méthodique, creusait, plantait et poussait de petits grognements d'effort en se déplaçant autour de la plate-bande. Elle était prise par son activité comme les gens qui ont l'habitude de faire seuls les choses. J'eus un instant la sensation de ne pas être là; j'avais conscience, comme cela arrive rarement en compagnie de quelqu'un d'autre, de son moi, en profondeur, au-delà de la surface où sa vie avait effleuré la mienne. Je lui demandai tout à coup :

« Qu'est-ce qui vous a poussé à épouser Hassim Bhayat ? »

Elle pivota lourdement – elle était accroupie – et ramassa un jeune plant emprisonné dans son petit poing de terre. C'était un geste d'interrogation.

« Est-ce que c'est parce qu'il était indien ? »

Elle avait toujours le plant à la main et, bien qu'elle tournât le dos à la lumière qui s'estompait, si bien que je ne voyais pas nettement ses traits, je savais qu'elle ne quittait pas mon visage des yeux. Elle dit : « J'étais amoureuse de lui. Mais à quoi sert de dire que je l'aurais aimé quel qu'il fût. Il était bel et bien indien. Cela contribuait à faire de lui ce qu'il était. Une femme qui s'éprend d'un homme riche ira vous raconter qu'elle l'aimerait autant s'il était routier. Bien sûr que non. Son argent, ce qu'il en fait, ce que ça a fait de lui – tout cela fait partie de ce qu'il est et de ce dont elle est tombée amoureuse. Evidemment, cela ne veut pas dire qu'elle ne pourrait pas, à un autre moment, tomber amoureuse d'un routier. » Elle se détourna et déposa la plante dans l'endroit qu'elle lui avait préparé.

« Vous ne pensez pas qu'il y avait une part de protestation là-dedans? Quelque chose comme ça?

– Non, répondit-elle lentement, avec conviction. Mais c'est extrêmement difficile de maintenir un mariage comme le nôtre sur le plan personnel; ça démarre comme un mariage ordinaire, mais bientôt le reste, tout ce qui est extérieur, lui impose la responsabilité de prouver quelque chose. Si on se dispute, on n'est plus un homme et une femme qui ne s'entendent pas, mais la preuve que les mariages mixtes ne marchent pas. Vous n'imaginez pas à quel point on est influencé à la longue. On devient affreusement tendu; sérieusement. On se met à douter de soi, sans arrêt : est-ce que je ne suis pas d'accord là-dessus seulement parce que je suis blanche? Est-ce que cela affecte Hassim seulement parce qu'il est indien, ou est-ce qu'un Blanc réagirait de même? » La petite Indienne cria quelque chose et Anna lui répondit. « C'est une chance que nous n'ayons pas eu d'enfants », reprit-elle. Je ne répondis pas car j'avais l'impression que peut-être elle avait parlé sans s'en rendre compte. « Après tout, c'est une bonne chose. » Et voilà que sa voix faisait une brèche dans ses pensées, pour ainsi dire. « Dans le temps, je répétais, tant pis si c'est dur pour les enfants; il suffit de leur faire comprendre qu'ils ne sont des inadaptés que dans une société usée jusqu'à la corde et qui ne compte pas, qu'en réalité ils sont les habitants nouveaux d'un monde qui s'avance, un monde honnête où la couleur ne compte pas. Vous croyez que c'est vrai?

– Je ne vois pas pourquoi ça ne le serait pas. »

Elle se mit à rire. « Ce n'est pas *encore* vrai. Et ce n'est pas une vie marrante à faire subir à un enfant café au lait dans l'intervalle; attendre un royaume des cieux qui ne descendra sans doute pas sur terre avant la fin de ses jours. Il finira par venir. Mais tout cela est trop immense, trop éloigné. On ne met pas sur le même pied la vie d'un gosse et un processus historique. Enfin, disons que maintenant c'est comme ça que je vois les choses.

– Il faut tout de même que ça commence quelque part.

– Oui, mais pas avec un gosse à moi. »

Je me relevai et m'aperçus combien la tombée de la nuit rendait l'herbe humide; ma chemise était glacée sur mon dos. « Anna, je suis content de découvrir que vous avez peur d'au moins une chose. Je vous ai toujours prise pour un lion. » Elle poussa un petit cri de dérision afrikaner et éclata de rire.

La petite Indienne avait allumé toutes les lampes du pavillon. Vue du jardin qui s'assombrissait, une lumière chaude, colorée par les objets sur lesquels elle tombait dans la maison aux rideaux grands ouverts, paraissait se distendre comme l'air dans un ballon de baudruche. Nous rangeâmes les outils à deux avant de remonter vers la maison. Anna, d'humeur animée comme elle l'était rarement, me parlait du lion empaillé qu'il y avait dans l'hôtel de son village du Karrou quand elle était enfant. « Vous avez entendu parler du lion de Cape Moutain? C'est une espèce réputée éteinte depuis je ne sais quand. Celui-là a été abattu aux alentours de 1865 et, je ne sais trop comment, depuis le temps, on l'a conservé intact. C'est un Anglais qui l'a tué et expédié en Angleterre pour le faire empailler, et il est resté une éternité dans un quelconque club à Londres. Quand j'étais gosse, il était dans l'entrée du vieil hôtel, à Neksburg, juste à côté du distributeur de cigarettes. Pour moi, il ne ressemble pas beaucoup à un lion; plutôt à une espèce de monstre bizarre, en pierre, comment ça s'appelle, une chimère, c'est ça?

– Il y est encore? Il me semble que c'est le nom de l'endroit où je suis invité à Noël : Neksburg, oui, c'est bien ça, j'en suis sûr. »

Anna fit longuement siffler l'air en s'exclamant : « Noël à Neksburg, vous ne savez pas ce qui vous attend! » Elle paraissait s'amuser beaucoup.

« Enfin, ce n'est pas à Neksburg même, c'est un haras qui appartient à des gens d'ici que je connais, les Alexander. Un couple nommé Baxter s'en occupe et il est question de réunir des gens. Je ne sais pas si ça se fera.

– Ah! là, c'est un autre Neksburg, dit Anna en souriant. Les Alexander de la Compagnie des Mines? Du beau monde. Ça doit être une bagatelle de neuf cents hectares comme il y en a dans le coin. Piscine et Dieu sait quoi.

– Mais Neksburg est bien le village d'où vous venez? lui demandai-je. Ça n'est pas incroyable? J'ai l'impression que nous avons déjà eu une conversation de ce genre.

– C'est vrai. Vous vous souvenez? Quand j'ai fait votre connaissance. J'ai parlé du procès de Jagersfontein et vous m'avez dit : Jagersfontein, mon grand-père a été tué à Jagersfontein!

– Et nous ne sommes jamais allés à la recherche de sa tombe. »

Elle agita ses mains pleines de boue en un geste de dégoût. « Ach, c'est sans doute mon grand-père à moi qui l'a tué. Laissez tomber ces vieilles guerres. »

Elle se dirigea vers la petite salle de bain pour se nettoyer.

« Combien de temps le procès de Jagersfontein va-t-il encore traîner? lui criai-je. Amon a encore pris son vendredi, j'ai la sensation que cela dure depuis des mois.

– Il a pris quel jour?

– Vendredi.

– Les poursuites ont été abandonnées il y a un mois.

– Encore des histoires de grand-mère malade. »

Anna revint, les cheveux en ordre, en examinant ses ongles. « Faites-lui son affaire, dit-elle sans douceur. Oh, que c'est joli, Urmila! Toby, vous avez vu ce qu'elle a fait? » L'enfant avait décoré la table de guirlandes de soucis au ton cuivré, à l'odeur âcre. Je restai dîner et fumai pendant tout le repas, pour tuer les relents, car je sentais qu'Urmila, mais aussi Anna, seraient blessées si j'ôtais ma guirlande. Après le dîner Urmila apporta un livre et resta debout, appuyée à la chaise d'Anna, tandis que celle-ci en lisait un chapitre. C'était *Peter Pan* et je me demandai ce qu'Urmila pouvait bien tirer d'un domaine enfantin même aussi peu conventionnel que celui de la famille Darling. Mais j'avais l'impression, à regarder le visage sombre et laid de l'enfant, ses lèvres nerveuses sur lesquelles ses doigts se promenaient sans cesse comme pour se rassurer, que ce n'était pas l'histoire qu'elle écoutait, qu'elle voulait, mais qu'elle tenait à ce qu'on lui fasse la lecture. Anna la mit au lit elle-même et j'entendis l'enfant lui parler tout bas et rire avec elle.

Quand Anna revint dans la pièce, elle dit avec

irritation : « Ils rendent cette pauvre petite si timide. Je ne sais pas à quoi elle sera bonne.

– A faire une bonne épouse musulmane, lui suggérai-je.

– Peut-être bien, dit Anna, peut-être bien, et elle soupira.

– Au moins, on nous élevait de façon que nous soyons capables de nous débrouiller, dit-elle. Ça ne tournait pas toujours comme les pauvres vieux l'avaient imaginé, mais enfin... Quand j'avais son âge, j'étais en pension à Bloemfontein, et j'y allais toute seule par le train. » Il lui arrivait de se montrer résolument, obstinément, fière des traditions de cette famille avec laquelle, je l'avais compris d'après ce que je savais d'elle, elle avait rompu à tout jamais. Nous étions là, à boire des fines à l'eau et à parler de son enfance. Sa famille était propriétaire d'un salon de thé à Neksburg, un village du Karrou. « *Tee-en-Koffie-Kamer*, me dit-elle. Sur la grand-route du Cap qui traverse le *dorp*. C'est surtout pour les touristes, mais depuis que mon oncle l'a agrandi en 1935, c'est devenu un lieu de rendez-vous pour les jeunes de l'endroit, le samedi, et une boutique où les indigènes viennent acheter une bouteille de lait, du pain, des cigarettes. Quelqu'un m'a dit que les derniers perfectionnements apportés, c'est que les indigènes n'ont pas le droit d'entrer par le devant de la boutique. Mon cousin Toy – il s'en occupe avec un de mes frères – a fait ouvrir une porte, sur la ruelle qui donne dans la rue, pour eux. Je ne suis pas retournée chez moi depuis avant mon mariage avec Hassim, alors je ne l'ai pas vue de mes propres yeux. Nous habitions derrière le magasin. Il y a une cour, avec une tonnelle métallique complètement mangée par une vieille vigne énorme, le métal est incrusté dans l'épaisseur du cep, et derrière, c'est la maison. Une maison pas jeune non plus, avec des murs en pierre épais, un toit en terrasse, des volets; enfin, c'était comme ça jusqu'à ce qu'on y ajoute une véranda de bois qu'ils ont peinte en orange. Ma grand-mère avait fait mettre des bacs avec des fougères dans la cour; c'est là que nous jouions avec les enfants des domestiques métis qui étaient, en plus, chargés de nous surveiller. Tout le village est le long de la grand-rue : le boulanger, le boucher, les deux épiceries où l'on vend de tout, un autre café, tenu par un Grec, l'agence immobilière, le cabinet du notaire, l'ancien hôtel et le neuf et, bien sûr, un garage gigantesque, qui s'est monté il y a à peu près dix ans. C'est le seul bâtiment moderne de Neksburg et on ne voit que ça, tout rutilant, avec une énorme baie vitrée, des pompes à essence chromées et deux indigènes du coin attifés d'uniformes bleus. Ça et les grosses voitures des gens de passage devant le nouvel hôtel, ça ne ressemble en rien à tout ce qu'il y a à Neksburg, mais leur côté déplacé fait partie de l'endroit, vous voyez ce que je veux dire ?

– De la poussière, des cailloux et un hôtel envahi par les mouches avec une ou deux voitures étincelantes... » Le Neksburg d'Anna était bien celui dont parlait Kit Baxter plusieurs mois auparavant, la première fois chez les Alexander.

« Juste en face de notre salon de thé, il y a cinq arbres à poivre. » Anna essayait de s'y retrouver parmi les choses importantes de la vie d'un enfant. « Je me rappelle avoir commencé à les regarder. Vous savez bien comment, jusqu'à un certain âge, on ne regarde pas les choses. Eh bien, jusque-là, les poivriers étaient comme le salon de thé, la cour, la maison. J'ai oublié de vous dire que, sur le mur de la salle, on mettait des photos en couleurs des membres de la famille, surtout les enfants. On allait à Bloemfontein spécialement pour les faire faire; enfin ce que je veux dire, c'est que quand un bébé naissait dans la famille, on l'emmenait pour son premier anniversaire et ainsi de suite. Il y avait une photo de moi et de mes deux petits frères sur le mur, juste au-dessus du réfrigérateur à pétrole. Je passais des heures à la regarder, en fait je la regardais chaque fois que j'entrais dans la boutique, parce que je croyais que c'était vraiment comme ça que j'étais, pas comme ce que je voyais dans la glace. Sur la photo, j'avais les lèvres d'un rouge éclatant et des reflets jaunes dans les cheveux. Il y avait une grande photo de la fiancée de mon cousin Johannes, et elle, elle avait une rose dans ses longues boucles blondes – des boucles pour de vrai – et elle levait la main vers son cou pour montrer la bague qu'elle avait au doigt. Et il y en avait une autre, encore plus grande, d'une autre petite cousine, la beauté de la famille, juste mon âge, en crinoline mauve. Et puis, je ne me rappelle pas exactement quand, ni quel âge j'avais, mais je me souviens clairement d'une coupure nette dans le temps, le moment où j'ai compris pour de bon que les poivriers, qui ne changeaient jamais de place, là dehors, étaient une chose et notre *teekamer*, les photos au sourire affecté qui ne nous ressemblaient pas, les glaces aux cordelières surchargées de fleurs en papier crépon poussiéreuses, et le phono qui tremblait quand il tournait, en étaient une autre. C'était la saison où les poivriers avaient quoi? vous diriez des fruits? où les petites boules étaient mûres et se mélangeaient aux feuilles pâles et grisâtres, si bien que les arbres avaient l'air doux au toucher. Après ça, chaque fois que je rentrais de pension, pour les vacances, je m'apercevais que les choses qui ne me gênaient pas à

Neksburg étaient celles qui énervaient mes frères et mes cousins et leur faisaient honte, et que celles qu'ils admiraient et dont ils se félicitaient me faisaient honte à moi. Ce qui me causait plus de honte que n'importe quoi, c'était les photos en couleurs. J'en ai pleuré une fois, dans le creux où coulait la rivière, près du cimetière. Eux, ils avaient honte de voir un type passer à vélo avec une chèvre ficelée sur le dos. »

Je n'aurais jamais deviné que la révolte d'Anna ait commencé par une affaire de goût. Je lui demandai quand elle s'était mise à s'intéresser à la politique.

« Quand je travaillais à Bloemfontein et ensuite Johannesburg. Vous comprenez, ma famille ne voyait rien d'extraordinaire à ce que je veuille aller travailler en ville. Ils croyaient que je voulais avoir des robes à la mode, aller au bal, avoir des tas de petits amis. Quand je suis entrée en stage chez un avocat, ils n'ont pas pris ça très au sérieux. Ils m'ont laissée partir sans rien dire. Tant que je continuais à aller à l'église le dimanche, pas de problèmes.

« Vous savez, j'étais membre du parti depuis longtemps, et j'avais des responsabilités syndicales, que mon père n'en savait toujours rien, il ne voulait pas entendre parler de tout ça. Il était persuadé que j'avais une bonne place, dans un bureau, en ville, et que tout ce que j'espérais c'était de revenir un jour à la maison la main dans celle d'un gentil Dirkie ou Koosie, toute prête à accrocher une nouvelle photo de moi au mur du *tee-kamer*.

– Et quand est-ce qu'ils ont tout découvert?

– C'est un oncle qui le leur a dit. Il y a des Louw partout, des cousins, au nième degré, tous curieux comme le diable. Je m'occupais d'un syndicat féminin de métisses des travailleuses de la confiserie.

– Qu'est-ce qui est arrivé? »

Elle se leva et remplit les verres. Quand elle fut réinstallée, elle dit : « Oh, je m'en suis sortie avec de la chance. Ils m'ont laissée tomber. Ils voulaient oublier tout ce qui me concernait, très vite. Je pense qu'ils croyaient vraiment que j'étais folle; ça leur permettait d'avoir moins honte de moi, ça devenait une chose à laquelle je ne pouvais rien. Ma mère venait me voir, de temps en temps, mais nous n'avions jamais été très proches. J'aurais préféré voir mon père; mais pas question. Elle est morte. Elle est morte quand je passais mon dernier examen de droit, juste avant d'épouser Hassim. Le vieux est encore à Neksburg. Ce sont vraiment des gens bizarres. Il leur reste très peu de dignité; ce sont des nationalistes convaincus, c'est évident, au sens le plus étroit, le plus démodé, ils détestent les Anglais, ils détestent les Noirs, ils vivent dans la terreur de tout ce monde-là. En réalité, ils craignent et haïssent tout ce qui n'est pas eux. Quelle existence lamentable! Et pourtant, vous savez, ils descendent en droite ligne des pionniers du Grand Trek : on s'attendrait à ce qu'ils aient un peu plus de nerf. Les *Voortrekkers* étaient peut-être des fanatiques, mais ils n'avaient pas froid aux yeux.

– Eh bien, vous êtes la réponse. C'est vous qui avez parcouru le *trek*, pour cette génération-ci. »

Elle dit, à sa façon mesurée, sans détour : « D'une certaine manière, je comprends la répugnance de ma famille à me reconnaître, moi, leur chair et leur sang, qui leur remet en mémoire tout ce qui les effraie. Et vous avez remarqué comme j'ai le teint foncé? Je ressemble à une sale Espagnole. Le sang huguenot, à ce qu'on dit. Sans doute vrai, d'ailleurs, il y a des La Vallée et des

Dupreez du côté de ma mère. Mais il est probable que ce sont les frasques d'un pépère avec une Noire, dans le temps, en plus. »

Nous parlions encore après minuit. La petite fille appela une fois, de la chambre, et Anna alla voir. Pendant les quelques minutes où elle fut absente, je pris conscience de la nuit qui, dehors, explosait soudain et se précipitait sur la fenêtre quand une bourrasque de vent et de feuilles griffues. Je passai dans la salle de bain et y retrouvai, comme partout dans la petite maison, l'ordre serein de l'esprit d'Anna; les rangées bien alignées de produits de toilette, le savon de qualité, les serviettes bien épaisses, impeccables.

Quand elle revint dans la salle de séjour, une pluie battante, à grosses gouttes espacées, assourdit la remarque qu'elle fit, et je me levai pour partir.

Elle était debout, les bras serrés pour se protéger d'une fraîcheur imaginaire provoquée par le bruit de la pluie. Elle paraissait toute petite, trapue, et la fatigue, l'animation refroidie de tant de bavardage, la marquaient profondément sous les yeux.

« Attendez que cela se dissipe », dit-elle. Nous avions tous deux bu pas mal et une atmosphère de confiance et d'éternité s'était installée autour de nous, accentuée par la pluie qui, elle aussi, modifia son rythme et s'installa dans un bruit étouffé, régulier, enveloppant.

Elle me raconta son voyage de 1950, en Russie, qui lui avait, une fois pour toutes, fait perdre ses illusions sur le communisme et à la suite duquel elle avait, pleine de dégoût, rompu avec le parti. A la différence de la plupart des anciens communistes que j'avais connus à Londres, Anna n'en était pas restée au stade de convalescence spirituelle qui semblait marquer la limite de leur faculté de récupération après avoir perdu la foi, mais elle partageait, avec ceux qui ne parviendraient jamais à reprendre pied, une attitude dogmatique, car après tout, les anciens militaires ne retrouvent jamais la même démarche que le reste de l'humanité. Même si elle n'était plus tenue à croire aveuglément, elle ne pouvait se débarrasser de l'air d'avoir toujours raison.

Un peu plus tard encore, elle dit brusquement :

« Quand vous irez à Neksburg, il faut aller voir le lion. »

Nous parlions de Faunce et de mon père, mais la remarque ne donnait pas l'impression de tomber à côté. Je dis, au bout d'un instant : « Il est probable que je n'irai pas du tout. »

Elle s'enfonça dans son grand fauteuil, s'y enfouit sans me lâcher des yeux, avec la concentration souriante d'un regard émoussé par l'alcool, comme une étoile dont la lumière mettrait un million d'années à m'atteindre.

« Ils vous plaisent, ces gens? » demanda-t-elle. C'était une curiosité réelle, pas une critique implicite que contenait la question.

« Certains. »

Elle acquiesça d'un signe de tête. « Celle du bar du Stratford. Elle est jolie à regarder. »

Je repris : « Les gens que je connais ici ne semblent jamais se connaître entre eux.

– A quoi ressemblent-ils? »

Je lui parlai des habitants de Maison Haute, en ajoutant une touche de couleur au tableau, et me sentis à la fois manquer de loyauté et goûter une légère revanche, comme si je venais de m'apercevoir qu'ils m'avaient mené en bateau. Ils lui étaient aussi étrangers que les habitants d'un autre pays; je ne pense pas qu'elle aurait eu, de toute façon, envie de les connaître, mais c'était pour moi un rappel supplémentaire des frontières dont elle était sortie, et qu'elle ne pourrait probablement jamais retraverser. Son visage, menton levé pour tirer sur une cigarette, ou incliné, parcouru de cascades d'ombre, au-dessus du verre tenu au creux des deux mains, était un visage de ponts coupés, de vaisseaux brûlés; un de ces visages qu'on aperçoit soudain, sous l'effet de jeux de lumière, dans les formations rocheuses d'un flanc montagneux. J'eus tout à coup peur d'elle, j'étendis la main et touchai, avec le contact de la peur, la chose que je fuyais. Je ne la désirais pas, mais je l'embrassai. La pluie avait cessé, comme pour écouter, la nuit tout entière était immobile. Elle ne ferma pas les yeux une seconde; chaque fois que j'ouvrais les miens, elle me regardait, comme si elle attendait que quelque chose soit passé, attendait d'avoir fini. Elle continua à parler tout en me prenant la main, en la tournant, paume en l'air, puis en bas, en s'appuyant sur les ongles un à un.

« Vous croyez rester libre avec un pied d'un côté et l'autre de l'autre, le regard encore ailleurs, mais même vous, même un étranger comme vous, Toby, vous n'y tiendrez pas. »

Elle se leva pour essuyer la pluie sur l'appui de fenêtre, les grosses loupes éparpillées, épaisses et vitreuses. Nous étions tous deux debout dans la pièce, comme si la nuit nous déchirait. Je pensai à Cecil avec une bouffée d'envie, mais c'était une femme comme on les imagine avant d'en avoir connu aucune. Je fis l'amour à Anna à la fin, avec lenteur, parce que j'avais tellement bu, et le plaisir me vint comme arraché à force de poignet. Quand notre exaltation retomba, la pluie reprit comme si elle ne s'était jamais arrêtée une seconde.

Je crois qu'il est inutile de se justifier quand il s'agit de ses sentiments à l'égard des femmes. Toute cette grande affaire mystérieuse peut être influencée et même gâtée par l'idée qu'on se fait de ce qu'on devrait éprouver, du code qui vous guide, mais il n'en demeure pas moins que l'homme en chacun de nous possède un code bien à lui qui, à l'occasion, rend ridicule celui qu'imposent les conventions. On fait quelque chose de pas très reluisant, de lubrique, ou d'imbécile et on a tout de même la conscience en paix. C'est tout. Et quand on se sent bien dans sa peau, la raison – toutes les raisons pour qu'il n'en soit pas ainsi – ne saurait vous décontenancer. Ma conversation poussée un peu plus loin avec Anna (ce n'est pas un euphémisme poli, c'est exactement ce que ça semblait, à peine terminé) eut pour conséquence d'accroître l'intérêt que je portais à Cecil. Pendant des semaines, le simple fait de prononcer son nom me plongea dans une douce folie; ses défauts me transportaient, la racine de ses cheveux plus foncée sur deux centimètres me remuait, son rire, dans la pièce à côté, m'étonnait comme un secret dit tout haut. Une saison d'amour s'empara de mon être; et ce fut Noël, Noël au cœur de l'été.

TROISIÈME PARTIE

XII

Les réjouissances de Noël, à Maison Haute, semblaient n'avoir ni début ni fin. Quand j'allai chercher Cecil pour l'y emmener déjeuner la veille de Noël – on célébrait le retour du Karrou des Baxter que Marion avait dissuadés de la grande réunion prévue par Kit à Neksburg – la piscine était remplie de jeunes, garçons et filles, et de grands éclats de rire déclenchés par le whisky montaient de l'ombre de la véranda où Hamish Alexander, en pantalon blanc de joueur de boules et chaussures de daim marron, le ventre comme un baril, la bonne humeur rêche, était installé au milieu des invités moins jeunes. Quand nous repartîmes dans l'après-midi, certains s'étaient éclipsés, mais il y avait de nouveaux arrivants. Plus tard, il y eut le soir un grand dîner auquel ni Cecil ni moi n'assistions. Il fallait qu'elle emmène son fils à un goûter, chez ses parents; j'allais fêter Noël avec Steven qui avait arrangé quelque chose. Elle passait également le jour de Noël chez ses parents, et j'avais mes propres projets. C'est pourquoi je ne la revis que le vingt-six décembre, où nous étions de nouveau invités chez les Alexander, et où nous débarquâmes à midi, au milieu de la troisième journée de réjouissances, pour trouver la piscine aussi animée que le bassin aux phoques d'un zoo, et la véranda toujours prodigue des rires du bar.

Il semblait faire plus chaud qu'il n'avait encore fait de tout l'été à Johannesburg. Le soleil et le vin, la bière et le whisky créaient une atmosphère de *fiesta*; pour moi, ce n'était pas Noël, mais ça me plaisait. Devant mon appartement, des gamins noirs tortillaient les fesses et usaient leurs semelles dans le fracas des boîtes de conserve, et le son des pipeaux. Tant que les magasins restèrent ouverts, un défilé suant, fatigué, envahit les rues, aussi serré qu'une colonne de fourmis attirées par du sucre; ensuite, à l'exception des queues devant les cinémas, la ville fut abandonnée aux ivrognes. Les cloches des églises carillonnaient et, sur les balcons des appartements, le soleil allumait les boules des sapins de Noël en pot. Les Noirs qui livraient les caisses où cliquetaient des bouteilles avaient des chapeaux en papier sur la tête. Si la ville n'était pas bien guillerette, au moins se laissait-elle un peu aller. Chez les Alexander, cadeaux, fleurs, verres, rafraîchissements, dissimulaient le luxe sous l'abondance; le jardin, lui-même, gorgé de la sève du plus fort de l'été, croulait sous tant de couleurs et une telle épaisseur de pollen, vibrait de tant d'abeilles, il s'y croisait tant d'oiseaux, s'y alourdissait une telle odeur de pêches et de prunes trop mûres, plus capiteuse encore que le parfum des femmes, que la trame elle-même de l'air chantait l'opulence. La corne d'abondance vous tombait jusqu'aux yeux. Cecil étincelait à chaque évolution dans cette atmosphère, comme un poisson dans l'eau : elle me semblait n'exister, à bon droit d'ailleurs, que pour le plaisir de rire, les yeux allumés d'alcool, les genoux couverts de cadeaux, au milieu des fleurs et des abeilles ivres.

Ma soirée de Noël avec Steven démarra vers dix heures dans un club tenu par des Indiens, à quelques kilomètres de Johannesburg. Lucky Chaputra avait insisté pour que nous venions, me dit Steven, pourtant, quand nous quittâmes les lieux, peu avant minuit, il ne s'était pas manifesté, mais on nous avait fort bien traités, certainement sur ses instructions. Le club était un de ces coins qu'on ne peut jamais retrouver seul; je conduisais sans savoir où j'allais, prenant les tournants que m'indiquait Steven, suivant des repères qui m'étaient invisibles, le long de chemins de terre, à travers des ravines, au milieu de l'obscurité du *veld.* Steven ne cessait pas de jacasser et, de temps en temps, peu disposé à interrompre une histoire pour me donner des indications, se réveillait avec une ou deux minutes de retard et criait, alerté par quelque chose d'inconnu sur le parcours : « Attends un peu! Arrête-toi, mon pote! On a loupé l'embranchement. »

Il y avait un concert au club quand nous y arrivâmes. Le programme se déroulait avec lenteur car, après deux ou trois numéros, le public, composé de musulmans et d'hindous, s'égaillait vers les voitures. Tous ces hommes revenaient sans se presser vers la salle, dix minutes ou un quart d'heure plus tard, en exigeant à chaque fois sur un ton un peu plus acerbe, avec davantage de vociférations, que le spectacle reprenne. Cela tenait à ce que le club – qui, comme tous les *country-clubs*, possédait piscine et courts de tennis – ne pouvait pas, bien sûr, obtenir de patente pour l'alcool. Les membres buvaient dans leur voiture, à la va-vite, sans eau.

On nous poussa, Steven et moi, le seul Blanc et le seul Africain présents, dans une antichambre éclairée à la bougie où d'abord le gros homme pâle qui organisait le spectacle, un individu tendu du nom de Jayasingh, puis un mince homme d'affaires nommé Mia, et au cours de la soirée d'autres membres importants du club, nous apportèrent des whiskies à l'eau. Pendant que les autres mangeaient les petits canapés triangulaires desséchés qu'on sert dans les lunchs de mariage, on nous donna des assiettes de vermicelle chaud assaisonné de sucre et de cannelle. Comme d'habitude, il n'y avait pas assez de verres pour tout le monde, et nous bûmes rapidement, par politesse, pour que les autres arrivent à boire quelque chose avant de retourner dans la salle. Dans l'antichambre, il n'y avait pour tout meuble qu'un lit de fer veuf de son matelas et une table. On voyait un buste de plâtre parmi les bouteilles de whisky sur la tablette de la cheminée; je m'avançai pour l'examiner et Mia, débordant d'empressement, se précipita avec la bougie : « Gandiji, cria-t-il, je vais vous le montrer. » Le plâtre portait une paire de minuscules lunettes en fil de fer. La bougie éclaira du même coup, sur le mur, deux ou trois photos de groupes d'hommes d'affaires indiens, en costumes rayés, la mine importante.

Dans la salle, nous étions assis sur des sommiers, à même le sol. « A l'indienne », me répétaient sans cesse mes voisins, avec l'air d'avoir découvert quelque chose. « Il chante en ourdou, et je comprends tout juste un peu de gujrati », se plaignit quelqu'un, tandis que le premier musicien, un jeune homme égaré, à l'air lugubre, que je me serais plutôt attendu à voir faire son numéro sur un lit de clous, sanglotait et gémissait, exactement de la même façon que tous les petits gars qui déclenchent chez les adolescents une adoration frénétique. Bientôt, une jeune fille dont le corps et le visage étaient parés de la grâce et de la beauté la plus tendre, s'avança au milieu d'un tonnerre d'éloges bredouillés. Elle était en sari et ses chevilles portaient des grelots au-dessus de ses pieds nus; les hommes criaient et l'interpellaient tandis qu'elle dansait en roulant les yeux, emportée par une rumba. « Lola, Lola, c'est magnifique, ma chère », répétait Mia. Et à moi : « Ces porcs ne peuvent pas la fermer. Elle n'est pas extraordinaire ? » J'exprimai mon admiration et demandai si elle exécutait parfois de vraies danses indiennes. Mia et plusieurs autres se lancèrent alors immédiatement dans une discussion fervente où le mot « classique » revenait sans cesse, comme la date d'une grande découverte, une bataille qui remonte en mémoire, un grand nom qu'on se rappelle. Classique, classique. Après un ou deux intermèdes supplémentaires dans l'antichambre, il commença à monter comme un cri de désespoir, un appel dans le désert – chacun d'entre eux n'aimait que le classique, le classique, le classique, qu'est-ce que les Indiens d'Afrique du Sud connaissent au classique ? Le pauvre Jayasingh, dégoulinant, pathétique comme seul peut l'être un obèse harassé, prit la mouche : son spectacle, les meilleurs artistes, les plus hauts cachets, ne plaisait à personne. Nous passâmes tous dans le jardin avec lui, en délégation, et Mia sur un ton officiel (« Mon cher Mr. Jayasingh... »), Steven et moi l'encourageant de petits acquiescements satisfaits, nous efforçâmes de le rassurer. Je ne pense pas que nous y avons réussi, mais du moins se radoucit-il. Quelques minutes plus tard, Mia réussissait de nouveau à le coincer, pendant que le spectacle continuait et, bientôt, on nous faisait sortir discrètement de la salle au milieu d'un numéro d'orchestre, pour nous parquer, avec Mia, Jayasingh et un ou deux autres, dans l'antichambre.

Cette fois, la jeune Indienne s'y trouvait. Je n'ai jamais rien vu d'aussi éblouissant. Elle n'avait jamais été en Inde et parlait anglais avec un fort accent sud-africain, mais elle possédait la beauté ancestrale et, dans un corps vivant, les seins ronds en pierre, la taille ronde et étroite des statues de femme de la sculpture indienne du Xe siècle; j'en avais une fois découpé une photo, *Vriksaka,* la déesse des arbres. La jeune fille en chair et en os était assise sur une caisse à whisky vide, à peine effleurée par l'épaisse lumière jaune de la bougie qui fumait, tout juste visible, et elle chantait comme un oiseau perché sur les fils téléphoniques. Les gens continuaient à se presser pour entrer. Certains étaient repoussés à l'extérieur. Ceux qui étaient dans la pièce exprimaient leur admiration, encourageaient plus qu'ils n'écoutaient, mais je les sentais émus à l'idée même qu'elle chantait. Elle chanta des chansons traditionnelles indiennes aussi longtemps que nous en eûmes envie, c'est-à-dire aussi longtemps que les membres importants du club eurent l'audace de l'éloigner de son public, puis elle nous quitta, en écoutant, l'air attentif, les compliments qui n'en finissaient pas tout en échappant adroitement aux grosses pattes de ceux qui voulaient la retenir et en esquivant, d'un mouvement rapide de la tête, les mains, les visages, les cris d'impatience et de désespoir : « Classique... classique... » Elle était faite pour plaire. Je n'avais jamais auparavant rencontré de créature semblable.

En rentrant en ville, j'en parlai à Steven dans la voiture et, en peu de temps, nous passions d'une femme à la question des femmes en général, puis, de façon inévitable, de nouveau à des exemples particuliers, tandis que Steven me racontait ses conquêtes londoniennes. C'était un sujet rebattu que nous avions abordé plus d'une fois, dans nos confidences au petit jour, dans les quartiers indigènes. Tout Noir qui était arrivé à quelque chose semblait mettre son point d'honneur à se vanter de ce que, aux temps de ses débuts modestes comme serveur, groom ou dans tout autre emploi subalterne mais bien placé, une Blanche l'avait poursuivi de ses assiduités. Certaines histoires avaient l'accent de la vérité, d'autres pas. Mais chacun en avait une à raconter. Je suppose que dans le pays que j'habitais, dans la ville que j'habitais, c'était le genre de récit anarchique, à sensation, beaucoup plus chargé de signification; mais je dois avouer que pour moi, étranger au pays, étranger à ces histoires, tout cela faisait partie du vieux mythe amoureux dont j'ai déjà parlé – projection désenchantée de joies qu'on ne trouve pas chez soi.

Nous terminâmes la soirée au Temple de Mémoire que Steven n'habitait plus mais où il demeurait maître des cérémonies. Dans le quartier indigène, les rues étaient remplies de gens qui chantaient, bras dessus, bras dessous. Les filles qui hurlaient et se trémoussaient en descendant la rue à toute allure, portaient des bonnets de mitron en papier où on lisait « D'accord petit » ou « J'suis pas un ange ». Les maisons délabrées où les vieux essayaient de dormir et où l'on avait mis les plus jeunes enfants au lit ne manifestaient aucun signe de vie. Mais il devait bien y en avoir, comme le Temple de Mémoire, où les gens se faisaient eux-mêmes de la musique, dansaient, discutaient. Des cours invisibles sortaient les voix bien reconnaissables, chantantes, déchaînées par la bière. Les bistrots clandestins étaient ouverts et faisaient de l'or. Nous entrâmes dans l'un d'eux à la recherche d'un ami de Steven et il y avait plus d'agents dans tous les coins que je n'en avais jamais vu. « Il y aura pas mal de crânes fracassés et de coups de couteau avant que Noël soit passé, dit Steven en riant de toutes ses dents et en secouant la tête. Le Messager de Paix a l'air de nous oublier. »

Le jour de Noël, j'allai à l'église avec la femme de Sam, Ella et leur petite fille. L'enfant portait une robe à volants, toute raide, et le petit médaillon d'or que je lui avais apporté en cadeau de Noël. Nous allâmes à l'église anglicane du quartier indigène qu'ils habitaient, et seule Ella acceptait ma présence comme parfaitement normale; Sam était ravi que j'aie envie d'aller à l'église avec Ella, mais comme quelqu'un qui loue une excursion dangereuse.

J'étais content d'être avec une amie, plutôt que parmi les étrangers polis qui emplissaient leur église douillette, tout près de chez moi, de l'encens de leur brillantine. Dans l'église du quartier de Sam, le prêtre était un Anglais pansu, crasseux, tonsuré par la calvitie. L'église était bâtie en brique violacée, très laide, et sentait le savon que les fidèles avaient utilisé pour se laver et la fumée des feux de plein air qui imprégnait leurs vêtements. Un chœur de jeunes garçons et un autre de femmes chantaient de la voix angélique des Africains : des voix qui semblent douées d'un registre qui n'appartient qu'à elles. Après avoir tourné la tête pour me regarder, les fidèles acceptèrent ma présence avec tout juste quelques bribes de conversation, bien que je doute qu'un laïc blanc ait jamais pénétré dans leur église avant ce jour-là. A la fin du service, je m'aperçus que le prêtre voulait venir me parler, mais je fis semblant de ne rien voir, et nous nous éclipsâmes. Je ne pense pas trouver un jour une église qui me convienne aussi bien que celle de chez moi, dans laquelle mes grands-pères réunissaient autrefois les leurs sur le banc de la famille; voilà le genre de fidèle que je suis.

Le repas de Noël avait lieu chez Sam. Il y avait un poulet et chaque invité avait apporté quelque chose à manger : un pudding en boîte, un gâteau à la crème, des saucisses, des noix et noisettes et des bonbons. Cela ressemblait plus à un pique-nique qu'à autre chose, malgré la petite pièce étouffante dans laquelle nous étions confinés, la chaleur de la journée éclatante, les allées et venues de tous les convives qui choisissaient au passage ce qui leur plaisait, les mouches exaspérantes, la proximité des voix et le concert des huées de la rue. J'avais apporté des fondants et une ou deux bouteilles de vin et, comme on pouvait s'y attendre, Sam se retrouva assis à son piano. Tous ceux qui étaient là se mettaient à chanter aussi facilement qu'on entame ailleurs une conversation; chants de Noël, chansons traditionnelles, jazz bourdonnaient, martelaient, s'envolaient de leurs bouches. En rentrant en voiture dans le courant de l'après-midi, des agents m'interpellèrent et me demandèrent d'aller m'expliquer au commissariat, parce que je n'avais pas l'autorisation de circuler dans le quartier indigène; j'avais de la chance, c'était la première fois que je me faisais prendre et je m'y étais promené sans permis un nombre incalculable de fois.

Je regagnai mon appartement et le trouvai presque aussi chaud que la pièce bondée que j'avais à peine quittée, aussi, un peu avant six heures, je me déshabillai à moitié, m'allongeai sur mon lit et m'endormis. Je me réveillai, non pas, comme je le croyais, en début de soirée, mais au matin. C'est pourquoi il me sembla passer directement du quartier indigène à Maison Haute; le sommeil était un vide qui séparait à peine le chemin défoncé, que j'avais appris à dévaler comme un manège de foire, de l'allée unie – tunnel de vert vaporeux et fleuri – où les voitures avançaient sans bruit en direction de la fontaine de voix qui montait auprès de la maison des Alexander.

J'étais passé prendre Cecil chez elle. Son petit garçon tourniquait autour de la porte tandis qu'elle se préparait à partir. « Vous allez en voiture? Vous allez vous baigner? me demandait-il sans répit.

– Pourquoi ne pas l'emmener? »

Elle soupira d'impatience, un avertissement. « Non, non. Il sort un peu plus tard. On va venir le chercher après le déjeuner. »

Dans la voiture, elle maugréait qu'elle avait passé trop de temps dans sa famille, mais avant que nous soyons arrivés chez les Alexander, elle avait poussé un ou deux soupirs, s'était étirée, avait gigoté, allumé une cigarette, enfin détendue et satisfaite. Elle leva le bras et m'entoura la nuque de sa main, en me pinçant l'oreille. Elle avait une façon de me lécher l'oreille, comme un chien, dans les moments d'intimité et je suppose qu'elle voulait me le rappeler. Je glissai ma main gauche derrière son genou nu, dans le creux tiède, pour lui rappeler des choses, à elle aussi. Elle rit, s'enquit :

« Et où as-tu décidé d'aller, à la fin? » A l'instant, il me sembla absolument nécessaire d'être de son bord, je ne voulais même pas que nous sépare la distance d'un regard surpris ou déconcerté. Je citai le nom d'un libraire et sa femme dont elle m'avait déjà entendu parler.

« Comment ça s'est passé?

– Bien.

– Ça ne pouvait pas être aussi moche que ma collection de vieilles chouettes. »

Elle était assise dans l'herbe, près de la piscine, occupée à ouvrir les cadeaux qu'on lui avait mis de côté la veille. Il y avait un bijou, de la part de Hamish et Marion, qu'elle découvrit avec un profond soupir de triomphe; tandis qu'elle poussait de petits cris et les embrassait, et qu'elle alertait Kit et les autres avec un air de surprise parfait, j'avais l'impression qu'elle était presque sûre d'avoir la bague, qu'elle avait fait tout ce qu'il fallait pour ça. Des paquets bariolés, enrubannés, gisaient, éventrés, tout autour d'elle. Parfum, produits de beauté, attirail de fumeur, satin et nylon; John Hamilton choisit un stylo géant qui avait l'air en bambou et auquel était attaché un pompon de fourrure et se mit à griffonner sa signature sur les jambes des femmes en train de se dorer; Kit évaluait le butin avec des doigts experts; l'un des jumeaux Peever s'approcha, robuste et dégoulinant, dans une odeur de cheveux mouillés et d'eau de Javel de la piscine et embrassa Cecil en l'éclaboussant de gouttelettes. « Ma jolie! Ma petite reine à moi! Joyeux petit Noël! » Douglas Alexander s'était enfin trouvé une fille, une douce gamine d'environ vingt ans qui se glissa en ondulant dans la piscine, au milieu d'une gerbe d'eau, quand John essaya d'écrire sur sa cuisse brune. Archie Baxter l'encourageait de ses cris; en slip de bain, il offrait aux regards un corps marqué et des jambes en fuseaux comme un chien dont le poil somptueux a été rasé. Kit paraissait surveiller son ton cassant quand elle lui parlait; peut-être la fatigue des trois jours de fête était-elle trop pour leur façade de couple séduisant et amusant. Kit avait aussi bien tiré parti d'elle-même que d'habitude et brillait comme une devanture de cinéma où l'on vient d'afficher en lettres lumineuses le nom de la prochaine vedette. John Hamilton l'entourait beaucoup. Il lui faisait une cour bourrée de sens pratique : « Ecoute, Kit, tu sais ce qu'il faut que tu fasses? Tu demandes à un des boys de faire passer l'air dans le tuyau, une pompe à vélo ferait l'affaire... » dit-il en lui donnant des conseils, du ton de quelqu'un qui est prêt à faire le travail lui-même, sur la façon d'entretenir le filtre récemment installé dans la piscine qu'elle avait fait creuser à la ferme.

J'avais reçu en cadeau une chemise de soie (de la part de Marion), un flacon de coûteuse lotion après rasage (les Baxter) et, venant de Cecil, un de ces somptueux ouvrages illustrés que les éditeurs sortent spécialement pour Noël et qu'on baptise vaguement « livres d'art ». Je n'avais jamais porté de chemise de soie, je ne me mettais pas de trucs parfumés sur la figure et n'ouvrirais sans doute jamais plus le livre à partir du lendemain. J'étais étalé paresseusement dans un grand fauteuil, je disais une phrase de temps en temps, j'écoutais; j'écoutais, parfois les yeux clos, le clapotis et les plongeons des gens dans l'eau, les bavardages au sujet du Grand Prix de Noël qui s'était couru le samedi précédent. Il y avait là une femme aux cheveux blancs à reflet bleu, dont le corps s'enflait superbement, vers le haut, comme celui d'une caryatide; elle parlait d'un air absent, affecté – elle ne savait rien dire d'autre que « absolument ensorcelant ». Mais à l'instant où quelqu'un parla de courses, je perçus un changement dans sa voix, sa langueur tomba et elle se mit à tenir des propos intelligents, pleins d'imagination et de finesse; je la regardais, car je n'en croyais pas mes oreilles et, après une minute, pas plus, à l'abri de l'obscurité qui me distendait les paupières, le jardin et l'assistance jaillirent dans toute leur variété et tout leur éclat, trame épaisse de couleur et d'ombre que mon regard paraissait traverser. Je me mis à l'eau avant de déjeuner, et me laissai flotter dans un courant de sensations agréables, un courant qui ne dépassait pas les terminaisons nerveuses; lapement de l'eau fraîche, picotement tonifiant du soleil de midi, odeur de prunes et d'herbe chaude, parfum sur la peau d'une femme qui sortait un instant de l'eau, tout près de moi.

Je m'abandonnais totalement à ce genre d'humeurs. Celle-ci me happa dans l'instant, enveloppante comme une bulle et je ne la rattachai ni ne la comparai à ce qui avait précédé; Orphée, je passai d'un monde à l'autre, mais aucun n'était réel à mes yeux. Car, en chacun d'eux, qu'est-ce qui prouvait que l'autre existait?

Cecil et moi prîmes congé vers cinq heures et rentrâmes dans un silence qui allait en s'alourdissant. Le soleil d'été était juste assez haut pour nous taper en plein dans les yeux, dard ardent auquel on n'échappait pas. Cecil était comme un oiseau que calme soudain la couverture jetée sur sa cage; tout son entrain la quittait à l'idée que la fête était terminée. En refluant, l'exaltation causée par l'alcool et l'atmosphère d'admiration badine dont elle et ses amis s'entouraient mutuellement la laissait sur le sable. La pensée de la nouvelle année, tout juste à une semaine de là, paraissait la déprimer.

« J'ai bientôt vingt-neuf ans », dit-elle. Elle se demandait comment se présenterait l'année; je lui dis, dans l'intention de la rassurer, comme toutes les autres. C'est à peine si elle ouvrit la bouche après ça.

Je me rendais compte que j'étais bien incapable de créer le genre d'atmosphère que nous venions de quitter qui, comme la drogue sans laquelle le toxicomane ne peut vivre et, bien que chez elle ce fût la cause des idées noires qui l'avaient envahie, était également la seule chose susceptible de la remettre à flot. Je me tus, moi aussi. Et elle était là comme un enfant pour qui la fin de la fête veut dire la fin du monde; c'était comme ça qu'elle vivait, d'une partie de plaisir à l'autre, sans obligations professionnelles ou maternelles, sans le lest du quotidien qui, j'imagine, rend la vie tolérable à la plupart d'entre nous.

Son appartement sentait le renfermé après avoir été barricadé pendant toute une journée de chaleur. Elle me traitait de façon absente, avec soumission et gratitude, comme un convalescent qui se réveille et est tout heureux de trouver quelqu'un à son chevet. Après avoir ouvert les fenêtres et les portes du balcon, nous nous assîmes tout bonnement un moment pour bavarder de choses et d'autres, et feuilleter les magazines illustrés américains qu'elle recevait et qui n'étaient, en général, même pas décachetés. Plus encore que calmes, l'immeuble, la rue tout entière, étaient abandonnés et avaient l'air perdu des lieux qui attendent le retour de vacanciers. Elle vint s'asseoir près de moi, s'appuya contre moi en envoyant valser ses souliers et en mettant les pieds sur la table pleine de taches où ceux qui m'avaient précédé et moi-même avions posé nos verres. C'était une de ces heures où l'on est persuadé qu'on n'aura plus jamais faim ni envie de faire l'amour.

Je me mis à lire avec intérêt un article qui parcourait l'âge de pierre en toute familiarité, sur les traces d'un personnage du nom de Dupont-la-Préhistoire, type de l'homme d'affaires impeccable, et Cecil décida d'aller prendre un bain.

Je n'avais aucune notion de la durée de son

absence. Elle avait dû se prélasser dans l'eau vingt bonnes minutes, le soleil était tombé et l'air paraissait se remettre à respirer – quand elle apparut tout à coup à la porte, drapée dans sa serviette de bain, abasourdie, comme si elle ne pouvait croire la chose qui l'avait alarmée.

« Viens ici, écoute, dit-elle. Fais vite. »

Elle me prit la main comme un étau et m'entraîna vers la salle de bain. « Ecoute ! » Elle me secoua la main pour que je m'immobilise. Rien, pendant un instant, sauf le crachouillement du robinet, mais au moment où je faisais mine de parler, elle m'arrêta d'un geste pressant. Alors j'entendis un chien haleter de l'autre côté du mur, dans la rue. Pourtant, alors que j'identifiais le son, il s'amplifia, c'était autre chose qui haletait. Quoi ? Le volume croissait, le rythme s'accélérait, une poitrine, une caverne inimaginable, s'emplissait et se vidait en grinçant, et Cecil, dégoulinante d'eau, ne pouvait détacher du mur son regard horrifié. Puis, comme elle se tournait vers moi pour m'avertir de l'angoisse de ce qui suivrait, cela se produisit : le dernier rugissement, pantelant, souffle arraché à l'enfer, éclata en un sanglot énorme, plaintif, le chagrin écrasant d'un homme. Un homme ! D'un bond, j'ouvris la fenêtre, et elle sauta derrière moi, pour me voir faire ce qu'elle avait eu peur de faire elle-même. Je regardai dehors. La rue semblait vide, sans histoire, tranquille. Des guirlandes de papier déchirées, jaunes et roses, traînaient sur la chaussée. Un vélo était appuyé à un arbre. Puis nous l'aperçûmes, assis, la tête dans les bras, dans le caniveau, juste au-dessous. C'était un Zoulou de grande taille. Les lobes étirés de ses oreilles pendaient, flasques, là où il avait porté des disques de parure et il n'avait qu'un pantalon pour tout vêtement.

« C'est William! » dit Cecil avec un rire de soulagement hystérique, comme si d'avoir reconnu en l'homme le domestique familier chargé des appartements de l'étage mettait automatiquement fin à l'horreur.

Mais, pendant ce temps, l'homme se levait, en nous tournant le dos et se mettait à arpenter la rue dans toute sa largeur, et dans sa poitrine splendide, le halètement hideux reprenait, montait jusqu'à un paroxysme pantelant et se terminait sur un sanglot rauque et effroyable qui le laissa à croupetons dans le ruisseau, la tête inclinée sur les mains. « William! cria Cecil, William! » – La voix de l'autorité et de la réprimande qui ne manquait jamais de le faire apparaître à la porte de la cuisine. Nous aperçûmes son visage, tourné en plein vers nous, tandis qu'il recommençait à haleter et à faire les cent pas et comprîmes qu'il ne nous voyait pas, ne voyait rien. « William, William! »

Cecil tremblait comme si on venait de la frapper en pleine face. « Qu'est-ce qui lui prend? m'implora-t-elle, qu'est-ce qu'il a qui ne va pas? » Elle se sentait menacée par un danger dont elle ignorait tout, elle tremblait de découvrir un chagrin absolument inconnu d'elle, aussi secret que l'année à venir, quelque chose qui n'était ni la mort, ni la pauvreté, ni le divorce.

Elle pensait chagrin, je pensais folie. J'étais persuadé qu'il était devenu fou. Je voulus sortir et essayer de le raisonner, mais elle ne me laissa pas partir sans elle; elle sauta sur ses vêtements d'un air sombre et me força à l'attendre. « Tu n'as pas à y aller. Regarde par la fenêtre. Non, non. » Ses mains avaient bien de la peine à ajuster ses vêtements.

Elle resta debout près de moi, sur le trottoir, les yeux abaissés vers l'homme, une main tremblante aux ongles écarlates appuyée à la tempe, retenant ses cheveux. Nous répétions son nom, mais il ne nous voyait même pas. Nous grimpâmes à grand bruit l'escalier de service métallique qui menait sous les toits, là où les domestiques avaient leurs chambres, pour aller chercher un autre garçon d'étage. C'était un petit Bassuto aux jambes arquées qui fumait une pipe aussi tordue que ses jambes. Il regarda l'homme dans le ruisseau, frappé d'admiration par un état aussi extrême. « Il a fumé. C'est le *dagga* qui lui fait ça.

– Parle-lui, allons parle-lui donc », enjoignit Cecil avec irritation; elle aurait pu aussi bien être en train de lui donner l'ordre de frotter le carrelage.

Le petit bonhomme ne broncha pas. « J'y touche pas, dit-il. Il ne se rend pas compte. Des fois, il ne se rend pas compte pendant trois jours. » Il était ravi de donner des détails.

« *Dagga* ! Mais il souffre le martyre. » Cecil se cachait le visage des deux mains, jusque sous les yeux.

Il est certain que l'homme couché dans le ruisseau *ne se rendait pas compte*; ne paraissait pas capable de retrouver le chemin de son moi. C'était l'indicible angoisse de l'aliénation, de l'égarement, le hurlement de loup d'une âme au milieu du néant. L'épouvantable rite se poursuivait : l'anxiété déchirante des allées et venues, des halètements, qui culminaient en sanglots, puis de nouveau le halètement. Cécil écarta ses mains de son visage et je m'aperçus que dans une de ses paumes elle avait imprimé l'empreinte de ses dents.

Elle retourna à l'appartement et fit un café fort. Quand je m'approchai de lui avec une tasse, l'homme se jeta en arrière, comme un animal sauvage pour qui la nourriture, dans la main de l'homme, est imprégée du parfum de la peur.

Cecil ne détourna pas les yeux une seconde; quand il haletait, elle se couvrait la poitrine de ses mains, quand il sanglotait, sa bouche avait un tic nerveux.

« Est-ce qu'il faudrait aller chercher la police?

– Ils vont l'arrêter.

– Appeler un médecin? »

Il semblait impossible qu'un être humain puisse l'atteindre, là où il était.

« Pourquoi est-ce qu'il a fait cela? » répétait-elle sans arrêt.

Des Africains étaient peu à peu descendus de l'immeuble, attirés par le spectacle. Ils discutaient, montraient du doigt, en évitant de s'approcher, comme s'ils étaient dans un zoo.

« C'est ça, son Noël », dit un grand qui portait des chaussures noires et blanches immaculées, un chapeau mou à large bord et mâchouillait avec bonheur une allumette. Noël. Ils reprenaient le mot en écho, tous d'accord, indulgents. Quand ils avaient assisté à la scène jusqu'au bout, deux ou trois fois, ils remontaient l'escalier ou prenaient la rue sans se presser, en bavardant dans leur langue, et en se retenant les uns les autres, avec le genre de geste qu'on décrit dans le vide quand on renchérit sur les histoires des autres.

Nous rentrâmes, nous aussi, et du living-room, qui ne donnait pas sur la rue, on n'entendait pas. Mais Cecil ne cessait pas d'aller dans la salle de bain d'où on entendait. Elle s'assit sur le rebord de la baignoire et me fit taire, comme s'il fallait absolument qu'elle entende ce qu'il y avait à entendre; le robinet coulait goutte à goutte et la buée se ramifiait en traînées liquides tandis que l'enfantement déchaîné se poursuivait, à la fois bestial et misérablement humain, sérénade monstrueuse venue de quelque enfer médiéval. C'était tous les cris qu'on ne crie pas; toutes les fureurs sanglantes que le cœur ne laisse jamais, ne doit jamais laisser se déchaîner; tous les hurlements qu'on ne hurle pas. Moi-même, j'avais peur à les entendre; pas de l'homme, mais de l'étincelle, en moi, du déjà-vu. Nous restions immobiles, dans une espèce de fascination honteuse, sans nous regarder. Elle avait les lèvres pincées, ses longues mains se crispaient sur elles-mêmes, les ongles aigus rouge sang des deux pouces ramenés sur les poings.

Les sanglots moururent, finirent sur un sifflement comme le vent dans une maison vide et démantelée. On entendit un rugissement qui fit venir les larmes aux yeux de Cecil, férocement fixés sur moi. Puis le bruit d'un homme qui courait, remontait la rue à toute vitesse, s'enfuyait en réduisant le gravier en poussière sous son poids. De la fenêtre de la salle de bain, nous le vîmes dépasser la bicyclette au repos, dépasser les traînards, grimper la côte où la courbe de la rue l'escamota derrière le rideau de jacarandas.

C'était une soirée caressante, comme c'est souvent le cas à Johannesburg, après une journée de fournaise. Des lambeaux pastel flottaient dans le ciel, entre les immeubles, les arbres et les cheminées de la rue. Cecil passa à la cuisine pour chercher de la glace, et c'est là que je la retrouvai, la tête contre les torchons grisâtres qui pendaient à un clou.

« Tu pleures ?

– Non.

– Qu'est-ce qu'il y a ? »

Elle se tourna vers moi, et elle avait le même air qu'au moment où elle ne pouvait pas s'empêcher d'écouter délirer le fumeur de *dagga*.

« Je ne sais pas ce que je vais faire.

– De quoi parles-tu? Faire... dans quel domaine?

– Cette année. » Elle était dans la cuisine comme au milieu des ruines. Mais le réveil de pacotille faisait entendre son tic-tac et le moteur du réfrigérateur s'emballa d'un seul coup; tout était comme dans mon souvenir.

« Qu'est-ce que tu veux faire? »

Elle dit : « Qu'est-ce que j'ai à mon actif? Vingt-neuf ans. Pas assez d'argent pour vivre correctement. Qu'est-ce que je peux bien entreprendre? Tout... parti en charpie. » Elle repoussa du pied le tricycle du petit garçon, et fit couler l'eau chaude sur le bac à glace. Les cubes de glace dégringolèrent dans l'évier, et pour couvrir le fracas, elle dit avec violence : « C'est épouvantable, chez Hamish, une vie entière pourrait y passer comme un de ces déjeuners de gala. »

Elle se mit à décrire tout ce qu'elle ferait si elle avait de l'argent, si elle n'avait pas son fils, si elle habitait l'Europe. Pour la première fois depuis que je la connaissais, j'entendais l'accent sud-africain percer dans une expression, un mot, sous les inflexions britanniques stéréotypées, soigneusement travaillées de sa voix. Je n'eus pas le courage de lui dire qu'elle retrouverait partout les mêmes soirées, les mêmes amis riches et indulgents, les mêmes pur-sang.

« Son Noël! » dit-elle soudain. Elle était assise à côté de moi sur le divan et je sentis une convulsion secouer son corps, comme le frisson qui parcourt un chien sur le point de vomir. « Est-ce qu'il existe un autre pays où on trouve une chose pareille, sur le pas de sa porte? Quel Noël, pour n'importe qui! Un animal, rien d'autre! Comment peut-on vivre entouré de sauvages! »

Je lui dis : « Mais tu en as pleuré. Tu lui as fait du café.

– Non, dit-elle, non. Ils ont dit que c'était son Noël. Pourquoi aller se choisir un Noël comme ça ? » Comme s'il s'agissait de preuves, elle commença à rassembler les cadeaux aux emballages colorés et chatoyants, avec leurs rubans, leurs brins de houx, leurs cartes débordantes d'affection, que nous avions rapportés de chez les Alexander et empilés sur la table en arrivant.

XIII

Dans les lettres qu'on m'écrivait d'Angleterre, je tombais souvent sur l'expression : « la vie là-bas »; les gens que je connaissais lisaient dans les journaux des histoires de grèves, de bagarres dans les brasseries, d'arrestation pour cause de trahison; ils voyaient en photo des poupons noirs souriant parés de perles de verroterie, de grands bâtiments, des hommes politiques dont la bouche ouverte avec arrogance pouvait prophétiser le désastre ou bien la réussite économique. A partir de tous ces éléments, j'imagine qu'ils élaboraient une espèce de sphère où m'inclure, vague à leurs yeux, mais, de toute évidence, parfaitement claire pour moi.

Ils auraient compris une ville aux vies multiples, toutes enchevêtrées, mais auraient-ils compris le triomphe odieux des cloisons du pays que j'habitais? Pouvais-je leur raconter combien il était doux d'être bercé, choyé à Maison Haute? Pouvais-je leur expliquer à quel point je me sentais libre, là où je n'avais pas légalement le droit d'être, dans ces hauts lieux de la ségrégation, les quartiers indigènes? Il me semblait que pour participer à « la vie de là-bas », la vraie vie de Johannesburg, il fallait appartenir, pour de bon, à l'un ou l'autre camp. On ne pouvait pas vraiment les concilier, pas avec les gens tels qu'ils étaient, les lois telles qu'elles étaient, et reconstituer un tout. La seule façon d'y parvenir était de faire comme Anna Louw : mettre le cap sur la frontière qui les séparait, cet endroit solitaire et difficile, encore bien chichement peuplé.

Quoi qu'il en soit, je ne tenais pas particulièrement à m'expliquer, à expliciter les aspects incompatibles de mon style de vie à qui que ce soit, moi compris. J'avais passé ma vie au milieu de gens qui trouvaient nécessaire de tout expliquer. S'ils avaient tout juste réussi à me donner pour seule tradition le doute et l'introspection, eh bien, j'avais choisi de m'en remettre à l'instinct. A Johannesburg, au moins, cela se révélait une façon de vivre qui ne manquait pas de piquant.

Le brio de Steven se régénérait aussi naturellement que le soleil se lève tous les matins. A vivre d'expédients, il conservait l'esprit tranchant comme un rasoir; son existence tout entière se passait à déjouer l'autorité. Certains jours, il jouait aux gendarmes et aux voleurs comme un enfant; d'autres, c'était un homme de loi retors, sans cesse à l'affût de failles dans un dossier qui prenait chaque jour des proportions plus menaçantes. Souvent, il se faufilait dans mon bureau, en chaussures de daim bien brossées, en costume de bonne coupe qui flottait juste ce qu'il fallait, et souriait d'un air condescendant, comme il l'avait vu faire aux vedettes de cinéma.

« Alors, qui viens-tu encore d'embobiner? »

Tout à coup, il s'asseyait en face de moi, abandonnait son personnage, et son visage s'épanouissait en un sourire meurtri, ébréché.

« Le problème avec toi, Toby – Steven adorait entamer ses phrases par " le problème avec toi " – c'est que tu n'as pas confiance dans le pouvoir de la voix humaine. Tu ne crois les choses que quand tu les vois écrites. C'est mieux de ne rien mettre sur papier, car les gens conservent tout ça quand ça t'est sorti de la tête.

– Pas de sagesse populaire ce matin, s'il te plaît.

– T'en fais pas, mon pote, je m'en vais. Tu te rappelles le type de Tzaneen, Bobby, le petit?

– Non, mais ça ne fait rien; qu'est-ce qui lui arrive?

– C'est un gars bien. Il travaille avec le vieux Jake, à l'imprimerie, mais il n'a pas de permis de travail pour Jo'burg. Je m'en vais lui arranger ça de ce pas. »

Il connaissait un type. Cette fois-là un type qui travaillait dans les bureaux du service de l'immigration. Chaque fois, un gars, quelque part; un gars qui prenait des paris pour lui sur les champs de courses; un gars qui allait à sa place acheter du cognac; un gars qui lui obtenait une dispense pour qu'il n'ait pas à transporter un plein portefeuille de papiers d'identité et de quittances d'impôts. Plus les tracasseries administratives proliféraient autour de lui et ses frères de race – et il semblait que chaque mois en voyait naître de nouvelles –, plus il trouvait rapidement un moyen de les tourner. Une grande partie de son énergie, de son savoir-faire et de son temps y passait. Il m'arrivait de me demander combien de temps on pouvait tenir à ce rythme – comment trouverait-il de quoi vivre en prenant de l'âge? – mais j'appréciais surtout la sagacité qu'il déployait. Aucune porte ne résistait à Steven. Il régnait souvent dans le quartier indigène l'atmosphère électrique, le feu qui couve, la suffocation et l'aigreur, comme une bouillie d'orge qui se transforme en bière dans les récipients, d'une énorme énergie retournée contre elle-même. Mais à grand renfort de faux-fuyants et de tricheries, il se dégageait toujours.

Au moins une fois par semaine, il m'entraînait dans quelque équipée fantastique ou me faisait tout à coup partager la compagnie de gens nouveaux qui semblaient tous ses amis de longue date. Nous assistâmes au mariage somptueux de Lucky Chaputra, en février, et à un congrès de sorciers-guérisseurs, hommes pontifiants et prospères, en costumes foncés, aux gilets rebondis. Il organisa spécialement pour moi une soirée de danse indienne, et ne m'en parla que quand nous arrivâmes devant la porte de la maison de Vreedorp où nous attendait la jeune fille que j'avais déjà vue; alors, il se mit à rire en se pavanant et à traiter la surprise comme une bagatelle.

« Cette mignonne t'impressionne vraiment, Toby, à ce que je vois », murmura-t-il en me regardant en coin. Il aurait fait le maquereau pour moi, mais il ne comptait jamais sur moi pour quoi que ce soit; la première nuit dans le bistrot clandestin où nous nous étions soûlés ensemble, il avait eu le moment qu'il attendait de moi; il ne voulait rien d'autre, ou rien de moins.

Souvent je me répétais à quel point Cecil et lui se seraient entendus, s'ils avaient pu se connaître. Leurs flambées d'enthousiasme, leur énergie que rien n'endiguait, leur dilettantisme têtu et passionné – chacun d'eux aurait été l'égal de l'autre, ou plus fort que l'autre.

William balayait dans les jambes de Cecil qui ne le voyait même pas; le jour de l'an passa sans faire plus d'impression que la retombée de William dans l'anonymat du travail; il avait disparu pendant trois jours après que le tournant de la côte l'eut escamoté, mais, une fois revenu, tout avait repris comme avant. Cecil devait monter la jument d'Hamish, un crack déjà primé, dans le concours hippique qui se tient à Johannesburg chaque année à Pâques, et les muscles de ses avant-bras étaient comme du fer, tant elle s'entraînait farouchement. Elle alla passer une semaine avec Kit Baxter dans la ferme du Karrou, et quand j'allai me baigner chez Hamish, le samedi matin, je m'aperçus que ce brave John Hamilton était passé chez elle prendre son petit garçon, Keith, et Eveline l'effarouchée, et donnait à l'enfant une leçon de natation. Je me sentis coupable de ne pas y avoir pensé moi-même. J'aurais pu emmener le gamin au zoo, ou ailleurs, pendant l'absence de Cecil, mais elle s'occupait si peu de lui qu'on ne se sentait pas obligé de lui faire oublier l'absence de sa mère. Il tourna la tête, fronça les sourcils pour échapper à l'éclat de l'eau et, pendant une seconde, lui ressembla en diable. A l'instant, je souhaitai son retour, avec force; je sentais non pas sa présence en groupe, son rire, ses paroles, mais son moi silencieux, sensible, qui n'avait rien à voir avec les mots, sa main qui sentait le tabac, tôt le matin, la façon dont l'entraînait son poids quand elle se laissait choir dans la voiture, à côté de moi.

Je continuais à penser à tout cela, tandis que John et moi étions allongés au soleil, un soleil d'ambre dont la chaleur blanche donnait tout entière sur l'autre face du monde et qu'il parlait aussi facilement que d'habitude, sans plus d'exigences.

« Il faut que vous veniez avec moi. Il n'est pas question que vous retourniez en Angleterre, un de ces jours, sans avoir vu la meilleure battue à la pintade du pays. Mon vieux, vous vous régalerez. Un gallon ou deux de vin rouge, des tas de provisions et on marche facilement trente kilomètres par jour. On se sent en pleine forme, laissez-moi vous le dire. Pas de problèmes, pas de sales boulots : je m'arrange toujours pour qu'on ait des boys à la hauteur qui tiennent le camp en état, vident les pintades et tout le reste. Mais je ne vous ferai pas faire une première sortie avant une bonne gelée blanche, sinon c'est le diable, on en ressort couvert de tiques. Par contre, si on y va trop tard, en août par exemple, l'herbe est trop aplatie, les pintades ne savent où se mettre à couvert, elles disparaissent dès qu'on les aperçoit. Il n'y a pas un cactus qui permette d'approcher. Bon Dieu, ce que c'est énervant ! Vous voyez ce que je veux dire, Toby ? »

Je répondis avec la démonstration d'intérêt laconique qui s'imposait, et qui n'est autre qu'une succession de bruits polis couvrant le manque d'attention et que, je dois l'admettre depuis que j'ai quitté l'Angleterre, les Anglais réussissent particulièrement, sans blesser qui que ce soit. Les étrangers mettent cette technique au compte d'une autre caractéristique anglaise, le goût célèbre de la litote, et se font ainsi grâce à eux-mêmes de l'implication d'ennui. De toute façon, John Hamilton ne m'ennuyait pas; je ne l'écoutais pas, tout simplement.

Marion Alexander apparut de l'autre côté de la pelouse, en tenue de ville, venue tout droit de Johannesburg. Comme bien des femmes qui ne sont plus jeunes, quand elle portait des hauts talons, qu'elle était maintenue ici et là, avait un chapeau de grande modiste et la couverture trompeuse et scintillante de bijoux, voiles et fourrures à laquelle ce genre de femme fait appel, elle était, vue de loin, presque belle. Un regard rapide, relevant promptement tous les ornements de la beauté, suggérait la belle femme, et c'est ce qu'on voyait l'espace d'un instant. Pourtant au fur et à mesure qu'elle approchait, tout tombait en morceaux; le cou était épais sous les perles, les jambes comme des fuseaux, les veines saillaient comme des cordes sur le dessus des mains couvertes de bagues.

« Vous avez tout ce qu'il vous faut, mes chéris? cria-t-elle, et puis encore, en arrivant près de nous : Jonas s'occupe de vous?

– Le grand jeu, dit John en montrant le plateau de tasses sales posé sur l'herbe, et la table chargée de verres et d'une carafe de jus d'orange.

– On aimerait bien quelque chose d'un peu plus fort », dit Marion, s'en prenant à Jonas, le domestique, qui s'était absenté. Les Alexander avaient la ferme conviction que leurs invités réclamaient des rafraîchissements à jet continu, que la seule chance de les voir continuer à se comporter en invités dépendait d'un dispositif rappelant celui par lequel les malades défaillants sont maintenus en vie grâce à la solution saline qui leur passe dans les veines jour et nuit. On fit venir Jonas pour lui demander d'apporter gin et whisky et tout ce qui va avec. Marion embrassa le petit garçon de Cecil et s'extasia sur lui comme elle le faisait sur toute chose :

« Vous ne croyez pas que voilà le plus ravissant... nous dit-elle en s'installant avec précaution, pour se reposer sur une chaise basse de jardin.

« C'est le gamin le plus adorable...

– Vous savez, dit John en abondant dans son sens, qu'il n'a absolument pas peur de l'eau? Il est prêt à vous filer entre les doigts et à se noyer, dès qu'on le met à l'eau.

– C'est exactement Cecil, vous ne trouvez pas? dit Marion, évoquant à notre profit un tableau plein de charme maternel attendrissant, Cecil et son fils. Trait pour trait son allant, sa façon de foncer sur les choses, et son sourire – le sourire, c'est incroyable. »

Ils composaient un tableau que je ne reconnaissais pas; pourtant, sans doute était-il reconnaissable, au niveau des apparences. Il n'existait pas, mais il pouvait paraître exister, de la façon dont on peut mettre en rapport certaines personnes ou certains objets dans une photo truquée. Je fus tout à coup envahi de jalousie, décidé à faire valoir ma qualité d'intime de Cecil en dévoilant le chiqué, en la dénigrant. J'eus sur le bout de la langue un très féminin : « Bien dommage qu'elle ait cet enfant en horreur. »

Marion partait pour l'Europe à une semaine ou deux de là. « Il faudra que vous preniez soin d'Hamish », nous dit-elle, à John et à moi; elle le disait à tout le monde, avec ce simulacre distrait de simplicité et d'enfantillage que les gens riches sur le retour, quand ils sont de nature enjouée, aiment adopter. Elle racontait avec enthousiasme qu'elle allait voir ma mère; je la voyais d'ici appeler chez moi de son appartement au Claridge, et parler de moi comme elle parlait de Cecil. Et ma mère, un brin consternée, essayant de me reconnaître; ma mère, en train de déjeuner avec Marion, détaillant ses vêtements, ses diamants, écoutant son babillage, perplexe, et même légèrement ulcérée (ma mère, avec son sens du devoir, s'accusait toujours des défauts de ses enfants) que je puisse choisir de passer mon séjour en Afrique du Sud en compagnie de gens de cet acabit. Par la suite, elle prendrait la décision de ne pas inviter Marion à dîner : après tout, elle n'était pas assez jeune et jolie pour que Faunce lui pardonne d'être inutile, et elle n'était pas non plus assez fine pour qu'on oublie son âge.

Bientôt, Hamish Alexander rentra chez lui. Nous nous étions habillés, à ce moment-là, et étions passés sur la véranda avec Marion. Il nous gratifia des salutations, de la formule d'intérêt qui lui sortaient toujours tout naturellement de la bouche : nous avions fait un saut dans la piscine (ou un tour à cheval)? L'eau n'était pas trop chaude, pas trop froide (selon la saison)? Nous avions pris un verre? Bien entendu, nous restions déjeuner. Il ne faisait jamais, lui-même, rien de ce qu'il s'attendait à voir faire ses invités, si ce n'est, évidemment, manger et boire. Avec tous ceux qui n'étaient ni dans les mines ni dans la finance, il ne se départissait pas d'une attitude à la « ne vous cassez pas la tête pour ça » dans la discussion des problèmes financiers ou des « métaux précieux », pour reprendre ses termes; quand il en parlait avec ses pairs, il donnait toujours à ses opinions l'appui du « nous » royal ou journalistique – ce n'était jamais ce que lui-même pensait – comme s'il était le porte-parole d'un autre moi, un moi d'entreprise, laissé en ville dans le grand immeuble qui abritait le siège social de sa compagnie.

A l'occasion, la politique rapprochait à Maison Haute un groupe d'hommes en une mêlée réduite – les femmes présentes n'intervenaient que par de brèves interruptions sporadiques d'une généralité aiguë, pétrifiante – mais Hamish n'encourageait pas ces échanges. En fait, il paraissait en avoir une espèce de perception tactile, et il lançait à travers la pièce, presque sur un ton d'avertissement : « Qu'est-ce que vous dites là? Je ne crois pas qu'on se rend compte de la difficulté précise », comme s'il prenait ombrage de ce que les gens qui n'étaient pas dans le secret exposent leurs vues, sans profit pour personne. Peut-être n'était-ce là qu'une tactique pour sauvegarder ses loisirs; quoi qu'il en soit, je sais très bien qu'une grève massive d'ouvriers africains dans les mines de Rhodésie qui exigea sa présence sur place, pour s'entretenir avec des gens du groupe Oppenheimer, se réduisit à « la tuile rhodésienne » qui l'arrachait à une soirée en groupe au théâtre, organisée par Marion, et que l'uranium – dont on avait confirmé la découverte dans certaines mines d'or épuisées de son groupe – était presque un gros mot dans la maison, ou un terme sacré; en tout cas, il fallait de l'audace pour aborder le sujet.

Les rares fois où j'avais entendu parler politique à Maison Haute, ce qui se disait semblait n'avoir pratiquement rien à voir avec le pays ou les gens dont on discutait à Sophiatown ou dans les maisons où Blancs et Noirs se rencontraient. Chez les Alexander, on se préoccupait presque exclusivement de la rivalité entre Afrikanders et Anglais; en d'autres termes, les nationalistes et eux-mêmes. Aux yeux de mes autres relations, les chamailleries des deux populations blanches n'étaient que bagatelles; réduites à rien par le gigantesque assaut entre Blancs et Noirs. Quand un nationaliste de premier plan fit volte-face et se retourna contre ses collègues de l'ancien parti, tout en faisant des discours enflammés appelant à l'unité (entre Blancs de langue anglaise et Afrikanders) pour remplacer les désaccords antérieurs, il régna à Maison Haute une atmosphère de triomphe politique; en réalité, et pour la première fois, la politique sortit de son coin, et tous se mirent à en parler. Ils débattaient de l'opportunité de remettre à neuf le vieux Parti d'Union, comme ils auraient envisagé de repeindre une pièce parfaitement en état, mais peu utilisée récemment, ou de remettre en route une usine qui avait cessé sa production depuis un certain temps.

Chez Anna Louw, où personne ne signala l'événement avant que je ne le fisse moi-même, Sam dit : « Union? Qu'est-ce que le journal veut dire? Unis contre nous? » Et Sylvia Danziger, présente elle aussi, éclata de son rire de bègue.

Cecil se défendit bien au concours hippique, mais pas suffisamment pour se maintenir dans l'état d'euphorie triomphante qui lui allait le mieux. J'assistai aux épreuves par deux fois; quand elle sortit, droite comme un i sur la fringante jument d'Hamish, je revécus en un éclair l'instant où je l'avais remarquée pour la première fois au bar du Stratford, plusieurs mois auparavant : elle avait l'attitude lointaine, absorbée en soi-même d'une femme qu'on ne connaît pas. Mais mon attention se détacha du spectacle d'un cavalier succédant à l'autre, uniformément identiques, poussant leurs chevaux jusqu'aux mêmes records, sur le même parcours; par-delà le craquement du cuir des selles, un orchestre bourdonnait à proximité, des drapeaux flottaient mollement, des vaches primées meuglaient à l'exposition agricole et, plus loin encore, on entendait l'immense ronflement de la circulation qui, en ville, montait, décroissait, s'insinuait. Je me retrouvai avec Cecil assise à mes côtés, l'air rébarbatif sous la bombe de velours noir, sentant la sueur de cheval. Je lui offris une cigarette et sa main tremblait. Quand quelqu'un faisait moins bien qu'elle, son visage enflammé avait du mal à rester impassible, et elle jetait des regards en coin rapides à Hamish et Kit. Quand quelqu'un faisait mieux, elle ne regardait personne et agaçait l'étoffe de la culotte étroitement tendue sur ses genoux. Le jour où elle remporta une épreuve, nous déjeunâmes tous ensemble au restaurant du club hippique : Hamish n'allait presque jamais dans les endroits où tout un chacun pouvait entrer. Le déjeuner fut médiocre mais le champagne coulait à flots et des gens bien habillés se pressaient dans l'odeur de cigare et des parfums. Je fus tout étonné, en regardant par-dessus les têtes, d'apercevoir Anna Louw qui me regardait. Elle portait un chapeau (je ne l'avais jamais vue avec un chapeau) et elle souriait comme un enfant perché au sommet de la Grand-Roue. Quand les invités d'Hamish s'apprêtèrent à partir, et que je les eus quittés pour aller récupérer le manteau de Marion au comptoir où l'on déposait ces choses-là, je me trouvai assez près d'Anna pour aller lui parler. Elle était seule; en train d'attendre son cavalier, je suppose.

« Je vous surveille, dit-elle en souriant de plaisir.

– Comment voulez-vous que je vous reconnaisse avec ce chapeau ? »

John Hamilton, qui faisait aussi partie de la tablée d'Hamish, s'approcha après avoir pris congé du nième groupe d'amis à lui qu'il s'était arrêté pour entretenir quelques instants, tout en traînant derrière les autres. Il avait beaucoup bu et son air pratique et bon enfant, mélange de Père Noël de bazar et de grand mondain, était en pleine crue.

« Toby, il n'y a pas moyen de vous arracher aux femmes. Alors, qui est cette charmante personne que vous gardez pour vous ? C'est un cachottier, ma chère enfant, il se met de côté tout ce qui est bon. Pourquoi ne pas l'emmener chez Hamish ? Un vrai Don Juan, et égoïste avec ça. Vous montez à cheval, Mademoiselle ? Qu'est-ce que ça peut bien faire, vous n'aurez qu'à rester assise et plaire à tout le monde... »

Il repartit à l'aventure, saluant des gens à toutes les tables.

« Les bulles au déjeuner ne réussissent pas à tout le monde, dis-je, de mauvaise humeur.

– Je le trouve bien gentil, dit Anna.

– Oh! oui, bien sûr. » J'avais le sentiment d'avoir été remis en place.

« Vous avez fait un bon déjeuner? » lui demandai-je. Nous n'avions jamais, elle et moi, eu de conversation de ce genre.

« Asperges, dinde, glace arrosée de chocolat », énuméra-t-elle. Je sentais qu'elle se moquait de moi. J'aurais aimé lui enlever ce foutu chapeau.

« Vous avez l'air de vous être régalée.

– Toby, mon vieux, ces gens-là ont quelque chose de fascinant, vous savez.

– Vous ne le pensez pas vraiment.

– Oh si! C'est tout naturel d'être comme ça. Quand on est un individu complet, parfaitement adapté à ses fonctions, comme un poisson dans l'eau, ou un lion dans la jungle, on se fiche pas mal des autres. Les gens comme moi ont quelque chose d'inquiétant, vous ne l'avez pas remarqué? Ils veulent tout changer parce qu'ils n'ont pas l'égoïsme divin des êtres vraiment sains. Nous ne représentons pas assez à nos propres yeux. »

On m'attendait, les visages des amis d'Hamish à ma recherche scrutaient la foule avec impatience. Cecil tenait avec autorité sa petite cravache, à deux mains, et le sourire du vainqueur, destiné à personne en particulier, mais à elle-même, lui redressait la tête. John Hamilton me fit signe d'un geste ample, comme quelqu'un qui lance un lasso.

Un soir de juillet, à la fin de l'hiver, on donna l' « opéra » dont Sam avait écrit la musique et le livret, en collaboration avec un Blanc, dans une grande salle sinistre d'un centre social bantou. Le nouveau public à la mode s'était déplacé; ceux qui avaient « découvert » le potentiel artistique des Africains et exploitaient la veine. Et, automatiquement, puisque, comme je l'ai déjà signalé, l'éventail de la société mixte était tellement restreint, ils avaient amené des gens qui avaient toujours travaillé avec les Africains et comptaient des amis parmi eux, même une célébrité qui s'était faite le champion de la cause africaine en Europe et en Amérique.

L'opéra tenait plus de la comédie musicale que de l'opéra proprement dit, et ressemblait pourtant trop à un opéra pour être une comédie musicale; d'un cheveu, il passait à côté de l'un et de l'autre. Il était également beaucoup plus proche de l'idée que se fait un Blanc de ce qu'un Noir pourrait écrire, et un Noir de ce qu'un Blanc attend de lui, que de la fusion des imaginaires d'un Noir et d'un Blanc. Cela ne réussissait pas à être l'œuvre de Sam, et pas non plus celle de l'autre, quoi qu'il y ait eu à tirer de ce dernier. Il y avait un ou deux bons passages – dans la musique surtout – mais l'impression d'ensemble était celle des opérettes gitanes d'antan où se déchaînent sans conviction bruit et couleur et qui ne décollent jamais, et j'avais la sensation qu'il y avait là-dedans autant d'Afrique que de pays balkaniques réels dans la Ruritanie du *Prisonnier de Zanda*. Bien sûr, le public se composait de Blancs et de Noirs, hommes et femmes et, à Johannesburg, cela nous procurait à tous un plaisir étrange, un peu honteux; il n'y avait pas moyen de ne pas le remarquer.

Il ne devrait pas y avoir de pluie au Transvaal en hiver, mais il pleuvait quand nous sortîmes de la salle, et le vent d'hiver de Johannesburg, un vent des hauteurs, nous giflait la figure comme une serviette mouillée. Steven était accompagné de quelques amis. Peter était présent ce soir-là, ainsi qu'une petite infirmière timide, Betty Ntolo, la chanteuse, resplendissante, occupée à glousser, et le propriétaire de la voiture qui les avait tous amenés, un type obèse à voix grave d'obèse, Elias Shomang.

Nous étions plantés là, tassés sous l'abri de l'entrée, mêlés au reste du public, au milieu d'un chatoiement d'yeux qui renvoyaient l'éclat de miroir de la trombe d'eau, épaules contractées pour résister au froid dans un contraste plaisant de méplats des visages indiens, africains, blancs. Je ne pouvais m'empêcher de penser que nous ressemblions moins à un troupeau que la plupart des foules à la sortie des salles de spectacle; j'imagine que c'était la nouveauté, car, si à Johannesburg je m'étais trouvé dans des foules composées de Blancs, et dans des foules composées de Noirs, je n'avais jamais vu qu'un mélange des deux tenant dans une seule pièce. J'invitai Steven et les autres à venir prendre un verre chez moi en rentrant. Les gens ne cessaient pas de plonger, poussés par le vent, en direction de leurs voitures, et bientôt ce fut notre tour et nous nous précipitâmes.

Nos deux voitures arrivèrent devant l'immeuble où j'habitais presque au même moment, et nous escaladâmes tous l'escalier à grand bruit pour nous ruer dans l'appartement, à la fois vaguement exaltés et soulagés d'avoir échappé au froid. Steven n'avait pas de manteau, et sa veste était pas mal trempée, même s'il avait fallu peu de temps pour entrer et sortir de la voiture d'Elias, si bien qu'il l'enleva et la mit sécher sur un porte-revue, devant le radiateur électrique. Il n'avait pas du tout aimé l'opéra. Nous en discutions, lui et moi, tout en versant le whisky et le cognac et en attribuant à chacun un cube creux de glace – de minces volumes de glace remplis d'eau – qui, pour quelque raison inexpliquée, sans doute le grand âge, était ce que mon réfrigérateur pouvait produire de mieux.

« Quel avantage Sam a-t-il à tirer d'une chose pareille ? Il peut faire bien mieux tout seul. Pourquoi aurait-il besoin de ce Brunner ? Ça m'enrage quand je le vois s'essouffler derrière les Blancs, tendre la main – ami-ami, merci de me laisser travailler avec vous – quand tout ce qu'ils veulent, c'est piller ses idées et lui faucher sa musique. Ça me dégoûte, mon vieux, je te le dis. » Steven bannit la soirée tout entière de ses pensées.

« C'est vrai, ça n'était pas épatant. Mais tu ne peux pas dire que Sam n'en tire rien. C'est une occasion de voir son truc sur scène, et ça compte. Sans Brunner, cela ne serait pas arrivé.

– Brunner ! » dit Steven. Il cassa une allumette entre ses dents.

« C'est entendu, c'est un foutu imbécile, mais qu'est-ce que ça peut bien faire ? Ecoute, Steve, Sam a de bonnes idées, et sa musique peut être magnifique, mais il n'a aucune idée des conventions théâtrales, tu vois ce que je veux dire ? Il ne sait pas comment organiser ses idées en un tout, il ne sait même pas comment amener les gens en scène ou les faire sortir. Il ne connaît rien aux restrictions qu'impose la scène. Et comment le pourrait-il ? Combien de pièces a-t-il vues dans sa vie ?

– Quelques-unes, dit Steven. Pas mal. »

Je savais que même Steven, qui était allé en

Angleterre, avait d'une représentation théâtrale selon les règles une conception assez floue; peut-être même qu'il faisait entrer les spectacles de music-hall, et même un concert ou deux, dans l'expérience de Sam.

« Très peu. Depuis que je suis à Johannesburg, j'ai lu deux fois qu'une compagnie théâtrale allait donner une représentation pour Africains dans quelque quartier indigène ou dans la grande salle de l'université. Sam a déjà mis les pieds dans un théâtre? »

Steven y allait de son imitation : « Les Africains ont été un public merveilleux. Sans conteste le meilleur que nous ayons jamais eu. Savez-vous qu'ils ont relevé certains points qui avaient échappé aux Blancs? » C'était le commentaire passe-partout des compagnies blanches interviewées par les journalistes après avoir joué devant une salle noire, même s'il s'agissait d'Anouilh devant un public d'écoliers.

« Sam a déjà mis les pieds dans un théâtre?

– Bien sûr que non, comment aurait-il pu? Mais il a écouté des centaines de disques. Il a de l'opéra, il a *Macbeth* et *Roméo et Juliette* par la troupe de l'Old Vic, il a des comédies américaines, cette pièce radiophonique *Au bois de lait* – des douzaines et des douzaines. Je n'ai pas l'impression que Mr. Brunner ait grand-chose à lui apprendre.

– Ne sois pas aussi idiot. N'importe qui peut lui apprendre quelque chose, tous ceux qui ont vu des pièces et entendu des opéras. »

Steven prit un air supérieur et condescendant. « C'est un imbécile, insista-t-il, de se laisser piller. Et il va jusqu'à leur dire : Merci, *baas*! »

Les autres étaient assis, bien poliment, et buvaient presque furtivement, comme effrayés de nous déranger. Betty Ntolo avait un ricanement embarrassé, de voir Steven parler des Blancs comme il le faisait chez un Blanc. Elle n'était jamais à l'aise en compagnie ne serait-ce que d'un seul Blanc. Mais je crois qu'elle tenait à montrer à la petite infirmière, une des admiratrices les plus récentes de Steven – Steven est le seul homme que j'aie jamais connu qui n'avait vraiment pas besoin de courir après les femmes, mais les traînait toujours après lui – qu'elle connaissait très bien Steven et avait l'habitude de ses façons. « Je trouve que la fille, la bien bâtie, celle qui avait le rôle de la sœur, elle n'est pas mal », dit Elias Shomang, maintenant installé plus confortablement sur sa chaise; il était jusque-là assis sur le bord, avec la maladresse d'un gros homme embarrassé de son ventre. La conversation devint plus générale. « Je la connais, dit Peter, elle chantait dans le temps avec un ensemble que je connais, mais maintenant elle fait partie du beau monde.

– Elle est de belle taille, on ne peut pas dire », ajoutai-je.

Steven avait l'air décidé à ne pas me laisser une seconde de répit ce soir-là; il dit, en traitant les femmes présentes – il le faisait chaque fois que ça l'arrangeait – comme si elles n'étaient pas là : « Je n'y comprends rien. Toby semble trouver toutes nos femmes trop grosses. Qu'est-ce que c'est que ce goût anglais pour les femmes qui meurent de faim? » Tout le monde rit, mais il continua : « Je n'ai pas encore réussi à le faire s'intéresser à une jolie petite Africaine. » Nous rîmes tous de plus belle, et je répondis par quelque sornette; pourtant, il ne me regardait pas, il s'était tourné vers quelqu'un d'autre, et je compris qu'il parlait sérieusement, ses paroles recouvraient une réticence à mon égard, une vague rancune parce que les Africaines ne m'attiraient pas. Il ne me soupçonnait, je le savais, d'aucun préjugé racial; il mettait mon indifférence au compte de quelque chose de bien plus blessant, parce que cela avait cours en dehors du domaine de la race; il était persuadé que les Africaines ne correspondaient à rien pour moi, sur le plan physique. C'était une rebuffade à son égard, on pouvait imaginer qu'il m'avait fait connaître une femme qu'il avait possédée, et que j'avais amoindri sa possession en ne la trouvant pas belle.

A cet instant précis, on sonna à la porte, mais cela ne surprit vraiment personne, bien qu'il fût presque minuit, car il était fort possible qu'un autre ami ayant assisté à l'opéra ait décidé de faire un saut. Je me levai et allai à la porte, le verre à la main. La concierge de l'immeuble était derrière; elle portait son manteau de fourrure, un animal à long poil aux rayures fauves qui lui dessinaient un chevron sur la poitrine, et son visage énorme, maquillé en placards géométriques, me faisait face comme la cible d'un stand de tir. Elle faisait partie de ces gens, très nombreux à Johannesburg, qui ne semblent pas de langue anglaise, mais ne parlent pas réellement afrikaner non plus. Elle avait le ton traînant des Australiens, avalait les « h » comme les Cockneys londoniens – il faudrait un expert en phonétique pour rendre ce avec quoi elle se débrouillait pour communiquer.

Elle avait dû prendre son souffle en entendant la porte s'ouvrir, car elle lança immédiatement, du haut de sa poitrine, en allant le chercher derrière ses narines dilatées :

« Mr. Hood, vous avez amené des indigènes dans l'immeuble. J'ai eu des plaintes que vous avez amené des indigènes, et il n'y a pas deux secondes, Mr. Jarvis vous a vu entrer par la porte de devant avec des indigènes. »

Je dis : « Oui, Mrs. Jarvis? » debout le verre à la main, comme si j'allais offrir un toast.

Elle passa derrière moi pour pénétrer dans l'entrée et ferma la porte. Je devinai qu'elle n'était pas entièrement habillée sous le manteau de fourrure, elle le tenait sans arrêt étroitement serré autour d'elle.

« Je tiens à vous dire, Mr. Hood, que ce que vous faisiez avant ne me regarde pas, mais ça n'est pas une zone réservée aux indigènes, ici, vous ne pouvez pas en recevoir. Si vous en amenez, il vous faudra vous en aller. »

Elle avait utilisé tout le souffle emmagasiné. Elle regardait derrière moi, comme si elle ne pouvait se résoudre à me regarder, moi. C'était une femme très propre, habillée avec trop de recherche, maquillée à l'excès et, comme chaque fois qu'on la rencontrait dans l'escalier, elle sentait les cigarettes et la savonnette.

« Je recevrai qui je veux chez moi, tant que je paierai mon loyer. »

Par la porte qui donnait sur la pièce de séjour, elle aperçut Peter et l'infirmière, assis au premier plan, et la veste qui pendait devant le radiateur; Elias Shomang était dissimulé par la porte, mais Steven, en bras de chemise, traversa, une bouteille d'eau gazeuse à la main, lancé dans une imitation qui les faisait rire tous.

Mrs. Jarvis perdit son calme. Sa main lâcha le manteau, et j'aperçus des kilomètres de dentelle qui recouvraient une montagne de chair empourprée.

« Vous n'avez pas le droit d'amener des *Kaffirs* dans mon immeuble, se mit-elle à hurler. Assis là comme dans une saloperie de quartier indigène, je vous le dis, moi, les autres locataires ont le droit de vous faire foutre dehors. Des bonnes femmes *kaf-*

firs qui se conduisent comme de la racaille en compagnie de gens honnêtes! A quoi vous pensez, installé là avec des *Kaffirs*?... »

Par la porte, je voyais que personne ne parlait dans la pièce, que personne ne regardait les autres, la voix de cette femme tombait sur eux comme une attaque d'apoplexie. Elle paraissait s'enfler jusqu'à emplir l'appartement, et je me mis à lui répondre, la gorge prête à éclater tant je criai.

« Je suis chez moi, ici, vous m'entendez, vous n'avez pas le droit d'entrer. » Mais elle ne cessa pas pour autant.

« Mr. Hood, Mr. Hood, vous n'avez pas le droit! J'aurais dû écouter ce qu'on me disait. Qu'est-ce que Mr. McKay dirait, dans son immeuble, il faut que je pense à ma place... la maison bourrée de *Kaffirs.* Je sais tout. On m'a prévenue. Vous rentrez à cinq heures du matin dans un taxi *kaffir.* Vous comprenez ce que je vous dis, Mr. Hood... »

Steven, en bras de chemise, debout dans l'embrasure de la porte, entre l'entrée et la pièce principale, dit tout à coup :

« Tu n'as pas le droit, Toby, regarde ton contrat de location et tu verras. » Sa voix était lointaine, dépourvue de passion; je l'entendais comme la voix d'un absent, une voix qui me résonnait dans le cerveau. Ses mains brunes aux paumes pâles s'appuyaient délicatement au chambranle, il se tenait avec grâce et ses yeux brillaient d'un éclat métallique.

La bonne femme tourna les talons et prit la porte.

J'avais toujours mon verre à la main; je n'avais pas eu le temps de le poser – tellement ça s'était passé rapidement, comme en dehors du temps. Shomang murmurait des paroles de regret, comme un invité qui a cassé un cendrier. L'infirmière regardait sa jupe; on aurait dit qu'elle s'attendait à ce qu'une main s'appesantisse sur son épaule à tout moment. Nous étions tous un tantinet incohérents, retournés, fanfarons. Peter, cet endormi, qui vivait comme un serpent dans le panier du charmeur et ne reprenait vie qu'au son de la musique répétait sans arrêt, hors de lui : « Salopes de Blanches, salopes de Blanches!

– C'est vrai pour le contrat de location? demandai-je à Steven.

– Evidemment. Tu ne l'as pas?

– Quelque part, si. Je ne l'ai pas lu.

– Lis-le, tu verras. Pas d'indigènes, à moins que ce ne soit en tant que domestiques.

– Il faut admettre que ça rend les rapports sociaux assez difficiles », dit Shomang avec cordialité, dans son anglais apprêté d'Africain. Sur ce, nous nous mîmes tous à rire. Betty Ntolo, suspendue à l'épaule de Steven, se mit la main sur la bouche, comme pour étouffer notre bruit à tous. Steven lui fit lâcher prise, gentiment : « Un dernier verre, en vitesse, et puis il faudra qu'on file.

– Qu'elle aille au diable, dis-je en apportant le cognac.

– C'est le genre à aller chercher la police, reprit-il, Vroum, pan, pan, au nom de la loi, ouvrez. Brigade mobile. On vous a dénoncé comme vendant de l'alcool aux indigènes dans votre appartement... » Il mariait dans son imitation des absurdités venues de films de gangsters à celles qu'il tenait de son expérience quotidienne.

« On aurait dû aller chez la mère Ramosa.

– C'est encore faisable.

– Ach, on n'en a pas envie. » Elias Shomang n'était pas du genre à fréquenter les bistrots clandestins.

Il pleuvait toujours autant, et je prêtai mon pardessus à Steven; il était trop court pour lui, et plus miteux que tout ce qu'il possédait, mais il eut l'air content d'en profiter.

« La pluie va l'abîmer, protesta-t-il sans pourtant l'enlever.

– Tu vois bien qu'il ne peut pas être plus moche qu'il n'est déjà.

– Ce que tu as laissé dans les poches m'appartient, hein, Toby? »

Ils sortirent tous sur ses talons, et je ne le voyais pas dans le corridor mal éclairé, je l'entendais tout juste crier quelque chose au sujet du manteau : « Je le rapporterai au bureau, lundi.

– Oui, d'accord, quand tu veux. »

Après leur départ, je ressentis la fatigue, une joie hargneuse de me retrouver seul; la seule chose qui m'intéressait était de me verser un cognac, me mettre au lit et ouvrir le paquet de journaux anglais que je n'avais pas regardés depuis leur arrivée, la veille. J'avais une indigestion de nouveauté et d'inattendu; même les noms d'endroits liés à une vie familière et prévisible représentaient un répit. Mais, au lieu de cela, il fallut que j'aille fouiller dans la valise perchée en haut du placard de la salle de bain, où je rangeais les quelques vêtements que je ne portais pas; car, comme ces projets qu'on accepte sans réfléchir, persuadé qu'ils n'aboutiront à rien de toute façon, se réalisent soudain, le week-end dans le veld, avec John Hamilton, me tombait dessus, et il était convenu que je serais prêt le lendemain matin, quand il passerait. Il m'avait dit ce qu'il fallait que j'apporte, mais, une fois de plus, je n'avais pas prêté grande attention, et j'en étais réduit à fourrer dans un vieux sac de plage ce que mon imagination me soufflait, et ce qu'avait à offrir une valise de vêtements apparemment inutilisables. Et puis, m'embarquer dans cette randonnée me semblait imbécile; cela m'agaçait, tandis que j'essayais de trouver ce dont je croyais avoir besoin, de m'être laissé entraîner. Je ne m'étais même pas souvenu, quand Steven m'avait crié qu'il me rapporterait mon manteau lundi, que lundi je ne serais pas au bureau. Non pas que cela eût la moindre importance; Steven était africain et comprendrait très bien. Peut-être devrais-je m'arroger le privilège béni des Africains, et oublier de me manifester pour la battue; mais Hamilton, que le diable l'emporte, ne comprendrait pas, et il était trop sympathique – de façon très difficile à expliquer, trop innocent – pour qu'on puisse être grossier à son égard. Alors je mis dans le sac deux paires de chaussettes de laine, un gros pull que j'avais porté pour la dernière fois à Zermatt, un short kaki flambant neuf, acheté à Londres en prévision de la vie au grand air que je pensais mener en Afrique du Sud, puis allai me coucher, trop fatigué pour lire et d'humeur massacrante. Je ne dormis même pas très bien, je me réveillais sans cesse comme un animal inquiet, aux aguets même dans son sommeil.

QUATRIÈME PARTIE

XIV

A L'HEURE du soir, l'horizon bas de la brousse fondait au fur et à mesure que la lumière l'abandonnait, et semblait s'enfoncer de l'autre côté du monde en même temps que le soleil. Et le matin, il réapparaissait, ligne bizarrement uniforme d'arbres grisâtres et, dans le lointain, restait présent tout le jour. Quand nous allions à pied, jusque là où il bordait les immenses terres à maïs, il se dédoublait, s'allégeait en végétations variées; arbres étalés, à sommet plat, au feuillage maigriot et pauvre; buissons qui atteignaient la taille ou la poitrine d'un homme, séparés par une herbe courte; étendues de ronces naines; fourrés où se retrouvaient arbres, buissons et ronces et où le chien lui-même ne se glissait pas. Et tout cela hérissé d'épines. Tout ce qui poussait dans cette forêt rabougrie avait sa défense d'épines. Les arbres portaient de longues aiguilles, blanches, d'aspect chirurgical, comme des outils de médecin, qui faisaient, au soleil, un chatoiement poudreux. Certains buissons avaient le même type d'épines, mais d'autres en montraient de plus courtes, plus épaisses, proches de celles du rosier, et pour d'autres encore, elles faisaient penser à des hameçons et il était bien difficile d'en dégager vêtements, chair ou fourrure. Les aloès aux feuilles charnues et épaisses s'armaient d'épines rouges. Mais les pires, les plus cruels, étaient les longs piquants noirs et brillants, tellement polis et aigus qu'ils entraient dans la peau aussi droit qu'une aiguille hypodermique, qui couvraient les ronces rampantes jusqu'à la hauteur de la cheville. Quand on se forçait un passage, on les entendait griffer les souliers et, même en essayant de faire très attention, de temps à autre, l'un d'eux vous poignardait la cheville ou le mollet. S'il ne se cassait pas à l'intérieur pendant qu'on se débattait, il traçait un sillon sanglant à travers la peau, comme incapable de laisser aller sa victime sans en goûter le sang. Quand il se cassait, il se décomposait dans la chair, trop profond pour les ongles ou les pinces, jusqu'à ce que l'inflammation qu'il déclenchait ramollisse et gonfle la peau suffisamment pour qu'on l'extirpe.

En parcourant à pied ce paysage si parcimonieusement vert, tellement hostile avec toutes ses épines que la végétation semblait le fait de l'acier plutôt que de la sève, je pensais à de vieilles images pieuses, pleines de forêts vierges et de saints diaphanes, couverts de sang. C'était un paysage gothique, où la bordure d'épines savamment entrelacées qui encadre souvent de telles images était réelle, où l'on imaginait facilement un martyre symbolisé par la brutalité de ces instruments du mal, griffus, inanimés et pourtant vivants.

Par endroits, là où on avait défriché la brousse mais pas encore labouré, des champs de hautes herbes mortes sifflaient comme des serpents quand on s'y aventurait. Par intervalles, il y avait un répit et l'on tombait sur une clairière où les broussailles basses et épineuses envahissaient le sol, et ni homme ni bête n'y pouvait marcher. Des branches rébarbatives qui, dépourvues de feuillage, ne bronchaient pas au remous de la brise, montaient, sans une étincelle de vie, une garde menaçante.

Herbe en copeaux, rosâtre comme si la lumière du crépuscule la baignait sans cesse. Centenille, plante de la négligence et de l'abandon, dressée haute et morte. Capsules épineuses, rondes et aiguës comme des porcs-épics, d'herbes arrachées, qui paralysaient la chienne dès qu'elle y posait la patte.

Et les épines, encore des épines, dans les cheveux, dans les mains, happant les vêtements, vous agrippant dans tous les sens. Et en silence. Silence aux bords duquel le *sotto voce* apaisant des tourterelles qui se posaient sur les arbres dans un coin de la brousse qu'on semblait ne jamais atteindre était comme le battement de cœur ralenti de la chaleur du jour. De temps à autre, le piaulement, réel ou imaginaire, des pintades. Où, où, mais où?

Et un coup de fusil tiré par un des autres. Et le silence.

En dehors de la brousse, aux frontières des acres de maïs une balle résonnait autrement. Ici, elle rebondissait tout autour du ciel, comme s'il était clos. C'était une espèce de message, frappé aux quatre énormes portes du monde, nord, sud, est, ouest.

Nous ne partîmes pas tôt le matin : quand John Hamilton vint me chercher, il avait non seulement encore des provisions à acheter, mais il s'avéra que je n'avais pas de vêtements adaptés à l'équipée. Il me fit galoper aux quatre coins de la ville, dans les boutiques de surplus américains et dans toutes sortes d'autres magasins, me bouscula pour que j'essaie un pantalon kaki qui ne m'allait pas (le short, à l'entendre, était la seule chose dans laquelle on ne peut pas être à l'aise dans la brousse), me força à taper des pieds dans des chaussures de brousse d'un jaune éclatant, me passa des guêtrons. Entre-temps, il réunissait les derniers articles urgents de sa liste – salami, soupe en boîte, œufs, pain, allumettes, cigares et papier hygiénique. Il faisait tout cela avec une allégresse d'école buissonnière, en homme d'affaires qui se sent en vacances au milieu des immeubles et des rues où on le voit d'habitude se précipiter de son bureau à un rendez-vous. Et il y avait vraiment un certain plaisir à parcourir la ville un vendredi matin de travail sans joie, pour s'habiller de vêtements de bouseux dans des profondeurs de boutiques obscures – dont on ne devinait pas l'existence derrière les cinémas et les hôtels pleins de dorures – et qui semblaient tenir leur fonds des accessoires d'un vieux film de chasse et d'aventures en Afrique.

Nous retrouvâmes les autres chez l'un des membres du groupe et, après des moments de désordre au milieu des fusils, des chiens qui jappaient et des domestiques surmenés, l'énorme quantité de matériel que nous emportions fut chargée à l'intérieur et sur le toit d'une voiture et d'un break. Johannesburg s'évanouit et nous nous retrouvâmes sur une route dégagée où le fond d'air frisquet de ce matin d'hiver s'atténuait et où le rebord chromé de la portière sur laquelle j'appuyais le bras tiédissait dans le flot de soleil. Après Pretoria, l'hiver n'était plus qu'un souvenir; il régnait une bonne tiédeur parfumée, qui ressemblait au souffle d'un fournil de boulanger.

J'étais dans la voiture de Hamilton, avec un dénommé Patterson, personnage important du groupe minier auquel appartenait Hamish Alexander. La voiture était une de ces énormes américaines sans grâce, trop bien suspendues, qu'affectionnent les habitants de Johannesburg; nous étions tous trois à l'avant et il y avait, derrière, tout juste assez de place, au milieu du matériel, pour la chienne setter de John. Patterson et John discutaient de la forme dans laquelle ils comptaient trouver le gibier, de la hauteur de l'herbe, et des chances de persuader un fermier – du nom de Van Zyl – de les laisser chasser sur ses terres. C'était une conversation détendue, pratique, celle d'enfants sages tout à un jeu et, à l'écouter, je m'endormis, tranquillisé; je sommeillais, me réveillais, comme un convalescent en voyage, et regardais la brousse maigre qui n'enregistrait pas notre trajet, car, dans son uniformité, elle ne semblait pas défiler de part et d'autre de la route. Soudain, apparurent un embranchement de voie ferrée, un silo à grain, une boucherie et un hôtel moderne en toc. Nous sortîmes de nos paquebots surchargés pour aller manger de la viande et des cornichons en buvant de la bière, dans une salle à manger dont un mur était bleu, l'autre vert et le troisième ocre et qui conservait l'odeur de tout un été de fly-tox. Un des types de l'autre voiture, blond trapu au visage moqueur d'écolier, appuya ses coudes sur la table et dit de sa voix lugubre de Sud-Africain : « On sait où on va, mon vieux. Attendez un peu. Ce coup-ci, ce sera une gibecière comme vous n'en avez jamais vue. »

John était rongé de doute, comme un général scrupuleux à la veille d'une campagne.

« Le problème, c'est qu'avec toutes les pluies de cet été, des quantités de jeunes ont dû se noyer. Je n'ai pas l'impression que nous allons tomber sur les compagnies de l'année dernière, Hughie.

– Y'en aura des tas, t'en fais pas. » A le voir, on pensait que, sinon, il en aurait été averti.

« Il faut convaincre le vieux Bester d'amener Van Zyl à nous laisser aller jusqu'à son barrage. Croyez-moi, ça grouille de canards par là. »

Patterson dit, de sa voix amusée à l'intonation très « Cambridge » : « Sapristi ! Je n'ai pas apporté mes cuissardes.

– C'est pas vrai ! dit John du ton excité du monsieur qui confirme une rumeur. Qu'est-ce qu'il y a par là ? Malard, macreuse ou quoi ?

– Mon pote, il y a de tout. » Hughie, à la fois avisé et démonstratif, ajoutait de la bière dans son verre en la faisant mousser.

« Je connais Willard – c'est le beau-frère d'un des grands pontes des chasses au canard organisées pour les Anglais et les Américains, et il va avec lui à la ferme d'à côté, c'est un vieux bonhomme du nom de Geck, un Allemand à qui ça appartient. Il y a aussi de l'oie.

– Des oies ?

– Bon dieu ! dit John, vous avez déjà goûté une oie à éperons ? Il y a deux ans, j'en ai eu une dans une battue du côté d'Ermelo.

– L'oie, ça ne se compare à rien d'autre. La dinde n'a rien de plus qu'une oie jeune.

– On pourrait aller faire un tour chez le père Van Zyl avec une bouteille ou deux de whisky.

– Je ne sais pas, le gibier d'eau c'est pas simple, dès qu'on a commencé à leur tirer dessus, c'est sauvage comme le diable.

– Cette fois-là, à Ermelo, jusqu'à la taille dans l'eau glaciale...

– J'ai mes cuissardes, dit Hughie.

– Je nous vois d'ici, tous avec les couilles gelées », murmura Patterson avec grâce. C'était à lui que John avait emprunté un fusil pour moi. Il s'enquit : « J'espère que vous ne trouverez pas cette saloperie trop encombrante. Je voulais vous passer mon Purdie, mais l'éjecteur se coince sans arrêt et je n'ai pas voulu risquer. J'ai dû le porter chez l'armurier. » Je lui dis que je n'avais pas encore vu le fusil qu'il me prêtait, et il m'expliqua que c'était un Geyger, vieux comme Hérode mais encore bien utile, et qui venait de son père. Nous parlâmes de la personnalité du fusil. Patterson avait l'attitude amusée, objective, vaguement olympienne du héros réformé – comme s'il n'était pas vraiment là, mais restait, par certains côtés, à la façon d'un acteur sur une scène vide, dans le ciel de bataille dont il n'avait pas, comme la plupart des gens de son espèce, été dégommé. J'avais déjà rencontré des hommes comme lui, à Londres, des gars dix ans plus vieux que moi, qui avaient survécu à leur propre gloire; qui, depuis qu'ils avaient regardé leur destinée en face, ne s'attendaient pas, comme les jeunes de mon âge, à se trouver nez à nez avec elle à tous les coins de rue. Je le connaissais superficiellement pour l'avoir vu chez les Alexander; il ne racontait pas tellement sa guerre, en fait; mais on sentait que dans trente ans les gens se dérangeraient pour le voir comme, au début du siècle, on allait encore voir un certain vieillard qui avait fait la guerre de Crimée.

La physionomie alerte, anxieuse, féminine de la chienne nous attendait à la vitre de la voiture de John. Les trois Africains, embarqués avec le reste de l'équipement, mangeaient au-dessus de sacs en papier dans le break; ils ne levèrent même pas les yeux quand nous sortîmes de l'hôtel. Hughie Kidd et son compagnon, Eilertsen soulevaient la poussière autour de nous et partirent de l'avant sur un geste bref de la main.

On ne parla que de gibier à plume et de fusils

pendant des kilomètres et des kilomètres, évaluant des risques connus, des satisfactions chiffrables, des actes compris dans un cadre immuable, des handicaps fixés pour l'éternité, car les hommes ne volent pas, et le gibier ne se sert pas de fusils. Tout était irréel : le tableau de bord compliqué de la voiture, devant mes yeux, où tremblaient des aiguilles et tressautaient des boutons qui ne fonctionnaient pas, la conversation qui, après quelques kilomètres et un changement de costume, avait rétrogradé de vitesse et repris spontanément, comme un esprit qui rêvasse, le concept de l'homme contre la nature et non plus de l'homme contre l'homme. Dehors, la brousse s'étendait à l'infini. La voiture était une grosse puce qui courait dans la fourrure d'un énorme animal poussiéreux.

Nous arrivâmes enfin à d'immenses terres cultivées où les tiges de maïs alignaient leur armée loqueteuse, forte de milliers de soldats, déjà dépouillée des épis. Des enfants faisaient signe à partir de petites maisons hideuses. De la route à l'horizon, s'étirait une terre labourée noire dont l'odeur vous excitait comme celle d'un fleuve. Et ensuite, le long d'une ligne droite comme un i, là où la charrue avait creusé son dernier sillon, la brousse reprenait, de la route à l'horizon. Nous traversions des barrières, au bout des chemins de ferme, nous engagions dans une direction à des carrefours où les routes étaient aussi difficiles à distinguer entre elles que celles d'un labyrinthe. Un oiseau dodu, couleur pastel – John nous dit que c'était un pigeon lilas –, était perché, par endroits, sur les poteaux téléphoniques, dans tous ses atours, comme une femme évaporée, dans ce paysage si peu propice aux détails.

A trois heures de l'après-midi, nous contournâmes un tas de balle de maïs que grignotaient quelques moutons sales, nous dépassâmes une maison flanquée, à l'arrière, d'un moulin démantelé qui ressemblait à un oiseau blessé, nous réveillâmes un chien jaune, vieux et féroce, avant de nous lancer sur une piste à travers les champs de maïs. Très vite, nous eûmes le maïs d'un côté et la brousse de l'autre. Nous arrivâmes à une clairière peu profonde où la voiture de Hughie Kidd était déjà à l'arrêt. John recula sous un arbre maigre dont les épines grincèrent le long de la carrosserie, et, au milieu de portières ouvertes à toute volée, d'éclats de voix et d'agitation qui montaient en flèche, le camp s'établit. John, Patterson et Hughie couraient dans tous les sens comme des gamins qui ont retrouvé une ancienne cachette; ils prirent possession d'arbres bas, aplatis, qu'ils s'étaient attribués pour y suspendre leurs vêtements et y mettre leurs couvertures à l'abri, et nous distribuèrent des places, à Eilertsen et moi, pour qui cette clairière en bordure de la brousse n'était rien d'autre qu'un bout de terrain. Hughie harcelait tout le monde, criait sur le dos des Africains, expédiait des bourrades à ses amis et plaisantait avec eux, débordant d'impatience décidée; il était question de faire une battue dans l'après-midi, sans attendre le lendemain matin.

Après avoir trimbalé ma part de matériel pour décharger les voitures, je me dis que je devrais bien jeter un coup d'œil au fusil que Patterson m'avait apporté, et je l'emmenai, à vingt mètres de là, dans les tiges sèches de maïs pour apprendre à le connaître. C'était le plus lourd que j'aie jamais utilisé, mais bien équilibré. Dans ma main, sous le soleil, il avait le poids inimitable des armes; même un caillou, au moment où on va le lancer, donne l'impression de pesanteur. Au lycée, dans les cours de préparation militaire, j'avais fait preuve d'un bon œil et d'une main sûre; performance bien anodine, qui avait beaucoup affecté ma mère. Il y a très peu de gens capables de laisser passer l'occasion d'exercer leurs talents et, pendant un an ou deux, j'étais allé à la chasse chaque fois que l'occasion se présentait, plus pour étaler ma science que par amour de ce sport. En revanche, je n'ai jamais partagé le refus sentimental de ma famille de tuer ce qui se mange; j'ai toujours pensé que, du moment qu'on mange de la viande, on ne peut guère frissonner à l'idée d'un homme qui rapporte chez lui du gibier à plume ou un lapin qu'il a tué lui-même. Les gens que je connaissais en Angleterre regardaient mes dons un peu monstrueux de tireur comme une espèce d'acrobatie, du même genre que se désarticuler les pouces ou agiter les oreilles, mais d'un goût plus douteux, si bien que je négligeais ma pauvre petite adresse.

Quand j'arrivai en Afrique du Sud, je n'avais pas touché un fusil depuis au moins un an. Mais, comme toutes ces choses qui vous paraissent sans importance, je conservais mon petit talent, même sans l'exploiter et, à l'instant où je sentis le fusil contre le muscle de mon épaule et où, comme un poulet hypnotisé par une trace de craie au sol, je fixai les yeux sur le brillant du canon, je compris que j'étais toujours capable de décrocher quelque chose du ciel.

Je n'étais qu'à trente mètres des autres, des grosses voitures échouées qui scintillaient sous leur couche de poussière, de la table de camping brevetée et des chaises métalliques étincelantes, des caisses de provisions, des lampes à huile et des romans policiers; je voyais Hughie lancer des choses à l'un des Africains en rythmant de « Attrape, attrape! », Patterson remplir les alvéoles de la cartouchière amarrée autour de sa panse rebondie, Eilertsen secouer une couverture, et John se pencher pour donner une écuelle d'eau à sa chienne. Mais tous avaient acquis des proportions réduites dans l'immensité de la brousse et des champs de maïs; leurs voix tapageuses étaient minuscules au cœur de l'après-midi, et leurs mouvements aussi désordonnés et vains que ceux d'insectes perdus dans l'herbe. J'eus soudain conscience autour de moi d'un silence infini, sec, naturel, comme si un bruit que je n'entendais pas venait de cesser dans mes oreilles. Le soleil s'échappait de partout : de la terre, du vide, des tiges pâles et desséchées du maïs. Il n'y avait aucune beauté, rien de laid; c'était ce que je m'étais toujours imaginé trouver, si je parvenais à m'évader et aller m'installer sur un avion immobile au milieu du ciel.

A mon retour, John leva les yeux, de l'endroit où il était accroupi près de la chienne. « Remarquez, je ne savais pas trop si je devais l'amener », dit-il. Elle se lécha le museau, agita sa longue queue en panache et son ventre lourd bascula; je crus qu'elle attendait des petits. « Non, c'est une grosse tumeur qu'elle a là-dedans, la pauvre vieille. Une tumeur au foie. » Féminine, abattue, elle se soumit quand il lui releva les babines pour me montrer ses gencives décolorées. « Je la soutiens à grands coups de piqûres de vitamines et de foie cru. Elle a presque dix ans et le vétérinaire ne croit pas qu'elle se sortirait d'une opération.

– Laisse-la venir, elle n'a plus que ça dans la vie », dit Patterson. Il portait des bottes courtes de caoutchouc et la casquette de rayonne des joueurs de golf américains couvrait ses cheveux plats qui se faisaient rares sur son crâne bronzé.

« Viens, Gracie, monte, monte, ma fille! » John flattait la chienne pour qu'elle saute à l'arrière de la voiture. Je vis les muscles se tendre sous la robe lisse et tachetée dans l'effort qu'elle fit pour soulever son fardeau et s'affaler sur la banquette avec un bruit mou.

« Pas de fusils chargés dans la voiture », dit John tandis que nous montions tous. Mais Hughie, hilare au volant, laissa la gueule de son fusil dépasser par la glace.

« Je n'ai pas envie de perdre de temps. Remue-toi un peu, Eilertsen, nom de Dieu! » Eilertsen se tâtait sur toutes les coutures comme quelqu'un qui vérifie qu'il a bien son billet. « Presque quatre heures dix », dit Patterson en fronçant dans le soleil voilé ses yeux bleu intense de buveur de whisky. « Juste ce qu'il faut. Elles devraient être bien en train de manger. Où on va? Jusqu'à la limite la plus éloignée?

– Ces vaches de bestiaux vont rentrer dans la brousse au moment où on démarrera. On va là où se trouvait le champ d'arachides, et puis on se déploie dans le carré de brousse pour ressortir de l'autre côté du maïs.

– Regardez-moi ça!

– Quelle flambée!

– Merde, merde, merde! » murmurait doucement John tandis que nous cahotions le long de la piste, tassés les uns contre les autres, et que les fusils nous rentraient dans les tibias et les coudes. Tout un coin de brousse était réduit en cendres.

« La moitié de notre abri est fichu. »

Eilertsen lâcha un cri : « Arrêtez! Regardez, là-bas. »

La voiture s'immobilisa comme si elle était rentrée dans un mur.

« Où donc?

– A côté de la souche. Vous voyez? Juste à gauche du buisson mort. »

L'arrière du cou de Hughie, devant mon siège, devenait rouge d'émotion, à deux doigts de la rage.

« Qu'est-ce que c'était?

– Deux faisans, vous n'avez pas vu?

– Ach! mon vieux, on ne va pas s'amuser à courir après deux faisans, on y va.

– Je crois que maintenant ils sont partis, Eilertsen, dit Patterson, courtois et distant.

– Ce que j'aime, dit John, quand j'aperçois quelque chose comme ça, un ou deux faisans, là où le feuillage n'est pas trop épais, près de la route, j'aime bien laisser Gracie se faire les dents. Je marche dans la brousse avec elle, pour lui donner une chance de trouver quelque chose. »

La voiture continuait à bringuebaler et à tanguer; dans le lointain, le moulin en ruine apparut sur notre gauche. Nous quittâmes la piste pour traverser un champ de maïs, et les hautes tiges à la barbe embroussaillée et aux feuilles déchiquetées titubaient sous le choc de la voiture et s'écroulaient dans un craquement d'os brisé. Au bord du champ nous abandonnâmes la voiture pour nous déployer en un grand arc de cercle au milieu des maïs desséchés. J'apercevais tout juste, par instants, la casquette de Patterson sur ma gauche, et j'entendais, de l'autre côté, John siffler son chien tout bas. Le bruit d'eau des tourterelles résonnait très loin. Un bruissement de pinsons, semblable à un vol d'insectes, monta au-dessus de ma tête. Le soleil n'avait pas encore commencé à baisser, mais il semblait retenir sa chaleur, pour préparer son départ. Mes propres pas, sur les mottes de terre et les chaumes, le frôlement de mes vêtements sur les tiges de maïs, rappelaient la marche bruyante de quelque animal particulièrement lourdaud. J'entendis à un moment une note basse, claire, inquisitrice, un appel de gorge grognon. Elle reprit après un arrêt, à moins que ce ne fût la réponse à la première, beaucoup plus proche de moi cette fois. Mais nous ressortions, et chacun voyait tous les autres, au bout du champ; tous encore sur notre faim, sans rien à raconter.

« Vous les avez pourtant bien entendues, dit John.

– Ce sont les pintades, mon gars.

– Cet appel plutôt plaintif?

– C'est ça », dit Patterson.

Nous nous entassâmes une fois de plus dans la voiture pour foncer dans le champ à grand fracas, le long du sentier que nous avions déjà aplati à l'aller. Hughie ne disait rien et manœuvrait la voiture de droite et de gauche, de façon décidée. Nous débouchâmes sur une route unie de terre rouge et longeâmes la brousse avec précaution, en première. La voiture s'arrêta, juste à la limite de la brousse, où le maïs reprenait. Personne ne parlait; comme une espèce de supplication, nos regards, notre attention, parcouraient le champ. « Là-bas! dit John, la gorge serrée. Regardez-les, regardez-les.

– Ah, là-bas!

– Où?...

– Regardez, il y en a des centaines. Et là encore!

– Je sentais qu'elles seraient là. »

Hughie, les deux mains sur son fusil, avait des mots attendris.

« C'est drôle, je le sentais. »

Au milieu du champ, parmi les mottes qui ressemblaient à des morceaux de chocolat, et les tiges pâles, désordonnées du maïs, je vis de petites têtes sombres, nerveuses et pourtant serpentines, des corps grassouillets inclinés vers le bas, des pattes dégingandées : les pintades à leur repas. Elles me rappelaient des paons femelles mais leur plumage avait le noir bleuâtre de certaines prunes.

Nous descendîmes tous de la voiture en douceur, très vite. John établit une tactique d'approche. Patterson prendrait par le milieu du champ et filerait droit sur elles; John et moi décririons une courbe sur la gauche, Hughie et Eilertsen feraient de même sur la droite, si bien qu'au moment où Patterson dérangerait la volée, il aurait sa chance pendant que les pintades décolleraient, et John ou moi si elles piquaient vers l'ouest, Hughie et Eilertsen si c'était vers l'est aurions la nôtre pendant qu'elles iraient se mettre à couvert. Il y avait peu de chances qu'elles s'éloignent en ligne droite de Patterson, vers le nord, car il y avait par là une étendue de terre fraîchement labourée, et pas de quoi se dissimuler. John n'avait pas fini de parler, que Hughie, grimaçant à force d'attention, disparut, l'air de savoir où il allait, Eilertsen à ses trousses. La silhouette massive de Patterson traversa vivement l'écran de maïs.

La chienne courait dans tous les sens, devant John et moi, mais sagement, soumise au contrôle invisible de l'obéissance. Elle ne pensait plus qu'elle avait mal, elle semblait l'avoir totalement oublié, elle suivait le cours des odeurs étalées sous ses pattes, comme un rêve fou, enchanté, le rêve de tout un été des chiens de chasse agités, qui se réveillent tout à coup, en hiver, plongés en plein dedans. Nous piétinions sans un mot, en contournant l'extrémité du champ; il y avait une clôture de fil de fer entre le maïs et la lisière de la brousse, sur la gauche, et nous la suivîmes sur cent cinquante mètres avant de nous arrêter pour attendre. John ne se voyait plus, ne me voyait plus; il me jeta un sourire fugitif, absent, tout en gardant levée sa tête blanche de perroquet. La chienne haletait de bonheur, comme un athlète qui vient de toucher la corde, et il avança la main pour la calmer. J'ouvris la culasse de mon fusil pour vérifier les deux cartouches alignées. Il ne semblait guère y avoir d'autre être vivant dans la myriade d'épis de maïs qui ne bronchaient pas; j'oubliai ce pourquoi nous attendions comme, j'imagine, le font les pêcheurs assis la canne à la main, et comme Patterson avait oublié le moment où il avait mis le paquet parmi les Messerschmitt. J'observais John, dans la parfaite seconde d'inaction qui ne se produit qu'au cours de l'action, et me demandai, si longtemps après, si c'était ce que voulait dire Stella Turgell quand elle affirmait, parlant de son mari, que l'Afrique est faite pour les natures actives, pas les contemplatifs.

En un clin d'œil, les pintades arrivèrent, noires, projetées en l'air par leur propre frayeur. Des craquements résonnèrent, proches et secs ou lointains et faibles. John suffoqua comme si quelqu'un l'avait pris à la gorge, et décrivit une courbe folle avec son fusil. Un second vol suivit, prit brutalement de l'altitude en passant au-dessus de nous. Je sentis le recul contre mon épaule; la graisse du fusil, chaude de l'explosion, m'entra dans le nez. Les silhouettes noires et dodues s'élevaient, intactes. Puis je les vis dans l'alignement du canon; une ligne rigide se tendit, dans l'atmosphère étincelante, de mon œil à une pintade suspendue, une fraction de seconde, posée sur l'air. Le fusil me prit au creux de l'épaule; l'air chavira par-dessus la pintade et la laissa choir. J'éjectai les cartouches fumantes, rechargeai et tirai un autre coup. Hors de portée, au-dessus de la brousse, nous vîmes le reste de la volée raser les arbres et s'y enfoncer.

Ma première pintade était morte, la deuxième

reposait dans l'herbe haute de l'autre côté de la clôture. La chienne la découvrit immédiatement, et John, qui avait traversé les barbelés pour chercher la sienne, la ramassa par le cou et brisa d'un coup sec le fil de vie qui subsistait, sans plus de bavures que s'il avait cueilli un brin d'herbe. Les têtes des oiseaux morts étaient hideuses; on aurait dit les manches sculptés de parapluies de vieilles dames.

Je suivis John dans la brousse, de l'autre côté de la clôture, chargé des corps souples et rebondis de mon gibier. Tout en cherchant la pintade qu'il avait blessée, nous entendions les voix des autres, aussi excitées que celles d'enfants lâchés sur la plage. Nous nous enfonçâmes dans la brousse en bavardant, une seule idée en tête; j'avais vu tomber la pintade de John, il l'avait vue voleter, en essayant de remonter, une fois ou deux. Je regardai tout autour de l'acacia où je l'avais vue tomber, mais il n'y avait rien, pas une plume; c'était bien le bon arbre? De tous côtés, il y avait des arbres exactement pareils; je ne m'étais pas enfoncé de cinq mètres dans la brousse que je me sentais au royaume de l'incertitude, et je n'avais pas tort – la lisière de la brousse était comme le centre, on ne s'y enfonçait pas autrement que par la distance, car tout était identique, tout au long. Le temps et l'espace en étaient réduits à la course du soleil à travers le ciel et à la lassitude des pieds; je comprenais très bien que, que l'on y marche dix minutes ou dix heures, qu'on décrive un cercle étroit ou qu'on parcoure des kilomètres en ligne droite, on aurait couvert le même territoire, on manquerait autant de la satisfaction d'avoir accompli quelque chose. C'était la monotonie apaisante de la neige. John fouillait de tous côtés en maugréant.

« Vous voyez, il n'y a pas d'espoir si on n'a pas

de chien dans ce truc. On aurait perdu la vôtre, à dix contre un, sans chien. » Le setter nageait d'un mouvement régulier, tête dressée, dans une coulée d'herbe épaisse, reniflait les buissons épineux comme s'ils allaient exploser. Nous ne trouvâmes pas la pintade.

« Fais le mort, quelque part par là, sous nos pieds. »

John s'en prit à la chienne, mais elle dressa tout juste une oreille distraite, un instant, et repartit dans une course aussi capricieuse et mystérieuse que celle d'un sourcier. Les voix des autres s'étaient évanouies; à nouveau seuls, dans un silence à peine rompu par le déplacement gauche de nos corps, nous suivions la chienne dans l'indifférence de cet après-midi vide. J'entendais ma propre respiration, je sentais les épines me piquer; elles étaient plus drues que des feuilles, sur chaque buisson, chaque arbre, chaque ronce et, ajoutées au rugueux des écorces et à la croûte des brindilles, donnaient à toute chose la consistance, au toucher, de doigts cornés de vieillards. L'atmosphère distendue pâlit; le soleil était tellement lointain qu'on pouvait le regarder en face, mais l'ombre en pattes de mouche de la brousse ne donnait plus l'impression de s'allonger, tout juste de s'enfoncer dans la douceur des bancs d'ombre que les herbes projetaient sur elles-mêmes, comme la mer qui semble souvent s'assombrir par-dessous, plutôt que par manque de lumière au-dessus. Nous avancions et, sans prévenir, contraction spasmodique d'un muscle dans un rêve, trois faisans firent éclater l'air, à deux doigts de nous. Je sursautai comme un imbécile, et les manquai, mais John, avec sa façon de happer l'air brusquement, pivota vers eux et en atteignit un.

Revenus à la voiture, nous retrouvâmes Hughie

et Eilertsen. Ils agitaient la main et criaient tandis que nous approchions; il y avait un tas sombre, sur le bord de la route à côté d'eux.

« Bon dieu, vous êtes allés jusqu'où ? » hurla Hughie, bombant le torse comme un paon, de bonne humeur et gentil comme jamais. « On vous a entendus tirailler comme des perdus dans le *bundu*. Vous en avez combien ? Nom de dieu, votre volée c'était quelque chose, nous, il ne nous restait que quelques malheureux traînards, ceux qui ont pris peur et sont partis de l'autre côté.

– Il en a quatre et moi trois, dit Eilertsen, en retournant une pintade du bout du pied.

– Nom de dieu ! » Hughie regardait ce que nous avions dans les mains. « C'est pas vrai ! Qu'est-ce qui va pas, John, t'es paralysé ou quoi ? J'arrive pas à y croire. Et qu'est-ce que c'est que ça, un faisan ? En v'là un des deux avec un faisan. Dites, les gars, vous avez vraiment vu qu'il y avait une bonne centaine de pintades au-dessus de vos têtes ?

– Hughie, vieux ! dit John soucieux, je m'énerve trop vite. Je le sais bien. Tu te rappelles, l'année dernière, c'était la même chose. Le premier après-midi je m'excite et je m'en fais bien trop.

– Bon dieu, dit Hughie, plein de rancune, deux seulement !

– J'ai touché un corniaud, mais il est tombé dans la brousse et même Gracie ne l'a pas trouvé. »

Hughie se mit à reconstituer le déroulement de la première sortie.

« Pourquoi fallait-il que Patterson fonce au milieu des pintades, comme ça ? Il aurait dû les prendre par côté, pour les pousser un peu.

– Comment savoir ? » Eilertsen avait la tête d'un

homme qui se sent dépassé par tout, ou presque. « On ne peut pas prévoir ce qu'elles vont faire.

– Mais c'est très bien, dit John avec enthousiasme. Ça veut dire qu'elles ne sont pas sauvages du tout, cette année, eh ? Tu as vu ça, Hughie ? Il s'est approché très près. On ne voyait rien d'où on était.

– Si j'avais été lui, je les aurais prises par côté, voilà ce que j'aurais fait ! »

Patterson sortit du maïs avec le balancement heureux et lent d'un homme qui sourit aux anges. Une grappe de corps sombres pendait aux crochets de sa ceinture et lui battait la hanche en marchant. Quand il approcha, je remarquai une plume plantée dans le rebord de sa casquette de joueur de golf.

« Pas mal », dit-il. L'alcool de toute une année perlait, ruisselait, suintait de sa peau.

Hughie faisait le compte : « Trois, moi, et Eilie, sept, ça fait dix, douze... »

Eilertsen lui expédia le faisan.

« Treize, ça pourrait être pire. Patterson, vieux, pourquoi t'as foncé droit sur elles ?

– C'était incroyable », disait Patterson à John tout en se barbouillant le visage. Il avait ôté sa casquette et ses cheveux étaient brillantinés de sueur. « J'avais l'impression qu'elles allaient venir me manger dans la main. Elles ne s'occupaient absolument pas de moi. Une vieille maligne m'a fait un clin d'œil et a continué à manger. Tu te rappelles celle qui n'avait qu'une patte ? Toujours là. Avec cette équipe-là maintenant... »

En voyant la voiture, comme remise en présence de quelque chose, la chienne avait été saisie d'épuisement. Elle était couchée à l'arrière, presque aussi inerte que ses proies. Nous rentrâmes au camp en discutant, sans trop écouter le voisin, tassés confortablement les uns contre les autres, puants et détendus comme les animaux d'une meute unie et bon enfant.

Pendant notre absence, les trois Africains avaient ramassé du bois et étaient allés chercher de l'eau à la ferme. Hughie se trémoussa pour sortir de la voiture, et se mit aussitôt à crier et à morigéner sans raison, selon le code des gens élevés dans un pays où la domesticité est nombreuse; les Africains, soumis au même code, n'entendaient que le sens, ne prêtaient pas attention aux paroles, et faisaient le minimum de ce qu'on exigeait d'eux. Deux d'entre eux étaient les domestiques de John, des Nyasas très noirs dont le faciès vide prenait un air soucieux dès qu'ils entreprenaient quelque chose. L'autre était à Hughie, un petit Basuto larmoyant au visage couleur de peur. Hughie lui beuglait dessus, sans méchanceté, comme s'il était sourd. Il s'assit sur un pliant et hurla :

« Arrive! Dépêche-toi de m'enlever mes bottes! » Puis il envahit le camp tout entier, se mêlant de tout.

« Ces bon dieu de fainéants! Vous croyez que ce bois va durer une éternité? Ça ne vaut rien, tous ces petits machins! Filez là-bas et rapportez-moi de grosses bûches. *Makulu, makulu,* oui? Plein de grosses bûches. »

L'obscurité était froide. Elle nous montait le long des jambes et, pendant que, debout autour du feu, nous buvions notre premier whisky, le paysage tout entier s'enfonça dans le noir, et le ciel prit un ton nacré de coquillage humide. Les silhouettes se modifiaient, gauches, au fur et à mesure que les hommes enfilaient pulls et écharpes; je tirai du fond du sac de plage mon souvenir de Zermatt. Nous avions apporté de la viande achetée en ville pour le repas du premier soir, et John la prépara et la mit sur le gril. Hughie ouvrit une boîte de haricots et réclama du lard, du beurre et du matériel de cuisine que John n'avait pas.

« John, il te faudrait une de ces grosses cocottes de fonte, c'est le seul moyen de faire ça correctement. Il n'y a pas de cuillère à long manche? Allez! Trouve-moi une cuillère, une grande, avec un long manche! Nom de dieu, je me brûle avec cette vacherie de truc. » Ce repas, d'allure totalement inattendue, était délicieux et nous l'arrosâmes de chopes de vin rouge. Nous étions assis à contempler la danse des flammes, les étoiles ressortaient très fort et l'obscurité s'insinuait de plus en plus haut. Au milieu de la nuit, dans l'immense salle obscure du monde, nous formions une scène comme il en apparaît en rêve à un dormeur, illuminés, vivants, enfermés.

Nous restâmes longtemps à boire. Le vin faisait apparaître en Hughie une innocence, une brutalité d'écolier dans la lumière rasante. Son visage tanguait, tressautait, barbouillé de graisse de côtelettes, au-dessus de sa chope; il racontait de vieilles histoires cochonnes, interminables, et on pouvait l'écouter avec l'impression plaisante de reconnaître quelque chose, l'impression qu'on éprouve à suivre le déroulement d'une légende. Il se vanta des mérites de son chien :

« S'il était là et que vous me touchiez – à peine – il vous sauterait dessus. Il n'a pas plus d'un an, d'après moi, mais, mon vieux, on ne lui en fait pas accroire. Il ne lâche jamais mes gosses d'un pouce, je vous le dis, c'est pas de la camelote, et plus fûté que toutes vos bêtes à pedigree.

– Ma pauvre vieille Gracie, elle en a profité, tantôt.

– Pour moi, rien de mieux qu'un pointer. J'en voulais un, mais mon gamin voulait un petit chien, et on a acheté ce cabot. Tu sais, ça ne m'étonnerait pas qu'on ne puisse pas en faire un chien de chasse. Sans blague, ça ne m'étonnerait pas du tout. Ce chien est tellement malin. Et quel chien de garde ! Tu verras jamais un *Kaffir* passer devant la maison sans avoir traversé avant. »

Tandis que Hughie se répandait en théories sur la supériorité des pointers par rapport aux setters, Patterson et moi avions tiré dans le feu un tronc envahi de fourmis, d'un mètre ou un mètre cinquante de long, et tandis que la flamme l'explorait avec délicatesse et que la chaleur du feu le pénétrait, la vie qu'il abritait encore l'abandonnait en pleine panique. D'abord, l'exode d'interminables colonnes de fourmis, puis de poux de bois qui détalaient; et enfin, une créature sortie du zodiac, le scorpion. Eilertsen tomba tout d'un coup dans une ivresse rigolarde, comme une femme, tout en continuant à se verser du vin d'un air conquérant.

« Première fois que je suis comme ça depuis la victoire en Europe, murmura-t-il en riant dans sa barbe. Je crois bien que c'est le moment de remettre ça. » Hughie se lança dans une longue digression sur le comportement des ulcères à l'estomac, cause de la longue période de sobriété d'Eilertsen. Hughie savait tant de demi-vérités et tant de choses fausses sur un tel éventail de sujets, qu'on était terrifié devant une ignorance aussi satisfaite; on ne risquait pas de s'ennuyer avec lui. Aux yeux de ceux qui se targuaient de leur sensibilité, il passait pour totalement dépourvu d'imagination; mais, à la vérité, il vivait dans un monde fantastique, en victime de la nouvelle sorcellerie, du nouvel obscurantisme de l'esprit, composé d'interprétations erronées, tronquées des découvertes de la science, de la technique et de la psychologie auxquelles il ne comprenait rien.

Avant d'aller se coucher, John appela les domestiques pour leur donner du vin.

« Pas trop, on ne tient pas à les retrouver à moitié morts demain matin.

– Ach ! donne-leur du cognac, vieux ! dit Hughie. Ils n'aiment pas le vin. Donne-leur à chacun une goutte de cognac. Les *Kaffirs* n'aiment pas vraiment le vin. »

A quelque distance de notre intérieur creusé dans l'obscurité, les trois hommes étaient assis autour d'un petit feu à eux. Ils avaient mangé; ils parlaient si bas entre eux que, au milieu de tout notre tapage, nous n'avions pas prêté attention à cette antichambre. C'était vrai, le cognac leur fit plaisir. Debout, chacun leur tour, ils gardaient les yeux fixés sur l'alcool qu'on versait dans leur chope; sur la figure du plus âgé des deux Nyasas, Tanwell, un sourire, doux et soudain comme la flamme qui l'éclairait, apparut de façon incongrue sur le noir violent et obtus de ses traits fermés. Le Basuto faisait des grimaces pour obtenir sa part, tandis que Hughie grommelait de satisfaction et menaçait de lui botter les fesses. Ils retournèrent à leur foyer avec leur source de réconfort; il était évident qu'ils ne trouvaient rien de drôle à ce jeu atavique qui consiste à dormir à la belle étoile. Nous étions bien protégés par des vêtements adaptés, des tapis de sol, matelas pneumatiques, sacs de couchage, ils avaient les couvertures sous lesquelles ils dormaient chez eux, en ville. Tout suggérait, sans le dire, qu'ils étaient, par définition, plus proches de la nature, que les ramener au veld revenait à lâcher en liberté des créatures sauvages. Mais les Nyasas étaient assez proches de l'état de nature pour savoir que, pour l'homme, l'état de nature est le nid, les remugles musqués qui doivent régner dans les huttes de terre et d'herbe de la tribu. Le Basuto était un titi des villes au visage larmoyant, d'à peu près mon âge; j'imaginais qu'il aurait préféré se terrer dans un quartier réservé comme Alexandra ou dans les abris de tôle et de toile à sac d'Orlando.

Pourtant, sous mes couvertures, emmitouflé pour aller au lit dans tous les vêtements que j'avais pu trouver, je sentais le réconfort des voix qui m'entouraient, le son douillet et confiant de voix qui ne connaissent pas le doute; des voix pour lesquelles Dieu est à l'église, la justice au tribunal, et tous les problèmes de l'existence ont des solutions aussi hypocrites. La chaleur du vin dans mon corps et le froid de la nuit sur ma joue me donnèrent cette perception instantanée, intense, de ma propre existence, qui est tout ce que j'ai jamais connu de l'état de grâce; et une exaltation pareille du moi doit être exactement le contraire de ce qu'est vraiment l'état de grâce.

Patterson enfilait un bas de femme sur sa tête.

« Qu'est-ce que c'est que ça, un trophée? »

Il me sourit de toutes ses dents.

« Mon petit vieux, c'est la meilleure façon d'avoir la tête au chaud. Mais vous, vous avez des cheveux. »

Les autres continuaient à se cogner de toutes parts dans le camp.

« Bon dieu de première fois que je me soûle depuis la victoire en Europe, moi je vous le dis... »

On pouffait.

« Fais attention, pauvre con, tu vas tout flanquer par terre.

– Viens, Gracie, ma fille, viens ma belle... »

Je me réveillai en sentant que quelqu'un me

regardait. C'était la lune, qui me dévisageait du haut d'un ciel débordant de sa grande lumière sans chaleur, cette contradiction inquiétante de tout ce qu'évoque la lumière. Je ramenai les couvertures sur ma tête, mais je sentais le poids de cet œil qui ne sait pas bénir. Les balluchons d'hommes endormis étaient de pâles suaires, le feu s'était tu. Déboulant sur le calme, un hurlement monta des entrailles du désespoir, l'écho d'une meute de cauchemars. Cela s'arrêta, reprit, et je ne pensais pas l'avoir entendu en dehors de ma propre tête. Soudain, à côté de moi, Eilertsen se dressa sous ses couvertures en geignant et lâcha trois balles juste au-dessus de mon oreille. Les morts se levèrent.

« Dieu du Ciel, qu'est-ce qui se passe? – Bon dieu, qu'est-ce qu'il fout? – J'ai vu leurs yeux rouges dans le noir, dit Eilertsen, pris dans le clair de lune, juste là-bas dans la brousse. – C'est des blagues. » Quand John était réveillé au milieu de la nuit, il n'était pas autre, comme la plupart des gens, mais simplement lui-même.

« Les chacals ne viennent pas si près. » Mais après cela, le silence régna.

XV

Chaque matin, nous retrouvions les pintades gelées, dures comme des pierres, là où nous les avions laissées, sur le toit des voitures, et les bouteilles de bière que John sortait tout spécialement étaient opaques de froid. Patterson, réduit à rien sous ses couvertures, attendait le café, mais Hughie, les soies rouquines chatoyant sur le menton et les cheveux tout hérissés, tapait du pied d'impatience.

« Allons descendre ces salopes ! »

Et les mains douloureuses du froid rigide des fusils, nous le suivions dans le matin humide et frais, étrange comme une chose tout juste arrachée à un ventre. En lambeaux, la coiffe du matin nouveau-né faite de toiles d'araignée étincelait sur les épines, et les herbes s'affaissaient par paquets en brosses détrempées. Nous entendions les pintades. Nous n'entendions ni les colombes, ni les étourneaux, ni le pluvier, ni la caille; seulement les pintades, comme les mots d'une langue qu'on reconnaît au milieu d'un murmure embrouillé de langues étrangères. On aurait dit qu'elles savaient que nous arrivions; il y avait toute la force d'un rendez-vous entre elles et nous; les pintades étaient déjà là, les hommes s'étaient déplacés, et ils devaient se rencontrer. Quand nous reprenions des forces au camp, nous les entendions, les sentions, et nous avions la ferme conviction qu'elles nous savaient là. La montée, la chaleur de la poursuite, nous absorbaient complètement, si bien qu'au plus chaud de la journée, quand nous avions le temps de lire, nous ne lisions pas; la vieille peur, que j'avais sucée avec le lait, de me retrouver sans rien à lire (que faire, coincé, un jour, quelque part, sans livre), devenait, tout à coup, inoffensive. Je n'avais pas besoin de lire. Les bouquins restaient entassés au fond du sac.

C'était un moment merveilleux de la journée. La battue matinale se terminait aux alentours de dix heures et demie, heure à laquelle nous rentrions au camp après avoir piétiné dans la brousse et les champs de maïs pendant quatre heures ou presque. Nous avions l'apparence débauchée, l'odeur aigre de types pas rasés et à jeun, que les vagabonds traînent en permanence. Nous buvions d'abord la bière qui, soigneusement laissée à l'ombre, conservait le froid de la nuit. Puis nous préparions un repas qui échappait aux restrictions courantes des repas; tant qu'on avait faim, John sortait encore une côtelette, encore du lard, encore des rognons. Ensuite, nous faisions la queue pour nous laver et nous raser dans la bassine de fer. Hughie était le seul à ne pas se raser; il allait s'allonger sous la tente – et il était aussi le seul à dormir sous une tente, un truc pneumatique qu'il gonflait avec une pompe à vélo.

Le silence de midi s'appesantissait. Le soleil n'était pas chose à négliger dans la brousse; rien ne bougeait, les épines étincelaient; Patterson enlevait sa chemise et s'en couvrait la figure pour éloigner les mouches. Mes couvertures étaient disposées sous un acacia, mais l'ombre n'était rien d'autre qu'un filet entre le soleil et moi. Les colombes faisaient un bruit continu de respiration.

Au moment où nous étions tous endormis, ou paraissions l'être, Hughie sortait sans bruit de sa tente, avec son fusil, et disparaissait dans la brousse. Il revint une fois avec un malheureux lièvre aux oreilles criblées de tiques noires gorgées de sang.

« Les boys le mangeront, dit-il, tiens, Samuel. » Les yeux chassieux, en sueur, il attendait que nous nous préparions pour la battue de l'après-midi, en s'essuyant la bouche du dos de la main après une grande goulée d'eau, la tête dressée, l'oreille aux aguets.

« La bande qui va manger dans le champ d'arachides y est déjà. Aussi vrai que je vous vois. Elles ne sont pas au fond d'un buisson. » Il ne nous lâchait pas des yeux, plein de rancune. Et, la plupart du temps, après la première journée, quand nous sortions tous ensemble, il nous abandonnait au bout de quelques minutes et s'éclipsait, avec Eilertsen ou sans lui, pendant des heures. Nous le retrouvions à la voiture, ou de retour au camp, en train de compter ses pièces. Il marchait et tirait plus que n'importe qui.

« Allons-y, allons descendre ces salopes ! »

John dit, tout troublé : « Kidd prend tout cela trop au sérieux. Vous voyez ce que je veux dire ? Il ne trouve pas marrant de tout simplement marcher dans la brousse.

– C'est sa façon de parler. » Patterson était amusé, comme il l'aurait été par un chimpanzé presque humain. Il me dit, un peu plus tard : « Ce type est le mec le plus vague que j'aie jamais rencontré. Les Sud-Africains le sont pas mal, dans l'ensemble, d'ailleurs, vous ne trouvez pas ?

– Il a toujours quelque chose à dire sur n'importe quel sujet imaginable.

– Oh, il parlerait de relativité avec Einstein. Mais il n'a que quelques mots pour se débrouiller; il faut qu'ils se prêtent à toutes les situations. On croirait entendre s'exprimer un sauvage.

– Lui, c'est comme ça qu'il appelle les deux Nyasas.

– Ces deux messieurs. Je dois dire qu'ils sont tout juste descendus de leur arbre; John a une patience d'ange avec eux. J'avais bien envie de botter les fesses de ce petit salaud de fainéant ce matin, s'il avait été à moi. La façon qu'il avait de vider les pintades, il en a fait une véritable charpie.

– Enfin, tout est relatif, il me semble, dans cette histoire de sauvages. »

Il me regarda un instant avec curiosité, comme s'il venait de se rappeler quelque chose.

« Vous croyez que ces gars-là, les Noirs, pourraient un jour être comme nous, Hood? »

J'entendis la voix de Steven l'imiter à la perfection. Pourtant Steven n'était pas Patterson, n'était pas même moi; n'était pas non plus Tanwell et l'autre Nyasa qui coupaient du bois, à dix mètres de là, comme si faire ça ou autre chose...

« Jamais. Les Français ne sont pas comme nous, ni les Allemands, ni les Italiens. Ils font les mêmes choses que nous, mais ils sont eux-mêmes. »

Il rit, du haut de cette position clef à lui tout seul dont je le sentais parfois captif, incapable de descendre. Il m'écarta d'un geste, comme si je lui offrais une évasion.

« Mener leur barque eux-mêmes? Je demande à voir. Je ne crois pas, c'est bien simple, que ces pauvres types ont l'intelligence nécessaire. Ils sont limités. Il n'y a rien là-dedans. » Il posa le chiffon avec lequel il nettoyait son fusil.

« Allez, venez, on va prendre les emballages en carton des bouteilles de whisky et les enfiler sur les tiges de maïs. J'aimerais voir si je peux atteindre une cible, à défaut d'autre chose, aujourd'hui. » Enorme ruine superbe, pansu, des poches sous les yeux, variqueux; à enjamber lourdement les mottes de terre, il me rappelait ces demeures splendides, ouvertes au public pour deux francs cinquante par personne, qui semblent regarder avec amusement les groupes d'excursion, et que les excursionnistes considèrent avec amusement comme surfaites et tombées dans la débine.

Dans la brousse, je marchais en général à côté de John. Le visage impatient de la chienne, brusquement tourné vers nous, nous faisait signe; le bout de sa queue était en sang à cause des épines, et ses oreilles retenaient les teignes comme un aimant qu'on promène dans une boîte d'épingles; le soir, elle était trop épuisée pour manger et, sur le dos, nous regardait par-dessus le poids mortel qui grossissait dans son ventre, mais le jour, dans la brousse, elle semblait le laisser derrière elle.

« Je ne crois pas qu'elle soit aussi malade que vous le pensez, dis-je à John.

– Si, dit-il, elle est fichue. Comme un bon cheval, elle va continuer jusqu'à ce qu'elle s'écroule. »

C'était là les clichés de l'univers des Alexander, le monde curieusement daté des riches, avec ses plaisirs de l'époque édouardienne. Ces gens-là voyaient le courage en termes de bravoure, le ressort en termes de dynamisme sportif; en fin de compte, je commençais à croire que les définitions de mon père et de ma mère étaient aussi les miennes, je ne concevais ces choses-là qu'en termes de prisonniers politiques et de révolte de l'intelligence.

Mais sous l'homme du monde accompli qu'était John, sous son langage d'habitant de Johannesburg, il y avait une qualité d'âme très séduisante. Il réduisait la vie à un récit; nous piétinions dans les épines et l'herbe et toutes nos facultés étaient mobilisées par ce que nous faisions et l'endroit où nous allions. Son visage maigre et brun, en éveil au-dessus de la pomme d'Adam nerveuse, vous rassurait tout bonnement, comme l'image de quelque dieu du foyer, simple, pas bien puissant, qui sert à écarter de la vie de tous les jours le poids du mystère.

Le lundi soir, je perdis les autres de vue et me retrouvai seul dans la brousse qui s'assombrissait. J'allai de droite et de gauche pendant un moment, mais l'uniformité silencieuse eut raison de moi, et je jugeai plus raisonnable de rester immobile pour un temps et d'écouter; j'avais découvert que si l'on tendait l'oreille à fond, on pouvait faire souvent s'ouvrir le silence de la brousse, et distinguer dans le lointain le son, semblable à de petits bruits d'oiseaux étouffés par le nid, des conversations. Je fumais en écoutant; le sol était rose comme un roc tiède et les acacias étaient en fer forgé. Bientôt, je différenciai du frôlement furtif de la brousse le halètement étouffé du chien. Il semblait venir vers moi au ras du sol, sur un ru d'air. J'appelai et, bien qu'il n'y eût pas de réponse, en peu de temps la chienne était là, tenue en laisse par le plus jeune des deux Nyasas. A l'occasion, quand elle voyait bouger tout un groupe de pintades, elle perdait la tête et voulait les pourchasser. Alors, si on avait emmené les Africains pour servir de rabatteurs, John confiait sa laisse à l'un d'eux.

« Je ne trouve pas le *baas*, dit l'Africain.

– Ce n'est pas grave, moi aussi je suis perdu, répondis-je. On va laisser le chien nous conduire. » Nous suivîmes quelques minutes sa course en zigzags hésitants. Les buissons d'acacia étaient des taches noires, comme une crise d'étourdissements.

« Je ne crois pas ça serve à grand-chose de continuer à marcher. »

Il resta planté avec la chienne, sans rien dire. Je m'assis et il s'installa à un mètre. Quand je lui parlais, il ne répondait pas, à moins que je n'aie posé une question directe. Il portait des sandales percées d'où le petit orteil de chaque pied dépassait, une chemise kaki déchirée et sale, et un pantalon marron à rayures qui avait dû appartenir à un homme ventru – il l'avait replié, sur le devant, sous sa ceinture, comme un pagne d'Indien – et il devait avoir froid; une espèce de frisson fiévreux courait sur le sol, dès que le soleil descendait.

A la fin, je n'essayai même plus de parler, et nous restâmes assis, ensemble. La chienne, épuisée, dormait. Il ne regardait ni moi ni personne; le sens de son isolement me parvenait en silence; je le sentais, à ce moment-là, mais il avait dû exister tout le temps, pendant que nous mangions, buvions, chantions, jurions au camp. Je lui offris une cigarette, mais il refusa de la prendre dans le paquet. Il mit ses deux mains en coupe et il fallut que je laisse tomber la cigarette dedans. La solitude s'épaississait avec le froid qui tombait, miasmes de l'ancien continent; nous étions, lui et moi, proches à nous toucher, comme des gens debout l'un à côté de l'autre, sans le savoir, dans le brouillard.

Patterson nous découvrit au bout d'une heure à peu près – ou plutôt c'est nous qui l'entendîmes – et nous nous arrangeâmes, tous les trois, pour trouver notre chemin à travers la brousse jusqu'à l'endroit où, dans les maïs, les phares de la voiture, allumés par les autres pour nous guider, suspendaient dans le noir deux étendards de lumière orange toute criblée de taches noires. Quand nous entrâmes, en trébuchant, dans la couleur et la clarté, on nous accueillit par une salve de cris et de lazzi. Cette soirée était la dernière, et John insista pour que nous finissions le vin rouge avant d'aller nous coucher. J'exécutai une ou deux imitations que j'avais données dans un spectacle d'étudiants à Oxford, et en ajoutai spontanément une à mon maigre répertoire : Miss Everard et les Italiens du bateau. John, avec Patterson en guise de victime, nous montra comment il avait, à une certaine époque, essayé d'apprendre le judo. Hughie chanta des chansons de soldat avec Eilertsen et nous confia, sans aucun détour, ce qui, à son avis, faisait qu'une femme en valait la peine. Plus loin, autour de leur feu, les Africains buvaient leur ration de cognac et bavardaient à mi-voix avec, de temps à autre, la montée d'un éclat de rire, ou l'explosion, comme un bouchon qui saute, de brèves onomatopées.

Nous fîmes une autre sortie, de bonne heure, le lendemain matin, mais sans beaucoup de chance; pourtant, le contenu de la carnassière était impressionnant : cinquante-huit pintades, sans compter celles que nous avions mangées au camp. Après le petit déjeuner, nous fîmes les préparatifs de départ; il n'y avait aucune raison de se laver ou se raser dans une cuvette, alors qu'un bain nous attendait, chacun chez soi, quelques heures plus tard. Le camp avait l'air d'une maison un lendemain de réception : tout était dégoûtant et sali, les mouches ne manquaient rien de ce qui était à moitié propre, à moitié mangé, à moitié fait après quatre jours d'existence à vau-l'eau. Une fois les voitures chargées, le coin de brousse où nous avions vécu était tout simplement aplati, comme si un animal s'y était couché. Les voitures s'éloignèrent. Mon bras, sur le rebord de la portière, avait, à force de soleil et de crasse, la couleur du bois de teck. Le lourd visage de Patterson était couturé de blanc, là où il avait froncé les yeux pour se protéger du soleil. John avait une perruque teinte en roux par la poussière. Nous avions tous l'air à la fois vanné et régénéré; quand nous nous retrouvâmes au milieu des maisons et des boutiques, il me sembla que je revenais de loin, après bien longtemps. La malle de la voiture était bourrée de corps doux et massifs, au plumage ébouriffé, rebroussé dans le sens contraire de la plume qu'il prend, semble-t-il, dès que la vie s'enfuit. Tout le long du chemin, la vieille chienne setter resta sur la banquette arrière, endormie ou morte, on ne savait trop; la mort et le sommeil s'étaient tellement rapprochés en elle qu'il n'y avait guère de différence. Nous nous arrêtâmes d'abord chez Patterson, pour partager le gibier, et les pintades s'empilaient sur l'herbe tandis que Hughie faisait la distribution. La chienne ne bougea pas quand John l'appela pour lui donner à boire. Il me dit : « Secouez un peu ma vieille Gracie, s'il vous plaît. » Mais quand je posai la main sur son arrière-train, ce fut la même sensation qu'en faisant, un instant plus tôt, tomber les pintades de la malle.

CINQUIÈME PARTIE

XVI

Après avoir pris un bain et m'être rasé pour dissoudre la crasse, je me préparai une platée d'œufs pour déjeuner – j'étais toujours aussi affamé que dans la brousse – puis j'allai en ville. Les pintades s'entassaient dans la cuisine de mon appartement, il y avait des plumes dans tous les coins et l'odeur de feu de bois était partout; je ne savais trop que faire de ce gibier, et me dis que je prendrais une décision le soir en rentrant. En attendant, il était facile de fermer la porte sur tout ça.

Le courrier de samedi et celui de lundi étaient posés sur mon bureau; pas grand-chose, les tracts publicitaires habituels, des factures d'Aden Parrot, des lettres de libraires qui avaient passé des commandes insuffisantes et réclamaient maintenant à grands cris de quoi renflouer leur stock d'un *best-seller* inattendu, un petit mot de ma sœur en vacances en Espagne. Il y avait une longue lettre à la main de mon oncle Faunce (trop confidentielle même pour sa secrétaire particulière) dans laquelle il m'annonçait qu'il n'était pas impossible qu'Arthur Hollward demande à être relevé de ses fonctions à la tête de la succursale d'Aden Parrot en Afrique du Sud; il donnait l'impression de vieillir et de ne rêver que de s'installer en Angleterre. Qu'est-ce que je dirais de rester, peut-être un an ou deux? Rien de bien précis; tout juste une prise de température, et ainsi de suite. C'est ce que mon oncle Faunce appelait « caresser une idée ». Tout en lisant, je pensais à mes pintades : la moitié pour Marion Alexander, la moitié pour Cecil? Peut-être une ou deux pour Sam et sa femme et, bien sûr, Anna Louw. Je rangeai la lettre de Faunce sans y penser plus avant; au début, je ne savais que faire de mon gibier, maintenant il me semblait ne pas en avoir assez pour tout le monde. Je notai les noms des bénéficiaires éventuels au dos de mon paquet de cigarettes.

Je travaillai sur les documents qui m'entouraient jusqu'à cinq heures ou presque, quand la dactylo, son manteau sur le dos, prête à rentrer chez elle, entra et dit :

« Oh! j'ai oublié! J'ai reçu un coup de téléphone bizarre de la police. Au sujet de quelque chose qui avait été volé.

– Volé? A qui?

– Je leur ai dit qu'à ma connaissance vous n'aviez rien perdu. Il n'y a pas eu d'effraction dans votre appartement? » Elle était bien, celle-ci; une petite fille appliquée, aux cheveux plutôt gras, qui avait fait ses études à l'université de Johannesburg et avait pris ce modeste emploi de bureau parce qu'elle était passionnée d'édition et espérait un jour obtenir un poste chez Aden Parrot, à Londres.

« De toute façon, j'ai le numéro, il vaudrait peut-être mieux les appeler? »

Ce que je fis avant de quitter le bureau. Quand j'eus décliné mes nom et adresse et qu'on m'eut transféré de voix en voix jusqu'à ce que je trouve la bonne, celle-ci me dit patiemment, d'un ton rauque :

« Nous avons un manteau ici, monsieur. Il y avait une carte dans la poche avec votre nom et votre adresse. »

Je dis : « Un manteau gris, à doublure écossaise ?

– C'est ça. Nous l'avons mis de côté ici.

– Mais j'avais prêté ce manteau à un ami.

– Alors, on a dû le lui voler. On l'a trouvé sur un indigène, samedi soir. Vous avez de la chance. Tout ce qui vous reste à faire, c'est de passer et de donner une signature. »

Je dis, plein d'indignation, triomphant, dans un éclat de rire :

« Mais c'est à lui que je l'ai prêté. Steven Sitole, c'est lui l'ami. Rendez-le-lui donc ! »

La carte dans la poche. « Ce que tu laisses dans les poches m'appartient, eh Toby ! » Steven devait bien rigoler de tout ça.

La voix reprit : « Il est mort, Monsieur. Il était avec toute une bande d'indigènes dans une voiture qui a eu un accident sur la route de Germiston, et il avait le manteau sur lui. Ils essayaient de s'enfuir d'un *night-club* indien où la police avait fait une descente. »

Comment faire comprendre le sursaut d'horreur, la conviction, la recognition avec lesquels je sentis, à ce moment-là, sous ma main, la chienne telle que je l'avais trouvée sur le siège arrière de la voiture. L'effroi me passa une main sur le visage, glacée. Je compris. Je compris jusqu'à la moelle des os.

Je dis : « Comment s'appelait-il ? Comment s'appelait cet homme ? Vous avez les noms sous les yeux ? »

Il ne les avait pas.

« Il faut aller me les chercher, lui dis-je. Il faut

aller chercher le rapport, ou ce que vous avez, et me le dire. »

Il protesta, mais je le forçai à s'exécuter. Je ne pensais à rien en l'attendant, *je ne pensais à rien.*

« Indigène du nom de Steven Sitole, un autre, Dan Ngobo, morts tous les deux. Deux autres indigènes et un Indien, arrêtés. Trois bouteilles de cognac dans la voiture. »

Je dis : « Bon, ça va.

– Et le manteau, Monsieur, qu'est-ce qu'on en fait ? »

J'allai à la morgue et obtins la permission de le voir. L'employé dit : « Il travaillait pour vous ? Vous n'allez pas le reconnaître. » Mais je savais qu'il fallait que je le voie, sinon je n'admettrais jamais qu'il n'était plus. Je retournerais en Angleterre un beau jour et il me semblerait qu'il était tout simplement resté sur place, il se remettrait à vivre, oublié de moi. Je voulais que sa mort m'entre bien dans le crâne, comme sa vivacité l'avait fait.

Il était brisé, c'est tout. Il était toujours le même. On aurait dit qu'il avait pris part à une longue et terrible bagarre et qu'il avait eu le dessous.

Je dis à l'employé : « Il avait une bague, une bague de pacotille, avec une pierre rouge, qu'il portait toujours au petit doigt. »

Mais il n'en avait pas entendu parler.

J'allai en voiture jusque chez Sam, sans trouver personne. Même les vieilles sorcières de la cour ne pouvaient me dire où lui et sa femme risquaient d'être. Je retraversai l'embrasement et l'obscurité du quartier indigène la nuit, les cris en banderoles, la fumée et les odeurs de nourriture, les hommes ivres, les marmots et les poules, les *tsotsis* qui rôdaient autour du cinéma – et il fallait que je me le fasse entrer de force dans la tête : lui, il n'est pas là, lui, il n'est pas là. Il était fait de tout cela; et si ça existait toujours, pourquoi pas lui? J'étais obligé de m'expliquer et de me réexpliquer la mort, chaque fois que je rencontrais un nouveau témoignage qui la niait. Malgré la guerre, malgré la mort de mon père, la mort n'avait jamais prouvé sa réalité dans mon expérience personnelle; depuis que j'avais atteint l'âge d'homme, je n'avais jamais rien perdu de plus cher qu'un animal favori; je comprenais la mort comme un enfant à qui on a tout dit s'imagine qu'il comprend l'amour.

En ville, les visages blancs et poudrés des femmes, au-dessus des manteaux de fourrure, se dessinaient dans l'éclairage au néon des cinémas et des théâtres, des jeunes, tout frais débarqués de Naples ou de Rome, étaient plantés devant un bar italien, perchés sur leurs semelles compensées, les voitures exploraient lentement les rues avec entêtement, à la recherche d'un endroit où stationner. Je traversai lentement la ville et lentement la banlieue qui escaladait la colline.

Dans l'appartement m'attendaient les pintades, l'odeur de feu de bois et les plumes qui flottaient à ras du plancher dans le vent coulis que créait la porte en s'ouvrant. Revoir cet appartement revenait à être confronté au visage souriant de quelqu'un qui ignore qu'il s'est passé quelque chose. L'amputation infligée par la peine me coupait totalement de l'instant où j'avais refermé la porte sur moi, non par un intervalle de huit heures, mais de l'étendue infinie de l'expérience; j'étais si loin de cet instant que je me trouvai stupidement incapable de comprendre que, par comparaison, le temps s'était immobilisé chez moi.

Je savais que je ne pouvais y rester. Je fermai la porte, redescendis l'escalier et m'assis dans ma voiture. La hideuse sensation de n'avoir aucun but me tomba dessus; j'étais comme un homme dans un théâtre vide, sans lumière, qui regarde pendant qu'on démonte la scène, qu'on la met en pièces, qu'on l'embarque. Où étaient les murailles de pierre, les maisons qui tenaient debout, l'église où trouver Dieu? Qu'est-ce que je savais de Steven, cet étranger, qui avait vécu et quitté une vie que je pouvais tout juste espérer observer; mon frère. Une vie sans signification, sans espoir, sans dignité, une vie de châtré spirituel, délimitée par le Blanc, une vie dont il avait fait, d'une saccade preste du poignet, la seule chose possible – un défi. Un défi. Je l'avais reconnu à travers tout un monde et toute une vie d'amis et de visages plus compréhensibles pour moi. Comment cela pouvait-il être vrai, ce que chacun de nous deux savait : qu'il était moi et que j'étais lui? Il était l'esclave de sa peau et j'étais libre; le monde m'était ouvert et lui était fermé; comment est-ce que je reconnaissais ma situation dans la sienne?

Il n'avait jamais pris possession de ce qui lui revenait; et ce que je croyais être à moi avait été détruit avant que j'arrive au monde pour en hériter.

Je finis par remonter, enveloppai les pintades dans des journaux et les emportai chez Cecil. Sam était sorti, je ne pouvais pas téléphoner, traverser la faille qui creusait la ville entre Blancs et Noirs, pour savoir s'il était rentré chez lui. Je ne pouvais pas aller chez Anna Louw; je sentais que cela aurait été, de façon inexplicable, déloyal envers Steven. J'allai chez Cecil, avec qui je ne pouvais absolument pas parler de la mort de Steven. Ne pas y faire allusion, laisser de côté la pitié ou le ton moralisateur au sujet de cette vie brève et violente, c'était la seule chose à faire. Car Steven n'était ni ceci ni cela; il était, et voilà tout.

J'allai chez Cecil en voiture et la trouvai, comme d'habitude, dans son bain. Elle passait tellement de temps allongée dans la baignoire, à fumer. Elle me cria : « Je sors dans une minute » et j'allai à la cuisine avec mon chargement de gibier. Eveline lavait la vaisselle du dîner : « Mr. Toby! s'esclaffa-t-elle, où on va les mettre, le réfrigérateur en est déjà plein. Mr. Patterson nous en a apporté six. » Elle me les montra. Mais je la laissai s'en débrouiller et allai dans le living-room me préparer un verre. Au bout d'un moment, Cecil entra, vêtue d'une robe de chambre, le bout des cheveux humides de l'eau du bain.

« Ces pintades sont formidables! Tu es un ange! Ça fera des plats sensationnels.

– Eveline m'a dit que vous en aviez déjà plus qu'il ne vous en fallait. »

Elle eut l'air gêné, mais peu préoccupée qu'on voie à travers ses mensonges polis, elle ajouta sur-le-champ :

« Oh! c'est Guy Patterson qui les a apportées! Une idiotie. Il m'a mendié un bas pour se tenir au chaud la tête, et m'a promis du gibier en échange. Comment s'est passée l'expédition?

– Très bien. Et ton week-end, c'était comment?

– Tu as bien besoin de te faire couper les cheveux. Regarde-moi cette guirlande sur ton col. Tu as l'air vanné. » Elle vint s'asseoir près de moi et mit ma main sur sa jupe tiède. Je sentais sous ma main le corps froid de la chienne, la retirai, la mit derrière sa tête et l'embrassai sans douceur. Elle fut satisfaite, comme toujours, de cette avance brutale et inattendue, elle rit et dit : « Ne me raconte pas que tu rentres de la brousse chaud comme un lapin », en appuyant imperceptiblement sur le « tu », ce qui pouvait bien suggérer « toi aussi », en sous-entendu; il me vint à l'idée qu'elle pensait peut-être bien à Patterson. Pourtant, je me tournai vers elle et l'embrassai et la passion survint, comme un miracle au milieu de mon engourdissement, et il y avait de la compassion dans cette étreinte. Je la surpris à me regarder tandis que, dans sa chambre en désordre où la tige de la lampe de chevet était tordue de façon à projeter la lumière loin d'elle, nous nous soumettions au rite antique de l'unicité; en lui rendant son regard, les yeux sur son visage immobile, moi aussi je regrettais de ne pas avoir fait plus pour elle, de n'avoir pas voulu ou pas pu l'accueillir et lui donner une vie réelle. Pourtant, à la fin, elle parut s'immobiliser aux frontières de son propre plaisir; elle me laissa aller de l'avant, puis se renfonça dans l'oreiller, les yeux ouverts, se souriant à elle-même pour quelque justification intime. Je lui demandai : « Qu'est-ce qu'il y a? » Mais elle secoua la tête et, sans cesser de sourire, effleura mes cheveux, dont elle s'était plainte un peu plus tôt, d'un petit geste bizarre de fatalité et de tendresse, comme une femme ajuste la cravate de son mari quand ils doivent sortir.

Elle dit doucement : « Il va bientôt falloir que tu rentres en Angleterre, pas vrai? Peut-être que je viendrai te voir là-bas.

– Tu viendras, vrai? »

Elle ferma les yeux et pinça les narines, en

enfant qui fait un vœu : « J'épouserai un homme riche, j'aurai un appartement au Dorchester, et je viendrai te voir. »

Je dis : « Oh, je vois. »

Plus tard, elle s'arrangea pour que je lui refasse l'amour dans le noir, je pensai triomphalement, désespérément : je suis vivant. Oui, un de nous deux est encore en vie.

XVII

STEVEN était mort en criminel, mais fut enterré en roi. Tous les parasites, les admirateurs, les amis et connaissances de son existence grégaire étaient venus, comme me dit l'un d'entre eux, « le voir partir ». Il y avait un orchestre dans le cortège funèbre, il y avait Betty Ntolo et tout un défilé de gens du spectacle, et aussi des éloges funèbres en trois langues, des couronnes de un mètre cinquante de haut. Et il n'était ni vedette de cinéma, ni homme politique, ni personnalité connue du haut d'une gloire quelconque, tous ces gens le connaissaient comme l'un d'entre eux.

Sam, en me voyant, me prit le bras et se mit à pleurer; mais je ne pouvais pas pleurer, pas plus que je ne pouvais danser au milieu de la gaieté du jazz, aux soirées de Steven. Nous rentrâmes chez Sam et bûmes le thé que sa femme Ella nous servit en silence. Un peu plus tard, nous grimpâmes tous deux au sommet du tas de cendres qui dressait un promontoire près de la maison. Le printemps se préparait; même là-haut, un rejeton de pêcher qui avait réussi à s'agripper à un peu de terre pardessous les cendres, déployait quelques fragments de feuilles minces et brillantes. A nos pieds, le quartier indigène fumait comme s'il venait d'être pillé et détruit.

« J'ai vendu ma voiture, dit Sam, c'est là que j'étais, mardi, quand vous êtes venu. J'avais promis d'aller la porter. »

Je savais à quel point il était fier de sa petite Morris, combien elle faisait partie de la maigre part de civilisation qu'il est si difficile aux Africains d'acquérir.

« Pourquoi ? Qu'est-ce qu'elle avait qui n'allait pas ?

– Mon frère avait besoin d'argent. Ella a deux sœurs qui veulent continuer, à l'école. Oh ! des tas de raisons qui, au fond reviennent toutes au même : l'argent.

– C'est vraiment moche. »

Il sourit, pour me mettre à l'aise. « Toby, mon vieux, une peau noire, c'est pas le filon. Si vous connaissez quelqu'un qui aimerait savoir ce que c'est que d'être noir, voilà la réponse. Aussi bien qu'on se débrouille, ça n'est jamais assez. Si on a un boulot correct, et un salaire honnête, ça ne sert pas à grand-chose, parce qu'il faut penser à tellement de gens. On est toujours riche, comparé à sa sœur ou son frère, ou au cousin de sa femme. On ne peut jamais finir de payer ses dettes tant qu'il y a un membre de la famille qui a une amende à payer, ou qui tombe malade et doit aller à l'hôpital. Et c'est toujours comme ça. Si j'ai une augmentation, en quoi ça m'aide ? Quelqu'un en aura besoin pour payer ses impôts ou se faire faire de fausses dents.

– Et si vous ne vous en occupez pas ? »

Il fit de la tête un geste de dénégation, pas convaincu.

« Pas possible. On sait toujours soi-même quel effet ça fait d'être obligé de quitter l'école.

– Steven m'a dit une fois que ça ne valait pas la peine de faire l'effort de vivre comme Ella et vous, d'essayer de maintenir un certain niveau malgré les handicaps.

– Pour moi, ça vaut toujours la peine », dit Sam en enfonçant le talon de sa chaussure dans la cendre. Un groupe d'enfants s'avança jusqu'au tas de cendres; ils semblaient y être dans leur élément, comme des phoques sur des rochers – peau couverte de poussière, derrière au vent, yeux jaunis, piaillerie animale de leur voix de vagabonds. Au moment où nous les dépassions, ils nous hélèrent.

« Tout ce qu'ils savent, c'est jurer », dit Sam et, se tournant vers moi, débordant de chagrin, de honte et de colère, il éclata : « La façon dont il est mort! Quelqu'un comme lui! En fuite dans une voiture bourrée de gangsters! Vous croyez que s'il avait été blanc, il n'aurait pas pu s'attendre à mieux? »

Je me mis à passer beaucoup de temps avec Sam et sa femme, si discrète. Au début, je me sentais mal dans ma peau d'allez chez eux tellement plus souvent qu'au temps où Steven était en vie; mais ils m'acceptaient, à leur façon timide, sans faire de remarques, comme si c'était une chose inévitable pour nous trois. Leur vie était très différente de celle qu'avait menée Steven; à l'exception des soirées de jazz, où Sam n'emmenait pas Ella, et où elle ne s'attendait pas à aller, ils passaient presque tout leur temps à travailler; surtout Ella – même quand Sam jouait du piano ou écoutait des disques, le soir, elle était assise dans son coin, pliée en deux sur ses livres. Elle voulait faire des études de sociologie et se préparait, en suivant des cours par correspondance, pour le jour où elle pourrait abandonner son poste d'enseignement et aller à l'université. Elle était à nouveau enceinte, mais ni elle ni Sam ne semblait penser que devoir s'occuper d'un second enfant repoussait encore dans un futur incertain ses chances de continuer ses études.

Chez eux, je rencontrais des gens différents de ceux auxquels m'avait habitué Steven. Un vieux dirigeant du Congrès national africain, originaire d'une autre partie du pays, venait écouter de jeunes avocats critiquer ce que faisait le Congrès; un universitaire d'un certain âge – formé aux Etats-Unis au temps où c'était possible pour ceux qui en avaient les moyens – s'exprimait avec l'air vaguement aigri, précautionneux, de quelqu'un qui a tout entendu et éprouvé, plus d'une fois, chacun des sentiments de celui qui parle. Ces hommes vieillissants, assis lourdement sur des chaises rigides, les jambes écartées, donnaient presque l'impression d'être déjà les statues qu'ils deviendraient peut-être un jour, quand le souvenir de ce qu'ils avaient été aurait été réhabilité, après l'inévitable mise à l'écart que leur imposait, à ce moment, des gens plus jeunes et plus décidés. Ces vieillards ne se départissaient pas de la gravité que les naïfs associent d'habitude à la sagesse. Les jeunes avaient le style rapide, délibérément sans façon, qui va de pair avec une conception plus avancée de l'homme au fait d'une question. Ils paraissaient éprouver les uns envers les autres un respect exagéré; je me disais souvent que tout cela changerait s'ils se retrouvaient dans un parlement et adoptaient les conventions de la politique des partis blancs. Peut-être ces démonstrations n'étaient-elles déjà qu'un signe de jalousie entre eux. Tous, jeunes et vieux, étaient des hommes passionnés – l'énergie de la passion se lovait en eux comme un ressort d'acier, intraitable, toute prête.

J'avais quitté mon ancien appartement et dans le nouveau, sans avoir encore attiré l'attention des voisins ou du concierge, Peter et un ou deux autres qui formaient autrefois la matrice de la vie quotidienne de Steven venaient me voir. Lucky Chaputra lui-même vint une ou deux fois, mal dans sa peau, soucieux, préoccupé d'absoudre Steven du poids de son ombre.

« Lui, il n'était sur aucun de mes coups, mais ça lui plaisait de me connaître, moi et ma bande. » Peter s'asseyait, buvait un cognac ou deux avec moi, et ne disait pas grand-chose; nous passions des disques et il faisait la critique des instrumentistes, soudain sûr de lui, sur son propre terrain. Chaque fois que les amis de Steven se retrouvaient, dans les bistrots clandestins ou pour une soirée, on buvait à sa santé, comme si sa mort était encore un de ses exploits, le plus distingué. Il n'avait pas été assez prudent pour survivre; on l'en admirait. Ce n'est qu'en prenant des précautions constantes, en paroles, dans ses actions, et plus encore en esprit, qu'un Africain pouvait espérer survivre. Mais, vivre comme ça ne l'intéressait pas; il était le genre de héros qui leur plaisait. Quelque chose, sur leur visage, lorsqu'ils buvaient à sa santé, me faisait frissonner intérieurement; moi, je ne l'avais aimé qu'en tant qu'être humain.

Je n'étais pas allé chez les Alexander depuis des semaines. Je ne pouvais pas y retourner, un point c'est tout. La mort de Steven avait créé un obstacle, une pause où la tension du genre de vie que je menais depuis des mois s'imposa à moi. Tant que j'avais continué, pris dans la foulée, je n'avais pas eu clairement conscience de l'énorme tension d'un tel mode de vie, dans lequel un système d'attachements et de préoccupations imposait des exigences directement en conflit avec un autre, tout aussi fort; où il me fallait non seulement m'arranger pour que mes amis ne se rencontrent pas, mais encore ne jamais parler d'un groupe à l'autre. J'allais chez Sam parce que chez lui je pouvais rester assis en silence, le silence de mon égarement, et qu'on ne me poserait pas de questions. Sam levait les yeux de la page manuscrite de musique où il notait quelque chose, perdu derrière ses grosses lunettes, s'apercevait tout à coup que j'étais là et me faisait un grand sourire incongru de petit Sambo noir; Ella, appliquée, ventrue, penchée sur Lewis Mumford ou John Stuart Mill. Est-ce que j'étais avec eux, ou bien est-ce qu'ils me servaient de refuge? Pouvais-je renoncer à eux? Les abandonner et accepter le whisky et les plaisanteries autour de la piscine? Pourquoi n'était-ce pas aussi simple que de lâcher Maison Haute?

Au fond de moi, je sursautai de panique. Et si leurs visages – celui de Sam, celui d'Ella – allaient être le visage quelconque du destin dont je savais qu'il me revendiquerait bien un jour, les liens innocents et irréfléchis que je me serais créés, en accrochant la queue de l'âne les yeux bandés, et dont ma vie ne se débarrasserait jamais plus? Comme un névrosé qui se débat contre la guérison, je serrais contre ma poitrine la liberté sans but que j'avais traînée comme un boulet pendant si longtemps. Et si, en rentrant en Angleterre, j'allais découvrir que, pour moi, la réalité était restée à Johannesburg?

La lettre de Faunce était dans un tiroir de mon bureau. Je n'y avais pas répondu. Il n'avait pas signalé ne pas avoir reçu de réponse; peut-être avait-il cessé de « caresser l'idée » que je reste en

Afrique? Un an ou deux, plus longtemps? Si je restais ici, de quelle manière allais-je vivre?

De l'autre côté de toutes les têtes étroitement rapprochées, au bar du Stratford, Cecil était assise, et la chaise voisine de la sienne croulait sous les paquets. Au moment où j'entrai et hésitai un instant avant de la trouver dans l'atmosphère enfumée, vaguement souterraine, qui me rappelait toujours les *pubs* londoniens, je la vis considérer ses paquets d'un air de familiarité, comme si, là sur ce siège, était assise une amie dont elle savait quoi attendre. Puis elle m'aperçut, renfourna en vitesse, pour ainsi dire, toute cette rêverie féminine, et leva la main pour le salut impérieux qui lui était habituel. Elle était aussi attirante que jamais, pas réellement belle comme je l'avais cru un temps, mais irrésistible par ses défauts qui, dans sa vanité, la plongeaient dans un désespoir revêche.

« Je ne vois vraiment pas pourquoi il faut toujours que nous venions ici », dit-elle avec enjouement.

Je dus avoir l'air surpris, ou même peiné, et c'était ce qu'elle voulait; elle savait que je ne pouvais vraiment pas croire qu'elle ignorait la raison pour laquelle deux personnes retournent là où elles se sont remarquées la première fois.

« Tu veux que nous allions ailleurs?

– Non, mais ce que je veux dire, c'est qu'il existe d'autres endroits. Regarde-moi cette table, elle est tellement collante que l'on ne peut pas y toucher. Il faut que le garçon l'essuie. »

Je n'avais pas refait l'amour avec elle, mais nous avions dîné ensemble, et nous étions allés au théâtre; notre liaison tirait à sa fin, ou était tombée dans une période de calme plat d'où elle pourrait sortir ravivée, de façon mystérieuse, comme un filament d'herbe sèche sous un tesson de bouteille exposé au soleil. Avec toutes nos vieilles réticences, nos méfiances, chacun faisait semblant de croire que nous savions fort bien pourquoi nous ne nous étions pas vus beaucoup récemment, et que ces raisons étaient valables.

« Tu ne fais guère attention à l'endroit où tu te trouves, pas vrai ? » dit-elle avec indulgence.

Après avoir bu quelques gorgées, elle enleva son manteau, en gémissant qu'on étouffait ici, et se renfonça dans son siège, vêtue d'une robe ample, froncée, qui tombait magnifiquement sur son corps mince et s'accrochait tout juste, en modifiant le sculpté des plis, à ses seins petits et fuyants. La robe était verte et la faisait très blonde; elle avait, à ce moment-là, les cheveux couleur argent.

« C'est bien joli.

– Ça devrait, dit-elle, impressionnée par le prix de la robe.

– Qu'est-ce que c'est que tout ce butin? On dirait que tu as dévalisé toute la ville.

– Oh! des trucs! Je vieillis, il me faut des vêtements de qualité, maintenant.

– Pourquoi ne viens-tu pas à Londres, leur montrer un peu de quoi un modèle doit avoir l'air, tu aurais ta photo dans *Vogue*, et tout et tout? » J'essayai vraiment d'y croire; nous aurions un petit appartement pour nous deux quelque part, un coin à robes de chambre et bouteilles de gin, et qui sentirait l'amour.

Elle sourit, de son sourire de défi, les coins de la bouche tombants.

« Je serais terrifiée. Tu serais la seule personne que je connaisse. Je ne parle même pas français; je me sens toujours tellement ignorante, à côté de toi. Il m'est arrivé de vouloir te donner des claques, quand tu parlais de choses dont je n'avais pas la moindre idée. »

Je dis, tout surpris : « Et de quoi, grand Dieu ? »

Le souvenir des contrariétés passées la rendait vague.

« Oh, je ne sais pas, un Grec quelconque, découpé en morceaux, changé en taureau, ou je ne sais quoi. »

Nous prîmes un autre verre, notre conversation devint plus chaleureuse et flexible, c'était comme au début, quand tous les tics de langage de l'un étaient nouveaux pour l'autre, et semblaient délicieux et divertissants.

Tout à coup, elle s'appuya au dossier et soupira profondément, satisfaite, pensive, comme si nous évoquions réellement quelque conversation passée. Elle dit sans transition :

« Mon chéri, je vais épouser Guy Patterson. »

La voix d'une femme qui s'était assise en s'appuyant le dossier de sa chaise contre le mien s'interposa entre nous, tenace comme un poste de radio qu'on vient de monter :

« ... c'est le genre de chose qui ne vient jamais à l'esprit. Mais samedi, toute la journée, j'ai pris les cinq pour des sept et les sept pour des cinq... »

Je dis : « Alors, c'est pour ça qu'il avait un bas à toi. » Cela la fit rire : « Oh ! non, enfin ça n'était pas comme ça à ce moment-là, tout a pris de telles proportions en une semaine... » Elle ne me quittait pas des yeux, quêtait quelque chose.

Et la voix de cette femme continuait à caqueter : « J'ai répété à mon patron toute la matinée, je lui ai dit comme ça, je ne fais rien de propre, les cinq à la place des sept, et les sept à la place des cinq, sans arrêt, ça doit vouloir dire quelque chose... »

« Je le croyais déjà marié.

– Il est divorcé. Tout le monde est divorcé. Je crois bien que tu es fâché. »

Je dis d'un ton acide : « Bien sûr que je suis fâché. Je ne crois pas qu'il y ait un seul homme qui apprécie de voir se marier une femme qu'il a aimée tant soit peu. »

« ... Steady Joe était cinquième et Ascona septième, sans mentir, il a emporté le couplé... »

Elle me regardait avec affection, avec l'hésitation qui, je l'ai remarqué, saisit les femmes dès qu'elles ont renoncé à quelque chose. C'était comme s'il nous était, à partir de ce moment-là, loisible de parler de nous deux, de nous révéler l'un à l'autre sans crainte de perdre quelque obscur avantage. Nous avions toujours manqué de confiance l'un en l'autre, et voilà que ça n'avait plus d'importance.

« Tu es comme une huître. Je te l'ai déjà dit, je te sens en train de m'observer, de tout garder pour toi. » Elle m'étudia, en quête d'une réponse. « Comme un ennemi », dit-elle pour sa défense. Et puis : « Tu n'as jamais eu l'intention de m'épouser ? »

« Les cinq à la place des sept, et les sept à la place des cinq, enfin, c'est pas le comble ? »

« Mais quand je me marierai, ce sera avec quelqu'un comme toi, de cela je suis sûr. » Et comment espères-tu concilier cela avec ton penchant pour la compagnie de gens comme Sam et Ella, ricanai-je intérieurement ? J'envoyai cette pensée rejoindre toutes les autres contradictions qui m'habitaient; à mes yeux, l'exotisme de la femme tenait encore à sa beauté, à une féminité centrée sur elle-même, je choisirais une séductrice, plutôt qu'une compagne. De toute évidence, c'était une intellectuelle réfléchie qui hantait les recoins maléfiques de mon enfance.

« Tu trouves que Patterson a du charme, n'est-ce pas, il te plaît? » Elle utilisait le nom de famille pour s'assurer qu'elle pouvait ainsi compter sur une réponse objective; c'était la seule chose qui ferait l'affaire, dans ce besoin d'être rassurée qui la tourmentait.

Je prononçai les paroles qu'on attendait de moi, et elle opina du bonnet, en signe d'assentiment, à petits gestes vifs de la tête; et quand j'eus terminé, elle me regarda comme si je risquais d'ajouter une petite chose, la chose qui confirmerait, une fois pour toutes, qu'elle savait de quel côté son pain était beurré.

Comme ça, elle avait choisi Patterson; dans son appétit goulu et sa peur de la vie, avec l'infaillibilité du destin, sa main s'était refermée sur lui. Patterson, le héros conservé dans l'alcool. Elle n'aurait pas à essayer de se montrer à la hauteur avec lui; il lui tombait tout rôti dans la main, comme un article en solde qu'une femme emporte de haute lutte, il avait déjà affirmé son but dans la vie et combattu ses moulins à vent avant même qu'elle ne le rencontre. Je revis en pensée le dimanche après-midi dans la maison inhabitée, où j'avais compris tout à coup ce qu'il lui fallait, et ce que pourrait faire pour elle quelqu'un qui l'aimerait. Et maintenant, pas plus qu'alors, je ne pouvais lui apporter le salut; quand tout était dit, je n'avais pas le dernier mot.

Nous nous mîmes à parler de Patterson et de sa situation dans le cartel d'Hamish, et de l'endroit où ils vivraient tous deux.

« Guy tient à ce que nous engagions une Blanche pour s'occuper de Keith, afin que je sois tout à fait libre. » Je me rendais compte que c'était renoncer pour de bon à ses liens avec le petit garçon, elle le laisserait filer, échapper aux attaches déjà bien lâches – même dans sa conscience – parce qu'on l'aurait confié à une femme blanche, plus qu'elle ne pourrait jamais le faire tant qu'il serait sous la coupe d'une Noire. Maintenant, elle n'avait plus besoin d'être sa mère; ses yeux, qui devaient comme d'habitude, à un certain nombre de verres d'avoir pris un éclat instantané, s'enflammaient à quelque futur imaginaire fait d'argent, de voyages, de plaisir, bien déterminés à ignorer la réalité. J'avais pitié d'elle, mais encore une fois, pas suffisamment pour la contrer avec la perte qu'elle s'était choisie. Je demandai : « Comment s'entend-il avec Keith ? » Et elle dit : « Oh, il l'adore », et continua à me raconter que Patterson devait partir en voyage d'affaires pour le Canada dans trois mois et qu'ils en profiteraient sans doute pour y faire leur voyage de noces. Hamish avait prévu de s'y rendre lui-même, mais du fait qu'il n'était pas très en forme ces derniers temps – seulement, bien sûr, je ne savais rien de la tension d'Hamish, on ne m'avait pas vu là-bas depuis si longtemps. « Marion pensait que c'était à cause de moi que tu ne venais plus à Maison Haute, dit-elle, avec un sourire. A cause de Guy.

« Hamish et Marion sont vraiment des gens extraordinaires », ajouta-t-elle, comme pour parer à quelque menace indistincte, jamais proférée, mais qu'on devinait, comme le tonnerre, dans l'air. Mais plus tard, elle se remit à parler de moi, libérée de moi, sans crainte de ce qu'elle pourrait découvrir à mon sujet.

« C'est vrai qu'il y avait des indigènes qui venaient te voir chez toi ? demanda-t-elle timidement. Guy dit que c'est pour ça qu'il a fallu que tu quittes ton premier appartement.

– Eh bien, où a-t-il été pêcher cela, je me le demande.

– Un type du nom de Derek Jackson. C'est un ami de Guy et il vivait avec une femme qui habitait le même immeuble. C'est elle qui le lui a dit. » Elle était ouvertement curieuse.

« Tu veux dire que tu es capable de dîner avec eux, tu ne sens pas la différence ?

– Mais ce sont mes amis. Le type que je connaissais le mieux depuis que je suis ici est africain. Il a été tué dans un accident en juillet. »

Elle me regardait, fascinée : « Et tu les trouves comme les autres ? Tu l'aimais vraiment bien, ce gars ?

– Oui, dis-je sans trop savoir quoi faire de moi-même, car j'expliquais mon affection pour Steven comme si j'essayais de rendre compréhensible mon goût pour la compagnie des serpents ou des chimpanzés, je m'entendais remarquablement bien avec lui. »

Elle regarda ses mains aux longs ongles rouges en amandes.

« Tu sais, je ne parviens pas à imaginer cela... Enfin, un Noir, assis à côté de moi, à table, en train de me parler comme tout le monde. Rien que l'idée de toucher leurs mains... » Sa main s'avança, comme pour une expérience imaginaire et hésita, recula, incertaine.

Je dis : « A quoi bon en parler ? Pensons à autre chose. »

Nous nous sourîmes, accrochés à l'aire du sourire, deux personnes dans les bras l'une de l'autre, sans un mot, sur la langue de terrain qui sépare leurs camps. Comme un ennemi, avait-elle dit de moi. Comme un ennemi, je m'étais prélassé, j'avais pris mes aises à Maison Haute. Comme un ennemi : ces mots m'arrachaient ma liberté, mettaient en charpie le comportement sans risques des esprits ouverts.

XVIII

LOIN au bout du quai, j'aperçus la courte silhouette de Sam qui accourait vers moi de la partie de la gare réservée aux Africains. Un vent chaud et sec de printemps, qui refermait la boucle et me ramenait un an en arrière, au moment où j'étais arrivé à Johannesburg, agitait les couvertures des magazines à gros tirages du kiosque, et les bancs rêches, les rails en contrebas et le sol d'asphalte semblaient saupoudrés de mica brillant. Sam avançait à pas vifs, et il agita la main une fois, souriant de toutes ses dents, puis je le vis dire quelque chose à un petit Noir assis sur un balluchon, au milieu de parents accroupis, en train de faire salon. « J'ai réussi à m'insinuer au coin de Plein Street », dit-il, en me montrant brièvement mes clés de voiture, avant de les glisser dans sa poche. Il devait se servir de ma voiture pendant que j'étais au Cap pour un mois, en voyage d'affaires pour Aden Parrot.

« N'oubliez pas qu'il faut toujours la laisser en première, le frein à main ne tient pas. »

Il rit : « Je ne la laisserai pas s'enfuir. Je vais même vous resserrer la pédale d'embrayage. Où est le train ?

– En retard, sans doute. Mon nom est sur la liste des réservations, je viens de vérifier. »

A cette extrémité du quai où les Blancs étaient debout au milieu de valises, de mallettes à bijoux et de cannes de golf, une femme tourna la tête, tout près de nous, et ouvrit de grands yeux, à nous entendre parler comme tous les amis qui se font leurs adieux. Dans un pays où les réflexes les plus naturels risquent fort de prendre le contre-pied des conventions, il est un peu difficile, au début, d'accepter tous ces regards étonnés, curieux, hostiles, pour ce qu'ils sont, et d'apprendre à ne ressentir ni impression de supériorité ni irritation. J'avais maintenant réussi à le faire. Pour Sam, évidemment, c'était différent; mais peut-être qu'il s'était, il y a bien longtemps, fabriqué un grand sourire pour les moments de colère, et que le sourire du petit Sambo noir était aussi le sourire du tigre.

Tandis que nous bavardions, le bourdonnement creux des haut-parleurs se mit en branle et, alors que je ne comprenais rien aux annonces faites en anglais, Sam comprit celles qui suivirent en afrikaner. Le train partait du quai onze et non du quai quinze. Avec l'agitation à fleur de peau de ceux qui s'embarquent pour n'importe quel voyage, chacun fut pris immédiatement dans un remue-ménage de paroles et de gestes, rassemblant ses affaires, distribuant ordres et contre-ordres, lançant des adieux du ton incertain d'un orchestre qui s'accorde. Nous ramassâmes tout mon bazar à nous deux et remontâmes pesamment le quai. Sam me parlait de sa femme : « Je ne crois pas que nous réussissions à vous écrire, mais je vous enverrai un télégramme à la naissance. Si c'est un garçon, on l'appellera comme Steven. J'aurais aimé que vous soyez parrain. Ella dit qu'elle ne veut personne d'autre... »; il haletait sous le poids d'une lourde valise, et la cohue nous précipitait l'un contre l'autre et nous séparait sans cesse.

« Dieu du Ciel! dis-je en tordant le cou pour le voir, vous parlez comme si je partais pour de bon. Je reviens dans un mois. Le bébé sera à peine né. Je ne quitte pas le pays. » J'avais dans la poche deux coupures de journal; et une lettre. Les coupures venaient du même numéro, vieux d'une semaine, du journal du matin; le numéro du jour où le quotidien s'était évadé brutalement de la place attitrée dans le rite du rasage et du petit déjeuner, car il y avait dedans une liste de Blancs et de Noirs arrêtés pour trahison et, au milieu de la liste, figurait le nom d'Anna Louw. Elle avait été libérée sous caution, et j'étais allé la voir; on l'avait arrêtée à cause de ses liens avec une organisation de femmes africaines à laquelle elle servait, à titre privé, de conseiller juridique. La police avait perquisitionné dans son pavillon en venant la surprendre, avant l'aube, et la présence d'Urmilla, qui passait quelques jours avec elle, avait été un mauvais point de plus pour Anna.

En lisant la liste, ce matin-là, je me trouvais soudain plongé dans le monde du dénuement, où le casier judiciaire est un honneur, l'exil le foyer, la famille un comité de soutien – ce monde que j'avais observé de loin, comme un pays étranger, depuis l'enfance. Des heures plus tard, en ramassant les pages du journal que j'avais abandonné – dans ma hâte d'arriver au téléphone, d'obtenir confirmation de ce que j'avais lu, des éclaircissements – je vis, sur l'une des pages tombées, l'un de ces sourires qui vous dévisagent quotidiennement, dans le carnet mondain. Et voilà : le visage de Cecil, avec Patterson, à une soirée de charité donnée dans un night-club. C'était une bonne photo d'elle; elle portait une de ces robes dont le haut coupe la poitrine comme un pansement, et ses clavicules élégantes ressortaient tandis que le fou rire lui faisait hausser les épaules. Je découpai ça aussi. Les deux bouts de journal occupaient deux pôles opposés dans mon portefeuille. Bizarrement, ils m'apportaient la paix; la lettre qui se trouvait avec était la longue lettre, destinée à Faunce, enfin écrite, dans laquelle je lui demandais s'il pensait toujours sérieusement à remplacer Hollward, et dans ce cas, lui annonçais que je resterais indéfiniment.

« Qu'est-ce que vous dites? Qu'est-ce qu'il faut que je fasse? criait Sam en grimaçant pour essayer de suivre ce que je lui disais.

– Pourquoi vous vous montez comme ça? Je serai revenu avant la naissance du bébé. Vous parlez comme si je partais pour de bon. »

Nous nous arrêtâmes au haut de l'escalier; il fallait qu'il emprunte l'autre, plus loin, réservé aux Noirs.

« Oh! bon Dieu! j'avais oublié. » J'essayai de lui reprendre la deuxième valise. Mais il me regardait, un long regard, oublieux des gens qui nous bousculaient en passant, un regard qui voulait s'imprégner de moi, et il souriait lentement, en hésitant, du sourire pur et étrange de ceux qui ont l'habitude que la promesse impossible soit rompue, que la main, si chaleureuse sur le quai, devienne un battement d'aile de l'autre côté du golfe et bientôt disparaisse.

Je dis, sans prêter attention au tourbillon irrité de gens dont nous brisions la trajectoire :

« Sam, je reviendrai pour le baptême du bébé. S'il naît pendant mon absence, prévenez-moi, je rentrerai à temps. »

Il me regarda comme s'il m'avait déjà pardonné

une faute que je ne savais pas encore que j'allais commettre.

« Qui sait ? cria-t-il en remontant la valise d'une secousse, tandis que les gens se pressaient entre nous, qui sait, avec vous autres, mon vieux Toby ? Peut-être que vous ne reviendrez pas du tout. Quelque chose vous retiendra. Quelque chose vous empêchera et nous... » Le reste se perdit au moment où nous disparaissions l'un pour l'autre dans nos escaliers séparés. Mais il était arrivé avant moi au bas des marches, là où le train attendait, riant, haletant, et nous nous tînmes à bout de bras, trop essoufflés pour parler, trop secoués de rire pour reprendre notre souffle, tandis qu'un jeune agent au visage innocent, où le soupçon mettait le pli soucieux d'un front de chiot, ne nous lâchait pas des yeux.

Le Livre de Poche Biblio

(Extrait du catalogue)

Sherwood Anderson
Pauvre Blanc

Guillaume Apollinaire
L'Hérésiarque et Cie

Miguel Angel Asturias
Le Pape vert

Adolfo Bioy Casares
Journal de la guerre au cochon

Karen Blixen
Sept contes gothiques

Mikhaïl Boulgakov
La Garde blanche
Le Maître et Marguerite

André Breton
Anthologie de l'humour noir

Erskine Caldwell
Les Braves Gens du Tennessee

Italo Calvino
Le Vicomte pourfendu

Elias Canetti
Histoire d'une jeunesse - *La langue sauvée*
Histoire d'une vie - *Le flambeau dans l'oreille*
Les Voix de Marrakech
Le Témoin auriculaire

Blaise Cendrars
Rhum

Jacques Chardonne
Les Destinées sentimentales
L'Amour c'est beaucoup plus que l'amour

Joseph Conrad et Ford Madox Ford
L'Aventure

René Crevel
La Mort difficile

Iouri Dombrovski
La Faculté de l'inutile

Lawrence Durrell
Cefalù

Friedrich Dürrenmatt
La Panne
La Visite de la vieille dame

Jean Giono
Mort d'un personnage
Le Serpent d'étoiles

Jean Guéhenno
Carnets du vieil écrivain

Henry James
Roderick Hudson
La Coupe d'Or
Le Tour d'écrou

Ernst Jünger
Jardins et routes
(Journal I, 1939-1940)
Premier journal parisien
(Journal II, 1941-1943)
Second journal parisien
(Journal III, 1943-1945)
La Cabane dans la vigne
(Journal IV, 1945-1948)
Héliopolis
Abeilles de verre

Ismaïl Kadaré
Avril brisé
Qui a ramené Doruntine ?

Franz Kafka
Journal

Yasunari Kawabata
Les Belles Endormies
Pays de neige
La Danseuse d'Izu
Le Lac
Kyôto
Le Grondement de la montagne
Tristesse et Beauté
Le Maître ou le tournoi de Go

Andrzeij Kusniewicz
L'État d'apesanteur

Pär Lagerkvist
Barabbas

D. H. Lawrence
L'Amazone fugitive
Le Serpent à plumes

Sinclair Lewis
Babbitt

Carson McCullers
Le Cœur est un chasseur solitaire
Reflets dans un œil d'or
La Ballade du café triste
L'Horloge sans aiguilles

Thomas Mann
Le Docteur Faustus

Henry Miller
Un Diable au paradis
Le Colosse de Maroussi
Max et les phagocytes

Vladimir Nabokov
Ada ou l'ardeur

Anaïs Nin
Journal 1 - *1931-1934*
Journal 2 - *1934-1939*

Joyce Carol Oates
Le Pays des merveilles

Edna O'Brien
Un cœur fanatique
Une rose dans le cœur

Liam O'Flaherty
Famine

Mervyn Peake
Titus d'Enfer

Augusto Roa Bastos
Moi, le Suprême

Raymond Roussel
Impressions d'Afrique

Arthur Schnitzler
Vienne au crépuscule
Une jeunesse viennoise

Isaac Bashevis Singer
Shosha
Le Blasphémateur
Le Manoir
Le Domaine

Robert Penn Warren
Les Fous du roi

Virginia Woolf
Orlando
Les Vagues
Mrs. Dalloway
La Promenade au phare
La Chambre de Jacob
Années
Entre les actes
Flush
Instants de vie

IMPRIMÉ EN FRANCE PAR BRODARD ET TAUPIN
Usine de La Flèche (Sarthe).
LIBRAIRIE GÉNÉRALE FRANÇAISE - 6, rue Pierre-Sarrazin - 75006 Paris.
ISBN : 2 - 253 - 04856 - 9 30/6582/8